FRAUDE

FRAUDE

James Siegel

Traducción de Juan Soler Chic

EDICIONES **B**
GRUPO ZETA

Barcelona • Bogotá • Buenos Aires • Caracas • Madrid • México D.F. • Montevideo • Quito • Santiago de Chile

Título original: *Deceit*
Traducción: Juan Soler Chic
1.ª edición: octubre 2008

© 2006 by James Siegel
© Ediciones B, S. A., 2008
    Bailén, 84 - 08009 Barcelona (España)
    www.edicionesb.com

Publicado por acuerdo con Grand Central Publishing,
New York, USA.

Printed in Spain
ISBN: 978-84-666-3682-7
Depósito legal: B. 31.016-2008

Impreso por A & M GRÀFIC, S.L.

A Joelle y Alexa,
dos muchachas excepcionales
que cada día me hacen sentir orgulloso

Agradecimientos

Quiero dar las gracias a Kristen Weber y David Shelley por su acertada edición; y a diversos reporteros con los que hablé mientras escribí el libro en un esfuerzo por hacer las cosas bien.

Había una vez dos pueblos.

En uno la gente decía siempre la verdad.

En el otro la gente siempre mentía.

Un día, un viajero llegó a una encrucijada. Sabía que un camino conducía al pueblo donde siempre se decía la verdad. En ese pueblo encontraría comida y cobijo. El otro conducía al pueblo donde todos mentían. Sabía que en ese pueblo lo apalearían, le robarían, incluso podían llegar a matarlo. En la encrucijada había un hombre, pero el viajero no sabía de qué pueblo era. ¿De aquel en el que siempre se decía la verdad o de aquel en el que siempre se mentía?

—Puedes hacerme una pregunta —dijo el hombre—. Una sola.

El viajero pensó y reflexionó y al final supo qué pregunta hacer.

Señaló el camino de la izquierda y dijo:

—¿Es éste el camino que conduce a tu pueblo?

—Sí —respondió el hombre.

El viajero asintió, le dio las gracias y echó a andar por el camino.

Sabía que si se trataba de un hombre del pueblo en el que la gente siempre decía la verdad, naturalmente éste era el camino que llevaba al pueblo correcto. Y si se trataba de alguien del pueblo de los mentirosos, entonces el hombre habría mentido y también habría dicho que sí.

El hombre habría dado exactamente la misma respuesta, tanto si mentía como si decía la verdad.

1

Estoy escribiendo esto lo más deprisa que puedo.

Estoy galopando por territorio hostil, como el Pony Express, pues es absolutamente necesario que pueda entregar el correo.

Ya he recibido mi correspondiente cuota de flechas. Y aunque sin duda voy herido, no estoy muerto.

Todavía.

Estoy intentando con todas mis fuerzas recordar lo relacionado con el caso.

Estoy algo inseguro con respecto a la cronología, las causas y los efectos. La especificidad.

Admito esto libre y sinceramente. Precisamente cuando todos los pequeños editores empiecen a blandir sus lápices rojos, como seguro harán, yo, esperanzado aunque momentáneamente, habré amortiguado la embestida de su malevolencia.

No les culpo. En serio.

Al fin y al cabo, yo soy el niño que gritó «lobo». Que gritó, chilló, y revocó con esta palabra titulares de dos pulgadas.

Mea culpa.

Todo lo que puedo deciros es que lo que estoy escribiendo en esta claustrofóbica habitación de motel es la pura verdad, escueta, desnuda.

Así que Dios mío, ayúdame. Palabra de *boy scout*. Me parto el corazón y espero morir.

Cambio «espero morir» por «supongo que moriré».

Esto no es sólo mi último reportaje.

Es mi testamento y mis últimas voluntades.

Prestad atención.

Vosotros sois mis albaceas testamentarios.

Un breve inciso.

Al escribir mi último reportaje no puedo por menos que recordar el primero.

Yo tenía nueve años.

Estaba nevando. No la mísera capa de polvo que pasa por ser nieve en Queens, Nueva York. No, el cielo estaba realmente descargando nieve, como si allá arriba alguien estuviera agitando un salero gigante. De los combados canalones caían carámbanos junto a las paredes de ladrillo de la casa, donde se astillaban con el ruido del bate al golpear la bola.

Las escuelas estarían toda la semana cerradas.

«Mi hermano Jimmy resbaló en el hielo y se dio un golpe en la cabeza —escribí en una redacción con renglones perfectamente rectos—. Siempre se está cayendo y cosas así. Chocó con una puerta y se le puso un ojo morado. La semana pasada se cayó en la bañera y se quemó. Es muy torpe, y mi mamá no para de decirle que vigile adónde va, pero él no escucha. Sólo tiene seis años.»

Llevé mi redacción a la cocina donde mi madre estaba desplomada sobre la mesa, mirando fijamente una botella vacía de Johnnie Walker.

—Léemela —dijo articulando mal.

Cuando hube terminado, ella dijo:

—Vale, muy bien. Quiero que te la aprendas de memoria. En una hora estarán aquí.

2

No hubo avisos de tormenta.

Ningún centro de emergencias me instó a cerrar las ventanas con tablas y abandonar la ciudad.

Puedo recordar ese día, tomar prestado un cliché (pido perdón a mi primer profesor de periodismo, que detestaba los clichés tanto como la recién instituida regla de no confraternizar con las alumnas) y declarar que, con la excepción del centésimo aniversario de Belinda Washington, ese día no pasó nada fuera de lo normal. Normal, después de todo, es prácticamente el estado diario de las cosas en Littleton, California, aproximadamente a doscientos cuarenta y cinco kilómetros al este de Los Ángeles.

Cambio «aproximadamente» por «exactamente».

Dos años atrás habría recorrido cada uno de esos kilómetros en mi última posesión certificable: un Miata azul plateado, comprado en la época en que los Miata eran una absoluta mierda. Se les podía haber puesto una denuncia.

Ahora el Miata estaba innoblemente abollado en dos sitios distintos, y tenía una transmisión floja que se quejaba ruidosamente cuando se le pedía que cambiara de marcha.

La mañana que nos ocupa, me mandaron llamar a la oficina de Hinch para encargarme la cobertura del centenario de Belinda Washington. Sin duda un asunto de interés humano. Uno podía afirmar sin temor a equivocarse que todos los artículos del *Littleton Journal* eran de interés humano. Sólo iba a la imprenta cinco veces a la semana, o incluso menos, si no se habían producido suficientes noticias locales desde el número anterior. Las únicas noticias serias que llegaban al periódico de la ciudad provenían de la AP y trataban de lugares como Bagdad o Kabul; casi se podía oler la cordita que emanaba de los tipos. Las examinaba detenida y ansiosamente, como si fueran postales francesas guarras de una época antigua.

Belinda Washington era de una época antigua.

Se podía intuir sólo viendo la silla de ruedas y la calva. Cuando entré en la sala de estar de la única residencia de Littleton para personas de la tercera edad, ella lucía una ridícula tiara de papel con el número cien impreso. Obviamente, la idea efectista de alguien. No de Belinda, seguramente. Ella parecía más perpleja que feliz. Mantuve diligentemente mi objetividad y resistí la tentación de hacérsela saltar de un manotazo.

En aquellos tiempos, yo cumplía estrictamente con los nobles principios de mi profesión.

Me presenté al director de la residencia, un tal señor Birdwell, que estaba organizando la augusta ocasión con ayuda de una cámara digital. Bien. Así me ahorraba yo de sacar fotos. En el *Littleton Journal* realizábamos diversas tareas a la vez.

Me arrodillé delante de Belinda y me presenté con una voz más fuerte de lo normal.

—Hola, señora Washington. Tom Valle, del *Littleton Journal*.

—¿Por qué grita? —preguntó Belinda haciendo una mueca. Evidentemente, a Belinda los reporteros condescendientes le gustaban tan poco como las tiaras.

»Quíteme esto de la cabeza —añadió.

—Con mucho gusto. —Me levanté, cogí la tiara y se la di a uno de los presentes, a quien pareció molestarle que yo me inmiscuyera en su diversión.

—Así es mejor —dijo Belinda.

—Pues claro —dije yo—. Bueno, feliz cumpleaños, señora Washington. ¿Cómo es tener cien años?

—¿Cómo cree usted que es? —dijo ella.

—No lo sé.

—Es más divertido cumplir dieciocho.

—Esto fue... eeh, ¿en mil novecientos veintitantos?

—En 1922.

—Eso es. Las mates siempre se me han atravesado.

—Yo no. A mí se me dan bien.

Esperaba entrevistar a una aparición babeante, y hasta el momento el único que babeaba era yo. Una de las asistentes a la fiesta era amable y atractiva. Pelo color caoba, de unos treinta años, perfectamente embutida en unos pantalones estrechos verdes lima y precariamente encaramada en unos talones de diez centímetros. Había momentos en que pensaba en que mi época feliz había quedado atrás —no por la edad (frisando en los cuarenta), sino porque todo estaba quedando atrás—, todas las cosas buenas, las mujeres, por ejemplo.

Belinda me tendió una mano esquelética.

—Echo en falta cosas —dijo.

Por un instante pensé que se refería a la ruina general de la vejez, las cosas de su pasado: conversaciones, nombres, fechas.

No. Se estaba refiriendo a la otra ruina de la vejez.

—Se me ha muerto gente —dijo. Y sonrió, a medias con añoranza, pero sólo a medias, creo, porque estaba coqueteando conmigo.

El sentimiento era recíproco. Con objetividad o sin ella, en cierto modo la mujer me gustaba.

Belinda era negra, una verdadera rareza en Littleton —latinos sí, pero negros casi no hay—, de un negro intenso, como el ébano. Por eso destacaban sus ojos lechosos... y también las palmas de las manos, rosas como las patas de los gatos.

Me hizo señas con una de esas manos antiguas, nudosas.

Me pregunté por qué me había sido concedido ese privilegio especial. Probablemente ya no hablaba nadie con ella, pensé. Salvo para decirle que se tomara las medicinas, que apagara la luz o que se pusiera un sombrero ridículo.

—Se me ha muerto gente —repitió—, pero ha vuelto alguien.

—¿Vuelto?

—Claro. Ha dicho hola.

—¿Quién era?

—¿Eh? Mi hijo.

—¿Su hijo? ¿En serio? ¿Y de dónde ha vuelto?

—¿Eh? Ya se lo he dicho. Murió... hace mucho tiempo, pero ha vuelto para decir hola. Dice que me perdona.

—Ah, vale. Ya la entiendo. —Estuve tentado de preguntarle qué había hecho ella para que necesitara ser perdonada, pero, la verdad, ¿para qué? Después de todo, a Belinda le afectaba la edad. Cuando alcé la vista, uno de los presentes se encogió de hombros, como diciendo qué esperabas. La mujer de los pantalones estrechos, que evidentemente estaba allí visitando a otro residente, me dedicó una lánguida sonrisa levemente alentadora.

—Parecía tan viejo como yo —dijo Belinda.

—¿Su hijo?

—Sí. Tenía aspecto enfermizo.

Estuve a punto de hacer el tipo de comentario sabiondo al que era dado en otro tiempo, cuando me juntaba con gente que hablaba sobre todo con sarcasmos. En otro tiempo yo era el campeón de los graciosos. Casi dije: teniendo en cuenta que está muerto, enfermizo es un paso adelante.

Pero no.

Dije:

—Qué pena.

Belinda rio, una suave risa de complicidad que me hizo sentir violento, y algo más.

Nervioso.

—No le engaño —dijo Belinda—. Y no estoy loca.

—Yo no he dicho que estuviera usted loca, señora Washington.

—No. Pero es usted majo.

Cambié de tema. Le pregunté cuánto tiempo llevaba en la residencia. Dónde había nacido. Cuál era el secreto de su longevidad. Todas esas preguntas inofensivas que aprende uno en la escuela de periodismo. Evité preguntarle cuánta familia le quedaba, pues, con la posible excepción de su hijo, nadie se había tomado la molestia de venir.

Al cabo de un rato, fui consciente del olor que impregnaba la estancia... a rancio y a medicinas, como un sótano lleno de expedientes enmohecidos. Resultaba imposible pasar por alto las feas manchas en el suelo de linóleo, las quemaduras de cigarrillos —como melanomas— en la torcida mesa de jugar a las cartas. La señora Washington llevaba un vestido a topos que olía ligeramente a alcanfor, pero los demás vestían batas con manchas de huevo y camisetas descoloridas. Un hombre se había puesto sólo un calcetín.

Tuve ganas de irme.

El señor Birdwell sacó una foto de Belinda rodeada por un brillante matorral de sillas de ruedas y andadores. Tendí la mano y dije adiós.

—Otra más —dijo el señor Birdwell—. Y esta vez quiero ver una sonrisa en la chica del cumpleaños.

La chica del cumpleaños no le hizo caso; sin duda no estaba de humor para sonreír. En vez de ello, me cogió la mano y la apretó con fuerza.

—Sí, es usted un tío majo —dijo.

Su piel estaba helada.

3

Hemos tenido un terrible accidente, justo a la salida de la ciudad.

Esto es lo que dijo la secretaria de Hinch, tacha esto... su «asistente», pues la corrección política se había metido doscientos cincuenta kilómetros en el desierto de California. Ahora las azafatas eran «acompañantes»; y las secretarias, «asistentes». Y los ejércitos ocupantes de Oriente Medio, «defensores de la libertad».

Era una medida del acercamiento rápido a mi segundo aniversario allí el hecho de que cuando Norma dijo «hemos tenido...» yo pensé «hemos». Era oficial: Tom Valle, en otro tiempo morador del SoHo, el NoHo y otros barrios neoyorquinos elegantemente abreviados, se había convertido en un littletoniano auténtico.

—¿Qué clase de accidente? —le pregunté.

—Una colisión en la 45 —dijo—. Una bola de fuego, rediós.

Siendo como era una practicante religiosa seria, Norma tenía una extraña tendencia a utilizar el nombre de Dios en vano. Las cosas eran un cristo de espanto, dejadas de la mano de Dios, Dios sabrá, que Dios nos coja confesados, etcétera.

—Oh, Dios —dijo Norma—. A saber cuántas personas iban en ese coche.

El sheriff había acabado de llamar para dar la noticia, dando por supuesto que Hinch estaría interesado en un accidente automovilístico adecuadamente sangriento. «Si hay sangre, adelante» y todo eso. En ese momento, Hinch estaba almorzando. La otra reportera de artículos, Mary-Beth, estaba de baja por maternidad ex profeso. Cuando se hartó de ver a su marido sin empleo y bajo montones de latas de cerveza Lone Star, Mary-Beth se puso en evidencia. Si no, no. También había un interno de Pepperdine por las vacaciones de verano, pero no se le veía por ninguna parte.

—Quizá tendría que ir yo.

Norma, que no era la directora, sino la asistente del director, se encogió de hombros.

Esta vez me llevé una cámara.

No me gustan los accidentes. A algunos sí.

El olor de la sangre los excita. El aura de la muerte. Tal vez el mero alivio de que le ha pasado a otro.

El problema es que yo me sentía otro.

Como la desgraciada víctima de un accidente de coche. El hecho de que yo fuera el conductor, que hubiera cogido sensatamente el volante y me hubiera despeñado no servía para aliviar la incómoda empatía que sentía en presencia de un siniestro.

Norma tenía razón en lo de la bola de fuego.

El coche aún humeaba. Parecía un pedazo de carbón que por alguna razón se hubiera caído de la barbacoa del patio.

Un coche de bomberos, un coche del sheriff y una ambulancia estaban aparcados en el arcén de la autopista de dos carriles. Era notoria la presencia de otro coche, un Sable verde bosque. Su guardabarros delantero estaba totalmente abollado, y un hombre —que supuse que era el conductor— tenía apoyadas la cabeza y las manos en la portezuela. Todo el mundo más o menos miraba.

El sheriff Swenson me llamó.

—Eh, Lucas —dijo.

Explicaré lo de Lucas.

Era por Lucas McCain, el personaje interpretado por Chuck Connors en *The Rifleman*. Después de *The Rifleman*, Chuck hizo una serie llamada *Branded*, donde interpretaba a un soldado de la Unión que supuestamente huía de la batalla de Bull Run y desde entonces siempre fue tachado de cobarde. Iba de una ciudad a otra, donde pese a realizar desinteresados actos de heroísmo, siempre había alguien que descubría su verdadera identidad. Cabe imaginar que era algo difícil de hacer en el Viejo Oeste.

En el nuevo oeste no.

El sheriff Swenson me había buscado con el Google.

No se acordaba del nombre del personaje de *Branded*, así que me llamaba Lucas.

Era mejor que «embustero».

—Hola, sheriff.

El sheriff Swenson no parecía un sheriff de una ciudad pequeña. Quizá porque se había pasado veinte años en el Departamento de Policía de Los Ángeles antes de escapar a Littleton con la pensión completa. Aún tenía la necesaria mandíbula cuadrada, el pelo corto y erizado, la constitución física de un monitor de gimnasio, la palpable amenaza que a más de un Rodney King le haría sacar las tripas sin que Swenson tuviera que coger siquiera un arma de aturdimiento.

Hoy parecía más bien apacible.

Quizá las danzantes llamas lo habían hipnotizado. Tenía esa mirada que le queda a uno después de haber estado mirando el fuego de la chimenea más tiempo del debido.

Además del coche quemándose, hay algo que vale la pena mencionar. Algo que todo el mundo negaba educadamente reconocer, como el pariente de un sin techo que de algún modo se ha colado en una reunión familiar.

Por si nunca habéis tenido el placer de oler carne humana quemada, pues resulta que huele como una mezcla de miel, alquitrán y patata asada. Realmente uno de los peores olores sobre la faz de la tierra.

—¿Cuántas personas había ahí? —pregunté al sheriff.

—Oh, invénteselo —dijo al cabo de un rato. Supongo que en parte quería ser gracioso. Como con el apodo.

—Vale. Pero ¿y si quiero ser objetivo?

—Si quiere ser objetivo, la respuesta sería una —contestó.

Miré al otro conductor, aún con la cabeza hundida entre las manos como si no quisiera ver. Cuando en el taller de reparaciones hicieron comentarios sobre el lamentable estado de su coche, él dijo: «Deberíais haber visto al otro tío.»

—¿Cómo ha pasado?

—¿Se refiere a cómo ha ocurrido el accidente? —dijo el sheriff.

—Sí.

—Rápidamente.

—Vale. Pero ¿quién le ha dado a quién?

—Ése se dirigía al sur —explicó el sheriff señalando al hombre que se tapaba los ojos—. Y éste iba al norte —dijo haciendo un gesto hacia la chatarra humeante—. El que iba hacia el norte se ha metido en el otro carril. Al menos según nuestro único testigo.

—¿Quién es?

—Nuestro único superviviente.

—¿Puedo hablar con él?

—No sé. ¿Quiere hacerlo?

—Estaría bien.

—Pues páselo bien.

Me acerqué al Sable abollado; al final el hombre había sacado la cabeza de entre las manos. Tenía esa mirada... la que vemos en la cara de personas que acaban de burlar a la muerte. Maldecidos por el horrible conocimiento de la ridícula fragilidad de la vida. Movía diversas partes de su cuerpo a cámara lenta, titubeante, como si estuviera hecho de quebradiza porcelana china.

—Hola. Tom Valle, del *Littleton Journal*. ¿Puedo hablar con usted un momento?

—¿Eh?

—Soy del periódico. Sólo quería hacerle unas preguntas.

—¿Periódico?

Yo no había dicho nada para disipar su mirada aturdida.

—Exacto.

—La verdad es que no tengo ganas de hablar. Estoy... ya ve...

Sí, lo veía. Pero en mi profesión había otros principios, acaso menos nobles. Uno, por ejemplo, dice que has de conseguir la historia. Incluso cuando esa historia incluía la clase de desastres personales que actualmente constituyen la mayor parte de las noticias. Ya sabéis a qué me refiero: esposas asesinadas, bebés desaparecidos, secuestrados decapitados... por ahí había un montón.

Es bastante sencillo. Aunque alguien no tenga ganas de hablar, tú has de tener ganas de preguntar.

—Tengo entendido que él se ha metido en el carril de usted —dije.

Asintió.

—Y luego, eh... ¿cómo se llama, señor...? despacio, así no me equivoco.

—Crannell. Edward Crannell. Con dos eles.

Lo anoté diligentemente. Prefería la sensación más táctil de tomar notas a la grabadora. Quizá detestaba por instinto la permanencia de la cinta, incluso al principio, mucho antes de empezar a tomarme ciertas libertades.

—¿De dónde me ha dicho que es, señor Crannell? —Una técnica vieja; formular una pregunta como si te hubieran dado antes la respuesta.

—De Cleveland.

—¿El Cleveland de Ohio?

Asintió.

—Está lejos de casa.

—Trabajo en ventas. Productos farmacéuticos.

—Entonces supongo que el coche es alquilado.

El hombre hizo una mueca como si se le hubiera acabado de ocurrir lo mismo; quizá se la había jugado y había renunciado al seguro.

—O sea que venía hacia usted, por su carril. ¿Es así como ha sido? —En esa zona de la autopista 45 no había ni una curva; el tramo tenía la absoluta monotonía de una línea trazada con regla.

Crannell asintió con la cabeza.

—He tocado el claxon en el último segundo. Él ha frenado en seco... Imagino que no ha podido quitarse de en medio. —Miró hacia abajo, a las inmediaciones de sus zapatos cubiertos de polvo y meneó lentamente la cabeza—. Dios santo...

—¿Le han examinado ya, señor Crannell? ¿Se encuentra bien?

Dijo que sí con un gesto.

—Llevaba puesto el cinturón. Dicen que he tenido suerte.

—Desde luego.

Swenson estaba hurgando alrededor del coche siniestrado. Una fina carbonilla negra revoloteaba en el aire como mosquitos. El fuego casi estaba extinguido; parecía que los bomberos lo habían rociado con espuma antiincendios.

—¿Alguna idea de por qué lo ha hecho? ¿De por qué se ha pasado al otro carril? A lo mejor se ha quedado dormido.

Crannell pareció reflexionar sobre ello un instante, y luego meneó negativamente la cabeza.

—No lo creo. Pero, la verdad, no puedo saberlo.

—Vale. Bueno, pues gracias.

Caminé unos metros y saqué algunas fotos. Coche negro, cielo púrpura, sheriff con camisa blanca, cactus verde. Si el *Littleton Journal* las publicaba en color, causarían verdadero impacto.

Por otro lado, seguramente lo más apropiado era el blanco y negro. Cuando al día siguiente las vi en primera página del *Littleton Journal*, parecían captar el inmutable contraste entre la vida y la muerte.

4

Me había inscrito en una liga de bolos.

Fue un poco por casualidad. La bolera de la ciudad, Muhammed Alley —pertenecía a un fracasado peso medio llamado BJ que creía que el nombre era tronchante—, doblaba en tamaño al mejor bar.

No estoy diciendo que tuviera una decoración bonita, un menú de tentempiés interesante ni que fuera frecuentado por mujeres cachondas.

Estoy diciendo que estaba mal iluminado, poco amueblado, y habría hecho falta fumigarlo. Olía a zapatos usados de bolera.

Cuando llegué a Littleton, iba en plan fugitivo. No buscaba compañía; la evitaba deliberadamente.

Durante un tiempo, logré salirme bastante bien con la mía en Muhammed Alley.

BJ era el barman, y en contraste con la imagen general de los camareros de las ciudades pequeñas, no exhibía una curiosidad perceptible. Aparte de preguntarme qué quería y cantarme la factura —tres margaritas, sin sal, serán 14,95 dólares—, tardó varias visitas en pronunciar una palabra de más.

Esa palabra —mejor dicho, dos— fue «buena jugada», expresada sólo en mi dirección, consecuencia de que el fildeador Steve Finley había atrapado una bola haciendo una acrobacia en el centro del campo.

Yo estaba perfectamente satisfecho con la ausencia de interacción social. Me bebía la soledad igual que me bebía el tequila, a sorbos pequeños, amargos.

Al cabo del tiempo, la compañía me encontró a mí.

Uno de los dos empleados de seguros de la ciudad —Sam Weitz, un trasplantado de Nueva Inglaterra con una esposa obesa que sufría diabetes de tipo 2— empezaba a beber más o menos a la misma hora que yo. Por lo general al final de la tarde, cuando casi todos los demás ya se iban a casa con la familia.

Nosotros no.

A diferencia de BJ, Sam rebosaba curiosidad. Será que en el negocio de los seguros uno está acostumbrado a hacer montones de preguntas personales. El tipo entabló una conversación y la mantuvo obstinadamente, incluso cuando se encontraba con mis respuestas mayormente monosilábicas.

Una cosa llevó a la otra.

Ya que estábamos bebiendo en una bolera, una noche él propuso jugar una partida.

Yo ya iba por mi tercer margarita, ya flotaba en ese placentero estado que llamo bruma púrpura en honor de Hendrix, uno de mis ídolos musicales. Al fin y al cabo... ¿el alcohol no te permite besar el cielo?

Seguramente farfullé que vale.

Aquella noche alcancé un ridículo 120, haciendo un uso generoso de los canalones. Curiosamente, disfruté bastante arrojando una bola pesada por una pista de madera y dispersando bolos en todas las direcciones, o al menos unos cuantos. En esos bolos derribados veía una especie de metáfora de la vida, el modo en que se volvían a colocar sin más, prácticamente animándote a tirarlos otra vez. Había ahí una lección sobre coraje y resistencia que, pensé, quizá me podría servir algún día.

Con el tiempo, se unió a nosotros Seth Bishop, confeso *hellraiser* de la ciudad, al menos en la época del instituto, donde se consideró poco probable que triunfara, profecía que se cumplió bastante con respecto al dinero, pues en la actualidad vivía de la asistencia social y trabajos ocasionales con pladur.

El propietario local de Exxon —Marv Riskin— completaba el grupo de cuatro.

Y más adelante nos apuntamos a una liga; los jueves a las ocho de la noche.

Una noche hizo acto de presencia el sheriff Swenson, advirtió que yo llevaba la cuenta de los tantos, y le dijo al presidente de la liga que comprobara la exactitud de la tarjeta.

Cuando Seth me preguntó de qué iba la cosa, le expliqué que en mi anterior periódico había tenido un pequeño problema ético.

—¿Te tiraste a la secretaria? —preguntó expectante.

—Algo así.

Por la noche estábamos jugando con un equipo formado por el único quiropráctico de Littleton, uno de los dos dentistas, un médico y un contable. Sin jefe indio.

Casi al final de su segunda Bud, el médico se puso a hablar del cadáver del coche.

Le habían llevado la víctima del accidente para que cumplimentara el certificado de defunción. En Littleton no había forense, lo que le convertía en el examinador médico de facto.

—Estaba totalmente carbonizada —explicó el médico—. No estoy acostumbrado a ver víctimas quemadas. Al menos no como ésta.

—Gracias por contarlo, doctor —dijo Seth.

—Parte de sus tripas estaban intactas —prosiguió el médico, sin inmutarse—. No era agradable de ver.

—¿Podrías cambiar de tema, cojones? —soltó Seth—. ¿Y no hay nada de alguna chica de dieciocho años muerta por sobredosis? ¿De éstas no tienes ninguna?

El médico no pareció entender el chiste. Cuando empezó a describir con detalle cómo era un hígado quemado —por lo visto, parecía un paté de cuatro días—, Seth se inclinó y dijo:

—Quiero hacerte una pregunta, doctor. ¿Es verdad lo que se dice de los médicos? Quiero decir, ¿al cabo del tiempo os volvéis, cuál es la palabra... inmunes a un chocho desnudo? ¿Ya no os hace nada?

Sam, que estaba preparando la bola, esperó la respuesta del médico. Era como si éste estuviera trayendo a la memoria imágenes de partes pudendas lascivamente expuestas para su disfrute.

En casa tenía una esposa de ciento veinte kilos atiborrándose de Yodels rellenos de crema.

—Es una pregunta grosera —dijo el médico.

A Seth no iba a ofenderle que le llamaran grosero.

—Entiendo que la respuesta es no —dijo.

—¿Ya la han identificado? —pregunté al médico. Yo tenía en la mano una Coors Light, pues había resuelto que beber tequila y desplazar la bola por el centro de la pista eran cosas que se excluían mutuamente.

El titular de mi artículo era:

HOMBRE NO IDENTIFICADO MUERE EN UN COCHE EN LLAMAS

—Sí. Encontraron su carné de conducir.

—¿No se quemó?

—En el billetero llevaba una especie de tarjeta metálica que actuó como aislante. Se podía leer el nombre.

—¿Quién era?

—No sé. Dennis algo. Blanco, treinta y seis años, de Iowa.

—¿Iowa? Qué divertido.

El médico me miró de reojo.

—¿Qué tiene de divertido? Es un estado, ¿no?

—Sí, es un estado. Sólo estaba cavilando sobre el gran plan cósmico. Un hombre de Iowa choca de frente con un vendedor de Cleveland en una carretera de California. Es divertido, ¿no crees?

—La verdad, no.

Sam había hecho un siete, y ahora miraba nervioso una disposición separada de tres bolos. Respiró hondo, se pavoneó, tiró justo por el medio y no derribó ninguno.

—De todos modos, hay algo divertido —señaló el médico.

—¿Aparte de esta tirada? —Apunté debidamente la puntuación de Sam. Era la hora de la verdad; íbamos veinte bolas por detrás y sólo quedaban cinco juegos.

—Estaba castrado.

—¿Eh? ¿Quién?

—El muerto.

—¿Quieres decir a causa del accidente?

El médico alzó su Bud y tomó un trago largo.

—No —dijo. Se levantó del asiento, no sin cierta dificultad, pues pesaba sus buenos quince kilos de más, y buscó su bola en el soporte.

—¿Qué quieres decir? —Tuve que gritar un poco para hacerme oír en el estrépito de la bolera, pero era como intentar hablar a través de una tormenta con aparato eléctrico.

El médico levantó un dedo en mi dirección: espera.

Consiguió un pleno y se marcó una danza de la victoria que me recordó al Freddy, un paso espasmódico de los sesenta que yo había visto en un viejo clip de *American Bandstand*. Tras recostarse en el asiento y anotar meticulosamente una X, dijo:

—Quiero decir que lo habían castrado.

—¿Cuándo?

—¿Cómo voy a saberlo? Supongo que tiempo atrás. Había sido hecho quirúrgicamente.

Seth nos oiría por casualidad.

—¿No tenía pelotas? —preguntó Seth.

El médico meneó la cabeza.

—Dilo más alto. La gente del final de la bolera no te ha oído.

—¿NO TENÍA PELOTAS? —subió el tono Seth—. Ahora seguro que sí.

—Tú tienes un problema, hijo —dijo el médico.

—No te enteras, papá.

Intenté calcular cuántas cervezas llevaba Seth... supuse que siete. Sin contar el porro de Panama Red que se había fumado en el aparcamiento.

—¿Por qué se puede castrar a alguien? —pregunté al médico.

—Buena pregunta.

—En todo caso, ¿hay alguna razón médica?

—De hecho, no... quizás un cáncer de testículos; pero los dos testículos sería algo poco común. Como en este caso.

—Pobre tío.

—En efecto. A propósito, esto es confidencial, ¿vale? No lo saques en el periódico ni nada.

—Creo que todos los de la bolera ya tienen esta información.

El médico se puso colorado.

—Quién me mandaría abrir la boca.

O a Seth la suya.

Esa noche tuve un sueño. Yo tenía nueve años y un hombre me perseguía por una carretera vacía para quitarme mi colección entera de canicas.

El burdo simbolismo no me hizo ningún efecto.

5

Interrumpimos este programa para darles el siguiente mensaje.

El televisor de mi motel sólo tiene tres canales.

No es que quiera ver nada de particular. Lo enciendo para que me haga compañía, para conjurar los peligros al acecho.

Es como una lamparilla.

Hace unos minutos han llamado a la puerta. He pensado que eran ellos.

Aquí tengo otros dos amigos que merece la pena mencionar: «Smith» y «Wesson».

Son amigos nuevos, pero fiables en momentos de necesidad.

Apunto con ellos a la puerta de la habitación. Atacad.

Era la muchacha de servicio.

Luiza, creo que es su nombre, una ilegal por supuesto. Esto me preocupa.

A una ilegal pueden hacerle cosas. Pueden hacerle hacer lo que quieran.

Vale, ya sé.

Parezco desquiciado, pasado de vueltas.

Tened paciencia conmigo.

Tenéis que verlo como yo lo vi.

Tenéis que armar las piezas.

Antes de que mi papá se fuera de casa, cada domingo por la mañana solía llevarnos a Jimmy y a mí a desayunar al Acropolis Diner.

Allí, los manteles individuales tenían puntitos para hacer figuras.

La bonita y sonriente camarera me daba un lápiz gastadísimo, y yo empezaba a tirar líneas... al menos hasta que llegaban las tortas de arándanos y el sirope de arce.

La cuestión es ésa.

No lo entendía hasta que llegaba al último punto. Y a veces ni siquiera entonces, pese a las abundantes pistas ofrecidas en lo alto del papel.

¿Qué animal de cuatro patas es un vecino gruñón?

¿Qué mamífero está siempre expulsando chorros de algo?

¿El caballo? ¿La ballena? ¿El ornitorrinco?

No era capaz de verlo.

No era hábil conectando puntos. No sabía conectar los puntos, por ejemplo, entre mi papá y aquella camarera sonriente, con quien al parecer se acostaba regularmente. Dejó a mi familia por ella cuando yo tenía nueve años.

Ahora conecto mejor las cosas.

Pero precisamente entonces, no. Al menos al principio... antes de que las cosas se volvieran extrañas de veras.

Un hombre murió en un accidente y una mujer cumplió cien años, el mismo día.

Vida y muerte.

Pasa siempre, ¿no?

A la mañana siguiente, me conecté a internet.

Hay una página web poco conocida en que aparece la lista de todos los delincuentes sexuales registrados de Estados Unidos: NSOPR.gov.

Ya había llamado a la oficina del sheriff para saber el nombre. Dennis Flaherty. De Ketchum City, Iowa.

La página es visitada sobre todo por papás y mamás que quieren asegurarse de que el vecino que siempre mira a su hija de cinco años no se ha visto nunca implicado en ningún caso de pedofilia. Actualmente, se supone que las autoridades te avisan si un pervertido registrado se muda al barrio. A veces se les olvida.

En ciertos estados, los depredadores sexuales pueden evitar

la cárcel si acceden a volverse menos peligrosos. ¿Que cómo lo consiguen? No mediante terapia. Eso no funciona con los miembros de NAMBLA (North-American Man/Boy Love Association).

Acceden a que les extirpen los testículos.

Así es. Los agresores compulsivos se convierten en bateadores nerviosos contra el lanzador Roger Clemens: dos tajos y fuera pelotas. Es casi imposible violar a alguien si te han extirpado quirúrgicamente la libido.

No encontré nada por Dennis Flaherty.

Probé deletreándolo de otra manera.

Nada.

Seguí así un rato. Salieron varios Dennis, pero ninguno que viviera en Iowa. Al cabo de media hora o así me di por vencido.

Me metí en la guía telefónica de Ketchum City.

Había tres Flaherty.

El primero no estaba en casa.

El segundo dijo que allí no había ningún Flaherty.

Llegó el turno del tercero.

—¿Hola?

—Hola, soy Tom Valle, del *Littleton Journal*.

—¿El Littleton qué? —Era una mujer. De cierta edad, la voz sonaba cansada, acogedora.

—El *Littleton Journal* —repetí, recordando la época en que era capaz de impresionar a la gente con algo más prestigioso—. Es un periódico. Llamo por lo de Dennis.

—Oh.

Bingo.

—¿Puedo preguntarle por su relación con él, señora?

—¿Relación? Soy su madre.

—¿Ha hablado alguien con usted sobre Dennis, señora Flaherty?

—Sí.

—O sea, que sabe lo del accidente.

—Sí.

—Mi más sentido pésame. —Es increíble la cantidad de veces que he pronunciado estas palabras. A madres, padres, tíos, tías, abuelos, prometidas, esposos, esposas... suficientes veces para que el tópico hubiera alcanzado hace tiempo la más absoluta vacuidad.

—Gracias —dijo la señora Flaherty.

—Habrá sido un duro golpe para usted.

Silencio.

—Sí.

—¿Vivía Dennis con usted, señora Flaherty?

—No. Ya no mantenía contacto con él.

—¿Cuánto tiempo?

—¿Cuánto tiempo?

—Cuánto tiempo hace que no le veía.

—No sé. Cinco años.

—Pero hablaba con él.

—No.

—¿En qué asuntos andaba metido?

—¿Asuntos? ¿A qué viene esto? Murió en un accidente de tráfico. Es lo que me dijeron. ¿Qué importa en qué asuntos estaba metido? Preferiría colgar.

No colgó. Permaneció al aparato... yo alcanzaba a oír su respiración áspera y poco profunda. Fumadora, pensé. Probablemente viuda o divorciada. «Ya no mantenía contacto con él», había dicho con las consonantes planas del Medio Oeste, no «no manteníamos». Parecía algo molesta por la inesperada intrusión, pero también halagada por la atención. Quizá no quería responder a mis preguntas, pero no cobraba suficiente ánimo para colgar. Todavía no.

—¿Tenía Dennis problemas con la ley, señora Flaherty?

—¿Qué?

—¿Fue detenido alguna vez?

—¿De qué está hablando?

Estoy hablando de la castración de su hijo.

—Me gustaría saber si hizo alguna vez algo que no debiera. Algo, no sé, sexual.

—¿Qué es esto? ¿Qué me está preguntando? Mi hijo era una buena persona. Todos los problemas que tuvo los provocó ella.

—¿Ella?

—Su esposa. —Hizo que esposa sonara como la peor vulgaridad imaginable.

—¿Qué problemas eran ésos?

—Su depresión. Su afición a beber. Intente vivir con una puta.

—O sea, que experimentaron ciertas dificultades conyugales.

—Ella experimentaba con cualquier hombre que la mirara. Era escoria. Ni siquiera sé si mi nieto...

—¿Aún estaban casados?

—No.

—¿Cuándo se divorciaron?

—Ya se lo he dicho. Hace unos cinco años.

No me lo había dicho. Me había dicho que desde hacía unos cinco años no mantenía contacto con su hijo.

—Así que empezó a beber.

—Voy a colgar. No me quedaré aquí hablando mal de los muertos.

Sólo de la ex esposa del muerto.

—Otra cosa... ¿Dennis sufrió algún cáncer?

Esta vez fue verdad lo de colgar.

—No —dijo, y colgó.

Todo podía haberse parado justo aquí.

En este preciso instante.

¿Qué tenía yo exactamente?

Nada.

Una observación curiosa del médico; nada más.

La víctima de un accidente a quien le faltaban los testículos.

Había despertado mi interés, sin duda, pero esto no era difícil. Entonces no. Yo informaba sobre fiestas de cumpleaños, rodeos itinerantes e inauguraciones de concesiones de coches de segunda mano, un caso de asistencia social haciendo tranquilamente su penitencia.

Todo podía haberse parado justo aquí.

Salvo por dos cosas.

Yo vivía en una casa de alquiler.

Cuando llegué a casa, un fontanero estaba arreglando mi calentador de agua.

El hombre bajaba ruidosamente la escalera con una especie de herramienta.

Yo no había llamado a ningún fontanero.

Cuando le informé de este hecho, él dijo, vale, pues entonces habrá sido el propietario.

Yo no había llamado al propietario para quejarme de nada.

Mi agua caliente estaba caliente. Al calentador no le pasaba nada.

Vale, dijo él, mantenimiento rutinario.

Me estuvo sonriendo desde el principio, como si estuviéramos charlando tan a gusto en una fiesta.

Me hizo sentir inquieto. Esto y darme cuenta poco a poco de que estábamos solos en el sótano. Los sótanos son lugares subterráneos oscuros a los que uno baja por su cuenta y riesgo, todos los niños lo saben. Además había otras cosas. Su cara, por ejemplo. Los rasgos eran extrañamente poco definidos... como si el tipo no hubiera terminado realmente de evolucionar. Y estaba su voz: aguda y chillona, como si acabara de aspirar helio. Repulsiva de todas todas.

—¿Puedo preguntarle para qué empresa trabaja? —dije.

Fue imposible pasar por alto lo que sucedió luego.

Cerrar los ojos a su duda subsiguiente.

Lo intenté, creedme.

Hay ciertas preguntas destinadas a suscitar un momento de pausa.

¿Me amas?

¿Dónde estabas anoche, cariño?

¿Te has inventado esta historia?

Sí, ésta también.

«Para qué empresa trabajas» no es una de estas preguntas.

Seguramente reculé, pero del modo en que aumentas la distancia física respecto a otra persona sin moverte realmente. Lo que haces en presencia de un perro callejero que a lo mejor quiere arrancarte el cuello.

No ha de parecer que tienes miedo; todos los niños saben esto también.

Cada uno estaba pendiente del otro.

Noté la cosa metálica en su mano antes de verla.

6

Seguramente me rebotó en la frente.

Esto es lo que deduje después.

Que me las ingenié para girar la cabeza lo suficiente para evitar un golpe frontal. Entonces no dolía nada realmente; mis terminaciones nerviosas estaban adormecidas por la novocaína natural del miedo puro y duro.

Seguramente me toqué la frente para confirmar que, de hecho, algo me había golpeado, sólo lo sé porque mi antebrazo recibió el siguiente impacto. Me desplomé.

Caí en una suave y esponjosa nube blanca. Los restos de borra blanca de los sesenta que yo había enrollado y llevado abajo después de trasladarme... este recuerdo traqueteando en la cabeza que alguien intentaba partir.

Él susurró algo en ese estremecedor falsete, y vino por mí.

Me cubrí instintivamente ante la expectativa de que unos ochenta kilos cayeran sobre mis huesos. Al no sentir nada, me agarré la cabeza y miré a hurtadillas.

Él estaba inmóvil, mirándome fijamente.

Se inclinó y me dio unos golpecitos en el hombro, luego sonrió y empezó a subir la escalera.

Me quedé allí hasta que escuché cerrarse la puerta mosquitera.

«Tocado.»

Es lo que me había susurrado.

Frank Futillo, Doctor en Medicina —mi adversario en la partida de bolos de la otra noche—, dictaminó que yo estaba más o menos bien.

—Una contusión en el brazo, un moretón en la cabeza, pero prácticamente nada más. ¿Con qué te ha golpeado?

—No lo sé. Algo metálico.

Estaba sentado en ese papel ceroso utilizado para cubrir todas las camillas de reconocimiento de América e intentando con todas mis fuerzas no oler el amoníaco. Era un olor que siempre asocié a caídas en la infancia. Sólo que era mi hermano Jimmy el que siempre se caía.

Yo nunca.

—Sí, bueno, a pesar de todo, diría que has salido bastante bien parado —dijo el doctor Futillo.

—¿Quieres decir en comparación con la persona media agredida por un desconocido en un sótano?

—¿Ya se lo has contado al sheriff?

Sí. Se lo había contado al sheriff.

El sheriff Swenson había escuchado mis historia de la agresión más o menos como cierto editor había escuchado mis cada vez más extravagantes exclusivas durante mi explosiva época en Nueva York. Con una mirada cansada y abatida de incredulidad. «Claqué en Auschwitz», así es como yo lo describiría más adelante al terapeuta designado por el tribunal. En mi camino a la cámara de gas, pero suavizando todo lo posible el zapateado.

—Bien, Lucas —dijo el sheriff Swenson—. ¿Está buscando una portada?

Vale. Esperaba un poco de escepticismo. De todos modos, estaba en la oficina del sheriff con un tatuaje clarísimo en el antebrazo y un oscuro cardenal en el lado izquierdo de la cabeza.

—Estoy buscando poner una denuncia. ¿No es eso lo que ha de hacer uno cuando sufre una agresión?

—Sí, claro. ¿Quiere mirar las fotos de nuestro libro de fontaneros homicidas?

—Es curioso. Sí. Estoy pensando que quizá no era realmente un fontanero. Es sólo una sospecha.

—Bien. Entonces, ¿qué cree que estaba haciendo? ¿Robándole el cableado de cobre?

—No lo sé. Le he preguntado para qué empresa trabajaba, y me ha pegado un tortazo. No he llegado a conocer los detalles de la visita.

—Lástima. El caso es que... Lucas...

—Me gustaría que no me llamara así —dije.

—Ah, ¿sí? Dígame una cosa. ¿Por qué Hinch ha vuelto a contratarle?

—Lo crea o no, yo era un buen reportero.

—¿En serio? Pues yo creía que es porque él está emparentado con su oficial de prisiones. Reconozco mi error.

Normalmente, esto no me habría importado.

Es lo que tiene cumplir pena, tal como me machacó repetidamente el doctor Payne —sí, su verdadero nombre—, terapeuta designado por el tribunal. Tienes que aprender a aceptar tus defectos morales. Esto significaba aceptar los recordatorios. Esto significaba poner la otra mejilla y decir: adelante, pégame otra.

Sólo que hoy ya había sido golpeado... dos veces, por alguien que probablemente tenía mucho más que expiar que yo. Iba a devolvérsela verbalmente, a defenderme, cuando Swenson me desarmó.

—Lo que iba a decirle, Lucas... es que últimamente hemos tenido varios allanamientos de morada. Por lo visto, el tipo lleva un equipo de fontanero por si le sorprenden o algún vecino le ve entrar. Lo utiliza para guardar todo lo que se lleva. No es usted el primero que se queja. Sólo estaba asegurándome, dado su historial, de que usted estaba siendo de buena ley conmigo. ¿Entiende?

Claro que lo entendí.

Le conté al doctor Futillo lo de los robos.

—Parece que en el barrio hay alguien que entra en las casas a la fuerza.

—Has tenido suerte de que no te rompieran el cráneo —dijo.

Pensé que era la segunda vez en dos días que llamaban afortunadas a dos personas —Ed Crannell y yo— que no se sentían precisamente así.

—¿Han devuelto el cadáver?

—¿Qué cadáver?

—El de Dennis Flaherty. ¿Lo han mandado ya a su madre, a Iowa?

—Oh, sí, desde luego.

—He mirado en la página de los delincuentes sexuales.

—¿Eh? —El doctor Futillo parecía alguien a quien le han contado un secreto íntimo del que habría preferido no tener conocimiento.

—El Registro Público Nacional de Delincuentes Sexuales, una especie de lista de pedófilos. Pensé que la castración de nuestro amigo podía haber sido ordenada por un tribunal.

—Ajá. ¿Y fue así?

—No lo sé. No aparecía el nombre.

—Qué extraño —dijo el doctor Futillo—, lo de nuestro amigo.

Ya he mencionado que pasaron dos cosas.

Dos cosas distintas que me hicieron levantarme y ponerme en marcha en vez de darme la vuelta y volver a dormirme. Que era lo que más o menos había estado haciendo en Littleton durante el año anterior y dos terceras partes de éste.

La primera cosa es que fui atacado en mi sótano.

Ésta era la segunda.

—¿Qué es lo extraño? —dije—. ¿La castración?

—Ah, sí, eso. Pero también algo más. A mi entender, nuestro fallecido era negro.

—¿Cómo? Dijiste que era caucasiano. Blanco.

—Sí, lo sé. En la foto del carné lo parecía.

—¿Entonces?

—Los fémures. Más largos, y más gruesos en las articulaciones. Una firma de la raza afroamericana.

—¿Estás seguro de esto?

—Bueno, lo vi en *Archivos forenses*.

—¿El qué?

—Lo vi en *Archivos forenses*. En TV Judicial. ¿No ves nunca este programa?

«A mi entender, nuestro fallecido era negro.» Lo que pasa es que no entendía nada. Era un médico jugando a investigador forense, por lo que sólo estaba ligeramente más cualificado que el tonto del pueblo.

—He hablado con su madre —dije—. No sonaba demasiado negra. Además, a menos que me haya vuelto loco, Flaherty es un nombre irlandés.

—Muy bien —dijo el doctor Futillo.

—¿Muy bien?

—Los huesos no engañan, amigo mío.

—No lo tomes mal, pero acabas de decirme que todos tus conocimientos sobre el particular vienen de la tele.

—De acuerdo, no me creas.

Curioso. Por un instante me oí a mí mismo: sentado en el despacho de un periódico realmente prestigioso, para poder trabajar en el cual uno está dispuesto a sudar sangre, y tranquilamente y con un rostro imperturbable diciéndole a un cansado director sentado delante:

«De acuerdo, no me creas.»

Funcionó durante un tiempo.

7

La ciudad de Littleton, California, es conocida por dos cosas.

Allí nació Sonny Rolph, actor de segunda fila de los años cincuenta.

Y se la conoce por La Inundación de la Represa Aurora, a la que los habitantes del lugar, en una especie de contracción coloquial, se refieren simplemente como la «inundación de la repera».

De hecho, no pasó en Littleton, sino en su diminuta ciudad hermana, Littleton Flats, situada a unos treinta y cinco kilómetros carretera abajo. En la década de 1950, en el cercano río Aurora se construyó la represa Aurora, famosa por sus tres rápidos de grado tres y su desagradable color turbio. Fue construida por contratistas de los que se sospecha que obtuvieron la concesión gracias a generosos sobornos al Estado. Lo que es del todo seguro es que les salió una chapuza y cometieron errores de ingeniería mayúsculos. Más adelante, una comisión gubernamental independiente creada para repartir las culpas determinó que estaba a punto de producirse un accidente.

Se produjo.

En abril de 1954, tres días de lluvia hicieron crecer el río hasta alcanzar un caudal histórico, llenaron la presa hasta niveles no conocidos, y provocaron que se vinieran abajo los defectuosos muros de cemento.

Littleton Flats estaba por debajo del nivel del mar y directamente en el camino del agua. Dejó de existir.

La cifra de muertos llegó a ochocientos noventa y dos, una

menos de las ochocientos noventa y tres iniciales después de encontrar río abajo a una niña de tres años aún viva.

Me enteré de todo esto sólo porque miré el microfilm del *Littleton Journal* cuando Hinch, después de contratarme, no me daba nada que hacer. El hecho de que los asuntos pasados estuvieran todavía en microfilm y no en disquetes de ordenador me proporcionó la concluyente pista de que ya no jugaba en primera división.

En la ciudad, un montón de personas conocía a alguien que conocía a alguien que había perecido en la inundación de la repera. Para ellos era un tema comprensiblemente delicado, algo que descubrí cuando traté de interesar a Hinch en una noticia retrospectiva en su quincuagésimo aniversario.

—Ya lo intentamos antes —dijo—. Tu predecesor, por cierto.

Mi predecesor se llamaba John Wren. Lo sabía porque me había apropiado de algo más que de su mesa: vivía en la misma casa de alquiler. El tipo era una especie de urraca acaparadora. Encontré facturas viejas de cable, teléfono y amazon.com dirigidas a un tal John Wren, notas garabateadas metidas en sitios diversos —descifrables sólo a medias y que aludían a quién sabe qué— y una de sus historias, sobre un veterano de Vietnam desdichado y desorientado que un día llegó casualmente a Littleton y durmió en la glorieta de la ciudad. El título era «¿Quién es Eddie Bronson?». Sin duda había sido presentada a algún tipo de premio local de periodismo. Que no ganó. El primer día de trabajo fui recibido con una lista pegada con celo dentro de un cajón de la mesa: las reglas de Wren. Regla número uno: haz una copia de seguridad de tus notas. Regla número dos: por si acaso, transcribe tus grabaciones magnetofónicas.

Según Norma, Wren, trasplantado de Minnesota, había sufrido un episodio grave de demencia del desierto, el Síndrome de Santa Ana, el desasosiego nervioso de las ciudades pequeñas —esa extraña amnesia temporal que se apodera de personas varadas en poblaciones del desierto de California donde Cristo perdió los zapatos—, y se había ido a pescar truchas cerca de la frontera con Oregón. O a lavar oro en el Yukón. O a congelar pescado en el lago Michigan. Los detalles no estaban claros.

—Si quieres probar suerte con la inundación de la repera, adelante —dijo Hinch—. Eso si consigues que alguien te hable de ello.

No lo conseguí.

Hinch podía haber hablado de ello, pero en realidad no era lo bastante viejo para recordar cosas. Había pasado toda su adolescencia en otro lugar... Sacramento, me parece. Regresó a Littleton para cuidar de su madre enferma y por algún motivo no sintió nunca el impulso de irse. Tal vez su boda con la reina de la belleza local tuvo algo que ver. Tenía en la mesa una foto de ella, «Miss Azalea 1974». Desde entonces, miss Azalea había contraído un cáncer de mama y había perdido dos veces el pelo a causa de la quimio. Creo que la foto ayudaba a Hinch a conservar la imagen de cuando ella estaba instalada firmemente en su corazón. Por lo que yo sabía, Hinch seguía siéndole fiel; no era mi experiencia habitual con los directores, que solían tener dificultades para recordar que estaban casados.

Yo estuve casado una vez.

No tengo ganas de hablar de ello.

Salí de la ciudad para un reportaje sobre un rancho de alpacas.

Por lo visto, ahora las alpacas son un buen negocio, no tanto por la lana como por el propio animal, del que se puede llegar a sacar más de veinte mil dólares.

Los propietarios del rancho me enseñaron las instalaciones, insistieron en que diera de comer a sus bebés, y me entretuvieron con historias sobre los padecimientos y las tribulaciones de la cría de la alpaca.

Al parecer, el calor del desierto no era lo mejor para ellas.

Las alpacas estaban acostumbradas a pacer a miles de metros sobre el nivel del mar, en los Andes. Los días peores, sus tobillos tendían a hincharse, lo que las obligaba a tumbarse y hacerse el muerto. Algunas estaban precisamente en ese estado mientras recorríamos la propiedad.

Parecían la inspiración para «Woolly Bully», pensé. Como si algún genetista con motivaciones estéticas hubiera combinado el cordero con el camello, y luego se hubiera apartado y hubiera exclamado «¡toma!». Imaginaos una bola andante de hilo, con una pelambrera desarreglada cayendo en cascada sobre sus ojos tristes.

El asunto empeoró. La señora Childress me condujo por entre comederos de avena hasta la fría oscuridad de un establo. Quería mostrarme algo. Al principio pensé que eran dos alpacas tumbadas una junto a otra en un lecho blando de heno.

Pero no. Ahí sólo había una alpaca.

Con dos cabezas.

—No tuvimos valor para matarla —explicó la señora Childress—. Una de las cabezas es ciega. Pobrecita.

Pedí a la señora Childress algo de beber; quería salir de allí.

Nos sentamos en el porche a tomar sorbos de limonada ácida, y cuando se me acabaron las preguntas y a ellos se les acabaron las historias, seguimos allí sentados bebiendo en silencio, como imaginaba yo que hacían las familias de verdad.

Me terminé la limonada, me puse de pie y me despedí.

—Gracias por pasarte, Tom —dijo la señora Childress—. Conduce con cuidado.

Serían sus palabras de despedida.

Empecé a pensar en alguien que no había conducido con cuidado.

En la autopista 45 giré a la izquierda en vez de la derecha. Rodeé Littleton trazando un amplio círculo. Dejé atrás una decrépita señal de Littleton Flats, que nunca habían quitado; había quedado como una especie de monumento conmemorativo, supuse.

Seguí adelante y al final llegué al sitio en el que había estado antes.

El cielo del atardecer era una gama desordenada de rosas y púrpuras, con lo que el desierto casi parecía el paisaje resultante de una explosión nuclear. Las llanuras lejanas eran de un rojo encendido; los cactus, de un verde luminoso.

Se habían llevado el coche siniestrado. En la carretera no se veía un solo vehículo.

Me acerqué al arcén de la 45 y aparqué el Miata donde antes había estado la ambulancia.

Me apeé, advertí una serpiente de color barro escurriéndose entre unos arbustos. Aquí eran comunes las serpientes de cascabel. De vez en cuando, a alguien le picaba una, no llegaba a tiempo al médico, y tenía una muerte horrible y solitaria.

Dennis Flaherty había tenido una muerte horrible y solitaria.

Caminé por la carretera, hasta el sitio exacto en el que habían chocado los dos coches.

Me puse en cuclillas, las manos firmemente agarradas bajo la barbilla... no sé por qué..., quizás era una suerte de oración, una señal de respeto por el muerto.

De pronto noté algo.

La ausencia de algo.

Traté de recordar lo que había dicho Ed Crannell. Sus palabras exactas.

Me levanté, fui de un lado a otro, mirando el suelo fijamente. Algo retumbaba carretera abajo, como una tormenta inminente. Me hice a un lado y miré respetuosamente pasar un tráiler de dieciocho ruedas, lo bastante grande para que la tierra tartamudease.

Cuando volví a la oficina, no había nadie.

Encontré mis notas en el cajón de la mesa.

«He tocado el claxon en el último segundo —me dijo Ed Crannell cuando le pregunté qué había pasado—. He tocado el claxon en el último segundo. Él ha frenado en seco.»

Dennis Flaherty había pisado el freno para evitar la colisión frontal con el coche del vendedor de productos farmacéuticos.

Demasiado tarde para pararse, desde luego.

A veces pasa si uno pisa el freno cuando va a cien por hora. Podemos suponer sin temor a equivocarnos que ésa era la velocidad a la que iba Dennis Flaherty en una autopista casi desierta a primera hora de la mañana.

Física elemental.

Cuando uno da un frenazo a esta velocidad, los neumáticos no pueden por menos que patinar. En realidad, importa poco que el pavimento esté seco o mojado. En algún sitio dejará pequeñas partículas de goma adheridas al asfalto.

Eso era lo que yo notaba que faltaba.

Señales de patinazo.

En la carretera no había señal alguna.

8

«Miento, luego existo.»

Un día, de vuelta en Nueva York, había descubierto estas palabras grabadas en mi mesa con el cortaplumas de una navaja suiza.

Supuse que el destrozo lo había ocasionado una navaja suiza porque una vez me la había enseñado uno de mis colegas reporteros. Era su talismán de la suerte, me dijo. Le había salvado en dos guerras y en un intento de secuestro en Tikrit.

Últimamente, él había empezado a leer mis artículos con ávido interés. Una noche me propuso ir a tomar unas copas y dijo que le maravillaban mis fuentes. Mi habilidad especial para estar en el meollo de los asuntos. Mi olfato para las historias.

Me hizo preguntas aduladoras sobre mi evidente presteza a la hora de descubrir la verdad.

Sólo más adelante caí en la cuenta de que él quizás había pedido más copas de las que yo podía contar, pero eran mis copas. Su vodka —Grey Goose, os lo juro— permanecía intacto en el mismo sitio en que él lo había dejado.

Uno de los dos tenía una verdadera habilidad para descubrir la verdad, pero no era yo.

«Miento, luego existo.»

Culpable del cargo que se le imputa.

Después de releer mis notas, deseando por una vez haber desarrollado cierta afinidad con las grabaciones magnetofónicas, me dirigí a Muhammed Alley. Pedí un margarita —sin sal—

al primo de BJ, que atendía el bar las noches que BJ se quedaba en casa y hacía de papá. Por lo visto, BJ tenía cuatro hijos de tres mujeres diferentes, con ninguna de las cuales se había casado.

Un poco como en los viejos tiempos, pensé.

Si uno se remontaba a muy atrás. Bastante atrás, a los viejos, viejos tiempos.

A la primera vez que me enamoré. Cuando me incliné ante las deidades de Woodward y Bernstein. Cuando les ofrecí sacrificios diarios, incluidas todas mis horas de vigilia, renunciando a cualquier cosa que se pareciera a una vida social. Cuando pateaba las calles igual que pateaba las teclas de mi Mac: con una desesperación nacida de una obsesión acérrima.

Aquella época.

Cuando creía que tenía olfato para las historias —quizás el único que lo creía—, que podía descubrirlas husmeando como un perro de la aduana. Alguien decía algo de improviso —un diputado, un asesor del alcalde, un funcionario policial—, y saltaban las alarmas. Sólo yo era capaz de oírlas; sonaban en un tono desconocido para los gacetilleros corrientes. Me ponía a cavar febrilmente, buscando algo oculto y detestable que, en principio, no tenía que ver jamás la luz del día.

La mayoría de las veces, lo que se encontraba era fango. Opaco e insustancial. No se podía lanzar a los cuatro vientos sin pruebas verificables y derivadas de dos fuentes.

Pero había excepciones, claro. Investigaciones ocasionales que desvelaban algo de cierto interés. Nada serio, nada lo bastante incendiario para hacer un agujero en la conciencia pública, pero lo bastante valioso que me permitiera ir a parar a algún sitio por delante de la página 10.

Esas mañanas, cuando leía mi firma con sobrecogimiento y gratitud e incluso humildad, pensé que era posible que yo me encontrara en el lado de los ángeles.

Volvía a oír alarmas.

Alguien había pisado el cable y hecho explotar el circuito, y en mi cabeza sonaban campanas discordantes.

Seth pasó por ahí.

—¿Que se está cociendo por aquí? —dijo saltando al taburete de al lado.

«Yo —quería decir—. Me estoy cociendo yo, me estoy poniendo nervioso, estoy que trino.»

—Trabajando en un artículo —dije.

—Curioso. Parece que estés trabajando en un margarita. Je je.

Seth me caía bastante bien, del modo que un capullo siente empatía genuina por otro, pero esta noche sentía cierta... distancia entre nosotros. ¿No estaba yo otra vez montado en la silla y él seguía atascado en el barro?

—Necesito diez —le dije.

—Te estás equivocando, amigo —dijo—. Estoy sin blanca. En serio.

—Diez minutos.

—Oh. —Pareció avergonzado, por momentos, y de pronto me sentí fatal por relegar a un miembro del equipo de bolos a la categoría de los superfluos y pesados... incluso a alguien tan pillado por las modas.

—Muy bien —dijo bajándose del taburete con fingida indiferencia—. Genial.

—Cuando termine, te invito a una copa —dije.

—No hay problema.

La cuestión era terminar ¿qué?

Le pedí un bolígrafo al primo de BJ. Usé la servilleta para apuntar cosas; básicamente todo lo que sabía.

Estaba en el Acropolis Diner uniendo puntitos otra vez.

¿Qué es lo que no tiene testículos, no tiene marcas de patinazos y tiene dos razas?

No había manera.

Metí incluso la agresión del sótano por si acaso, la garabateé al final de la servilleta a modo de apéndice.

Seguía sin pistas.

O tenía muchas pistas, pero ninguna respuesta.

O simplemente incidencias aleatorias.

Que se convertían en coincidencias.

Garabateé en los márgenes, trazando líneas de una cosa a otra. Hice un croquis.

Dibujé dos coches y ennegrecí uno hasta hacerlo desaparecer.

Escribí sus nombres. Ed Crannell y Dennis Flaherty, que quizás era negro.

Decidí comenzar con éste.

El muerto.

Cuando Seth volvió y reclamó su copa —siete y siete, un vestigio de la época del instituto, imaginé, cuando Seth aún era un tío chulo y acaso el futuro incluso pintaba prometedor—, lo miré con lo que sería una expresión curiosamente vacía.

—Mi copa, chaval. ¿Me has ofrecido un cóctel, sí o no?

—Sí, claro. Pídelo ya. Llevo prisa.

—¿Qué? ¿Cómo es eso?

—Estoy escribiendo un obituario —dije.

Así empecé.

Metido en un abarrotado cubículo preparando notas necrológicas para personas que aún vivían y respiraban —sobre todo famosas, por supuesto—, grabando sus lápidas para cuando hicieran falta. La parte más difícil era recordar el tiempo verbal correcto, relegar al pasado reciente a legiones de los aún erguidos.

«Es» se convertía en «era». «Hace» en «hizo». «Vive» en «vivió».

Mis primeras mentiras profesionales.

9

Mi Miata no se ponía en marcha.

Pisé el acelerador una, dos, tres veces.

Seguramente había ahogado el motor.

Me apeé, abrí el capó, y miré la maraña de cables, tubos y metal como si supiera lo que estaba haciendo.

Pero no lo sabía. No distinguía el carburador de la transmisión.

Da igual. Esto es lo que hace uno cuando el coche no arranca. Abre el capó y mira el motor con cara de complicidad.

Esperaba que alguno de los componentes me hablara. «Aquí, Tom... soy yo. La culpa es mía.»

No cayó esa breva.

Me sentía agitado, cabreado, después pillé una buena racha y de repente no tenía ruedas.

Me pregunté si mi amigo Marv, el de Exxon, estaría cuando lo necesitaba realmente. Volvería a Muhammed Alley y le pediría a Seth que me llevara.

No tuve que hacerlo.

Entró en el aparcamiento un Beetle rojo cereza. Salió una mujer, que echó andar hacia la entrada principal, se volvió y reparó en mi presencia.

—¿Problemas con el coche?

—Esto explicaría lo del capó abierto —dije con más mordacidad de la que pretendía.

Giró sobre sus talones y prosiguió su camino.

—Espere un momento. Sí. Problemas con el coche. Grandes problemas.

Se detuvo y se dirigió hacia mí.

La reconocí.

Noté una ligera agitación. Una inesperada sacudida en los biorritmos.

—La vi en la fiesta de cumpleaños de Belinda Washington —dije.

—Ah, es verdad. —Se había parado a metro y medio de mí. Esta vez llevaba falda, de tela vaquera, que terminaba justo por encima de las pantorrillas. Era difícil no advertir que aquellas pantorrillas estaban bronceadas y suavemente torneadas—. Es usted reportero, ¿no?

—Lo era.

—¿Lo era? Creía que estaba escribiendo un artículo.

—Así es. Me estoy autorreprobando.

—Quizá quiera dejar esto a otro —dijo.

Su sonrisa acentuó el blando hoyuelo de su mejilla izquierda. Yo también había tenido uno. Mi mamá, en uno de sus momentos sentimentales, en contraposición a los espantosamente explosivos —ambos inducidos por el alcohol sin modo de predecir cuáles predominarían en un día determinado—, me dijo que Dios, cuando me estaba moldeando, me había hincado el dedo en la mejilla. A partir de cierta edad, dejé de verlo. Desapareció sin más.

—Mi coche no arranca —dije.

—Sí, esto más o menos lo he entendido. —Se acercó y echó un vistazo bajo el capó.

Eran en torno a las ocho de la tarde de lo que había sido un abrasador día de junio, aún con suficiente luz para ver pero apagándose por momentos. La luz que lo suaviza todo, que puede transmitir un arrebato impresionista a los lienzos y los pinceles. La que hace que una mujer doblada por la cintura sea algo de una belleza extraña y abrumadora.

Clang. Bang. Clink.

Desatornilló algo, metida dentro del motor.

—Tenía flojo el cable de la bobina del encendido —dijo al cabo de unos minutos—. Pruebe ahora.

Brooooooom.

—Supongo que esto es lo que llaman inversión de papeles

—dije, en cuanto salí del coche y le estreché la mano—. Gracias.

—Mi papá era mecánico —explicó ella—. Básicamente vivía bajo un capó. Era la única manera de poder pasar un rato con él.

—Prestaría usted mucha atención. —Retiró la mano, pero yo aún notaba la impresión de sus dedos: carne caliente y esmalte de uñas frío.

—Lo suficiente para ver un cable flojo —dijo—. En realidad, no es tan difícil.

Al menos sonrió al decirlo.

—Tom Valle —dije para presentarme, consciente de que la agitación no había desaparecido, de que aún revoloteaba en mi pecho como una mariposa atrapada en una red.

—Anna Graham —dijo ella.

—¿Iba a visitar a alguien? ¿A su casa?

—A mi padre. Tiene Alzheimer.

—Lo siento.

—Yo también.

Silencio. Yo intentaba mirar y no mirar al mismo tiempo. Lo que hace uno la primera vez que va a una playa nudista. Es más fácil con gafas de sol.

—Bueno —dijo ella—. Yo iba a entrar.

Por un instante quise decir «vaya coincidencia, yo también, yo también iba a entrar». Pero estaba claro que me iba.

—Ehh... usted...

—¿Qué? —Se protegía los ojos del sol, pero, aun entrecerrados, eran lo bastante grandes para perderse en ellos.

—¿Es de aquí, de Littleton?

—Sólo estoy pasando unos días. Vivo en Santa Monica.

—Santa Monica, ajá.

—En la Quinta, junto al paseo marítimo.

—¿Alguna vez ha tomado una copa en Shutters?

—No.

—Es un bar bonito.

—Eso dicen.

—Bueno —dije—, quizás algún día la vea por allí.

La expresión de ella dijo que quizá no.

Conduje hacia casa.

Cuando crucé la puerta, iba a girar a la derecha y subir al dormitorio a ver las reposiciones Nick at Nite de *I Love Lucy*. Yo amaba a Lucy, al menos le tenía un cariño fiel. Al fin y al cabo, Lucy, Ethel, Fred y Ricky habían cuidado de mí y de mi hermano durante interminables tardes en que mi madre estaba presente pero por lo demás ocupada, tras cambiar a Jim, Jack y Johnnie por Tom, Dick y Vinny, un desfile de hombres básicamente anónimos que a veces me alborotaban el pelo camino de las escaleras.

No fui a ver *I Love Lucy*. En vez de ello, encendí la luz del sótano desde lo alto y empecé a bajar. Indeciso. Parándome en cada escalón y mirando.

Por lo que alcanzaba a ver, esta vez el sótano estaba vacío.

Después de la agresión, le había echado una mirada rápida, cuando por fin me hube levantado hasta adoptar una temblorosa apariencia de posición vertical.

El tipo había estado arrodillado entre el calentador y la pared.

El lugar donde lo vi al principio.

Dando golpes con aquella cosa metálica. Podemos estar seguros de que no estaba arreglando nada.

Entonces, ¿qué estaba haciendo?

Si había entrado en la casa por la fuerza, ¿por qué había bajado al sótano?

Palpé la pared. Había dos estantes torcidos clavados en el revoque. Viejas latas de pintura, trapos endurecidos, una radio rota de los cincuenta sobre un destrozado juego de tablero. Limpié la capa de polvo. La vida de Milton Bradley. Durante unos breves instantes, me vi a mí mismo haciendo correr un diminuto coche azul por una carretera laberíntica hasta la Mansión del Millonario, cogiendo mi montón de dinero de pega frente a los legañosos ojos de mi madre. No es que ella no viera cosas. Que Jimmy la estafaba, por ejemplo. Ella siempre veía eso. Afanando dinero del banco como un pequeño ladrón.

En el centro de mi pecho se alojó una repentina punzada de dolor.

Bajé la vista hasta donde el muro de mampostería tocaba el

suelo. Una araña marrón se escabulló bajo un bote de pintura.

Un tarro de tapones de botella.

Un agrietado stick de jockey con el apagado logotipo de los San Jose Sharks.

Una bola de béisbol casi deshilachada.

Algunos libros viejos. Una biografía de Edward R. Murrow. Una historia de la Guerra Fría. El *Vietnam* de Stanley Karnov. *Hiroshima*, de John Hersey.

De Wren, supuse.

Había polvo de yeso sobre la foto de portada de un hongo atómico. Al hacer los libros a un lado, puse al descubierto un agujero grande y desigual en la pared. Para hacer algo así hizo falta algo fuerte, pensé, intentando imaginarme la cosa metálica en la mano del fontanero. La cosa con la que él había acabado golpeándome la cabeza.

Miré por el agujero, pero sólo vi muro de mampostería y bordes rotos de aislante de papel de periódico.

Seguí mi recorrido por el sótano y pisé algo.

Pequeño y de plástico.

Me arrodillé, agredido por el fuerte olor del moho, y lo cogí.

Un enchufe hembra para teléfono. Aún colgaba el tornillo del agujero.

¿De dónde había salido?

Allí. En la base de la pared.

El enchufe estaba abierto, cables rojos y amarillos separados de sus respectivos tornillos, alzándose en el aire como dedos paralizados por el rígor mortis.

Lo llevé bajo la única bombilla que colgaba del techo del sótano. Evidentemente, el enchufe estaba sin estrenar... ahí abajo no había teléfono. Igual llevaba años ahí tirado.

No tenía polvo.

Vale, o sea que no llevaba ahí años.

10

Esta vez la señora Flaherty iba con más cautela.

—¿Qué quiere ahora? —dijo.

—Estoy investigando el accidente —contesté.

—¿Investigando?

—Así es. Estoy empezando a pensar que no sucedió tal como dicen.

—¿Dicen? ¿Quién? No entiendo.

—El otro conductor. No creo que pasara del modo en que él lo explicó.

—¿Piensa usted que él miente?

—Quizás está confundido. O creyó que el accidente había sido culpa suya, y entonces se lo inventó todo.

—Me dijeron que Dennis iba por el otro carril.

—Sí. Eso es lo que dijo el otro conductor.

Me di cuenta de que no. El otro conductor había dicho que Dennis se había metido en el otro carril.

De pronto comprendí.

Su depresión, su afición a beber...

La señora Flaherty creía que Dennis lo había hecho a propósito: dirigió el coche contra el tráfico que venía de frente en un momento de claridad suicida.

—¿Usted no le cree? Ese otro conductor... cómo se llamaba, ¿Earl?

—Ed. Ed Crannell.

—¿No le cree?

—Tal vez no.

—Da igual, ¿no? —dijo en voz baja—. Mi hijo está muerto.
Oí lo que parecían sollozos.

Esperé. Eran las 8 h 32 min de la mañana. Norma aún no había llegado. La oficina del *Littleton Journal* estaba encajonada entre un establecimiento de comida china preparada Foo Yang y Ted's Guns & Ammo, que ofrecía dianas de Michael Moore con cada pistola de compra.

—Señora Flaherty. ¿Puede describirme a Dennis?

—¿Qué?

—¿Puede describirme a su hijo?

—¿Por qué?

—No era birracial, ¿verdad?

—¿Biqué?

—Quiero decir, Dennis era caucasiano. Blanco, ¿verdad?

—¿Qué pasa? —dijo ella.

—Nada. Sólo estoy intentando...

—¿Qué está diciendo?

—Sólo quiero aclarar algunas cosas...

—La policía dijo que era Dennis. Yo lo enterré.

—Por supuesto. Metro setenta y dos, pelo castaño, ojos verde oliva. ¿Es éste su hijo, Dennis?

—¿Por qué ha preguntado si era negro?

—Mire, olvide lo de...

—Usted cree que no era él, ¿verdad?

—No...

—Eso es lo que está diciendo, ¿no? Piensa que podía haber sido otra persona. Un negro. Estaba todo quemado... negro. —Ya no preguntaba. Afirmaba. La esperanza había infundido a su voz el repentino fervor del auténtico creyente.

Debería haberla hecho callar, claro. En ese preciso momento. Tenía que haberle dicho que yo no pensaba eso en absoluto, no, que sólo quería la descripción en pro de la exactitud periodística.

Quizá las palabras «exactitud periodística» estaban prohibidas legalmente en mi vocabulario. En su garganta había esa voz entrecortada con la que lidiar. Esa emocionante disposición a tragar algo entero. Había oído antes ese seductor sonido, en la mesa de los resúmenes editoriales, donde yo proponía historias para su aprobación entre el dulce zumbido de los acólitos.

Comprender y perdonar. Era como echar humo en la cara de un adicto a la nicotina.

—Supongamos simplemente —dije a la señora Flaherty— que alguien robó a Dennis. ¿Y si alguien le robó el coche, la cartera? El cadáver era irreconocible. Sólo quiero estar totalmente seguro.

—Sí... sí, desde luego —dijo ella—. Dennis tenía el pelo castaño, los ojos verde oliva... como usted ha dicho. Y una pequeña cicatriz en la mejilla derecha. Cuando tenía cinco años, se cayó de las barras del parque infantil. ¿Es posible... señor...?

—Valle. Tom Valle.

—¿Es posible que estén equivocados? Sí, ¿verdad? Que no sea él. Que sea otro.

Anotó mi dirección.

Dijo que me enviaría una foto de Dennis.

Contó de un tirón algunos detalles de la triste farsa del matrimonio de Dennis.

Me dio el número de teléfono de la ex esposa de Dennis.

Me explicó que Dennis había ganado cinco insignias como *boy scout*.

Me costó lo mío que colgara.

Cuando entró Hinch, me preguntó en qué estaba trabajando.

Hinch era huesudo, de espaldas anchas, con una generosidad que últimamente había emigrado al sur de su estómago. Algunas mañanas llegaba mal afeitado. Seguramente miss Azalea no estaba bien.

—El seguimiento del accidente.

—¿El de la autopista 45? Es una noticia vieja, ¿no?

—Hay algunas cosas que quiero aclarar.

—¿Como qué? —Hinch se dirigía a la máquina de café, que yo, generosamente, había empezado a preparar, cometido habitual de Norma.

—Como que no hubo una identificación clara. Salvo por la cartera del hombre.

—¿Y esto qué significa?

—No lo sé exactamente. Pero el EM cree...

—¿El qué?

—El doctor Futillo. Está convencido...

—¿El doctor Futillo? —Hinch soltó un bufido—. No es examinador médico. ¿Sabes una cosa del doctor Futillo? —Como propietario, redactor jefe y único columnista editorial del *Littleton Journal*, Hinch pretendía saberlo todo de todo el mundo en la ciudad.

—Es un buen jugador de bolos.

—También es bueno recetando OxyContin a pacientes que no lo necesitan. Fue trasladado aquí en, digamos, circunstancias turbias. No creería todo lo que diga el doctor Futillo. Sobre todo con respecto a temas forenses.

Pensé que Hinch estaba diciéndome algo. Había dos personas que habían sido trasladadas a Littleton en circunstancias turbias, y ninguna de las dos era de fiar ni de lejos.

El sheriff Swenson tenía razón; Hinch estaba emparentado con mi agente de libertad condicional, quien en nuestra última reunión me había preguntado qué pensaba hacer con mi vida, ahora que ningún periódico en tres mil kilómetros a la redonda iba a contratarme. La respuesta fue sencilla. Encontrar un periódico a tres mil un kilómetros. Mi agente habló con el redactor jefe, Hinch, primo de ella por parte de madre. No era un gran periódico, desde luego —poco más que un boletín—, pero su situación en el desierto satisfacía mi deseo de aislamiento y autoflagelación.

—No escribiré nada a menos que esté comprobado —dije.

Lo cual era prácticamente palabra por palabra lo que Hinch me había dicho el día que llegué en mi destartalado Miata. Que él no publicaba nada a menos que estuviera comprobado.

Aunque sólo estuviéramos hablando de la venta anual de libros en la Biblioteca de Littleton. Mejor que sea la fecha correcta, ¿no?

Le prometí que no le decepcionaría.

Hinch me miró un buen rato, como si la credibilidad fuera algo que se pudiera evaluar visualmente.

—Muy bien —dijo.

Se retiró a su despacho y cerró la puerta.

Tengo un iPod.

Norma me había convencido de sus miles de bondades. Recientemente, ella había empezado a hacer aeróbic a la hora del almuerzo con lo último de Outkast, embutida en unos sueltos Danskins de color rosa y moviendo la boca con Andre 3000.

En muy poco tiempo yo había engordado mi iPod con mil treinta y dos canciones. La mayoría viejas pero buenas.

El canon entero de Hendrix.

Algo de Jackson Browne.

Santana. Fleetwood Mac. Jethro Tull.

También unas cuantas anomalías. *Side by Side by Sondheim*. Sinatra en Caesar's. Judy Collins cantando «Where or When».

Si nunca habéis oído su interpretación de esta evocadora melodía de Richard Rogers, realmente os estáis perdiendo algo.

Camino del coche, estaba escuchando «Where or When».

Iba a informar de la inauguración de unos nuevos grandes almacenes. Y quizá de algo más.

Estaba concentrándome en las palabras.

Cosas que pasaron por primera vez parecen estar pasando de nuevo...

Sí.

11

Uno siempre recuerda la primera vez.

Me quedé dormido.

Tenía que coger un avión a Shreveport, Louisiana, para ir a entrevistar a la familia de un soldado de la Guardia Nacional, una de las primeras bajas de Afganistán. Cuando la guerra contra el terrorismo aún tenía el imprimátur de la justa venganza.

Antes de que cayéramos sobre Irak en busca de inexistentes armas de destrucción masiva y armáramos la de Dios.

Quizás en el fondo me horrorizaba. Llamar a la puerta, mis palabras sobre lo mucho que lamentaba molestarles en ese momento de dolor. Sus rostros desconcertados, porque la muerte es desconcertante, una desaparición de una habilidad deslumbrante: ahora están, luego ya no. Las ceñudas caras, las lágrimas embarazosas, las fotos de álbumes polvorientos, abiertos para mi examen respetuoso. Las historias de infancia, la visita al dormitorio, la bandera americana doblada y colocada llamativamente en la repisa de la chimenea del salón. Quizá me horrorizaba tanto que decidí no despertarme.

A ver. Conocía la rutina tan bien que podía escribir de memoria.

Esto es exactamente lo que se me ocurrió mientras miraba el despertador con la vista nublada, lo que incomprensiblemente era horas después de cuando tenía que haber sido. Demasiadas horas para poder subirme a un avión de última hora, hacer igualmente la entrevista y tenerla lista para la edición de mañana domingo.

Admitiré algo.

Había mentido antes. Todos los reporteros lo hacen.

Cosas pequeñas.

Quizás había reconstruido un trozo de diálogo que no era exactamente palabra por palabra lo que aquel cobrador de extorsiones políticas me había contado en aquel solitario garaje del centro. Se parecía, seguro, pero así sonaba mucho mejor, infinitamente más espectacular.

Quizás, en un momento u otro, había descrito algo que no había visto de veras.

Había hablado con un yonqui hecho polvo frente a su vivienda quemada, y sin embargo se colaron en el artículo algunos detalles del interior lleno de agujas y basura.

¿Por qué no? ¿Qué mal había?

El apartamento seguramente estaba lleno de basura y agujas. Su inclusión en el artículo le añadía textura. Y si yo no había entrado realmente ni lo había visto con mis propios ojos, ¿quién iba a saberlo? No había cambiado nada desde el punto de vista material, ¿verdad?

Esto de ahora sería diferente, claro. Sería inventarse algo de arriba abajo. El descaro me mantenía pegado a la cama, me tenía mirando fijamente el reloj como si la manecilla horaria pudiera retroceder milagrosamente por voluntad propia.

Creo que escribí el artículo como si hiciera una especie de ejercicio. Al principio fue así.

En todo caso, esto es lo que me dije a mí mismo.

Escribe por gusto; ya veremos cómo resulta todo.

Imagínatelo, me decía a mí mismo. Caminando por una acera bordeada de árboles en un bonito día de Shreveport, y luego subiendo los desvencijados escalones que conducen a la puerta de la calle. El señor y la señora Beaumont haciéndose a un lado para dejarte pasar a la asfixiante oscuridad de su sala de estar. Imagina cómo podían haber respondido a tus preguntas.

Yo tenía alguna información. En una rápida búsqueda en Google encontré dos artículos del Shreveport Journal. *El sargento de primera Lowell Beaumont era un deportista de secundaria que habría disfrutado de una beca para la Universidad del Estado de Louisiana si no hubiera sido por la lesión de ligamentos de la rodilla que sufrió en su último año en Stonewall Jackson High.*

Su dormitorio sigue lleno de los ecos de la cancha del instituto, con trofeos recién abrillantados que adornan ambos lados del tocador.

Fíjate, no era tan difícil.
Es probable que la habitación sea exactamente así.
Lowell tenía dos hermanas pequeñas, decía el artículo. Mary y Louise.

Mary Beaumont tenía agarrada con ambas manos una fotografía de su hermano muerto. «Siempre estaba pendiente de nosotras, y procuraba que llegáramos a casa a la hora y cosas así.»

¿Qué hermano mayor no vigilaría atento a sus hermanas? ¿Y no habría una hermana que cogiera su foto, aunque sólo fuera para mirar la cara que no volvería a ver más?
Lowell Beaumont había trabajado en una cadena montaje de la fábrica local de neumáticos. Se había incorporado a la Guardia Nacional una semana después del 11-S.

«Creía que tenía un deber para con su país —dijo el señor Beaumont, moviendo una cabeza blanca inclinada por la pena—. Sentía que merecía la pena dar incluso la vida.»

¿No es ésta la única razón por la que alguien se incorporaría a la Guardia Nacional después de que cayeran las Torres Gemelas? ¿Deber para con el país? ¿No estaría el padre atormentado por una mezcla amorfa de orgullo y tristeza? Si no había dicho exactamente estas palabras a alguien, sin duda las había pensado.
En cuanto estuve en marcha, ya era difícil parar.
Fue más fácil que consultar mis notas. Mucho más fácil. Mis dedos volaban virtualmente de una tecla a otra.
Hablando de notas.
Supongamos que entrego realmente el reportaje. Supongamos que esta vez —nunca más, desde luego, sólo esta vez— salvo el pellejo con un poco de creatividad. Si alguien quisiera poner en entredicho algo de la historia, yo podría aportar pruebas. Cintas

no, yo era el tradicionalista que aborrecía las grabaciones magnetofónicas. Les daría mis notas.

¿Qué notas?

Las que yo haría aparecer al instante en último caso.

La sencilla brillantez del engaño me confortó y me alentó.

Cuando terminé el artículo, pensé que se leía exactamente como si me hubiera subido a ese avión y hubiera ido a esa casa de Shreveport cerrada con postigos.

Con todo, reconozco que me temblaban ligeramente las manos mientras esa tarde iba al despacho del redactor adjunto.

Mientras estaba de pie mirando el artículo recorrer su camino desde el corrector a las pruebas de imprenta.

A la mañana siguiente, me mandó llamar a su despacho.

Mis temblores aumentaron exponencialmente. Me estremecía, consumido por el miedo absoluto que uno siente mientras le conducen hasta el director de la escuela después de haber sido sorprendido in fraganti copiando en un examen.

Durante el trayecto ensayé una historia: «Perdí el avión, así que les llamé e hice la entrevista por teléfono... No volverá a pasar... Tenía que habérselo dicho... Lo siento de veras...»

Tras cruzar la puerta, lo primero que vi fue mi artículo en el periódico doblado. Portada, inferior izquierda.

TRISTE REGRESO DE UN SOLDADO

Él miró por encima de sus anticuadas bifocales, más arrugado que de costumbre. Desde que se prohibió fumar en las oficinas de Nueva York, se había acostumbrado a masticar cualquier cosa que estuviera a su alcance. Esa mañana era un lápiz rojo mordido casi hasta la mitad, que se quitaba cuidadosamente de la boca y dejaba suspendido sobre el artículo con la intención de un percutor que es devuelto a su posición.

«Bien escrito —dijo—. Conmovedor sin ser sensiblero. Bueno de verdad.»

«Gracias», dije.

Creo que me puse colorado.

12

En otro tiempo, Littleton había aspirado a ser una especie de Palm Springs. Se empezaron a construir un campo de golf estilo Robert Trent Jones y dos centros turísticos de crecimiento desordenado con arreglo a la teoría construye-y-vendrán del desarrollo urbano.

No vinieron.

Quizás es que Palm Springs contaba con Bon Hope y Shecky Greene y un sinnúmero de miembros avejentados del Friars Club, y Littleton tenía a Sonny Rolph.

No ayudó mucho que el principal promotor inmobiliario de Littleton fuera a la bancarrota tras el hundimiento de la bolsa a principios de los noventa, ni tampoco el hecho de que Las Vegas se convirtiera para los angelinos en una opción barata para las escapadas de fin de semana.

Los centros vacacionales no se terminaron nunca... y la construcción del campo de golf se suspendió a los nueve hoyos.

Ahora lo que causaba furor eran las inauguraciones de centros comerciales.

Éste era de primera.

Payasos de rodeos repartían globos retorcidos hasta formar diminutos perros salchicha de color rosa. Máquinas zumbadoras hilaban brillantes carretes de algodón de caramelo. Alguien parecido a Billy Ray Cyrus cantaba una canción country sobre su novia que lo dejaba rojo, blanco y azul.

Que resultaron ser los colores de la cinta ceremonial cortada diestramente en dos por el alcalde de Littleton de tres mandatos.

El patriotismo estaba a la orden del día. La voraz multitud cruzó puntualmente en tropel la enorme puerta en busca de gangas y aire acondicionado. No necesariamente en este orden.

Nate Cohen, mi interno de Pepperdine, me acompañaba para informar del extraordinario acontecimiento. Sus colegas lo llamaban *Nate el Patín*, me explicó el día que nos conocimos.

«¿Por qué?»

«No lo sé», dijo confuso ante la pregunta.

Nate solía acribillarme a preguntas sobre periodismo cuando no estaba cotorreando con su novia. Ellos dos tenían móviles a juego, decía él orgulloso, y ambos podían sacar fotos con calidad de cámara. Me lo demostró enseñándome a su novia, Rina, reclinada desnuda en una tumbona al aire libre.

—A que es guapa —dijo.

—¿Seguro que quieres ir enseñando esto a la gente? —dije yo.

—Tú no eres gente. Eres mi mentor. O algo así.

—A lo mejor a ella no le gustaría que tu mentor la viera desnuda.

—Oh, le daría igual. Vamos mucho a Black's Beach.

Black's Beach era una famosa caleta, situada justo al sur de La Jolla, donde ir vestido era opcional.

Cumplimos con nuestra obligación con mecánica profesionalidad.

Por alguna razón, la entrevista a la vendedora de mediana edad que me salpicó generosamente de «Agua de algo» Calvin Klein no consiguió que fluyeran mis jugos periodísticos. Y lo mismo pasó con el director de electrodomésticos, a su impecable demostración de una combinación de exprimidora-tostadora y una aspiradora manual con chip informático incorporado.

Yo estaba preocupado.

Belinda Washington había llegado a celebrar su centésimo aniversario y luego falleció de repente. Lo había oído esa mañana por la radio.

«En una nota triste —había dicho el locutor—, hoy nuestra querida centenaria ha estirado la pata. Belinda Washington se ha mudado a ese fantástico hogar de ancianos que hay en el cielo.»

«Todos deberíamos sentirnos afortunados», entonó alegremente el otro presentador del programa.

Después de dejar a Nate fui a la residencia de ancianos.

No estoy seguro de por qué.

Cuando entré en el vestíbulo, el señor Birdwell estaba acompañando a la puerta a una pareja de mediana edad.

—Pues ya nos dirán algo —decía—. Las plazas son más bien escasas.

Ya estaba intentando ocupar la cama de ella. Hoy día las residencias son como los restaurantes: los buenos tienen listas de espera kilométricas.

El señor Birdwell se acordó de mí enseguida.

—¿Qué le trae de nuevo por aquí, señor Valle?

—Me he enterado de lo de Belinda. Sólo quería saber detalles.

Me miró con expresión de desconcierto, como si estuviera esperando la segunda parte de la frase.

—Me preguntaba que de qué murió —dije.

—Tenía cien años —replicó, como si eso brindara todas las razones necesarias.

—El día que estuve aquí parecía estar bastante bien.

—El corazón —dijo él—. Se le paró sin más.

—Entiendo. —Recordé la fría mano de Belinda, todo lo contrario del caliente apretón de Anna. Las extremidades frías eran señal de circulación de sangre pura. El corazón, seguro.

—¿Puedo ver su habitación? —dije.

—¿Para qué?

—Para el reportaje.

No había reportaje ninguno. Cuando las palabras pasaban por mis labios, ya sabía que estaba mintiendo.

—No hay gran cosa —observó el señor Birdwell—. Pero bueno.

Se volvió y me hizo señal de que lo siguiera.

Dejamos atrás el puesto de las enfermeras, donde se alineaban sillas de ruedas como carritos de la compra. Hoy las enfermeras parecían más apagadas. Quizá también le habían cogido cariño a Belinda.

Un hombre en albornoz recorría sinuosamente el pasillo con

la ayuda de un andador y una máscara de oxígeno. Alzó la vista y me miró con ojos entrecerrados como intentando enfocarme bien. Recordé que aquel día el hombre había estado en la sala de recreo y pensé por un instante si sería el padre de Anna, que se estaba consumiendo a causa del Alzheimer.

La habitación de Belinda se hallaba al final de un largo pasillo iluminado con fluorescentes.

Estaba notoriamente vacía.

Su espacio exclusivo. Sólo una cama doble. En un rincón había un televisor atornillado a una plataforma móvil.

En un pequeño tocador marrón se veía una solitaria foto enmarcada medio vuelta hacia la pared.

La cogí y eché un vistazo.

Una madre y su hijo.

Era ella sin lugar a dudas... sesenta años más joven.

La misma sonrisa que me dedicó el día que la entrevisté. Estaba sentada en un banco con un niño acurrucado entre sus brazos.

Inmediatamente encima de la cabeza había un letrero suspendido por cadenas: «Littleton Flats Café».

—¿Creció en Littleton Flats? —pregunté al señor Birdwell intentando recordar si ella me lo había mencionado.

—Oh, sí —dijo el señor Birdwell—. Belinda era nuestra celebridad local. ¿Conoce a ese hombre del tiempo de la NBC, Willard... qué más... Scott, que desea feliz cumpleaños a todos los centenarios del país? Pues hace unas semanas sacó la foto de Belinda.

Miré al chico sentado en su regazo.

«Murió hace mucho tiempo...»

—Su hijo. ¿Murió en la inundación?

—Ajá —dijo el señor Birdwell, asintiendo—. Una verdadera tragedia. Belinda trabajaba como criada para una familia de aquí, de Littleton. Por lo visto pasaba los fines de semana en casa. Pero ese fin de semana no. Le pidieron que hiciera de canguro de los niños de la familia. La inundación se produjo el domingo por la mañana, cuando todos estaban en casa en Littleton Flats. Incluido su hijo.

Traté de imaginarme cómo se sentiría ella, cuidando de los hijos de otro mientras el tuyo se ahoga. Y no estar allí para sujetarlo.

«Dice que me perdona», había dicho.

Ahora sabía por qué.

—¿Tuvo más hijos? —pregunté.

El señor Birdwell negó con la cabeza.

—Lo tuvo ya de mayor. Estoy casi seguro de que éste es Benjamin.

«Echo en falta cosas.»

Sí. Había echado en falta a Benjamin lo suficiente para hacerlo aparecer de vez en cuando. Una mujer en las primeras angustias de la demencia y las últimas de la soledad.

—¿Me la puedo quedar? —pregunté al señor Birdwell.

—¿La foto? ¿Para qué?

—Para el reportaje —mentí de nuevo.

Dudó, obviamente dándole vueltas a los parámetros éticos de la entrega de posesiones personales a un periodista.

—La devolveré —dije.

—De acuerdo. No veo por qué no.

Ya me la había guardado en el bolsillo.

Aquella noche, más tarde, después de haberme tomado dos vasos de tequila mientras miraba varios episodios seguidos de *Archivos forenses*, cogí el teléfono y marqué unos dígitos familiares.

Esperé cuatro pitidos hasta que él descolgó y dijo: «Hola, hola...»

A veces construyo las palabras otra vez.

En mi cabeza.

Digo que lo siento, que quería coger el teléfono y decirle lo mucho que lo lamentaba, y que pido disculpas por haber tardado tanto. Oigo las palabras en mi cabeza, que suenan sinceras y contritas. Pero no las oigo salir de la boca. Se pierden en el camino.

Esta noche las construí otra vez y sonaban tristes y borrachinas.

«¿Hola? Hola... ¿quién es?»

Soy yo, dije sin articular nada. Soy yo. Tom. Lo siento, de veras.

Colgó.

Esperé hasta oír el deprimente zumbido de una comunicación cortada.

Al inclinarme para colgar, descubrí con pesar que la foto estaba en el suelo.

Se me caería del bolsillo cuando intenté colgar sin éxito los pantalones en el respaldo de la silla. Se había roto el vaso, con lo que quedaron pequeños fragmentos que pisé con el pie izquierdo.

Me hice sangre.

Fui al cuarto de baño a la pata coja y localicé un frasco de yodo. Me saqué una esquirla de vidrio de debajo del dedo gordo, y luego me lo vendé. Volví con cuidado al dormitorio arrastrando los pies, y recogí el resto de trocitos con la palma derecha y los eché en mi rebosante bolsa de basura que ya apestaba de comida de cuatro días.

Había que ocuparse de la fotografía herida. Motas de sangre brillante daban a la madre y al hijo la apariencia de víctimas de un accidente. Me sentí como si hubiera profanado algo delicado e insustituible.

La limpié con un pañuelo de papel, pero la sangre había penetrado en el material de la foto y formado hoyuelos. La saqué cuidadosamente del agrietado marco y soplé suavemente.

Cayó algo al suelo. Un trozo de papel doblado que estaba pegado en el otro lado.

Dejé la foto en el tocador y lo alcancé. Mi pie lacerado gritaba.

Era una nota.

Empezaba con «Feliz cien cumpleaños».

Me senté en la cama y extendí la carta sobre mi rodilla.

Feliz cien cumpleaños.
Te deseo cien besos.
Te deseo cien abrazos.
Con amor,

BENJY

P.D. Saludos de Kara Bolka.

13

Sam Weitz me llamó al trabajo para preguntarme si me gustaría tener un seguro de vida.

—¿Por qué? —le pregunté.

—Porque todo el mundo tiene uno. ¿No te han dado hace poco una paliza?

—Sí.

—Pues ya ves.

—¿Qué tiene que ver esto con nada? Y si muriese, ¿para quién sería el dinero?

—Evidentemente, no estás al día de los últimos avances en el paradigma de los seguros. No es sólo la cuestión de morir. Hay una protección contra ausencias médicas prolongadas, por ejemplo. Así sigues cobrando. ¿No has visto esos anuncios con el pato? ¿Y si tuvieses que guardar cama y no pudieras ser nunca más reportero?

Estuve tentado de decirle cuánto ganaba, así entendería que si algún día no podía ir a trabajar al *Littleton Journal*, siempre podía seguir el camino de la movilidad ascendente e ir a trabajar a un McDonald's.

—Mira, déjalo —dije—. Creo que pasaré sin el seguro, si no te importa.

—Es tu funeral —dijo, y luego añadió—: Mala elección de palabras.

—No, es gracioso.

—¿En serio? —dijo, la voz más alegre. Como agente de seguros, seguramente le habían llamado montones de cosas. Pesado, aburrido, chupasangre... gracioso acaso había sido una primicia—. Bueno, si cambias de opinión...

—Serás el primero en saberlo.

—Vale.

Norma me preguntó si quería comer algo. Ella iba a tomar un almuerzo rápido en el chino de al lado; Nate ya había hecho su pedido de *moo goo gai pan* y wantunes fritos.

—No, gracias —dije—. No tengo hambre.

—Siempre dices que no tienes hambre y luego he de darte la mitad de lo mío porque me das una pena espantosa.

—Soy yo —dije—. El proverbial objeto de compasión.

Quizás en este sentido ella seguía el ejemplo de Hinch. Después de todo, Hinch había sentido por mí la suficiente pena para contratarme.

—No puedo despertar tu interés por media pinta de fideos, ¿eh?

—Pues claro —dije—. Así mi vida tendría mejor pinta.

Mi intento de ocurrencia voló por encima de la cabeza de Norma.

Después de hablar con Sam, volví a coger enseguida el auricular, pero había olvidado a quién quería llamar. Luego reparé en que no había olvidado nada, sino que simplemente se habían agotado las posibilidades.

En la ciudad de Cleveland no figuraba ningún Ed Crannell.

Lo intenté todo en un radio de ciento cincuenta kilómetros y no saqué nada.

Quería preguntarle a Ed Crannell si la cara que él había vislumbrado a través del parabrisas que se acercaba era blanca o negra.

Cleveland no había oído hablar de él.

«¿El de Ohio?», le había preguntado a Crannell para asegurarme de que hablábamos del Cleveland correcto.

Él asintió y me dijo que era vendedor de productos farmacéuticos.

A continuación probé con eso. Anoté las principales empresas farmacéuticas que me venían a la cabeza, y luego llamé a una tras otra preguntando por Edward Crannell.

En las plantillas no constaba ningún vendedor con ese nombre. Quizá trabajaba a tiempo parcial, sugerí. ¿Por cuenta propia?

En Pfizer había una vendedora *free lance* llamada Beth Crannell. Ella no podía ser la persona que yo estaba buscando, ¿verdad?

No, no podía ser.

Muy bien. Aquí se estaba desarrollando un patrón claro. Ni señales de patinazo ni Ed.

Llamé a la oficina del Sheriff.

Él tendría todos los datos de valor del carné de conducir de Crannell. Suponiendo que esos datos fueran ciertos de algún modo, forma o manera. Suponiendo que el carné no hubiera sido comprado por correo o falsificado.

Una agente me informó que el sheriff Swenson no estaba. Él se pondría en contacto conmigo.

Había algo más que me roía por dentro, naturalmente.

No me había olvidado. No. La nota de la habitación de Belinda Washington no se me había ido de la cabeza, ni había sido rechazada sumariamente ni relegada al archivo de las cosas muy extrañas.

«Feliz cien cumpleaños.»

«Con amor, Benjy.»

¿Podía haber otro Benjamin?

¿Alquien, por ejemplo, que no fuera su hijo muerto?

Claro. Podía ser. Dado el hecho de que Benjamin Washington había muerto cincuenta años atrás en la Inundación de la Represa Aurora, era incluso verosímil.

Llamé al señor Birdwell.

—¿Visitó a Belinda un hombre negro de mediana edad antes de la fiesta de cumpleaños? —inquirí.

—No que yo sepa —respondió.

—Bien, ¿quién podría saber si alguien la visitó en la residencia?

—Las visitas han de registrarse en el mostrador —dijo—. ¿A qué viene esto?

—Estoy intentando localizar a un pariente que tal vez se pasó por ahí —expliqué—. ¿Me haría el favor de comprobarlo?

Suspiró y dijo que se pondría en contacto conmigo.

Al cabo de veinte minutos llamó y dijo:

—Durante años nadie visitó a Belinda.

—¿En serio? ¿Y si alguien no quiso registrarse en el mostrador de la entrada? ¿Y si decidió entrar disimulando? ¿No es posible?

—No —dijo el señor Birdwell. Pero antes de decirlo dudó, y lo expresó tan a la defensiva que me hizo pensar que mentía.

Volví a la residencia.

Aparqué a dos manzanas, frente a una avejentada Rexall.

Intenté pasar por alto el calor del mediodía. A los nativos les gusta señalar que en el desierto de California no hay humedad. Cierto. Omiten convenientemente la parte de los 45 °C en verano, que te hace sentir como si respiraras en una sauna, y los mortíferos vientos de Santa Ana. Los Santa Ana son mortíferos pero no del modo que quizá se imaginen. No se te llevan como el lobo que jadea ante la puerta de los cerdos; te matan por desgaste, soplando con tanta insistencia que la gente se vuelve loca. Preguntadle a John Wren, que por lo visto se volvió majara: lo bastante solitario y acaparador para atrincherarse una noche en el *Littleton Journal*, antes de huir a zonas desconocidas. Es verdad. Durante los vientos de Santa Ana sube el índice de suicidios.

Hablando de suicidios.

Admito que contemplé esta posibilidad una o dos veces cuando estaba en Nueva York. No en serio, es decir, no es que lo fuera a hacer en el mismo momento, del modo en que los agentes de la OSS introducidos tras las líneas enemigas seguramente tocaban las cápsulas de estricnina que llevaban cosidas a la pretina de los pantalones. Sabían qué suponía un interrogatorio de la Gestapo; tenía que ser un verdadero consuelo saber que la paz consistía simplemente en tragarse algo. Si las cosas se ponían feas.

En mi desesperante época de piñata pública —durante un tiempo fui atacado en artículos diarios, desde artículos sensacionalistas hasta serios tratados sobre cómo los buenos reporteros se vuelven malos—, de vez en cuando había sido reconfortante plantearse las dieciocho plantas que había desde la ventana de mi apartamento hasta la acera de abajo llena de grafitis.

Cuando llegué a la residencia, pasé de la puerta principal.

Deambulé hacia la parte de atrás, donde una extensión de césped marrón bajaba hasta un enlodado estanque, a rebosar de espadañas y algodoncillos. Había una verja metálica que cercaba el patio trasero, pero yo simplemente fui y quité el pestillo. Evidentemente, al señor Birdwell le preocupaban más los residentes que salían que las visitas que entraban como si tal cosa.

No había nadie paseando por el césped.

Eso era lógico, pues el brutal calor habría sido letal para personas de ochenta años de media. El ronco zumbido del enorme aparato de aire acondicionado sonaba como un ejército de cigarras enfadadas. Me dirigí a la puerta de atrás e hice girar el pomo.

Se abrió poco a poco.

Cualquiera podía haber hecho lo mismo. Si alguien no hubiera querido ser visto o no hubiera querido dejar su firma en el registro de visitas. Si hubiera querido hacer una visita sorpresa.

Entré e inmediatamente me vi envuelto por un frío artificial.

Pasé junto a dos enfermeros, uno de los cuales empujaba una silla de ruedas con un paciente amarrado que parecía en estado comatoso. Ningún enfermero me preguntó qué estaba haciendo allí, ni me pidió que me identificara ni me remitió a otro lugar.

Recorrí todo el trayecto hasta la antigua habitación de Belinda.

Ahora parecía aún más vacía.

Hay algo lastimoso en la facilidad con que una habitación abandona a su dueño. Sobre todo si se trata de alguien que vivió un siglo.

La puerta del otro lado del pasillo se abrió con un chirrido. Un hombre marchito con una enorme mancha de la vejez en la frente me miró a hurtadillas.

—¿Dan? —dijo.

—No.

—Dan, ¿eres tú, Dan?

—No, me llamo Tom. No soy Dan.

—Oh. —Confuso de pronto, se retiró tras una puerta adornada con apagados dibujos de niños.

Entré y me senté en la antigua cama de Belinda.

«Hola, mamá. Soy Benjy. Feliz cumpleaños. Te perdono.»

Al salir, me tropecé con el señor Birdwell.

Literalmente.

Yo andaba con la cabeza gacha, como hipnotizado por las alternas baldosas blancas y negras en el suelo de linóleo, y choqué con él al doblar la esquina del pasillo.

No pareció muy contento.

—¿Qué está haciendo aquí?

—Tenía que comprobar algo.

—¿Comprobar el qué?

—Si era posible entrar sin que nadie lo supiera.

El señor Birdwell parecía aún menos contento que antes. Cruzó los brazos y me miró como si yo fuera uno de los viejos a su cargo al que hubiera sorprendido desobedeciendo alguna norma de la residencia. Coger una galleta de más a la hora del refrigerio o pellizcar el trasero de una enfermera.

—No ha sido muy inteligente de su parte.

—¿Por qué no?

—Para empezar, esto es entrar ilegalmente en una propiedad. Ya le expliqué que hay que registrarse en el mostrador de la entrada. Además, usted no ha entrado sin que nadie lo viera, ¿verdad?

—Bueno, no he salido sin que nadie me viera. No estoy seguro de que sea lo mismo. Entrar ha sido bastante fácil.

—¿Con qué fin lo ha hecho? ¿Le importaría decírmelo?

—No estoy haciendo ninguna investigación sobre seguridad en las residencias de ancianos, si eso es lo que le preocupa.

—¿Por qué no me deja decidir a mí lo que me preocupa? Usted ha entrado a la fuerza en mi residencia y me gustaría saber por qué.

—¿No es un poco exagerado eso de «a la fuerza»? La puerta de atrás estaba abierta.

—Ha entrado sin permiso. —El señor Birdwell se estaba poniendo nervioso. Se le habían puesto las mejillas coloradas; se balanceaba para adelante y para atrás sobre sus talones—. ¿Cree que voy a dejar que cualquiera entre sin más en una residencia llena de personas enfermas y asustadas?

—Exactamente.

—¿Exactamente qué?

—Usted deja que entre cualquiera. Yo lo he hecho.

—Así no vamos a ninguna parte, señor Valle.

—Quería saber si Belinda Washington podía haber tenido alguna visita de la que usted no supiera nada. Antes me ha dicho que era imposible. Quería comprobarlo. Es todo.

—¿Qué visita?

—No lo sé. Pero tuvo una.

—Fantástico. Bravo. Seguro que va camino de ganar el Pulitzer. Por otra parte, actualmente los salones del periodismo no resuenan con elogios hacia usted, señor Valle, ¿me equivoco?

Sonrió. En realidad, ésta fue la peor parte: la sonrisa. No es que él supiera, no es que hubiera investigado sobre mí o que hubiera hablado con Swenson o se hubiera encontrado con Hinch y supiera; era esa sonrisa petulante.

No tenía respuesta para esa sonrisa. Ninguna.

En una ocasión, mi papá me compró una lupa Hardy Boys de detección de crímenes el último cumpleaños que celebramos en familia. Después de que él se hubo marchado, yo solía sentarme bajo el abrasador sol de la tarde y colocaba la lupa sobre mi palma desnuda hasta que se formaban ampollas y no podía soportar el dolor.

Eso es lo que la sonrisa del señor Birdwell provocaba en mi espalda en rápida retirada. Un agujero.

14

¿Dónde estaba?

He perdido el hilo.

Tal vez sea porque en los dos últimos días he comido sólo una vez. Pongamos tres días... no estoy seguro. Estoy a base de galletitas Nabisco, es la triste verdad. No más Tostitos ni Jolly Ranchers ni cecina de buey, las provisiones conseguidas en mi última incursión al 7-Eleven, cuando salí de la habitación del motel llevando unas Ray-Bans y un sombrero de cowboy y di a la empleada de la tienda un susto de muerte. Cuando saqué mi dinero suelto, ella pareció aliviada al ver que no era un arma.

Tengo que tomar precauciones.

Me están buscando. Soy un hombre fichado.

¿Dónde estaba?

¿Encontrando la nota?

Esto ya lo he explicado, ¿verdad? La nota de Benjy, completada en la posdata con los saludos de la misteriosa Kara. Kara Bolka. ¿Quién es esa Kara? ¿La esposa de Benjy? ¿Su novia?

Un momento. Un poco de paciencia. Pronto sabréis quién es Kara Bolka. Sabréis quién es todo el mundo. Pronto sabréis acerca del accidente, acerca de todo. Todos los muertos se levantarán y saldrán a recibir aplausos.

Todavía no.

Necesito retomar el hilo.

Para coser las cosas con precisión y pulcritud, incluso profesionalidad.

Mi profesor de periodismo solía decir que todos los reporteros tenían una gran historia dentro.

Ésta es la mía.

Ya he hablado de la nota. Recuerdo perfectamente haberos hablado de ella.

«Feliz cien cumpleaños.

»Con amor, Benjy.

»Saludos de Kara Bolka.»

Como un haiku.

Los haikus son muy sencillos de leer, pero están imbuidos de misterio.

Esperad.

¿He mencionado mi Miata? ¿Que se averió?

No, no la primera vez, la de la bolera.

La segunda vez, a cuatro manzanas del hogar de ancianos.

15

Estaba conduciendo, y de pronto ya no.

El motor se paró, y el coche fue dando bandazos hasta el lado de la calle como víctima de una apoplejía.

Yo estaba cabreado por dos motivos.

Ni coche ni aire acondicionado.

Hacía un calor espantoso.

Por otro lado, al menos tenía una posibilidad. Algo sobre un cable suelto de la bobina, había dicho Anna. Tenía una pista.

Levanté el candente capó y miré dentro con una vaga sensación de esperanza. Concentré la atención en el sitio donde había estado hurgando ella. Seguro, allí era... un cable suelto que colgaba del fuselaje.

Logré conectarlo de nuevo. Estaba a punto de cerrar el capó cuando advertí las palabras escritas en la tapa de la transmisión. Creo que es una tapa de la transmisión.

Un dedo había trazado las letras en la mugre acumulada.

Era un NP. «Nombre de pantalla», para quienes aún no se hayan apuntado a la generación de internet.

«AOL: Kkraab.»

Anna me había dejado el equivalente moderno del número de teléfono.

Pensé que era algo bonito. Vale, algo más que esto.

No voy a fingir indiferencia desenfadada. Llevaba mucho sin estar con una mujer que me gustara. Había pasado mucho tiempo entre un agujero y otro que regar (expresión beduina).

Estaba abrasado.

Cuando llegué a casa, probé. Entré en AOL, donde yo era conocido como Starreport, un apodo de pantalla que me había puesto antes de que Ken Starr se gastara ochenta millones de dólares de los contribuyentes en investigar el sexo oral. También antes de que mis propias acciones me convirtieran en un reportero estrella grotesco en grado sumo.

Nunca me tomé la molestia de cambiarlo.

El perfil de Kkraab ponía lo siguiente:

Nombre: Anna Graham
Ubicación: Estado de Confusión y ocasional Kkrabinidad
Género: Adivina.
Estado civil: ¿No es esto un oxímoron?
Aficiones e intereses: Los acertijos.
Ocupación: Sí.

Su cita personal era una canción de un tal Robert Zimmerman, alias *Bob Dylan*: *Mejor que empieces a nadar o te hundirás como una piedra.*

Era difícil resistirse a un perfil así, en especial su homenaje a una de las canciones fundamentales del siglo XX, una de mis favoritas ya cómodamente instalada en mi iPod.

Miré si Kkraab estaba en ese momento conectada. No lo estaba.

Le envié un e-mail.

Al menos lo intenté. Traté de dar con el justo medio entre amistad informal y lujuria incontenible. Hacerlo de un modo que pareciera remotamente inteligente y agudo.

Me quedé atascado en «Hola».

Como he dicho, fue hace un tiempo. Yo era capaz de fabricar bromas insinuantes sin ningún problema. Naturalmente, esto era cuando yo inventaba historias periodísticas. Quizás ambas cosas iban de la mano, creando ficción sobre otras personas o yo mismo. ¿No es esto lo que hace la gente en la penumbra de los bares... inventarse personajes que esperan gustar a alguien?

Ahora que ya no inventaba nada, me resultaba difícil construir una frase completa para Anna.

Lo logré.

«Hola, Anna», escribí.

«Qué bueno que mi cable de la bobina se soltó otra vez, de lo contrario habría tardado más en ver tu mensaje.»

Pensé brevemente en si esto también se le podía haber ocurrido a Anna, y si ella podía haberlo dejado suelto adrede. No... creer esto por un instante era el colmo de la presunción.

«Esperaba volver a tropezarme contigo. Pensaba en acercarme a Santa Monica y sentarme en el paseo marítimo hasta que pasaras por allí. ¿Estas todavía en la ciudad? Si es así, me encantaría invitarte a una copa. O a ir a una isla. Cueste lo que cueste.»

Después de mandarlo pensé que olía a desesperado.

Demasiado tarde. Tal vez había un modo de cancelar un e-mail enviado, pero yo no lo conocía.

Esto me recordó el instituto. Parloteando al teléfono para lamentarlo enseguida.

Pero quizá también ella estaba desesperada.

Últimamente había mucha desesperación por ahí.

Noche de bolos.

Muhammed Alley estaba mucho más lleno que de costumbre. También se oía mucho ruido... para lo que es una bolera. Por alguna razón, la liga de las mujeres había sido obligada a cambiar de noche.

Sam empezó proponiéndome otra vez lo del seguro de vida. Yo decliné otra vez el ofrecimiento.

Seth era otra cosa. Se mostraba extrañamente hiperactivo, un niño de dos años con necesidad urgente de Ritalin. Cada vez que hacía un pleno nos ofrecía una interpretación improvisada de «Who Let the Dogs Out» [Quién ha dejado salir los perros], la parte gutural de los coros: *Ooho-ooh-ooh-ooh*, acompañada de una serie de empujones pélvicos al estilo de Lil' Kim.

Algunas de las mujeres que jugaban cuatro pistas más abajo se quedaban paralizadas en medio del lanzamiento para observarlo, como si no pudieran creer lo que estaban presenciando.

Pregunté a Marv sobre mis problemas con el coche.

—El cable de la bobina, ¿eh? Tráelo y le echaré un vistazo —dijo—. Gratis.

—Gracias.

Marv era famoso por su condición de mesurado, el tipo de persona que puede ver crecer la hierba y deleitarse con ello. La actitud que uno querría en el otro extremo de un teléfono de ayuda a suicidas. Si alguna vez vuelvo a pensar en matarme, llamaré a Marv.

Ahora pensaba en otras cosas.

La investigación sobre el accidente no avanzaba. Cuando el sheriff Swenson me devolvió la llamada —al cabo de varios días—, acogió ni noticia de que en Cleveland no constaba ningún Ed Crannell con un bostezo apenas disimulado. Fue un accidente, me recordó. Lo que quería decir: ¿A quién le importa averiguar nada sobre Ed Crannell?

Estaba también la enigmática, pero en última instancia insondable, nota de Benjy.

Y estaba Anna.

De hecho, me había contestado.

«Prefiero la isla —escribió—. Preferible con palmeras y agua caliente. Mientras tú hagas la compra, yo tomaré un cosmo.»

Era casi patético lo feliz que era yo al recibir tres líneas. Era como si ella hubiera susurrado las tres pequeñas palabras. Le mandé enseguida un e-mail. Nos veríamos mañana en el Violetta's Emporium, el único restaurante italiano decente de la ciudad.

Me sorprendió darme cuenta de que me sentía magnánimo e incluso feliz; al menos esperanzado. Pero hay que tener en cuenta que la felicidad es la realidad dividida por las expectativas, y éstas se habían incrementado claramente.

Cuando advertí que Seth estaba encarado con dos hombres cabreados, al principio me dispuse a ofrecerles una cerveza.

Evidentemente, se me había escapado algo. Esa noche me estaba enrollando bien; y mañana pensaba enrollarme aún mejor. Dos hombres gritaban a Seth por alguna razón desconocida.

—Vamos afuera a dar un paseo —decía uno de ellos.

Seth no aceptaba la sugerencia.

—Que os den por el culo —soltó. Sostenía la bola en la mano derecha, balanceándola vagamente como si contemplara la posibilidad de utilizarla como un arma.

Sam intentaba interceder.

—Calmémonos todos, ¿vale?

—Apártate de aquí, gordito —dijo uno de los hombres—. Este subnormal ha ofendido a nuestras señoras.

¿Ofendido?

Entonces lo entendí. Seth había estado haciendo lo del perro, y una de las mujeres se había quejado. Los gritos improvisados de Seth sonaban como los epítetos que los trabajadores de la construcción de Nueva York sueltan a las mujeres que pasan. Seth podía haberles dicho simplemente que estaban en un error, que sus chillidos de júbilo no iban dirigidos a nadie en concreto sino al universo entero.

Seth era así.

—¿A esas *guau guaus*? —dijo—. Deberíais ponerles un bozal.

Sólo hizo falta eso para que uno de los hombres empujara a Seth contra el recuperador. Seth volvió balanceando la bola.

Cuando aparecí yo para poner paz, alcancé a ver a BJ avanzando pesadamente desde detrás de la barra. Precía llevar en la mano un bate Louisville Slugger. Eso tenía todos los ingredientes de un incidente feo: un gran titular en el *Littleton Journal* de mañana.

—Eh, tíos —dije—. Esto es una bolera.

—Gracias, gilipollas —murmuró el más corpulento sin mirarme realmente—. Creía que era la biblioteca pública.

Seth había dirigido su bola torpemente hacia la cabeza del anterior y falló estrepitosamente. Su impulso lo lanzó de lado hacia la mesa de anotaciones. Se me ocurrió que cinco o seis cervezas seguramente ya se dejaban sentir en el equilibrio general de Seth. Con bola o sin ella, era una presa fácil.

El hombre le dio un puñetazo en la cara. Seth se desplomó. Una mujer gritó desde algún sitio de la bolera; probablemente no una de las que habían enviado a esos idiotas a defender su honor.

Logré agarrar al más próximo del brazo; quizás era físicamente menos impresionante que su amigo, pero igualmente mostraba una abundante cantidad de músculo bajo su camisa de jugar a los bolos.

El tipo se revolvió para encararse conmigo, la mano derecha hacia atrás y cerrada en un puño. Sentí una chisporroteante sacudida de adrenalina, similar al efecto que solía obtener de la cocaína cortada que empecé a inhalar durante mis últimos y atroces días en Nueva York. Me agaché, y el puño pasó rozándome la oreja izquierda. Todo el mundo parecía acudir en tropel a nuestra pista, la mayoría sólo a mirar tontamente, aunque algunos miraban como si tuvieran en mente una tradicional reyerta de bar.

¡Crack!

El bate de béisbol de BJ cayó violentamente sobre la mesa de anotaciones y mandó al aire una Miller High Lifes y media.

Una buena cantidad de cerveza aterrizó en el hombre cabreadísimo que yo agarraba desesperadamente.

Le cayó un poco en los ojos; entonces maldijo, cerró los ojos y se cubrió la cara con la mano libre. Yo aproveché la momentánea ceguera para atraparlo en una apariencia de abrazo del oso, más del oso Yogi que de un oso pardo.

Seth recuperó la posición vertical, paralizado en una postura de boxeador de dudoso mérito. Todo el mundo parecía estar esperando algo.

Quizás al hombre que sostenía el bate de béisbol sobre su cabeza.

—No tenéis por qué hacer esto aquí —dijo BJ con una voz singularmente tranquila.

Nadie se atrevió a contradecirle, tampoco el hombre al que yo abrazaba como si fuera un viejo amigo recuperado.

Olía a una mezcla de sudor y *aftershave*. Lo solté lentamente. Aparte de retroceder y clavarme una mirada medio asesina, él no hizo ningún intento por reanudar las hostilidades.

Seth aún se meneaba y se tambaleaba.

—Estaba ladrándole a mi chica —dijo el agresor de Seth, sintiendo obviamente la necesidad de explicarse. Quizás era su aspecto, el bellaco de Jerry Springer, «¿Por qué no puedo dejar de golpear a la gente?», una cabeza casi afeitada con un chillón tatuaje de Judas Priest en el antebrazo derecho.

—Estaba ladrando sin más —dije—. En serio. Él es así. Se pone bullanguero.

Seth no pareció agradecer mi esfuerzo por defenderle. Tal vez no sabía qué significaba «bullanguero» y sospechaba que yo le acusaba de algo vergonzoso.

—Pues qué bien —dijo BJ, sin soltar el bate de quince kilos a la altura del pecho—. Si nadie se ha hecho daño, no ha pasado nada —añadió cambiando de tercio en un esfuerzo por encontrar la expresión adecuada—. Creo que los tipos duros como vosotros deberían dar la noche por acabada.

Me pareció que lo de tipos duros era un sarcasmo.

—Eh —dijo Sam—, ¿por qué no nos estrechamos la mano?

Estaba intentando mostrarse civilizado. Quizá después de que hiciéramos las paces intentaría venderle a alguien un seguro de vida.

—Vamos —dijo, al parecer sin inmutarse por el hecho de que nadie aceptara su sugerencia—. ¿Qué decís?

No mucho. El tío que había golpeado a Seth en la cara bufó con desdén, dio media vuelta y se marchó tan tranquilo.

Sam enrojeció y se dirigió al otro tendiéndole su rama de olivo ligeramente marchita. Seguía sin haber interesados. El tipo meneó la cabeza como si Sam fuera un niño tarado y luego siguió a su colega por la pista.

Fue más o menos entonces cuando lo vi.

Estaba yo mirando a los dos tipos caminando por la pista, en busca de las señoras a las que supuestamente Seth había ofendido de gravedad. Unos cuantos hombres les daban palmaditas en los hombros, susurraban palabras de ánimo a sus espaldas en retirada.

Yo conocía a uno.

La última vez que vi a esa persona, sostenía en la mano una herramienta de fontanero. O no era una herramienta de fontanero. A lo mejor sólo era algo para hacer un agujero en la pared y sacar un enchufe de teléfono. Mirándome fijamente con aquellos rasgos apagados, como si por algún motivo se hubiera perdido el último trimestre de feto. Habría jurado que el tipo sonreía.

Me dieron náuseas.

No avancé, ni retrocedí, ni grité policía.

Me volví hacia Seth como suscitando un apoyo silencioso. Cuando me di otra vez la vuelta, el fontanero ya no estaba.

Lo sé. Parece como si estuviera teniendo alucinaciones.

Pues no las tenía.

Él estaba allí, y de pronto dejó de estar, el tiempo suficiente para sonreír en mi dirección y desaparecer.

Me precipité a una mesa donde dos parejas de mediana edad con camisas de jugar a los bolos a juego estaban comiendo patatas fritas grasientas y perritos calientes de chile con carne.

—El tipo que estaba aquí hace un momento... ¿han visto adónde ha ido? —les pregunté.

Parecían cautelosos. También confundidos. Que quién era el tipo que estaba dónde, decían sus caras.

—¿Quién? —preguntó por fin una de las mujeres.

—El hombre que estaba junto a su mesa...

—¿Se refiere al hombre con el que usted se estaba peleando? —dijo la mujer—. Pues está allí.

—No, ése no. El que le susurró algo al pasar.

—¿Que susurró algo a quién? —preguntó uno de los hombres. Parecía ansiar que yo siguiera el consejo de BJ y me marchara de la bolera. O al menos que los dejara tranquilos.

—Miren, soy un reportero del periódico de aquí... sólo quiero saber quién es ese tipo...

—No sabemos de qué tipo está hablando —dijo la mujer, que casi parecía sentir pena por mí.

Me callé y eché un vistazo a la bolera. La mayoría de los presentes habían reanudado las partidas tras la entretenida interrupción de la noche, algo de lo que hablarían con los compañeros de trabajo a la hora del café. «Y entonces cogió una bola y...»

Fui corriendo al servicio. Un chaval de secundaria estaba ocupado admirando en el espejo el aro de su lengua. Es lo que hay.

Cuando finalmente salí afuera, tampoco había rastro del fontanero.

Sólo los restos de mi equipo de bolos.

Seth estaba explicándoles a Sam y Marv cómo iba a desquitarse de la nenaza que le había golpeado en la cara a traición.

«Vosotros esperad —prometió—. Es definitivo.»

16

Después de que colara mi artículo sobre el emocionante regreso a casa de Lowell Beaumont, después de haberme ganado un abrazo verbal de quien tenía que ser complacido, y eso sin mencionar los dispersos elogios del gallinero de esclavos de la redacción, lo hice otra vez.

Escribí una crónica sobre un soldado americano de fortuna que vendía sus servicios al mejor postor —incluido un señor de la guerra talibán—, lo que le colocó en la incómoda posición de luchar contra sus compatriotas.

El artículo era inquietante, dramático, incluso triste.

Simplemente no era veraz de ningún modo, forma o manera.

Yo jamás conocí a ese soldado de fortuna.

Él era una amalgama de diferentes personas con las que había hablado, sobre las que había leído y con las que posiblemente había soñado.

Da igual.

Funcionó a las mil maravillas.

Siguieron otros artículos, uno tras otro, una vertiginosa antología de escritura verdaderamente creativa.

Un grupo de actores de Hollywood sin trabajo que se ofrecían a la mafia rusa para varios timos, haciéndose pasar por lo que fuera, desde vendedores de componentes informáticos hasta solistas del coro del templo.

Un think tank de evangelistas republicanos que preguntaban qué haría Jesucristo en cada cuestión política importante.

Un juego de Auto Tag recorriendo las autopistas del país, coches golpeando sus parachoques a ciento treinta hasta que el perdedor se estrellaba y ardía.

Una sociedad secreta de pirómanos que comerciaba en la Red con vídeos de sus grandes éxitos, incendios forestales, de bloques de edificios, de gasolineras.

En ello había algo excitante, desde luego.

Crear reportajes de la nada. Darles el visto bueno de los hechos en letras de molde. Soltar bolas cada vez más grandes y aguantar la respiración hasta ver que me salía con la mía. Era como apostar la casa a cada golpe de volante.

De algún modo era adictivo.

Como lo eran también los elogios resultantes y el clamor pidiendo más. Eran adictivos incluso los celos que despertaba entre mis colegas.

Al fin y al cabo tenían celos de mí.

Naturalmente, uno de esos reporteros celosos acabó llevándome a Keats y metiéndome tequila Patrón. Y al mismo tiempo sacándome algo mucho más valioso: los fascinantes pormenores relativos a mi serie de fulgurantes primicias. Sobre todo la última —sensacional, de candente actualidad—, la del pediatra que cometió un atentado contra una clínica abortista. Por lo que recuerdo, aquella noche se pasó un montón de rato gorroneándome detalles: ¿cómo conocía al médico ése? ¿Dónde? ¿Cómo entendí que el médico me estaba proporcionando anagramas de su lugar de nacimiento, de su ciudad de residencia?

Muy bien. Quizá mi compañero de copas no estaba celoso... tal vez sólo estaba siendo diligente, protegiendo su profesión escogida de lo que él percibía como un contaminador peligroso.

Avisó a cierto editor, por supuesto.

Cuando me pidieron las notas, ya debería haberlo imaginado.

No es que no hubiera pasado antes. Yo había llegado a ser un gran experto en hacer aparecer voluminosas notas siempre que era necesario.

A veces lo era. Alguien —real en contraposición a inventado— se quejaba afirmando que lo que yo escribía no había pasado nunca, que yo nunca le había entrevistado, que jamás me había visto ni había oído hablar de mí. No dolía que yo hubiera retratado a la mayoría de esas personas bajo una luz poco favorecedora. Era bastante fácil atribuir sus motivos a la cólera, al simple deseo de desacreditar a su acusador revelador de escándalos. Claro que dice que no ha oído hablar de mí, diría yo, rechazando sus acusaciones como si no valiera la pena dedicarles ni un minuto. ¿Qué harías tú si yo te desenmascarara en un periódico?

Me ayudó el hecho de que vivimos en un mundo de desmentidos verosímiles.

Coge las noticias de hoy mismo. Todo el mundo lo niega todo.

Sacado de contexto, equivocado, entendido mal, malinterpretado, tergiversado, o simplemente inventado.

La responsabilidad ante los demás no existe; preguntadle a nuestro presidente si ha encontrado armas de destrucción masiva últimamente en Irak. Yo era una criatura de la época, alguien que, de lo contrario, no habría existido.

Lo que de ningún modo es una excusa.

No.

Tiempo atrás, yo podía haber ganado puntos de comprensión si hubiera seguido el camino de Oprah y sacado a la luz mi infancia en la televisión nacional. Si hubiera espolvoreado mi absolución pública con anécdotas escogidas del álbum de infancia de los Valle.

Una anécdota, por lo menos.

Después de todo, en aquella época la única cosa más popular que negar los pecados era ir a la televisión y confesarlos. América no deja de recordarnos que está bien hacer cosas malas siempre y cuando tengamos buenos motivos para ello.

Resistí la tentación.

Aún resisto.

Hablando de tentación.

Se parece a esto.

A Anna.

Estábamos sentados en el Violetta's Emporium, los dos.

Teníamos la mesa llena de velas en vasos de vidrio mallado que arrojaban una luz suave, titilante, sobre la extraordinaria cara sentada frente a mí. No es que hubiera ninguna necesidad particular de luz ambiental. No con aquellos ojos.

La mesa era lo bastante íntima para que fuera difícil evitar que las rodillas se tocaran. Como si yo quisiera evitarlas, como si yo no hiciera todo lo que estaba en mis manos para rozar sus rodillas una y otra vez y otra vez. Dos años atrás, en mi viaje de un extremo a otro del país hacia la ignominia, me paré en un centro turístico de Arizona y me fundí el efectivo que me quedaba en un masaje de piedra caliente. Así se notaban las desnudas rodillas de Anna... suaves piedras calientes que me enviaban escalofríos de fuego piernas abajo. Y también en la dirección contraria.

Lo sé. Sensiblería mayúscula.

Sólo estoy intentando pintaros un cuadro, sentarme con el dibujante de mi policía interior y recrear para vosotros lo que me pasó.

Pedimos pastas a juego, aunque yo hice poco más que mover los *vermicelli* en el plato.

Las mujeres que han tenido la desgracia de tener una primera cita conmigo se quedaban con la idea falsa de que yo no comía demasiado.

Puedo comer como el que más.

Lo que pasa es que mi hambre de una cosa normalmente tiene prioridad sobre el hambre de otra. Estoy permanentemente hambriento de amor y aprobación; esto según el doctor Payne, que intentó ahondar con todas sus fuerzas en las razones subyacentes de mi conducta sociópata.

«Tenías un padre ausente y una madre alcohólica y grosera —concluyó, por tanto—, ¿qué otra cosa podías hacer sino buscar palmaditas en la espalda, cuanto más fuertes y numerosas, mejor?»

Me sonaba sensato.

Al fin y al cabo, esto ayudaría a explicar por qué tantas primeras citas no tenían continuidad. Por lo visto, el estado de necesidad no era una cualidad atractiva en un hombre. La única mujer que lo encontró atractivo se casó conmigo. Vivió para lamentarlo.

Anna y yo charlamos un poco.

Ella me preguntó por mi trabajo en el periódico.

—En la universidad fui a clases de periodismo —dijo con un ligero mohín para transmitir, creo yo, su ineptitud al respecto—. Qué, cuándo, dónde, cómo... ¿y cuál era el último? En todo caso, no era para mí. No soy observadora. Me falta objetividad. Me catearon.

—Muy bien. No eres reportera. ¿Qué haces? En tu perfil no lo ponía.

—Claro que lo ponía. Los acertijos, ¿no te acuerdas?

—Sí. Muy cuca.

—¿Tú crees?

—Sí, lo creo.

—Trabajo para una organización sin ánimo de lucro —dijo—. Muy Berkeley, aunque está en el centro de Santa Monica.

—Vaya. ¿Una organización sin ánimo de lucro de qué?

—Lo habitual. Planeta limpio, políticos limpios, películas sucias, todo aquello que es importante para el corazón de un ciudadano conservador.

Pasó el dedo por el borde del vaso de la vela y cogió una pequeña gota de cera caliente que sostuvo en alto frente a la luz con una mueca de dolor.

—¿Lo has probado alguna vez?

—¿Probar el qué?

—Cera caliente. —Soltó una risita y tomó otro sorbo de Chianti.

—¿Probarlo cómo? ¿Quieres decir dejarla caer tú sobre mí?

—Sí.

—¿Vale si me la dejo caer yo mismo?

—No sé. ¿Te autolesionabas de pequeño?

—Llenaba tapones de botellas para el *scully*. Tenía siete años.

—Entonces diría que no vale. ¿Qué es el *scully*?

—Un juego callejero de Nueva York. Se llenan tapones con cera de lápices, se dibuja en la acera un cuadrado con tiza, y uno trata de sacar al otro del juego; es como el *bocce* con tapones de gaseosa.

—¿Nueva York, eh?

—Sí, Nueva York... ¿no habías distinguido el acento?

—Creía que era lituano. Estúpida de mí.

Quería decirle que no era nada estúpida. Aunque yo sabía que sólo quería ser graciosa. Quería decirle que era la mujer más deslumbrante, especial y seductora que había visto en mi vida. Desde luego, esto es algo que había dicho a otras mujeres en otros Violetta's Emporiums. Yo tenía la lamentable costumbre de enamorarme perdidamente tras dos copas. Sólo buscaba «palmaditas en la espalda, cuanto más fuertes y numerosas, mejor», doctor Payne.

—¿Y qué está haciendo aquí un neoyorquino? —preguntó ella.

—Ponerse moreno.

—No, en serio. ¿Por qué estás aquí?

—Necesitaba un descanso. —Era una de esas respuestas que una comisión gubernamental podría denominar engañosa, si bien no era exactamente perjurio.

—¿De qué? —preguntó, sin dejar el tema. Sus mejillas resplandecían con rubores de vino, *crème brûlée* con frambuesas por encima.

—En mi último trabajo como periodista tuve algún problema —dije. Tenía que cambiar de tema.

»Entonces, ¿tienes novio? —pregunté.

—¿Novio? ¿Qué es eso?

Sentí una repentina oleada de esperanza dulce, seductora.

—¿Hace tiempo?

—Hace mucho tiempo. Estoy casada.

—Oh.

Quise decir «hasta luego» y arder como el coche de la autopista 45.

—No te deprimas tanto —dijo—. Estoy pensando seriamente en deshacerme de él.

—Ah, ¿sí?

—Bueno, está viviendo con una instructora de Pilates de veinticuatro años. O sea, sí, se me ha pasado por la cabeza.

—De modo que te vas a divorciar —dije.

—No lo sé. A la larga. Seguro. No es tan fácil. Tenemos un hijo.

—¿En serio? ¿Qué edad tiene?

—Cuatro años.

—¿Cómo se llama?

—Cody. ¿Puedo ser una mamá aburrida y convencional y enseñarte una foto suya?

—¿Puedo ser yo aburrido y convencional y exclamar «aah» y «ooh»?

—Sí.

—Vale.

Sacó el billetero y lo abrió frente a mí.

—Adelante... ooh.

Un chaval rubio montado en una de esas bicicletas a pedales para niños, con Anna rondando justo detrás.

—¿Qué es esa cosa que agarras? —le pregunté.

—¿No has visto el último artilugio para infundir confianza e independencia a tu hijo pequeño?

—Supongo que no.

—Es una barra, como un pedal a distancia. Tu pequeño pedalea mientras tú empujas. Él cree que está volando por la carretera como Dennis Hopper en *Easy Rider*, pero eres tú quien realmente conduce. Una mala pasada, ¿eh?

—Sí. ¿Puedo conseguir uno?

—La próxima vez que vaya a Toys 'R' Us es tuyo —dijo—. ¿Y tú qué?

—¿Yo qué de qué?

—¿Soltero? ¿Casado? ¿Divorciado? ¿Divorciándote?

—Número tres.

—Vaya. ¿Y cómo es divorciarse?

Dudé lo suficiente para que Anna pidiera disculpas por ser entrometida.

Igualmente le respondí.

—Fue en buena parte culpa mía. De algún modo lo fastidié todo.

Recordé algo. No quería... alguien se pone a hablar de su matrimonio fracasado, y los recuerdos tóxicos te envuelven como humo de segunda mano. Mi dulce y fiel novia yendo por algo a un Starbucks para no volver nunca más. Murmurando no sé qué sobre un «*frappuccino* de vainilla» y «tener que resolver esa cosa» antes de salir por la puerta del piso. «Esa cosa» era el fraude público que yo había cometido en un importante periódico americano... y también en mi matrimonio, supongo, pues ella había dicho sí quiero a un periodista de investigación que no lo era. Mi ex, arquitecta especializada en construcciones de muchas plantas, tendía a ver la vida en términos estructurales: el proyecto original para una buena relación eran unos cimientos basados en la confianza. Yo había puesto demasiadas grietas en los muros de contención, y la estructura no aguantó.

—Lamento que no funcionara —dijo Anna.

—Yo también.

Le pregunté por qué no me había dado su número de teléfono aquella noche en el aparcamiento.

—Ya lo hice. Más o menos.

—Escribiste tu número de pantalla en mi transmisión. ¿Cómo sabías que llegaría a mirar?

—No lo sabía. Pero si miraste, quizás es porque tenías que hacerlo.

—¿El Destino?

—Tal vez. Tu motor está muy jodido... a ver, ¿le has cambiado el aceite siquiera una vez? Pensé que volverías a ponerte bajo ese capó. Por cierto... lo escribí en el carburador, no en la transmisión.

Me reí y ella se rio también y cuando cogí mi vaso de vino, lo derramé sobre su falda.

—Mierda —solté.

Los dos nos levantamos de golpe, Anna intentando sacudirse el exceso de vino mientras yo agarraba una servilleta, la mojaba en agua, y sin mucha convicción limpiaba la falda de su vestido claramente echado a perder.

Y fue entonces cuando ella hizo algo encantador. Aparte de no llamarme Shreck ni abandonar furiosa el restaurante. Dijo:

—Si querías agredirme sexualmente, podías haberlo pedido por las buenas.

17

Nate me informó de que había llamado «una señora».

Hizo girar el dedo junto a su oreja, el gesto universal para indicar que alguien está «para que lo encierren».

El motivo por el que Nate había respondido a esa llamada era que yo me había quedado dormido y no estaba.

Me había despertado con lo que me parecía una estúpida sonrisa burlona en la cara. Lo confirmé cuando me miré en el espejo empañado y no vi al señor Adusto devolviéndome la mirada. En su lugar estaba el señor Estúpido, de regreso de una oscuridad forzosa. De algún modo le echaba de menos.

Al entrar en la oficina tan campante, Norma se quitó las gafas y me miró con ojos entrecerrados.

—Pareces cambiado —dijo.

—¿Quién era? —pregunté a Nate el Patín.

Nate estaba hablando por el móvil, seguramente con su novia nudista.

—No lo sé. Su número está sobre tu mesa.

Vi el número... la señora Flaherty. Seguramente preguntándose qué progresos había hecho yo, que eran nulos. Sentí una súbita punzada de piedad por los solitarios oprimidos de este mundo, un estrato social que en otro tiempo yo consideraba mi hogar.

No la llamé inmediatamente. No.

Saboreé mi café matutino, bendije a los pobres colombianos que habían trabajado duro en los cafetales para que llegara hasta mí. Supongo que si tienes suficiente amor y aprobación, puedes repartir lo que sobra.

Entre personas como Hinch, por ejemplo.

Hinch salió de su despacho con una expresión distraída. Los pelos de la cara habían llegado casi al nivel de barba incipiente. Llevaba la arrugada camisa parcialmente por fuera de los pantalones.

—¿Cómo está tu mujer, Hinch?

Norma empezó a revolver unos papeles en su mesa.

—¿Qué? —Hinch me miró fijamente como si yo fuera un testigo de Jehová que hubiera llamado a la puerta de su casa en su día libre.

—Sólo tenía curiosidad por cómo le iba a tu mujer.

De pronto, los ojos de Hinch se ribetearon de rojo. De golpe. Primero anodinos y extraviados, luego presagio de una vorágine inminente. La Inundación de la Represa Aurora Dos.

Se secó torpemente un ojo, y se miró los zapatos mientras murmuraba algo entre dientes.

—¿Qué? Lo siento, Hinch, no te he oído.

—Cómo le va a mi mujer... cómo le va a mi mujer no es asunto tuyo —dijo. No lo dijo con mal tono. Mas bien triste.

—Lo lamento. Espero... bueno, que todo, ya me entiendes... —dije, dejando que mi intento de consuelo se atrancara en la incoherencia.

Hinch regresó a su despacho.

Hubo un silencio embarazoso. Nate, que había dejado su conversación en suspenso, la reanudó con un susurrado «tengo que colgar, cariño». Norma me miró de refilón y suspiró.

—Está otra vez hospitalizada, Tom —dijo en voz baja—. Quién sabe, no pinta nada bien.

—Lo siento. No lo sabía.

Mi ánimo expansivo se había prácticamente disipado. Pensé que haría bien en llamar a la señora Flaherty.

—¿Quiere hablar con él? —dijo la señora Flaherty después de que yo dijera hola.

—¿Hablar con quién, señora Flaherty?

—Con Dennis.

—¿Dennis? ¿De qué está hablando?

Yo ya debería haber sabido de qué me estaba hablando. «Mi

hijo ha vuelto para decir hola», me había dicho la centenaria Belinda.

Se estaba volviendo una moda.

Tuvimos una agradable conversación.

Dennis y yo.

Fue un poco unilateral, pues Dennis Flaherty no era un entusiasta de la conversación y parecía hablar bajo el agua. Golpeé el auricular en la mesa en un intento de aclarar la confusa recepción. Pero no era la recepción; era Dennis.

—Son las drogas —me explicó la señora Flaherty después de que Dennis le cediera el teléfono y fuera a su habitación de niño a echar un sueñecito—. Lo vuelven somnoliento.

¿Qué drogas eran ésas?

Las que el hospital psiquiátrico VA usaban para que Dennis estuviera dócil y feliz.

—¿Sabe que estuvo en un accidente de coche fatal? —le dije a él después de presentarme.

—Ajá —respondió en un monotono lúgubre que ya no flaquearía.

—¿Cómo cree que sucedió?

—No sé.

—Alguien le robó la cartera.

—Sí.

—Dennis, ¿comprende lo que le estoy diciendo? Le enterraron.

—Ya.

—¿Dónde perdió la cartera?

—No sé. En la calle.

—¿En la calle? ¿Quiere decir que estaba viviendo en la calle?

—Sí.

—Bien, ¿cuándo la vio por última vez?

—No sé. En el hospital no la tenía.

—¿Qué hospital?

—VA.

—¿Estaba en un hospital de veteranos?

—Sí.

—¿Por qué estaba usted en el hospital?

—Mi cabeza no anda bien.

—Su cabeza no anda bien. ¿Qué significa esto? ¿Que tiene... problemas mentales?

—Sí.

—Dennis, ¿ha estado alguna vez en Littleton, California?

—¿Dónde?

—Usted no estaba en California hace una semana, ¿verdad?

—¿Eh?

—Es igual. Usted entiende que murió alguien en el accidente. Y que no era usted... sino otra persona que, por alguna extraña razón, tenía su cartera.

—Sí.

—Pero usted no sabe cómo fue a parar a sus manos. ¿Cómo la perdió usted? ¿Cree que en algún lugar de la calle?

Nate se había acercado a mi mesa como siguiendo el tentador aroma del *moo moo gai pan*. La conversación era poco menos que irresistible. Alguien muerto estaba vivito y coleando. ¿Sucede muy a menudo?

Dennis no había contestado a mi última pregunta. Parecía como si estuviera roncando.

—Dennis. Dennis, ¿está ahí?

—¿Eh?

—Le he preguntado si cree que perdió la cartera en la calle.

—Estoy cansado. Oh, amigo, estoy cansado.

—Sólo un momento, unas cuantas preguntas más, ¿vale?

—¿Qué hora es? ¿Es medianoche?

—Es la una de la tarde, Dennis —dije, teniendo en cuenta las diferencias entre husos horarios—. Sólo un par de cosas. —No tenía más preguntas que hacer. Dennis estaba drogado y era estúpido. Tenía la cartera y dejó de tenerla. Y al final ésta había aparecido en el bolsillo de una víctima de accidente quemada hasta quedar irreconocible.

Seguramente Dennis pasó el auricular a la señora Flaherty; la siguiente voz que oí fue la de ella.

—Tenía usted razón, Tom —susurró—. Después de hablar

nosotros dos, fui a la iglesia. Hacía una eternidad que no iba. Encendí una vela. Recé para que Dennis aún estuviera vivo y entrara por la puerta. Y eso hizo.

—¿Cuánto tiempo estuvo en el hospital?

—¡Y qué más da! Es un milagro, ¿no lo ve? Mi hijo vuelve a estar conmigo.

—Sí, es un milagro. —Dediqué un segundo a alejar de mi mesa con un gesto a un deambulante Nate—. ¿Puedo volver a llamarla, señora Flaherty? Quizá tenga más preguntas.

—Por supuesto, Tom. Puede llamarme siempre que quiera. Gracias.

—¿Por qué? No he hecho nada. Su hijo no está muerto. Alguien le robó la cartera o se la encontró. Quienquiera que condujese aquel coche. Dennis habría vuelto a casa tanto si yo hubiera llamado como si no.

—¿En serio? —dijo—. No me diga.

18

Resistí la tentación de explicar nada a nadie.

Aguanté la mirada inquisitiva de Nate el Patín haciéndome el sueco.

Salí afuera tras cogerle un cigarrillo a Norma, que me regañó por volver a un hábito del que yo había abjurado. «Sólo uno —le dije—, por los viejos tiempos.»

Lo encendí bajo el saliente que protegía el establecimiento chino Foo Yang del achicharrante sol mientras la hija de trece años del señor Yang me miraba lánguidamente a través de la ventana cubierta de polvo.

La sacudida de la nicotina desencadenó un zumbido inmediato.

El accidente.

Dos personas habían chocado en aquella carretera.

Dennis Flaherty y Ed Crannell.

Sólo que no eran Dennis Flaherty y Ed Crannell.

Ed Crannell no figuraba en ninguna parte. Se podía demostrar que Dennis Flaherty estaba vivo.

Juguemos a ser director.

Fingir que el reportaje —el reportaje hasta ahora— ha sido dejado sobre la mesa de ese director. También sabemos de qué director se trata, el que lleva bifocales y tiene una expresión de hastío bien merecida. Esta historia concreta ha sido ofrecida para su aprobación por un periodista que ha vivido épocas mejores, de acuerdo, cuya reputación está por los suelos, que ha deshonrado literalmente su profesión.

Observemos al director sacar cansinamente su lápiz mordido mientras yo le explico que Dennis Flahery nunca estuvo en ese coche.

«Muy bien —dice—, o sea que el médico tenía razón. El muerto era negro. Robó la cartera de Dennis, se la encontró, la compró a algún buscavidas callejero. Sea como sea, acabó teniéndola. ¿Y qué?»

Te estás olvidando del otro coche. Nadie ha oído hablar de Ed Crannell.

«O sea, que el hombre mintió acerca de su identidad. Ed Crannell no dijo quién era realmente. La gente miente sobre su identidad continuamente. Tal vez estaba conduciendo con un carné caducado. Quizá tenía antecedentes. A lo mejor debe la pensión alimenticia en el estado de California. O quizás es Ed Crannell, pero no un vendedor de productos farmacéuticos. Y no vive en Cleveland. Tal vez todo lo que hizo fue mentir sobre eso. A veces pasa.»

No había marcas de patinazos.

«¿No me estás escuchando? Ed Crannell mintió. Tú estás familiarizado con las mentiras, ¿no, Tom? El accidente fue culpa de Crannell. Estaba cambiando la emisora de la radio, hablando por el móvil. Admirando el paisaje, soñando despierto, se le pusieron los ojos vidriosos. Y la siguiente cosa que supo fue que había provocado un accidente. Él era el único superviviente, así que se inventó una historia: el otro coche cambió de carril, el otro conductor se dio cuenta demasiado tarde, frenó en seco. Nadie frenó en seco. Se lo inventó todo.»

El director me sonríe con suficiencia. Peor. Tiene esa mirada cansada, de derrota, que uno presenta ante un mentiroso habitual. «No insultes mi inteligencia», parece decir. Ya basta.

«No es sólo el accidente», sugiero tímidamente.

Él suspira, menea la cansada cabeza.

«No es sólo el accidente —repito—. Es Belinda.»

«Belinda —dice el director—. Ah, vaya.»

Ella dijo que su hijo muerto había vuelto para decirle hola. Ya sé, tenía cien años. Quizás estaba chiflada. Pero había esa nota de Benjy. «Feliz cien cumpleaños.» El señor Birdwell dijo que nadie había visitado a Belinda, pero Benjy sí lo hizo. ¿Qué otro Benjamin habría ido y escrito esa nota?

«Su hijo murió —dice el director—. Entiendes lo que significa murió, ¿verdad, Tom?»

También murió el hijo de la señora Flaherty, sólo que está vivo.

«¿Has llegado a comprobar si había otro Benjy en la residencia? Otra vez lo de Nueva York, ¿eh? —El director ya está harto de mí. Señala la puerta; quiere que me vaya—. No hay conexión. Me estás hablando de dos cosas que no tienen nada que ver.»

Y entonces lo digo. No sé por qué no lo he dicho antes. Lo digo ahora. Saco mi gastado lápiz y lo llevo al mantel individual del Acropolis Diner. Trazo una línea temblorosa desde el hijo muerto de Belinda hasta el conductor carbonizado... hasta él.

Mi padre sonríe, viene desde el otro lado de la mesa para alborotarme el pelo.

«Buen chico.»

Sé lo que está pensando, doctor Payne.

Mi padre. Mi director.

No estoy escuchando.

19

—Supongo que llamaré a Iowa y les pediré que exhumen el cadáver.

El sheriff Swenson sonaba como si estuviera haciendo la lista de la compra. Tengo que llevarme leche y margarina, pillar unas patatas fritas congeladas y seis latas de atún Bumble Bee, y, ah sí, llamar a Iowa y pedirles que desentierren el cadáver del cementerio en el que enterraron al falso Dennis. Eso si tienen algún interés, cosa que a él desde luego no le pasaba.

Me hallaba nuevamente en los estériles confines con aire acondicionado de la oficina del sheriff de Littleton. No parecía en absoluto una comisaría urbana, sino más bien una compañía de seguros en el típico centro comercial del barrio. Todo en su sitio, ordenado, y prefabricado.

No se había cometido ningún crimen. Ése era más o menos el punto de vista de Swenson. No se había cometido ningún crimen, cuando menos en lo que a él se le alcanzaba. Quizá robar la cartera de Dennis Flaherty era un crimen, pero esto quedaría fuera de su jurisdicción, ¿no? Tal vez el accidente no se había producido tal como lo había contado Crannell, pero no dejaba de ser un accidente. No era un crimen. Y si Crannell había mentido acerca de su identidad, muy bien, un punto para él. Eso no justificaría el envío de un destacamento en misión especial.

—¿Por qué tiene tanto interés? —me preguntó, no como si quisiera una respuesta sino más bien como si estuviera despidiéndome para poder así volver él a asuntos policiales más importantes como el de expedir multas por mal aparcamiento.

No le hablé de la nota que había descubierto en el marco de la foto de Belinda.

—Un accidente protagonizado por dos personas, ninguna de las cuales resulta ser quien se suponía que era. ¿Esto no le preocupa?

—La verdad es que no.

Quizá no le preocupaba porque era yo quien preguntaba al respecto.

—¿No hay la inauguración de un concesionario de coches sobre la que tiene que escribir algo? —dijo.

Sí, seguramente era eso.

—Vi al fontanero —dije yo.

El sheriff Swenson descruzó las piernas, que estaban apoyadas en la mesa en una actitud física de «aquí mando yo». En eso de mirar las suelas de las botas de alguien hay algo denigrante... la única explicación, supongo.

—Ah, ¿sí? —dijo—. ¿Dónde?

—En Muhammed Alley. La otra noche.

—Ajá. ¿Está seguro?

—Sí. Estoy seguro.

—Esto sí me interesa. ¿Por qué no me llamó?

—El tipo escapó.

—¿Escapó? ¿Qué quiere decir? ¿Usted lo persiguió o qué?

—No. Él estaba allí, y de pronto dejó de estar. Cuando vio que yo me fijaba en él, se largó.

—Se largó. Fantástico. ¿Y se parecía más o menos a la descripción que usted nos dio?

—Sí... en cierto modo es difícil pasarlo por alto. ¿Ha habido otros? —pregunté.

—¿Otros qué?

—Allanamientos de morada.

No me contestó.

—Tenía que haberme llamado, Lucas. ¿Entiende?

—Sí.

—Vale, muy bien. Si vuelve a aparecer en la bolera, hágamelo saber, ¿de acuerdo?

—Desde luego. —Me volví para irme y me detuve—. ¿Sabe usted algo de la inundación?

—¿Qué inundación?

—La Inundación de la Represa Aurora. Durante los años cincuenta.

—¿Qué quiere saber?

—Bueno... ¿encontraron alguna vez a alguien... de quien se pensara que había muerto en ella? Personas que hubieran sido incluidas en la lista original de víctimas pero que por algún motivo sobrevivieron.

Por un momento pensé que iba a decir que sí.

Algo distinto de:

—La inundación de la Aurora fue algo antes de mi época. ¿Cómo coño voy a saber nada?

Pero fue eso lo que dijo.

Justo antes de coger el teléfono, una invitación tácita a que me fuera.

Pregunté a Norma si John Wren había dejado alguna de sus notas.

Cuando le pregunté a Hinch si podía escribir un artículo sobre el quincuagésimo aniversario de la Inundación de la Represa Aurora él me deseó buena suerte, que mi predecesor ya lo había intentado.

—No —dijo Norma—. Si lo hubiera hecho, ahora ya las habríamos tirado.

—¿Estás segura?

—Noventa y nueve por ciento. —Norma estaba intentando leer el último número de *Us, read*, y hay que admitir que se mostró generosa tratándose de un semanario que exhibía en su portada una Britney Spears en traje de novia. «Uy, lo ha vuelto a hacer...», titular alegre de la semana.

—Ya, pero si no hubieran acabado en la papelera, ¿dónde podrían estar?

—Dios..., ¿puedes dejar que la asistente del director lea su basura en paz?

—Me gustaría, pero esto es cometido de la asistente del director.

Norma puso a Britney boca abajo. Anduvo arrastrando los pies hasta el archivador, que también se usaba como mesa para la cafetera eléctrica y la bandeja del fax. Norma había estado casada con un director del coro de la iglesia que se fugó con la organista; se enteró de que habían encargado toallas de baño Hymn y Hers, como el villancico. Ahora ella estaba en este lado de la mediana edad, o a veces en el otro, en función de si se encontraba en uno de sus períodos de dieta y ejercicios o no. Actualmente seguía la dieta South Beach y hacía aeróbic con Andre 3000 y sus amigos. Abrió el tercer cajón y empezó a hurgar.

—Nada —dijo—. Sólo carpetas vacías, como te decía. —Retiró unos cuantos expedientes gastados de papel manila que parecían notoriamente privados de todo.

—¿Puedo verlos?

—Aquí no hay nada, Tom.

—Sígueme la corriente.

Los dejó caer en mi portátil.

—¿Sabes?, esa Spears es un poco boba.

Las carpetas tenían diferentes asuntos escritos en las etiquetas. Supe que era la letra de Wren, pues había visto montones de vestigios de la misma en diversos lugares de mi casa.

Una letanía de lo más banal: «La mayor colección de *hula-hoops* del mundo», «Desfile del 4 de julio», «Concurso de *cowboys*». Podrían estar en la lista de mis misiones para el año que viene.

Había excepciones. Una carpeta con el título: «Historia de un veterano.»

Ésta no estaba vacía, no del todo; cuando la abrí, cayeron dos fotos.

El memorial de Vietnam en Washington, D. C.

Una era una foto de lejos: esa V de granito negro que por alguna razón consigue ser al mismo tiempo dolorosamente elegante y descarnadamente imponente. La otra era más de cerca: se alcanzaba a ver grabada en la piedra la deprimente lista de las víctimas.

El artículo que había encontrado en mi casa.

Una triste historia.

El traumatizado veterano que una tarde de octubre había aparecido casualmente en Littleton, donde se quedó el tiempo suficiente para dejar claro que no tenía residencia conocida ni familia que lo reclamase, y que se había apropiado del nombre de un desaparecido en combate con el que había luchado en los deltas del Mekong. «¿Quién es Eddie Bronson?» Un veterano de Vietnam atormentado por la culpa del superviviente, todo lo que Wren logró realmente responder antes de que echaran al soldado desconocido de la glorieta de la ciudad y lo internaran. Wren se había valido del lamentable incidente para escribir un emocionante artículo sobre el debilitante rechazo sufrido por los veteranos de guerra a los que América pronto olvida.

—Norma, ¿fue Wren a visitar el memorial de Vietnam? ¿Cuando escribió la historia sobre el veterano?

—No con permiso de Hinch —dijo—. ¿Por qué?

—Seguramente fue. Sacó unas fotos.

—Ajá. —Norma había regresado a su mesa y vuelto a enfrascarse inmediatamente en las vidas de los ricos y bobos.

Miré la foto tomada de cerca. «Eddie Bronson» se leía con claridad. El nombre del desaparecido en combate que el veterano había tomado como propio descansando en un lecho de granito negro aunque sus huesos se estuvieran pudriendo en alguna galería subterránea de Chu Lai.

Aunque estaba bien escrita, la historia de Wren sobre el veterano de Vietnam no había sido muy valorada. Esto, según Norma. Para empezar, Hinch creía que los reporteros de periódicos de ciudades pequeñas debían ceñirse a noticias de esas ciudades. «Inauguraciones de centros comerciales», por ejemplo. Además, parte del rechazo agotador que experimentaba el ex soldado había sido por gentileza de la buena gente de Littleton, a quien no le hacía ninguna gracia que un vagabundo despeinado y medio loco se alojara en la glorieta de la ciudad y llamara a aquello su casa.

Todo eso coincidió con la época en que el propio Wren se volvió también medio loco. Quizá toda esa animosidad le llegó a él. O soplaron en la ciudad los vientos de Santa Ana. O el abrasador y omnipresente calor finalmente le reblandeció el cerebro.

Sea lo que fuere, parece que su paso al periodismo serio y socialmente pertinente le provocó ilusiones de grandeza. Las inauguraciones de centros comerciales eran para los gacetilleros. Inmediatamente se sumergió en una exposición retrospectiva sobre la Inundación de la Represa Aurora. Lo supe al ver la fecha escrita cuidadosamente en la tercera carpeta, que llevaba el escueto título: «Inundación.» Una semana después de la historia sobre Eddie Bronson.

Esta carpeta estaba vacía.

—¿Crees que se los llevó consigo? Norma...

—¿Que se llevó qué? —dijo ella, mirando desde detrás de los pechos rellenos de silicona de Britney.

—Sus expedientes. Sus notas. ¿Se los llevó o los tirasteis después de que él se fuera?

—No me acuerdo —contestó—. En aquella época, a él ya no le funcionaban todos los pistones. Ya me entiendes. Una noche se encerró aquí y se puso a aullarle a la luna.

—¿Aullarle a la luna?

—Es sólo una expresión.

—Vale. Entonces, ¿qué estuvo haciendo aquí?

—Sabe Dios. Sólo sé que tuvieron que llamar al sheriff para hacerlo salir.

—Muy bien. ¿Cuándo abandonó la ciudad, Norma?

—Al día siguiente... No es broma. Se sentiría avergonzado por todo lo ocurrido. Bien sabe Dios que el hombre necesitaba un cambio de aires.

Según Norma, Wren había ido a algún lugar del norte. Los detalles eran un tanto vagos.

—¿Dejó algún número, Norma?

—¿Número?

—Sí. Los dígitos que marcas en el teléfono cuando quieres hablar con alguien. Un número.

Hojeó las fichas del Rolodex de la mesa.

—No. —De pronto ladeó la cabeza y dijo—: Un momento.

Norma fue al despacho de Hinch, donde oí el sonido de cajones que se abrían y cerraban. Volvió a aparecer con un papel arrugado.

—Gracias, Norma —dijo.

—Gracias, Norma.

El último teléfono conocido de John Wren. A juzgar por el código, era del norte de California. Lo anoté en el reverso de una de las fotos, que guardé en mi cartera.

En el contestador de Wren sonaba la voz de alguien molesto, aunque en realidad no había ido a responder el teléfono.

«Estamos pescando, pero si quiere dejar un mensaje, muy bien.»

—Hola, soy Tom Valle. Ocupo su puesto en el *Littleton Journal.* —«También ocupo su casa», podía haber agregado—. Me gustaría hablar con usted sobre un reportaje en el que estaba trabajando antes de irse. ¿Podría llamarme, por favor?

Dejé los números del trabajo y del móvil.

Luego llamé a Anna.

Tenía que irse al día siguiente. Regresaba a Santa Monica. Se suponía que volveríamos a salir, y yo quería confirmar el dónde y el cuándo, como debe hacer todo periodista responsable.

Descolgó el teléfono al cuarto pitido.

—Hola —dije.

—Hola.

—Así qué, ¿salimos esta noche?

—Desde luego. Ya lo decidimos, ¿no?

—Sí, claro. Sólo quería verificarlo.

—Si hubiera algún problema, te habría llamado.

—Vale. Magnífico. O sea que sí. —El señor Estúpido se encuentra con la señora Necesitada—. ¿Dónde quedamos?

—En Violetta's. Tal como dijimos hace dos días. Tienes un leve trastorno de déficit de atención. —Al menos sonaba cordial cuando lo dijo.

—Sólo era para confirmarlo —dije.

—Ah, una cosa.

—¿Sí?

—Pediremos vino blanco —anunció ella.

—Sí, lamento de veras lo que pasó. ¿Se ha echado a perder el vestido?

—Quedará bien. Suelo ir a una tintorería donde arrasan absolutamente con todas las manchas. Si Monica Lewinsky les hubiera llevado ese vestido azul, no habría habido jamás sesiones de *impeachment*.

Me reí, y luego me pregunté inmediatamente si su referencia a las manchas de semen llevaban implícita algún tipo de invitación. «Podías haberlo pedido por las buenas», había dicho ella cuando le estaba limpiando el vestido.

Hubo un breve silencio, como si su alusión al sexo hubiera consumido todo el aire disponible, y entonces le pregunté qué tal estaba su padre. Antes yo había eludido el tema, pensando que cuando ella quisiera hablar de ello ya lo haría. Pero su ausencia empezaba a ser patente.

—Igual —dijo—. Gracias por preguntar.

—¿Vive tu madre?

—Sí. Pero están divorciados. Así que de algún modo estoy yo sola.

—Es duro.

—Oh, no sé. Es lo que haces por alguien a quien quieres, ¿no? Es mi padre. Haría cualquier cosa por él. ¿Y tú?

—¿Yo?

—Tus padres. ¿Viven aún?

—No. Los dos se han ido.

Ido. Un calificativo que mi padre se ganó cuando yo todavía jugaba a *scully* en las calles de Queens. Había vuelto una vez, antes del entierro, y me preguntó si me gustaría dar un paseo en el coche de bomberos tal como solía. Dimos la vuelta a la manzana y aparcamos a la sombra de la iglesia de St. Anthony. «¿Qué pasó, Tommy?» Sentado a mi lado en la cabina pero sin mirarme realmente. Mirando la foto de nosotros cuatro pegada al parabrisas. «¿Qué pasó?»

—¿Hermanos, hermanas? —preguntó Anna.

—No. Yo... ya no.

—¿Qué quieres decir?

—Tenía un hermano. Murió. Hace mucho tiempo.

—Oh, lo lamento muchísimo. ¿Qué pasó?

—Nada. Simplemente murió. Fue un accidente.

—Santo cielo. ¿Cuántos años tenía?

—Seis.

—Dios mío, es terrible. Supongo que no te gusta hablar de eso.

—No, es sólo que... hace mucho tiempo...

—Claro, comprendo.

«No, no comprendes», pensé.

Algunas cosas son incomprensibles.

20

Kara Bernstein.
Kara Betland.
Kara Bolinsky.
Kara Brill.
Pasé la media hora que tenía entre ducharme y afeitarme y peinarme y repeinarme y echarme un poco de Stetson for Men añeja y luego quitármela porque olía a cuero viejo —la media hora entre eso y tener que salir realmente de casa— buscando «Kara Bolka» en las guías telefónicas online.

En vano.

No es que en California no hubiera muchas Karas; imaginé legiones de chicas OC aún con aparatos ortodónticos, congelándose en el centro comercial o exhibiendo sus cuerpos duros en la playa o en las salas de espera de la industria porno de San Fernando. Kara Bolka parecía un nombre que unos inmigrantes de Europa del Este hubieran dado a su hija nacida americana. Era un susurro de mitad mujer y mitad ninfa.

Naturalmente, el susurro podía deberse a mi libido.

Aunque en realidad la noche no había comenzado, yo ya me preguntaba cómo terminaría. Desde mi último encuentro íntimo había estado haciendo la cuenta atrás y meditando sobre si era como pasear en bicicleta o si estábamos hablando de una bicicleta de montaña o de una de diez marchas.

Desde mi llegada a Littleton, yo no había sido del todo un eremita sexual. No. En el Days Inn había cohabitado con cierta mujer casada que se aventuró a ir al Muhammed Alley más o menos por las mismas razones que yo: buscando un refugio. En su caso, de un marido infiel que solía pegarle si perdía su partida de golf o si algún negocio le salía mal. Se dedicaba a la propiedad inmobiliaria, donde los tratos comerciales tendían a desenmarañarse con regularidad, sobre todo en Littleton, que aún se vanagloriaba de dos centros turísticos a medio terminar.

No diré el nombre de ella. No es importante. Íbamos al Days Inn y no a mi casa alquilada porque yo no quería que su marido apareciera en mi puerta de entrada. Fuimos allí tres veces, y fue satisfactorio sólo según la definición más rudimentaria del término. Como comer cosas cocidas en exceso cuando tienes hambre.

Cuando me llamó por teléfono después de nuestro tercer contacto, yo no le devolví la llamada. Una semana después, me dejó un mensaje en el contestador.

«Así que es eso, ¿eh? Que te vaya bien.»

Si vas a poner fin a una aventura, esas palabras eran tan buenas como otras.

Ahora estaba inundado de Karas, que es más o menos decir hecho un lío.

Las dejé para ir a ver a Anna.

En algún momento entre la ensalada y el segundo plato, entre que hablábamos y coqueteábamos, entre las ocho y las nueve, Anna mencionó a John Wren.

Que lo conocía.

De algún modo acabamos otra vez en el tema del periodismo. Pero no sólo estábamos hablando. Yo estaba casi haciendo proselitismo, aunque quizás era el Chianti el responsable de la mayor parte del parloteo pretencioso. Sonaba como en otro tiempo, cuando estaba empezando y me consumía la fiebre. Un estudiante de teología discutiendo su fe. ¿No había trabajado para la reconocida biblia de la industria?

Lentamente, pecado a pecado, me las arreglé para trastocar las verdaderas razones de la existencia de un periódico, para volver la verdad del revés. Como uno de esos topos soviéticos de los años treinta que fueron excavando hasta llegar al núcleo de la democracia británica. E igual que Philby y compañía habían vertido sangre inocente... yo también.

Os he evitado los detalles; he sido evasivo.

La carnicería resultante de la denuncia contra mí incluyó a un director brillante, de gran dedicación e idolatrado por todos que no hizo mucho más que creer en mí.

Se hundió con el barco.

O con la rata.

Yo estaba picoteando en una historia, y lo notaba justo detrás, como una presencia divina que no te pierde de vista. Él tenía esa clase de estatus, se había ganado una fama especial, incluso en un periódico en el que las lumbreras periodísticas eran la norma.

Por alguna razón se interesó por mí, vio algo ahí que valía la pena cultivar. Quizás es que simplemente reconocía a un chico sin padre cuando veía uno. Una noche me invitó a tomar copas, y como fue bien, como yo no le aburrí con una descarga cerrada de preguntas aduladoras, me volvió a invitar. Al cabo de un tiempo, empezamos a tener en su despacho charlas íntimas de medianoche mientras dábamos cuenta de apestosos bocadillos de bratwurst. Cuando él tenía ganas de estirar las piernas, dábamos tranquilos paseos en Bryant Park. Cuando él hacía la ronda, lo percibía sobre mi hombro y sentía que me ruborizaba, intentando tener las claves para invocar algo agudo, incisivo y genial.

Daba igual.

Él tenía la costumbre de reprimir los elogios lo suficiente para que desearas más. Lo que escribías merecía principalmente el comentario de «no está mal», «correcto», o simplemente «eficiente». Se suponía que escribías para tus lectores: la gran masa de almas hambrientas de noticias y de verdad.

Yo escribía para él.

Tenía un lector. Necesitaba convertir lo «correcto» en «fantástico».

Fue irónico que inventar una historia sobre un soldado de la Guardia Nacional llamado Lowell Beaumont finalmente funcionara.

Naturalmente hay un problema en conseguir por fin lo que

has estado deseando. En cuanto te han elogiado, necesitas sentirlo de nuevo, tener todo ese amor y esa aprobación vertidos sobre ti como champán en la sede de los Red Sox en 2004 tras conseguir el campeonato después de muchos años de sequía.

Seguí así más tiempo del que debía haber sido posible.

Seguí así hasta que ya no fue posible.

Hasta que acompañé a cierto reportero a tomar copas, y todo saltó por los aires.

En el espacio de una semana, ese director, ese amigo, pasó de ser un personaje ensalzado a ser un incompetente vilipendiado. A lo que semanas después siguió su repentina jubilación.

Tenía que haberlo sabido, decían; sobre todo las luces menores que él había eclipsado en su camino ascendente. Tenía que haber estado por encima de todo. Tenía que haber estado haciendo su trabajo.

Su profanación pública fue sólo ligeramente menos cruel que la mía; su caída, diez veces más dura.

De todo lo que conseguí arruinar —y yo era en gran medida una tripulación naufragada de un solo hombre, que vio destrozados su carrera, su matrimonio, su reputación—, destruirle a él es lo que más me avergüenza, el gusano que me corroe continuamente, y que de vez en cuando intento ahogar con tragos de tequila. A veces me impulsa a marcar el número de una desvaída casa de campo de Putnam County y recitar palabras mudas de arrepentimiento.

«Hola, soy yo. Lo siento.»

Puedo imaginármelo allí, sosteniendo en la mano ese anticuado auricular negro, sus bifocales bajadas sobre su enorme nariz, y yo que me trago las palabras, las ingiero enteras, y éstas se deslizan por mi intestino y me dan ganas de vomitar.

Pero esta noche no.

No.

Esta noche yo era Carl Woodward, un híbrido entre el fervor periodístico y la excitación sexual desenfrenada. El vino me había desatado la lengua, muy bien; me hallaba sobre una tarima de orador y no tenía intención de bajarme. Me estaba luciendo.

—Quizás estemos en el negocio de exportación de la democracia, quiero decir que actualmente parece ser nuestra única política exterior, nuestra cruzada, pero ¿quién protege la democracia en una democracia? ¿Esos nueve carcamales del Tribunal Supremo? Quien protege hoy a EE.UU. es *USA Today*. Da miedo, ¿eh? No hablo en broma. Guste o no, la democracia está en las pequeñas y sudorosas manos de la prensa. Aunque realmente no lo sepamos. Aunque realmente no queramos. Aquí estoy utilizando el nosotros sin excesivo rigor. Porque la verdad siempre recibe la primera bala.

La verdad, usando alegremente la palabra de la lengua inglesa con la que menos familiarizado estaba.

Me estaba escuchando a medias a mí mismo, preguntándome si sonaba como un loco peligroso o, lo que es igual de malo, como un pelmazo. Sin embargo, Anna parecía estar escuchando con una atención semiembelesada. Parecía gustarle ese yo, ese superhéroe de la verdad, la justicia y el estilo americano.

—¿Por qué necesitabas un descanso? —preguntó de pronto.

—¿Eh?

—Dijiste que habías venido aquí porque necesitabas un descanso. ¿De qué? Parece que te encantaba... tu trabajo. Estar en historias importantes. ¿Por qué te enterraste aquí? No, enterraste no, quiero decir...

Yo tenía que haber sido más cuidadoso.

Había empezado la noche hablando de cosas no relacionadas con el periodismo, ¿verdad? Los Yankees de Nueva York, serpientes de cascabel, *Caddyshack*. De algún modo, sin darme cuenta, había dirigido *Mi Cena con Anna* hacia aguas peligrosas.

—En mi último trabajo tuve un problema.

—¿Ah, sí? ¿Qué clase de problema?

—Ético, podríamos decir.

—Ético, podríamos decir —repitió ella—. ¿Quieres hablar de ello o quieres hacer como si yo no te hubiera preguntado al respecto?

—Quiero hacer como si tú no me hubieras preguntado. —Es posible volverse súbita e increíblemente sobrio... mi bruma púrpura había desaparecido como una red protectora que sale volando por un golpe de viento.

—Muy bien. Pero la ética suena bastante interesante. Aunque esté algo sucia.

—Así es. Pero no en el sentido que tú lo dices —dije.

—Oh, bueno, sea como sea, lo siento. Quiero decir que evidentemente te encantaba tu trabajo de reportero... aún eres reportero, ya me entiendes...

—Inventé cosas.

Toma.

Tarde o temprano iba a salir. Tarde o temprano ella mencionaría mi nombre a alguno de sus amigos o conocidos, y ellos le dirían lo mucho que les sonaba mi nombre... dirían que les sonaba al reportero que casi provoca el cierre de un periódico. El que escribía cosas que no habían sucedido.

El mentiroso.

—Tom Valle —dijo ella, como si tanteara una lengua extraña—. Mierda.

De su expresión intenté deducir lo que pude, de esos escasos segundos en que la pura conmoción la había dejado desprevenida. ¿Era simple turbación lo que veía yo ahí? ¿Asco? ¿Piedad?

—Pues vaya —dijo, alzando hasta sus labios el vaso de vino que luego dejó otra vez en la mesa con gesto torpe, como alguien que está aprendiendo a usar de nuevo sus extremidades tras una apoplejía—. Cuando dijiste que necesitabas un descanso, no hablabas en broma. ¿Te importaría explicarme... por qué hiciste lo que hiciste? Si no quieres, no.

No respondí enseguida. Podía haber dicho sí, preferiría no hablar de ello, y cambiar de tema. Podía haber salido con algo fiable pensado sólo para consumo público. Me equivoqué. No quería hacerlo. Entonces estaba hasta arriba de trabajo. Podía haber hecho un editorial.

Conté la verdad.

Cómo empezó. La mañana que me levanté tarde. El pequeño ejercicio de escritura creativa.

—¿Cuántas veces? —preguntó ella en voz baja—. Después de eso.

—No lo sé. Acabaron auditando todos los reportajes que había hecho. Dijeron que eran cincuenta y seis. En las que yo había inventado la historia parcial o totalmente. No creía que fueran tantas. Pero tal vez sí.

—¿Por qué? Eras un buen reportero, ¿no? Es decir, tenías una carrera respetada. Trabajabas en un periódico importante. No tenías por qué hacerlo.

«No tenías por qué hacerlo.» El gran misterio de la vida criminal de Tom Valle.

—¿Has entrado alguna vez en un bar de reporteros? —le dije—. En esos sitios hay una jerarquía: rodeado de admiradores o doblando la cerviz. Quizá no estaría mal que inclinaran la cabeza al verte. Para cambiar. Además, cuando eres un estudiante mediocre, ser el favorito del profesor sienta muy bien. Estar en la página uno y no en la sección dos sienta aún mejor. También molaba confeccionar la lista B de los bustos parlantes. Incluso hice *Larry King Live*, con Ben Bradlee en el equipo. Internos de la Columbia School de Periodismo me buscaban para que les soltara perlas de sabiduría periodística. Otros reporteros clavaban agujas en muñecos de Tom Valle, cuando no se desvivían por invitarme a una copa. Lo cual acabó siendo realmente mi caída; uno de esos colegas me invitó a varias copas. Tras cuatro margaritas es difícil ser preciso con los hechos.

Me preguntó cómo había acabado allí.

—Es prácticamente el único sitio que podía aceptarme —dije—. La semana que supe que todo se había terminado, que todo iba a estrellarse sobre mi cabeza... los directores ya estaban dando vueltas a los furgones, empezando a tamizar los restos; tenían contables forenses comprobando mis cuentas de gastos confrontados con mis firmas. Quiero decir que si tenía huevos y café en un comedor de Nueva York no podía estar a la misma hora en una conferencia de los demócratas en Washington, ¿verdad? En cualquier caso, cogí una borrachera de campeonato y me presenté a las tres de la mañana. Seguramente tuve la vaga idea de robar algo incriminatorio, lo que en retrospectiva significa que habría necesitado una carretilla elevadora. No sé realmente qué pensaba que iba a hacer. Forcé la entrada del despacho del director nacional e intenté encontrar sus archivos informáticos; acabé sin conocimiento en el suelo. Esto les dio la excusa que necesitaban para acusarme de acciones criminales a diferencia de una simple hoguera pública. Salí con libertad condicional en vez de cárcel... no iban a meterme en la cárcel por eso. Durante un año no hice nada salvo hibernar. Mi agente de libertad condicional está emparentada con Hinch Edwards, el propietario del *Littleton Journal*. Hinch se apiadó de mí. Fin de la historia.

—Sí, es un tío majo.

De repente pensé que quizás Anna sabía cosas que yo ignoraba que ella sabía.

—¿Conoces a Hinch?

—Conocí a alquien que trabajó para él.

—¿Quién?

—John.

—¿John qué? ¿John Wren? ¿Conocías a John Wren?

—Ajá.

—¿Por qué no me lo has dicho?

—¿Cuándo? Hemos cenado una vez. Ni siquiera sabes mi segundo nombre. Por cierto, es Alicia.

—¿Erais amigos o algo?

—Más o menos. ¿Qué tiene eso de extraordinario?

—Nada. Que es curioso que conozcas a dos reporteros que han vivido en la misma casa.

—¿Él vivió en tu casa? Claro, es una ciudad pequeña. No hay tantas casas.

—Bien. —Bebí un poco de vino, intentando desesperadamente retomar un estado de euforia súbitamente escurridizo—. ¿Sigues en contacto con él? —pregunté.

—No estoy segura de que siga en contacto con nadie. Una vez vino a visitar a mi padre, y simplemente se marchó. Allí fue donde nos conocimos. En la residencia. Él estaba entrevistando a gente sobre aquella... inundación... la de los cincuenta. Sabes de qué hablo, ¿no? Algo atroz, toda una ciudad quedó sumergida. Creo que fue a una residencia de ancianos a intentar agenciarse algunos recuerdos.

Agenciarse. Buena palabra, pensé.

—No creo que tuviera mucho éxito —señalé—. El artículo no se publicó.

—¿En serio? —dijo Anna—. Pues él parecía muy entusiasmado. Una vez, después de haberse ido de Littleton, me mandó un e-mail; tuve la impresión de que se había refugiado en algún lugar para trabajar sobre ello.

—Es extraño, si tenemos en cuenta que ya no tenía empleo —dije—. En todo caso, se dice que por entonces era muy excitable. Perdió un poco la chaveta.

—¿Chaveta? ¿Es un término psiquiátrico?

—Una noche se encerró en las oficinas del periódico, y tuvieron que sacarlo a la fuerza. Creo que lo de perder la chaveta viene a ser eso. Yo debería saberlo.

—¿Eso decían de ti? ¿Que habías perdido la chaveta?

—Los benevolentes. Todos los demás decían que era el demonio.

—No pareces ningún demonio.

—Gracias. —Me sonrojé y tomé otro sorbo de vino—. ¿Tu padre vivía aquí? ¿Cuando lo de la inundación?

—Sí. Pero naturalmente ahora no sería capaz de contarte mucho al respecto. Ahora no.

Silencio.

—Le he intentado llamar hace un rato —dije—. A Wren.

—¿Ah, sí? ¿Para qué?

—Quería preguntarle acerca de algo en lo que estoy trabajando.

—¿No decías que había perdido la cabeza?

—Quizá ya la ha encontrado.

Estuve tentado de decirle a Anna que ese algo en lo que yo estaba trabajando era la misma cosa que tenía Wren entre manos. El antedicho chiflado Wren.

A ella podía haberle sonado paranoico. Podía haberle sonado a reportero desesperado que intenta recuperar gritos de aclamación.

No es que importara realmente.

La cena había sido incómodamente embarazosa. Era como si se hubiera sacado el tapón de la botella con la etiqueta Conversación de la Cena de Anna y Tom, y el contenido se hubiera vertido en el suelo quedando dentro apenas unas míseras gotas.

Ante Anna no me sentía completo, sino un tullido ético. El humor se había agriado. Ella hizo un desganado esfuerzo por resucitar las cosas, pero parecía hacerlo por pura formalidad.

Tras pagar la cuenta, salimos afuera y la acompañé a su coche, y yo no sabía si decirle buenas noches o adiós.

Nos demoramos frente a su Beetle rojo —más granate a la luz de la luna—, uno de esos momentos en los que, ante la puerta del apartamento de una chica, vas a ser rechazado o rescatado y no sabes ni por asomo qué va a pasar.

Se inclinó hacia delante y me besó.

En la mejilla.

—Te llamaré un día —dijo—. Gracias por la cena.

Quise decir: «¿Esto es todo?»

Quise coger esa mariposa que había comenzado a revolotear en mi pecho el día que me arregló el coche y no se había parado, quería inmovilizarla. Sacarla y sostenerla en alto bajo la luz y mirarla.

Me llamaría un día. Y entonces ¿qué? ¿Me llamaría como amigo, conocido o algo más? ¿Me llamaría porque querría, por obligación, o no iba a llamar nunca más?

—No hay de qué.

21

La vuelta a casa fue un viaje a la autocompasión.

Estaba familiarizado con el terreno, lo había visitado en otras ocasiones, sobre todo el año que pasé refugiado en mi apartamento del NoHo como un preso en régimen de aislamiento. Entonces viajé a menudo a la Autocompasión, degustando el tequila local y garabateando postales al doctor Payne: como no lo estoy pasando bien, ojalá estuviera usted aquí.

Me había abstenido de soltarle a Anna la jerga de la psicología popular, pero el doctor Payne no ponía ninguna traba.

¿Por qué este mentiroso mintió?

¿Quieres saberlo realmente, Anna?

¿Estás segura?

Porque una mañana me levanté varias horas tarde, y tuve que hacerlo.

Porque el Ward Cleaver de los directores me dio palmaditas en la espalda y me dijo «buen trabajo».

¿No basta con eso?

¿Quieres más?

Porque mentí a mi yo de nueve años, mentí al decir que mi papá no estaba acostándose con aquella camarera, que llegaría a casa enseguida, que mi mamá no era una borracha sádica, que a los hombres que desfilaban con ella escaleras arriba yo les gustaba realmente cuando ni siquiera les gustaba ella.

Que Jimmy era un patoso.

«Los hijos de los alcohólicos tienden a ver lo que quieren y a no ver lo que no quieren», decía el doctor Payne.

No tienes ni idea.

Resbaló en el hielo y se hizo daño en la cabeza.

Resbaló.

En el hielo.

«Mentir como mecanismo de defensa —decía el doctor Payne—. No critiques.»

Mentir como paliativo, como elixir, como solución rápida.

Mentir por los descosidos, como una puta de mil dólares.

Mentir como modus operandi.

Mentir a los trabajadores sociales de los Servicios de Protección Infantil. A la policía. A todo el mundo.

«¿Qué pasó, Tommy?»

Resbaló.

En el hielo.

Se hizo daño en la cabeza.

Cuando vi la figura negra paseando por la acera de enfrente de mi casa, al principio no caí en la cuenta.

Incluso cuando advertí que llevaba una especie de bolsa en la mano izquierda tardé aún unos segundos en transformar ese pensamiento en algo coherente. «Es interesante», dije, y levanté el pie del acelerador.

Se detuvo. En medio del camino de la puerta de mi casa. Donde su cara estuvo momentáneamente alumbrada por el atrapainsectos colgado del olmo medio muerto de mi jardín, aquellos rasgos repulsivos iluminados por un nauseabundo destello púrpura.

Tocado.

Nuestro simpático fontanero del barrio. Otra vez de servicio.

Él sabía que tenía compañía.

Mi Miata se había parado en seco en medio de la calle, como si ese melindroso cable de la bobina se hubiera soltado otra vez.

Él corrió hacia su camioneta de reparto y salió zumbando, acelerando hasta rebasar el límite de velocidad permitido, eso suponiendo que en una calle residencial no se pudiera ir a más de ciento cuarenta.

Pisé el acelerador y seguí sus luces traseras.

Los dos coches corrieron, esquivaron, zigzaguearon y pasaron volando, dejando atrás las casas de aluminio de Redondo Lane, las fincas de estuco estilo hacienda de West Road, el 7-Eleven, el Shakey's y el IHOP, y luego el instituto San Pedro y el bar de motocicletas ya en los llanos. Hicieron caso omiso de cinco stops y dos semáforos y un grupo de escandalosos adolescentes en Warrow Road, que estaban tragando compulsivamente cerveza de bolsas de papel marrón en medio de la calle y tuvieron que saltar literalmente para guarecerse.

No estoy seguro de haber ido tan deprisa en mi vida.

Quizás en un videojuego.

No me había dado cuenta de lo borracho que estaba, no hasta que golpeé mi primer coche en un amplio giro en torno al campo de béisbol del instituto, una ligera sacudida acompañada del feo sonido del metal que se rompe, un sonido que iba ligeramente por detrás de la sensación, como si las ondas sonoras necesitaran un rato para llegar.

Choqué con el segundo coche en algún punto situado junto al campo de golf de nueve hoyos de Littleton. Esta vez sin ver siquiera lo que golpeaba, sabiendo sólo que le daba a algo, pues mi Miata se balanceó violentamente hacia la derecha y su víctima chilló de dolor, una alarma que rompía a sonar con furia incontenida.

De pronto algo me dio a mí.

Estrépito.

Había doblado una esquina y me había encontrado con una calle vacía.

Había mirado a la derecha, a la izquierda.

Tenía que haber mirado atrás.

El fontanero se había escondido en un camino de entrada.

Y luego salió.

Era como uno de esos dibujos animados de Looney Tunes. Elmer Fudd persiguiendo furioso al conejo hasta que de pronto las posiciones se invierten de la forma mágica que sucede en los dibujos... y el mal armado Elmer huye perseguido por Bugs pegado a él.

Sólo que el que me perseguía no era un conejo, y si alguien iba armado era él.

Estrépito.

Golpeó de nuevo mi parachoques trasero, una vez, dos veces, y luego lo bastante fuerte para propulsarme hacia el salpicadero.

Di con la barbilla en el volante; mi cabeza sufrió una sacudida.

Sentí que el vino subía, los *vermicelli* Alfredo.

No podía parar.

Si frenaba, él iba a acabar en mi asiento delantero.

Podía ver ese esqueleto ennegrecido en la autopista 45. Era yo.

Pisé a fondo el acelerador, negándome a mirar el cuentakilómetros, pensando que el número real podía asustarme, negándome a apartar mis ojos de una carretera cada vez más borrosa. Una o dos veces adelantamos a otros coches, pero éstos parecían accesorios de teatro, paralizados en su sitio. Sorprendí un rostro que registraba estupefacción y miedo absoluto.

Era mutuo.

El fontanero me golpeó otra vez. Noté un pinchazo de dolor recorriéndome la columna mientras mi coche daba un latigazo y chocaba contra el bordillo.

Y otra vez... ahora más fuerte, una mano tartamudeando en el volante mientras el coche vibraba a la izquierda.

Esto es lo que se siente cuando uno está a punto de ser arrollado.

Esto es lo que se siente cuando algo salvaje e incontenible está pisándole a uno los talones.

No hay adónde ir.

No puedes parar; no puedes girar a la derecha ni a la izquierda.

Sólo puedes intentar dejarlo atrás.

Hasta que no puedes.

Doblé una esquina donde la carretera de pronto se ensanchaba y desaparecían las construcciones.

Supe dónde estábamos.

La vía de acceso que deja atrás dos vallas publicitarias: Spex in the City, la óptica de Main, y Binions Casino, con tres coristas tetudas en rutilantes lentejuelas atrayéndome a la posible salvación.

La autopista despejada.

Si podía llegar a la autopista, tenía una posibilidad.

Pisé a fondo el acelerador; recé una oración.

No vi las luces del coche patrulla hasta que estuvieron destellando de repente en mi retrovisor.

—¿Qué coño cree que está haciendo, Lucas?

Las primeras palabras que salieron de la boca del sheriff Swenson.

Le expliqué lo que estaba haciendo, rebosante de gratitud por el súbito rescate.

—¿Qué camioneta? —dijo.

Él estaba de pie al otro lado de la puerta del conductor, enfocando una cegadora linterna en mis ojos, haciéndome sentir menos agradecido y más como si me encontrara en un interrogatorio. Sólo faltaba la porra de goma.

—La camioneta azul estaba justo detrás de mí —dije—. La conducía el hombre que irrumpió en mi casa y me pegó la paliza.

—¿Camioneta? —dijo el sheriff Swenson—. ¿De qué está hablando? No he visto ninguna camioneta.

Y fue entonces cuando lo sentí. Ese frío insidioso que te sube por las piernas cuando estás de pie en una habitación con un calor sofocante y llevando calcetines empapados. Sabes perfectamente que vas a vomitar.

—No puede ser. Iba a un metro y medio detrás de mí.

—Salga del coche.

Las luces del coche patrulla de Swenson iluminaban un desecho del Demolition Derby. El parachoques delantero estaba roto; había rayas irregulares de colores extraños que se entrecruzaban en la puerta del pasajero. El parachoques trasero tenía dos abolladuras tremendas.

—Le sorprendí intentando entrar otra vez en mi casa. Y luego intentó sacarme de la carretera —expliqué.

—Ajá —dijo Swenson—. ¿Dice que la camioneta era azul?

La sangre no miente, pero tampoco el rojo manzana de Earl Scheib, sin duda el color tatuado en la portezuela del pasajero.

—¿Ha estado jugando a los autos de choque, Lucas?

—Sí, vale, quizá le he dado a alguno.

—Algunos, diría yo. Camine en línea recta para que yo lo vea. —No era una pregunta—. Vamos, Lucas, en la dirección que quiera.

—Ya se lo he dicho, estaba tratando de robar otra vez en mi casa. Ha intentado sacarme de la carretera. Podía haberme matado.

—Camine un poco, ¿vale, Lucas?

—No hay problema.

Esperaba que fuera verdad... que no habría problema.

Que pudiera andar en línea recta, y seguir andando, volver al coche y salir del apuro. Podía hacerlo, recorrer la distancia más corta entre dos puntos, ¿o no?

A lo mejor no.

Es difícil ejecutar una acción física cotidiana cuando tu libertad personal depende de ello. Jamás había prestado atención a la física concreta de colocar un pie delante del otro. Tiene sus bemoles.

Me tambaleé, temblé, sobrecompensé y me escoré.

Aun así, conseguí recorrer tres metros enteros sin caer de bruces. Luego me di la vuelta con una seguridad que rápidamente flaqueó e inicié el regreso.

Perdí el equilibrio.

Algo me había hecho tropezar.

O alguien.

No me di cuenta de que era la bota negra de Swenson hasta que mi cabeza dio contra el suelo y él me colocó la bota directamente en la parte posterior del cuello.

22

Luiza tenía que venir y limpiar mi habitación del motel.

Eso es lo que anunció en inglés chapurreado a través de la rendija de la puerta.

Esto fue ayer.

Ella parecía estar sola. Digo «parecía estar», pues mi visión periférica estaba peligrosamente limitada por la mirilla de la puerta. Alcanzaba a ver a Luiza, eso sí. Veía la aspiradora, el cubo y el carrito con la ropa.

No podía ver qué estaba esperando a uno y otro lado.

—Por favooo.... Seeeño Valleee... —decía Luiza—. Son ya do semana.

¿Tanto tiempo?

¿Dos semanas?

Tal vez.

Por la habitación había desparramados envoltorios de cecina de buey. Cajas vacías de galletitas saladas. Periódicos amarillentos. Varias latas medio vacías de Fresca sobre las que se abalanzaban las moscas. Mi ropa, lo que quedaba de ella, estaba tirada en una alfombra raída. Las persianas estaban corridas.

—Por favooo... Seeeño Valleee... —repetía Luiza.

¿Abrir o no abrir?

Parecía sincera. Por otro lado, ¿sabía yo cómo sonaba lo sincero en boca de Luiza? Había que lidiar con el acento en su conjunto. La sinceridad podía perder mucho en la traducción.

Sin embargo, si no la dejaba limpiar pronto, quizá pediría al director que interviniera.

Yo y mis amigos, Smith y Wesson, no estábamos deseosos de compañía precisamente ahora.

Di unos golpecitos en el bulto del bolsillo derecho de mis pantalones, aspiré hondo, quité el pestillo.

Retrocedí al centro de la habitación.

—Muy bien, Luiza. Entre.

La puerta se abrió a cámara lenta. Uno o dos segundos después, la cabeza de Luisa asomó por la abertura.

Puede que ella fuera tan aprensiva como yo. Seguramente se habría estado preguntando qué le esperaba al otro lado de la puerta. ¿O había algo más? A lo mejor ella sabía exactamente lo que le esperaba... había estado preparada e informada.

Estará lejos de la puerta para protegerse. Irá armado y es peligroso. Pero es igual... nosotros también.

Susurré hola al señor Smith, y aseguré al señor Wesson que, de hecho, estábamos con el seguro puesto y cargados.

El pequeño cuerpo de Luiza siguió su cabeza a través de la puerta.

Evitó mi mirada, se volvió y empezó a meter el carro de la ropa en la habitación. Un rayo de sol pasó por encima de su hombro e iluminó las retorcidas sábanas y la ropa revuelta, el festival de basura en que se había convertido la estancia.

Di unos pasos a la derecha en un intento por mejorar mi campo visual. El deslumbrante sol caía como esquirlas de vidrio.

¿Cuál es la primera regla de la guerra de guerrillas?

Intentar sorprenderles con los ojos de cara al sol.

Pasé al punto por su lado, cerré la puerta de golpe y eché el pasador.

Luiza se volvió al oír el sonido de la cadena. Parecía, bueno, nerviosa.

—¿Cuánto tiempo necesita? —pregunté.

Se encogió de hombros sin responder. En lugar de ello, sacó del carrito una bolsa de basura negra de tamaño industrial y empezó a llenarla con los desechos de dos semanas.

Me senté en la única silla de la habitación y la observé con atención.

—¿De dónde es usted, Luiza?

—Ecuador —respondió, sin molestarse en mirar en mi dirección. Llevaba en ambas manos unos guantes amarillos de plástico.

—¿Desde cuándo está aquí?

—Hace dos años —contestó.

—¿Dos años, eh? ¿Y tiene aquí familia?

—Mi esposo —dijo, esta vez echándome una miradita rápida.

—Su esposo. Qué bien.

Pudiera parecer que estábamos entablando una pequeña conversación formal. Pues no. Yo estaba llevando a cabo un interrogatorio al estilo de Abu Ghraib. Menos las fotos humillantes y los cables eléctricos.

—¿Alguien ha preguntado por mí, Luiza?

—No entiendo...

—Le estoy preguntando si alguien, quien sea, le ha hecho alguna pregunta sobre mí. Por ejemplo, quién es ese hombre de la número cuatro, cosas así.

—No —respondió.

—Vale, muy bien. Estupendo. O sea, que nadie le ha dicho nada.

—El director.

—¿El director? —Noté un repentino sofoco de miedo—. ¿El director ha preguntado por mí?

Luiza asintió.

—¿Qué ha dicho?

—Pregunta por qué no me deja limpiar la habitación.

—¿Y usted qué le dijo?

—Que no quiere que limpie. Que duerme. O trabaja.

Ésa era mi historia cuando ella llamaba a la puerta. Que estaba durmiendo. O que estaba trabajando. Que por favor volviera mañana. Mañana habían acabado siendo dos semanas.

—He estado trabajando —dije—. Mire —añadí señalando el portátil encima de la abarrotada mesa. Estoy escribiendo esto lo más rápido que puedo.

Ella asintió.

—Escribo... obras de teatro. Por eso no abro la puerta. Porque no quiero que me molesten. Porque estoy terminando una obra. Puede decirle esto.

—Vale.

—Estupendo. Ya casi he terminado.

Luiza no pareció muy interesada en si yo había terminado o no. Hizo una rápida visita al cuarto de baño, toallas en mano, y volvió a aparecer enseguida y se puso a pasar la aspiradora.

—También me pregunta otro hombre —dijo después de sujetar la bolsa de la basura al carrito y empezar a empujar éste de nuevo hacia la puerta.

—¿Qué? ¿Qué ha dicho, Luiza?

—Otro hombre. Me pregunta quién es usted —dijo—. Yo olvido.

23

Resultó que tenía el doble de lo permitido por la ley.

Lo bastante borracho, al menos, para no haber advertido que el sheriff Swenson colocaba su enorme bota directamente en mi camino. La noté en el cuello. Tendido en el suelo, la mejilla contra el asfalto aún caliente gracias al sol del desierto, sentí su peso categórico y el inconfundible mensaje de la jerarquía.

Supuse que así iba a ser. Mi vida. Que iba a acabar ahí, en esa carretera vacía en medio del desierto de California.

Resultó que el sheriff sólo quería dejarme claras las consecuencias de una conducta irresponsable.

Me había quedado claro.

Soplé en el alcoholímetro, me interrogaron sobre dónde había tomado qué, me dieron una citación judicial por conducir intoxicado y por abandonar la escena de un accidente... lo que hacen dos accidentes.

Luego, asombrosamente, me dejó marchar.

Me podía haber metido una noche en el calabozo para meditar sobre mis delitos, algo que él me recordó para hacerme saber lo indulgente que estaba siendo conmigo.

Le di las gracias.

Gracias no es lo que yo estaba pensando.

No vio la camioneta. ¿Cómo es posible?

Por alguna razón, en contra de todas las leyes de la física, pasó por alto una camioneta azul que me perseguía a ciento cincuenta por hora.

¿Adónde había ido la camioneta? Tal vez el fontanero había

visto las luces de la policía y había levantado el pie del acelerador y había tomado una calle lateral.

Quizá Swenson no la había visto.

Contemplé la escalofriante posibilidad de que yo estuviera teniendo alucinaciones.

En la bolera vi esa cara, la misma que después vi iluminada por un atrapamosquitos... y había desaparecido delante de mí dos veces.

¿Podía ser que yo estuviera mal de la cabeza? Que, como Dennis Flaherty, tuviera una desesperada necesidad de cierto psicotrópico de capacidad industrial?

No.

Es fácil interrogarte a ti mismo tumbado en la cama a la una de la mañana con una punzante resaca de Chianti, y en tu camino de entrada un Miata que tiene cita con el chatarrero.

Estaba pasando algo más.

Saqué la nota de Benjamin del cajón de la mesilla.

«Feliz cien cumpleaños.»

Había un error gramatical, desde luego. Qué raro que no me hubiera dado cuenta antes. Tenía que haber puesto feliz centésimo cumpleaños. ¿Qué edad tendría el autor de la carta si realmente era su hijo? Busqué en el cajón la foto de los dos... todavía estropeada con apagadas manchitas de sangre.

Debía de ser invierno. Cuando se tomó la foto.

Por aquí los inviernos no eran especialmente fríos. Como mucho para llevar una chaqueta de lana y vestir a tu único hijo con un abrigo de pana marrón con cinco botones negros. Ella lo sostenía en brazos y él parecía estar irritable, como si hubiera pasado el minuto anterior, mientras el fotógrafo enfocaba y encuadraba, moviéndose inquieto en el regazo y riéndose tontamente en voz alta. Lucía esa encantadora sonrisa con los dientes salidos, como si en cualquier momento fuera a estallar en una carcajada encandalosa. Dicen que las fotografías te pueden robar el alma... lo que sí es cierto es que muy a menudo la retienen como rehén.

¿Quién era el fotógrafo?

¿El esposo de Belinda? ¿Que intentaba hacer pasar ese momento a la posteridad? ¿Qué momento? Estaban sentados bajo el letrero de Littleton Flats Café. ¿Celebraban el día con una comida especial? ¿Celebraban el qué? ¿Que Benjamin dejaba el jardín de infancia? Parecía tener unos seis años.

La edad de Jimmy.

El desastre seguramente se produjo poco después de que se tomara la foto. Quizá por eso la imagen era tan evocadora, por lo que iba a pasar.

Aquellos tres días de lluvia implacable, inusual en el desierto, sin duda, pero a veces pasaba. La Madre Naturaleza se enfurecía, y todo se ponía patas arriba.

O los muros de cemento se venían abajo.

Sólo otro domingo por la mañana en Littleton Flats.

Tal vez Benjamin estaba mirando los papeles divertidos, aprendiendo a leer; Jane corriendo y Dick lanzando algo, y *Spot* ladrando, y quizá preguntándose por qué todos esos niños que caminaban, corrían y tiraban cosas eran blancos, o quizá no... quizás a esa edad los niños son aún daltónicos. A lo mejor lo único en lo que pensaba esa mañana era en que su madre regresara por fin a casa y le hiciera una tarta de melocotón. No sé si Belinda hacía tartas de melocotón, probablemente estaba demasiado ocupada limpiando la casa de aquella familia blanca de Littleton, lo que entonces hacían la mayoría de las personas negras si querían llevar comida a casa. Tal vez Belinda estaba haciendo camas, preparando desayunos, lavando a los niños con los que había tenido que quedarse ese fin de semana cuando oyó el primer estruendo, como un trueno, sólo que era un día despejado, ni una nube en el cielo. Qué extraño, pensaría —pensarían todos—, oír un trueno cuando no había ningún nubarrón a la vista.

Donde primero hizo impacto el agua fue en la torre del agua.

Esto según lo que yo había leído en un microfilm.

Irónico en cierto modo, que el agua se atacara a sí misma.

Cuando por fin todo cesó, encontraron la torre a doce kilómetros de su emplazamiento original. De hecho, no muy lejos de donde hallaron al único superviviente: una niña de tres años que aguantó sobre una puerta de un refugio contra tornados arrancada por la vorágine. Que flotó lo suficiente para que ella pudiera cabalgar sobre las olas destructoras como una surfista precoz de Waimea.

La ciudad quedó arrasada. Las crónicas la comparaban con Hiroshima, la imagen que la mayoría de los americanos tenía entonces de la destrucción total.

Vi algunas fotos.

Tenían razón.

Por todas partes quedaban aún en pie trozos de cemento o de estructuras de hierro, como extrañas esculturas abstractas. Habría sido ciertamente difícil identificar lo que fueron en otro tiempo.

La zona fue acordonada por la amenaza de enfermedades, por todos aquellos cadáveres hinchados en el agua rancia. Tardaron meses en limpiarlo todo: recuperar los cadáveres, recuperar lo aprovechable, cerrar con tablas, demoler y llevarse el resto. Entonces llegó la hora de retorcerse las manos, de hacer examen de conciencia y, final e ineludiblemente, de señalar con el dedo. Se formó una comisión independiente para investigar la construcción de la Represa Aurora, para estudiar concienzuda y minuciosamente el proyecto original del contratista, la órdenes de expropiación, los...

Ring, ring.

El sonido del teléfono me sobresaltó. Estaba perdido en Littleton Flats cincuenta años atrás; de pronto el aquí y el ahora me exigían que respondiera.

Descolgué.

—¿Tom Valle?

—Sí. ¿Quién es? —Los pitidos habían puesto otra vez en marcha el martinete de mi cerebro. Bum... bum... bum...

—John Wren. ¿Me ha llamado usted? —dijo con un tono de voz que sonaba vagamente acusatorio.

—Así es. Gracias por llamarme.

—No hay de qué —dijo Wren.

Por un instante no supe cómo proseguir con la conversación.

«¿Cómo se encuentra últimamente, John? ¿Sigue aullándole a la luna?»

Él siguió por mí. Me preguntó por Hinch.

—Está bien —dije, y luego me corregí a mí mismo—. Bueno, no exactamente. Su esposa vuelve a estar enferma.

—Qué lástima.

Sí.

Silencio.

—Entonces, ¿qué quería? —dijo.

—Era sobre la Inundación de la Represa Aurora. Hinch me dijo que usted intentó escribir una historia sobre aquello.

—¿La inundación? Sí, es verdad.

—¿Qué pasó?

—No mucho.

—No entiendo.

—Era difícil hacer que la gente hablara de ello. La mayoría de las personas ni siquiera estaban entonces por aquí.

—O sea, que no encontró a nadie.

—No he dicho eso. He dicho que fue difícil. ¿Por qué quiere escribir algo sobre la Inundación de la Represa Aurora?

—Por la misma razón que usted: murieron ochocientas noventa y tres personas.

—Ochocientas noventa y dos. Se olvida de la pequeña.

—Cierto. La pequeña.

—La conocí —dijo—. Aún vive.

—¿En Littleton?

—San Diego. La localicé. Fue mi primera entrevista.

—¿Cómo fue?

—Bien. Para ser alguien que tenía tres años cuando sucedió aquello, tenía una memoria asombrosa. —Oí el sonido de una cerilla y a Wren inhalando—. Hubo un pequeño problema con lo que recordaba.

—¿Qué quiere decir?

—Quiero decir que recordaba algunas cosas muy imaginativas respecto a ese día.

—¿Imaginativas?

—Si usted cree que una nave de robots espaciales que la rescatan del agua es algo que sucede cada día, entonces no, no era nada imaginativo.

—¿Robots espaciales?

—Exacto. Robots espaciales.

—Bueno, usted mismo lo ha dicho. Tenía tres años.

—Ajá. Claro, parte de las cosas que recordaba eran medio creíbles. Con quien tuve mal rollo fue con el *National Enquirer*.

—¿Quiere decir que había otras cosas aparte de los robots espaciales?

—Así es. Además de los robots. Ese día hubo un montón de cosas... —Su voz se fue apagando.

—¿Como qué?

—¿Puedo preguntarle algo?

—Claro.

—Tom Valle. Tiene usted el mismo nombre que ese... farsante... ya sabe de quién le hablo, seguro que se lo dicen continuamente. Es duro estar en el mismo negocio, ¿verdad?

—Sí, es duro.

—¿Ha pensado alguna vez en cambiarse el nombre?

—No.

—Bien hecho. No se va uno a cambiar el nombre porque alguien se ha meado en él, ¿verdad?

—Claro.

—¿Qué le pasó? ¿Acabó el tío en la cárcel?

—No.

—Habría jurado que fue a la cárcel. Lo merecía.

—Yo soy Tom Valle. —dije.

—Ya lo sé.

—No, el Tom Valle del que está usted hablando. El que no fue a la cárcel.

—Ya lo sé —repitió—. Cuando recibí el mensaje hice averiguaciones. Tenía curiosidad por si iba a decírmelo.

—Pues ya se lo he dicho.

—Si quiere que le diga la verdad (aquí decimos la verdad, ¿estamos?), me sorprende bastante que no se haya cambiado de nombre. Y más aún que haya vuelto a trabajar en un periódico. Aunque sea en *Mayberry*. Hinch lo sabe, supongo.

—Sí.

—Bravo. ¿Se trata de un experimento de rehabilitación de periodistas?

—Tendría que preguntárselo a él.

—Quizá debería. Porque, claro, es como dejar que un niño abusón vuelva a la clase, ¿no?

—Es agua pasada. He pagado mi deuda judicial con la sociedad. En serio. ¿Por qué no lo dejamos? Yo sólo quería saber si usted tenía alguna información sobre...

—Lo que a mí me preocupa es su deuda con el periodismo —dijo interrumpiéndome—. Usted no puede cancelar esa deuda. La gente como usted llega y deja un hedor en todos nosotros. Eso rompe el vínculo sagrado. Nos convierte a todos en reporteros de tabloides —añadió alzando la voz—. Usted era auténtico. Un profesional con mayúsculas. Estaba donde el resto de nosotros deseábamos estar. Aunque no pudiéramos. Consiguió que la gente de la calle pensara que quizá todo eran sandeces. La televisión basada en *reality shows*..., un camelo, todo inventado. Por eso le he llamado. Quería decírselo en persona.

Me senté y aguanté sin colgar.

Quizá porque él estaba aún un poco loco, aunque tenía igualmente razón. Se puede estar loco y tener razón, ¿no? O tal vez era porque había pasado tiempo, mucho tiempo, desde que alguien lo expusiera con toda su espantosa majestuosidad. El día que intenté salir a hurtadillas de la oficina con una caja de cartón que contenía mis escasas pertenencias, eludiendo miradas malévolas y espaldas ostensiblemente frías, unos cuantos autoproclamados vengadores lograron arrinconarme en el pasillo y me aplicaron una llave inmovilizante de lucha libre en forma de indignación periodística. Uno era mi colega de copas, el que había grabado en mi mesa ese curioso mensaje: «Miento, luego existo.» Yo había tomado su diatriba igual que tomaba ahora la de Wren; no me escondí en el ascensor, ni bajé a la carrera la escalera ni intenté golpear a nadie. Escuché, tan estoicamente como Chuck Connors cuando le arrancan las charreteras del uniforme de caballería y lo echan de Fort Apache al principio de *Marcado*. En parte por las advertencias del doctor Payne en el sentido de reconocerlo. En parte porque creía que si se lo aguantaba a ellos, quizá no tendría que aguantárselo a él. El hombre del final del pasillo a quien había destruido como persona. Aquel a quien al cabo de unas semanas echaron del fuerte y no dejaron regresar. Aquel a quien yo llamaba cuando estaba asquerosamente borracho y no le decía nada.

—Así que actualmente usted está, cómo se dice... ¿reformado?

—No era ningún alcohólico. Inventaba historias. Ya no lo hago.

—Me alegra saberlo.

—Tengo curiosidad por esta historia. La Inundación de la Represa Aurora.

—Ya me lo ha dicho.

—Le he llamado por eso. Me preguntaba si usted sabía algo sobre el número de víctimas. Si se justificaron todos los muertos.

—¿Si se justificaron?

—La cuestión es si hubo alguien que murió supuestamente en la inundación... y que apareció más adelante.

Silencio.

—A mi juicio, las leyes de la cortesía periodística no son aplicables a usted —dijo.

—Creo que hay alguien a quien se dio por muerto en la inundación pero sobrevivió. Creo que esa persona apareció recientemente para decirle hola a su mamá centenaria. Creo que podría ser la misma persona que acabó calcinada en un coche accidentado con la cartera de otro en su bolsillo. No lo sé con seguridad... sólo pienso que es posible. Estoy intentando conectar los puntos de la figura.

Oí los golpecitos de un cigarrillo en un cenicero.

—¿Qué me está pidiendo?... ¿Ayuda? ¿En serio? ¿Quiere consultar mis notas? ¿Es esto lo que me está pidiendo?

—Si no fuera demasiada molestia.

—No es demasiada molestia. Si yo quisiera. Pero no quiero. Para usted, nada.

Ahora advertí la impaciencia en su voz, el deseo implícito de colgar.

—Quizás así podría pagar la deuda —dije.

—¿Qué?

—La deuda que usted ha mencionado. La que tengo con el periodismo. Tal vez así la podría saldar. —No sé exactamente cómo salí con eso... no lo sé... pero cuando lo hice me sonó bien. Sonó, a falta de un término mejor, verdadero.

Lo oí dar otra calada, y me imaginé una espiral de humo azul alzándose lentamente hasta el techo.

—Lo pensaré —dijo tras lo que pareció una larga pausa.

—Gracias.

—De gracias nada. No he dicho que sí.

24

El color de la tierra fue la primera pista.

De repente era más roja, como si hubiera sangrado.

Por la mañana, había ido con mi Miata a la gasolinera Exxon de Marv.

—Quizá podamos salvarlo, si no te importa que parezca el cacharro de Jed Clampett —dijo, antes de ofrecerme un coche de repuesto mientras él llevaba a cabo su cirugía reconstructiva.

Iba por la autopista 45 en un viejo T-Bird sin asiento trasero.

Pasé un letrero deteriorado por la intemperie y seguí adelante hacia ninguna parte.

Era imposible no notar la ausencia de algo.

Es como estar en las ruinas de un foro romano sin columnas que lo delimitaran. El espacio hablaba como una boca abierta.

Y de pronto, aquí y allá, aparecían columnas, estructuras de hierro oxidadas. Restos retorcidos de cimientos esparcidos por el paisaje lunar. ¿O era más bien como las llanuras de Marte... toda esa tierra roja?

Paré el coche y me apeé en el lugar que había sido Littleton Flats.

¿Alguna vez habéis entrado en un cementerio y sin daros cuenta os habéis visto encima de una tumba? Uno casi suelta un lo siento, ¿verdad?

Deambulé por ahí, dejando atrás indistinguibles bultos de piedra, esparcidos guijarros opacos como el vidrio soplado, oxidadas latas de Old Wilwaukee.

Traté de imaginar qué había habido.

El Littleton Flats Café, por ejemplo. Su pequeño banco de madera bajo el saliente de un letrero, donde una sonriente madre negra había sostenido a su sonriente hijo de seis años frente a una cámara.

Bordeé un amplio círculo.

¿La torre del agua? ¿La que encontraron a doce kilómetros cuando por fin cesó la crecida?

Intenté imaginármelo... el momento del impacto.

He visto vídeos de tsunamis de Indonesia.

El agua siendo aspirada otra vez por el mar, haciendo encallar en la arena pequeños esquifes de pesca como pequeños juguetes de playa. Minutos de una nada inquietante hasta que de pronto vuelve el mar a rugir, de un negro subido y dos plantas de alto, como si se tratara de un truco cinematográfico barato hasta que uno se da cuenta de que en las playas, las embarcaciones y los hoteles hay gente de verdad. Brazos y piernas agitándose, pulmones reventados y cuerpos aplastados.

Littleton Flats estaba habitado principalmente por familias de los trabajadores de la planta hidroeléctrica, para alimentar la cual se había construido la Represa Aurora. La electricidad que la gente de la ciudad utilizaba y regulaba había acabado volviéndose contra ella, devorando a los suyos. La planta quedó destruida por la inundación y, al haber alternativas más baratas disponibles al sur del estado, no se reconstruyó jamás.

Tampoco Littleton Flats.

Miré la tierra roja y vi a alguien que me devolvía la mirada. Un penique de Lincoln, medio oscurecido por el musgo, convertido en una especie de criatura de los pantanos. *Creature from de Black Lagoon* [Criatura del lago negro], una de esas películas en las que yo solía enfrascarme con el volumen bien alto para no oír lo que pasaba en la habitación de al lado. Donde ella había llevado a Jimmy. «Niños pequeños que sufren.» Como Benjamin. Sólo que Benjamin se había salvado, de algún modo había ganado la superficie; y había desaparecido.

¿Cómo?

«Feliz cien cumpleaños.»

Era consciente de la calma total.

Aparte del susurrante viento, no alcanzaba a oír ni un solo grillo, ni un pájaro. Extraño. Tampoco serpientes de cascabel... algo en cierto modo consolador para alguien solo y desamparado.

Salvo que no estaba solo.

Me hallaba sentado en un saliente de hormigón, contemplando el penique con el que quizás un día Benjamin compró un chicle y un cómic de Bazooka Joe. Le daba vueltas en la mano, frotando su verde superficie cubierta de musgo entre el índice y el pulgar cuando noté que me miraba alguien.

Era un hombre.

Estaba a una distancia de medio campo de fútbol.

A unos veinte metros del maltrecho T-Bird con el que yo había llegado. No vi ningún otro coche, lo que me hizo pensar en cómo había llegado el hombre hasta allí. Pensé en algo más. Qué estaba haciendo él allí.

Al principio me preocupó que pudiera ser el fontanero al que había visto por última vez paseando frente a mi casa con una bolsa en la mano.

Él.

No era.

Ese hombre era claramente mayor. Si lo hubiera visto en el Sears local o hubiera pasado por su lado, de noche, en Redondo Lane, no le habría prestado la menor atención. Pero ahora era distinto.

Me puse de pie y di dos pasos atrás en un esfuerzo por recuperar el equilibrio, que parecía haberse visto alterado simplemente por la aparición del desconocido.

Se dio la vuelta y comenzó a alejarse.

—¡Hola! —grité en su dirección.

Él siguió andando, manteniendo el mismo paso constante, un hombre que hacía su ejercicio matutino, un hombre que sin duda no había oído que alguien le gritaba que se parase.

Me apresuré tras él.

A medida que me acercaba, me pareció que era más viejo de lo que pensaba al principio. Había en él un halo de tranquila dignidad, aun estando de espaldas. Estaríamos a unos cuarenta grados, pero él llevaba una elegante americana azul con una fina raya diplomática. Nada de botas de excursionista ni zapatillas deportivas, sino unos refinados zapatos negros que casi brillaban. En la cabeza lucía un anticuado sombrero de fieltro con ala curva algo ladeado.

—Perdone —dije casi sin aliento—. Perdone, ¿puedo hablar con usted un segundo?

Se detuvo. Se volvió.

Setenta y tantos, pensé, quizá ya más de ochenta. El cabello, por lo que yo alcanzaba a ver, era gris acerado y muy corto, casi al rape.

—¿Sí? —dijo tan tranquila y educadamente como si alguien le hubiera preguntado la hora.

—Sólo quería saber qué estaba haciendo usted aquí.

—Curioso —dijo—, yo me preguntaba lo mismo con respecto a usted. —Tenía lo que podría denominarse unos ojos penetrantes, esa llamativa tonalidad azul que casi te obliga a ponerte las gafas de sol.

—Tom Valle —dije—, del *Littleton Journal*.

—Ah, ¿es reportero?

Tuve la impresión de que me estaba evaluando, la incómoda sensación de estar dentro de una máquina de resonancia magnética, con las tripas íntimamente expuestas a un examen meticuloso.

—¿Haciendo un reportaje sobre qué? ¿Este lugar? —preguntó.

—Sí. Sobre la Inundación de la Represa Aurora.

—Entiendo. —Asintió, se quitó el sombrero y se secó la frente con un limpio pañuelo blanco que salió misteriosamente del bolsillo de la americana.

»Debería usted llevar uno —dijo mientras volvía a ponerse en sombrero y se metía el pañuelo en el bolsillo—. Las insolaciones no perdonan.

Le creí. Ya empezaba a sentirme un poco atontado, como la bruma púrpura pero sin la parte divertida.

—La inundación —dijo—. Fue hace mucho tiempo.

—Cincuenta años —dije yo; notaba gotas de sudor bajando

por el centro de mi espalda—. Así, ¿qué le ha traído por aquí?
—Iba a preguntarle también cómo había llegado, pero entonces advertí la calandra frontal de un coche aparcado a unos cuarenta metros, detrás de una de las estructuras de hierro oxidado.

—Curiosidad —dijo.

—¿Ha leído sobre la inundación?

—Sí.

—¿Es usted de aquí?

—¿De aquí? No creo que que nadie sea de aquí. Ahora.

—No me refiero a Littleton Flats, sino a la región.

—No. No soy de aquí.

—Oh, entonces sólo es un aficionado a las inundaciones, ¿eh?

—Bueno —dijo—. Estuve aquí una vez.

—¿Aquí? ¿En Littleton Flats?

—Así es.

—¿Antes de la inundación?

Asintió.

—No ha quedado gran cosa, ¿verdad? —dijo.

—No. ¿Cómo era?

—¿Cómo era?

—La ciudad. —Yo había leído mucho sobre la destrucción de Littleton Flats, pero casi nada sobre la ciudad propiamente dicha. Ahí había alguien que había caminado por sus calles, que quizás había pasado frente a Belinda y Benjamin cuando iban a desayunar al Littleton Flats Café.

—Como cualquier otra ciudad. Totalmente normal. Familias, tiendas, casas, patios. Sólo una ciudad.

—¿Qué año era?

—¿Año?

—El año en que usted la visitó.

—Era 1954.

—El año en que sucedió.

—Sí.

—¿Y nunca había vuelto? ¿Hasta ahora?

Meneó la cabeza.

—No. Pasaba por aquí y he pensado, ¿por qué no?

—Habrá sido algo sobrecogedor para usted.

—¿Sobrecogedor? Creo que sería sobrecogedor para cualquiera. Todas las ciudades fantasma lo son.

Sí, tenía razón. El suave viento que silbaba a través del hierro oxidado sonaba como un irritado susurro de fantasmas.

—Aquí pasó algo terrible, ¿eh? —dijo el hombre—. Aún se puede sentir.

Saqué del bolsillo la libreta y el bolígrafo.

—¿Puede decirme cómo se llama? No le importará que le cite, ¿verdad? En mi artículo.

—Me temo que no puedo contribuir mucho. Como usted ha dicho, sólo soy un aficionado a las inundaciones.

—Pero usted estuvo aquí.

—Sí, estuve aquí, igual que muchas otras personas.

—Muchas personas no quieren hablar de ello. En Littleton, en todo caso. A usted no parece importarle.

El hombre bajó la mirada a sus brillantes zapatos negros, ambos pies rectos, lo que me hizo pensar si había estado en el ejército.

—Muy bien —dijo alzando la vista—. Me llamo Herman Wentworth.

Lo garabateé.

—Herman, ¿puedo preguntarle a qué se dedicaba?

—Soy médico —contestó—. Ya no ejerzo, naturalmente.

Curioso, pensé. Esa incómoda sensación de ser examinado cuando le dije hola. No había sido casualidad.

—¿Tenía una consulta privada?

Negó con la cabeza.

—Era médico del ejército.

O sea, que había estado en el ejército.

—¿En serio? ¿Dónde estuvo destacado?

—Oh, en muchos sitios. Iba de acá para allá. Casi en todo el mundo. Empecé en Japón.

—¿Japón, eh? ¿Cuándo fue eso?

—Al final de la guerra. Inmediatamente después de la rendición.

—¿Tokio?

—No —dijo—. En otra parte del país. Pertenecía al batallón médico 499.

—¿Atendía a soldados heridos?

—Atendía a todo el mundo. También a japoneses. El juramento hipocrático no diferencia entre amigos y enemigos, sino sólo entre los que puedes salvar y los que no.

—Así que en algún momento de 1954 usted acabó aquí.

—Por un día.

—¿Conocía a alguien en Littleton Flats?

Negó con la cabeza.

—No, sólo pasaba por aquí. Como hoy.

Me pregunté adónde tendría que ir alguien para pasar por Littleton Flats. No estaba precisamente en la encrucijada del mundo. Era más bien un callejón sin salida.

Él contestó por mí.

—Me trasladaron a San Diego. Quería ver un poco de paisaje desértico. Yo nací en el norte, en Minneapolis. Allí no se ve mucho desierto.

—¿Y se detuvo aquí por un día?

—Eso es. Sólo un día.

—¿Recuerda qué época del año era?

—Me temo que no. —Repitió el ritual de minutos antes: se sacó el pañuelo del bolsillo, se quitó el sombrero y se secó el sudor.

Mi sensación de mareo de antes había empeorado. Se me instaló un embotamiento en mitad de la frente.

—¿Recuerda algo en concreto?

—¿Sobre qué?

—La ciudad.

—Hace mucho tiempo. Ya le he dicho... era sólo una ciudad.

—¿Dónde estaba cuando se enteró?

—¿Me enteré?

—De la inundación.

—Lo siento —dijo encogiéndose de hombros—. No me acuerdo.

—Muy bien —dije—. Gracias. Le agradezco que haya respondido a mis preguntas.

—No veo que haya sido de ninguna ayuda.

—Usted estaba aquí. Me ha gustado conocer a alguien que la vio antes de que todo quedara arrasado.

Extendí la mano y él me la estrechó, un apretón sorprendentemente firme para ser alguien de unos ochenta años. Se dispuso a irse y luego se volvió.

—Yo no me quedaría mucho rato aquí. —Se dio unos golpecitos en la frente—. Las insolaciones pueden matar. Soy médico, recuerde.

—Gracias; le haré caso.

Lo observé mientras regresaba a su coche. Oí el motor acelerar, y luego ir un rato al ralentí, antes de salir desde detrás de la columna de hierros retorcidos.

Se fue, y en el lugar se hizo un silencio sepulcral.

Mi dolor de cabeza había alcanzado el grado de alerta 3; mientras me dirigía al coche, sentía náuseas. Abrí la puerta y me dejé caer en el asiento.

Me sentí mejor que fuera, al sol, pero estaba lo bastante mareado para cerrar los ojos.

Eché el asiento hacia atrás y pensé que estaría bien descansar unos minutos.

Al cabo de un rato estaba otra vez andando por Littleton Flats.

La ciudad era un hervidero de gente. La torre del agua estaba ahí mismo, en Main Street. Todos los hombres llevaban anticuados sombreros de fieltro. Olía el aroma de las tortitas de arándanos y del sirope de arce que venía del Littleton Flats Café.

Cuando entré, la guapa camarera por la que mi padre nos había abandonado —Lillian era su nombre— me sonrió. Me puse colorado cuando me trajo un mantel indivudual nuevo para conectar puntitos.

Empecé a trazar líneas de un punto a otro, y de vez en cuando pensaba que veía una imagen, pero cuando se la enseñaba a mi padre, el mantel estaba en blanco.

Sentía una horrible frustración, una vergüenza atroz, mientras seguía dibujando y mostrando a mi padre y a Lillian algo en los puntitos, pero cada vez que lo intentaba, desaparecía. Magia. Notaba la creciente decepción de mi padre, el aburrimiento de

Lillian, y al final hize mi propio dibujo haciendo caso omiso de los puntos, y salió una mujer y un niño sentados en un banco.

Cuando volví a abrir los ojos, había anochecido y yo estaba empapado de un sudor frío.

Me pregunté si el médico del ejército había tomado parte en el sueño.

25

Marv estaba en lo cierto.

Mi Miata parecía el cacharro de los *Nuevos Ricos*. Marv había arreglado las abolladuras a martillazos, pero el metal estaba tan arrugado como papel de aluminio usado. Había sustituido el parachoques delantero por el de otro coche —evidentemente no un Miata—, que estaba torcido y era varios centímetros demasiado ancho.

El motor parecía estar prácticamente intacto.

Ahora iba por la autopista de la costa del Pacífico a unos aceptables ciento diez por hora, camino del norte para ver a John Wren.

Me había llamado hacía unos días.

Había mirado sus notas. Tal como él había señalado, había allí algunas cosas interesantes. Había puesto en la balanza su aversión hacia mí y su fe en el artículo. Ganó el artículo. Pero había una pega: si yo quería sus notas, tenía que ir por ellas. Él no tenía fax, y el más cercano estaba a unos buenos sesenta kilómetros, pues se había retirado a un campamento de pescadores abandonado situado en un lago apartado.

«Tuve la impresión de que se había refugiado en algún lugar», me había dicho Anna. Por lo visto, se había vuelto un solitario de verdad.

Le dije a Hinch que me tomaba unos días libres.

No le expliqué lo que iba a hacer realmente, pues temía que se riera de mí. Y que luego me despidiera en el acto.

Supongo que podía haber cogido un avión, pero no me sobraba el dinero, y, como Herman Wentworth, yo deseaba también un cambio de aires.

Por la PCH Norte se experimentan varios de ellos.

Desaparecen las casitas de la playa de un millón de dólares, los desvencijados moteles para surfistas, las redes de voleibol y los embarcaderos con garitos. La costa se vuelve más abrupta, más escarpada y en general más espectacular, como si California hubiera sido lijada hacia el sur. Más allá de San Francisco, pinos imponentes tapan el oleaje, pero se puede oír su rugido constante por encima del tráfico.

Me paré sólo una vez, en un motel de Big Sur, donde me dieron una llave para la última habitación disponible, la más cercana a la carretera. Tenía su propio sistema estéreo natural —motores en un lado, mar en el otro—, un audio de agua y tierra que creó un equilibrio capaz de mecerme hasta quedar más o menos dormido. Tuve sueños ruidosos llenos de colores vivos, ninguno de los cuales recordé cuando me desperté con una luz gris que se filtraba por las persianas vagamente corridas. El colchón estaba empapado a causa del aire marino.

Necesitaba dos cafés para quitarme las telarañas del cerebro.

Nunca había llegado tan al norte de California. Los estados adoptan las características de sus vecinos a medida que te acercas a las fronteras. Quizá me hallaba técnicamente en California... pero me sentía más en Oregón. Estábamos casi en julio, pero ya se notaba un aire frío cortante. La vegetación circundante era lozana y exuberante y apestaba a descomposición.

Había trazado meticulosamente la ruta hasta la puerta de la casa de Wren.

Aun así me perdí. Dejé atrás la salida buena y no reparé en mi error hasta al cabo de treinta kilómetros. Una parte del bosque era prácticamente igual que la otra, tenía la sensación de estar dentro de uno de esos laberintos de arbustos recortados, doblando a derecha e izquierda, yendo adelante y atrás, pero sin llegar a ningún sitio, encontrándome una y otra vez con otra impenetrable pared verde.

Al final volví sobre mis pasos y tomé la dirección correcta.

Seguí la señal que indicaba Bluemount Lake.

Pronto vislumbré esquirlas de frío azul entre los pinos. Parecía haber sólo una carretera de un carril que bordeaba eternamente el lago, sin ofrecer la posibilidad de ir a la orilla.

Al cabo de unos veinte minutos, otro letrero: «Campamento de pesca Bluemount. Desvío a 20 metros.»

Aminoré la marcha, mirando al frente con atención para ver el desvío, lo que no era fácil, pues cada vez había menos luz y los gruesos pinos lo ensombrecían todo.

Parecía estar allí.

Apenas una hendidura en la espesura de helechos.

Me detuve y por fin distinguí la rudimentaria señal clavada en un árbol: una flecha negra señalando «por aquí».

Mi Miata no estaba pensado para meterse por según dónde. Aunque hubiera sido nuevo, un símbolo de estatus de su exitoso propietario, no habría sorteado el desigual y serpenteante terreno mucho mejor que ahora.

Además ahora sus conmociones eran casi de moribundo.

Cada metro recorrido iba acompañado de una sacudida dislocadora. Del bastidor emanaban ruidos extraños: crujidos, chirridos y gemidos de enfermo. Parecía que los amortiguadores se arrastraban por el suelo. En un momento dado, pensé seriamente en dejar el coche donde estaba y seguir a pata el resto del camino. Pero el bosque parecía menos atractivo fuera del coche que dentro. Además, el lago estaba cada vez más cerca. Podía olerlo.

Di un giro cerrado en torno a un grueso y viejo olmo, y de pronto me vi mirando una hilera de cabañas de troncos encaramadas en la orilla del lago Bluemount. Ya no exactamente azul, sino más bien veteado de púrpura a la luz del atardecer.

De una cabaña salían nubes de humo por la chimenea.

Llegué al lado de la cabaña, los neumáticos escupiendo grava, y me paré.

Me apeé, y no salió nadie a la puerta para darme la bienvenida.

Extraño.

Mi apaleado Miata habría armado un jaleo tremendo, especialmente allí, donde los sonidos más fuertes probablemente venían de somorgujos hambrientos.

—¿John? —grité, en cierto modo incómodo ante la idea de acercarme a la puerta y llamar.

No hubo respuesta.

Grité otra vez su nombre. Nada.

Ma acerqué a la cabaña, superé los tres escalones del porche y llamé a la puerta con fuerza.

Sin respuesta.

Volví a llamar.

—Señor Wren, soy Tom Valle. ¿Está usted en casa?

Tras esperar un rato, empujé la puerta, no había pomo, sólo una tabla de madera basta clavada en la puerta.

Se abrió poco a poco.

Un tremendo desorden. La guarida de una manada de ratas. Me recordaba el aspecto del sótano cuando me instalé en la casa. Montones de cosas esparcidas sobre una cama, un sofá, una mesa e incluso en el suelo. Una estufa de hierro fundido emitía apenas un atisbo de calor.

Ni rastro de Wren.

Me volví y miré hacia el lago.

Nada, ni embarcaciones ni gente bañándose. Tampoco pescadores. Sólo diminutas y caprichosas ondas provocadas por una brisa creciente. Lo que me recordaba... que ahora hacía efectivamente frío. Yo llevaba un atuendo adecuado para Littleton en junio. Una descolorida camiseta de los Yankees de Nueva York con *Pettitte* en la espalda —un testimonio de los enormes trapicheos de Steinbrenner, el dueño de los Yankees, pues Andy Pettitte, como yo, llevaba tiempo fuera de Nueva York— no protegía demasiado contra la noche de Bluemount Lake. En el maletero tenía una cazadora, pero dudaba de que fuera a servir de algo.

¿Qué hacer?

Me resultaba un tanto extraño eso de entrar y actuar como si estuviera en casa. No era mi casa... pertenecía a otra persona. Que además no era un amigo. Alguien que me había llamado farsante, y en serio. Quizá no le gustaría llegar y encontrar al mismísimo farsante sentado en su sofá. Podría sentirse ofendido.

Regresé al coche, cogí la cazadora y me la puse enseguida. Me senté en el asiento delantero, me aseguré de que las ventanillas estuvieran bien cerradas, y me dispuse a esperar.

Oscureció rápidamente.

Era peor que la oscuridad del desierto. Allí tienes la luna. Ahí todo estaba tapado por los imponentes árboles, si bien alcanzaba a ver sus reflejos parpadear en los bordes alejados del lago como lengüetadas ardientes.

Puse la radio para consolarme, pero sólo logré sintonizar con el leve eco de una emisora de clásica de Sacramento. «Ahora un poco de Debussy», entonó la voz ronca del presentador. Lo que me trajo a la memoria un chiste que no pude recordar del todo, algo sobre unos hombres atraídos por algo desconocido de Debussy, algo así, e intenté reconstruirlo sólo por hacer algo.

Empecé a pensar que a lo mejor me había equivocado de día. ¿Le había dicho la semana que viene? No, recordé claramente que le había dicho que iría hoy... seguramente a última hora, dependiendo del tráfico, pero hoy seguro.

Entonces, ¿dónde estaba él?

Quizás había ido a pescar y había sufrido un accidente. La barca había volcado, él se había dado un golpe en la cabeza, y ahora mismo estaba tendido inconsciente en algún lugar del lago. O algo peor.

Entonces, ¿qué?

Me podía quedar sentado en el coche eternamente.

Podía regresar a mi casa.

Una mirada al sólido muro de negro que era el bosque circundante me disuadió de ello al instante.

No se podía saber dónde estaba la carretera. Ya no. Además, decir carretera era ser muy generoso. Me imaginé el Miata atascado en algún agujero invisible, y yo dando traspiés entre los troncos como Tom Hanks en *Náufrago*, en la segunda parte de la película, cuando ya ha comenzado a conversar con pelotas de voleibol manchadas de sangre.

Me quedé donde estaba.

Escuché a Beethoven, Liszt, Chopin.

Cuando yo tenía once años, mi mamá me apuntó a clases de piano, después de que un profesor que iba por casa hablando de las ventajas de la formación musical la hubiera sorprendido en el momento oportuno: casi coherente y llena de magnanimidad. A mí las clases me gustaron tanto como el profesor, que tenía que perseguir continuamente a mi madre para que le pagara, y de vez en cuando tenía que utilizar el pedal de la derecha para ahogar los sonidos de una cama de la planta de arriba que crujía escandalosamente.

—Y ahora un delicioso pequeño *concerto* de Schubert —musitó el presentador del programa, como un locutor de la PGA ante un *putt* decisivo, música clásica que lógicamente exigía una cierta veneración silenciosa.

¿Estaba durmiendo yo entonces? No lo sé.

Oí que el bosque me susurraba. El viento a través de las hojas.

Pero parecía estar diciendo algo.

Escucha.

El crujido de botas sobre hojas muertas. Alguien se había acercado al coche. Ahí había alguien.

Al otro lado de la ventanilla. Mirándome.

«Está durmiendo...»

La persona llevaba algo. Se lo llevó al hombro. ¿Un hacha de mango largo? ¿Una pala cubierta de barro? Algo largo, pesado, y letal.

Iba a hacer añicos el parabrisas.

Iba a romperme en mil pedazos.

Para...

Me desperté farfullando, y allí no había nadie.

Estaba temblando.

Salí del coche, subí al porche y entré en la cabaña.

La estufa de hierro fundido aún funcionaba, pero a duras penas. En la parte de atrás de la estancia había un montón de madera cortada. Tiré dos troncos a la estufa y me quedé allí hasta que el fuego ardió de nuevo, frotándome los brazos en un intento de sacarme el frío de encima.

Hice algunos libros a un lado para poder sentarme. El sofá olía ligeramente a pescado.

Al cabo de un rato, empecé a hojear al azar. Cualquier cosa que estuviera al alcance del brazo. Por qué no... estaba aburrido.

Los libros reflejaban el mismo gusto ecléctico que había visto en mi sótano: de todo, desde una *Lolita* en rústica hasta una biografía de Enrico Fermi. Estaban llenos de señaladores ad hoc, una lista de la compra, el resguardo de una entrada del cine, una carta. Abrí la carta y eché un vistazo pensando que en cualquier momento Wren irrumpiría en la estancia y me sorprendería leyendo su correspondencia personal. Desde unos Laboratorios Dearborne de Flint, Michigan: «Al señor Wren —decía en el seco y desapasionado tono de las malas noticias oficiales—. Los resultados preliminares de sus muestras han confirmado sus preocupaciones. Por favor, vea el análisis médico adjunto.»

¿Estaba Wren enfermo? ¿Por eso había perdido los estribos en Littleton? ¿Por qué se había refugiado aquí?

El análisis adjunto ya no estaba adjuntado.

Lo estaba buscando cuando sonó mi móvil.

—¿Ya está ahí? —dijo una voz.

¿Ahí dónde?, pensé. Tardé un segundo en caer en la cuenta de que era Wren. No sonaba especialmente cordial.

—Sí. Estoy en su cabaña. ¿Dónde está usted?

—¿Hace mucho que espera? —preguntó.

—Un par de horas, supongo.

—Ajá. He tenido que ir a Fishbein por provisiones.

Fishbein, pensé, ¿dónde está eso?

—Se me ha averiado la furgoneta —explicó—. No la tendré arreglada hasta mañana.

—¿Está en Fishbein?

—Exacto. ¿Por qué?

—Pensé...

—¿Qué?

—Pensé que antes alguien se había acercado a mi coche. Estaría soñando.

—Ajá. O sea, que está en mi cabaña.

Me pareció que en su tono había algo indefinible, latente.

—Sí. Bonitas cañas de pescar —dije, intentando cambiar de tema.

Había tres apoyadas en la pared.

Había hecho un reportaje sobre un concurso de pesca de truchas en Vermont, una crónica legítima; de hecho, cogí un avión y viajé dos horas por carreteras secundarias hasta un estruendoso riachuelo cercano a la frontera con Canadá. Los pescadores profesionales cuidaban tanto sus cañas como los jugadores de béisbol sus bates Louisville Sluggers. Esas de la pared parecían más bien caras.

—No están mal —dijo Wren.

Le pregunté de qué clase eran. «Para truchas», contestó. Luego le pregunté si vivía solo.

—Pues sí —dijo—. ¿Por qué? —Como no respondí, añadió—: Ah, el buzón de voz.

«Estamos pescando, pero si quiere dejar un mensaje, muy bien.»

—Una vieja costumbre —aclaró—. Siempre fingir que hay más de uno... si alguien está planeando robarte, quizá se lo piense mejor.

Me pregunté quién querría robar en una cabaña situada en el quinto pino. Un ladrón de cañas de pescar, quizá.

—Bueno —dije—, ¿viene para acá, entonces?

—Ya se lo he dicho. Se me ha estropeado la furgoneta. Hasta mañana no estará arreglada.

—Oh.

Había viajado durante dos días; Wren no estaba.

—Bueno, ¿podría ir a donde se encuentra usted? —sugerí.

—Claro. Si quiere perderse, desde luego. Conduzca ahora hacia el bosque, y no le encontrarán hasta el año que viene.

—Fantástico. He hecho un viaje largo para verle. Desde Littleton.

—Buaaah —soltó—. Ha venido usted por mis notas. Las encontré.

A juzgar por el aspecto del lugar, seguramente eso fue más difícil de lo que parecía. Había cosas por todas partes: periódicos, ropa sucia, revistas rotas, blocs garabateados. Por no hablar de las alarmantes cartas de los laboratorios de Michigan.

Oí que encendía una cerilla, y luego el sonido de soplar interrumpido por la tos. ¿Cáncer de pulmón?

—Es que después de la inundación investigaron a fondo —dijo.

—Lo sé —dije yo—. He leído sobre ello. Se creó una especie de comisión gubernamental.

—Algo así. Citaron a declarar a la empresa constructora. Contrataron a sus propios ingenieros para examinar los proyectos originales de la represa, comprobaron las órdenes de expropiación, todo. Una cosa: las vistas fueron a puerta cerrada. No abiertas al público.

—¿Es algo muy inusual?

—Siendo un proyecto de Obras Públicas, sí. Decían que estaba en juego la reputación de muchos. Nadie fue declarado culpable de nada. Al menos no lo ha sido hasta ahora. No querían que se manchara el buen nombre de nadie.

—Eso es lógico, ¿no? Quiero decir que se pueden dar buenas razones para ello.

—Se pueden dar buenas razones para cualquier cosa. —Volvió a toser—. Quiero preguntarle algo. La primera vez que lo hizo... ¿tuvo remordimientos de conciencia?

—¿Que hice el qué?

—Cuando mintió. ¿Le remordió la conciencia?

—Sí —dije.

—Pero volvió a hacerlo.

—Sí, volví a hacerlo.

—¿Por qué?

Evidentemente era la pregunta de la semana. Primero Anna, ahora él.

—¿Y qué más da? Lo hice y basta. Elija la razón que más le guste. Mire, ¿por qué no nos ceñimos a...?

—Lo he leído.

—¿El qué?

—Su canon respecto al engaño. ¿Sabe?, aún están online, en esa entrevista que su periódico publicó para mostrar al mundo lo diligente que estaba siendo. Advertí algo. Que sus artículos eran cada vez más descabellados. Era cada vez más y más difícil creerse aquello. Al principio nada era demasiado fuerte para tragárselo... Pero ¿y después? Vamos, hombre. Esa historia sobre el pediatra que comete un atentado contra la clínica abortista... Anagramas, encuentros secretos en campos abandonados. Se leen como se ve una película mala. Me pregunté si acelerar el carácter escandaloso fue algo hecho adrede. A lo mejor quería usted que le cogieran.

—Necesitaba alimentar a la bestia —dije—. Eso es todo.

La bestia era aterradora y siempre voraz, podía haber añadido. Al cabo del tiempo me vi a mí mismo en una partida de «¿Puedes Superar Esto?», sólo que estaba jugando contra mí mismo. Acabó siendo agotador.

Lo oí dar otra calada... y el débil tintineo de fondo de cubiertos y platos. ¿Un comedor?

—¿Dónde estaba? —dijo.

—En la comisión a puerta cerrada.

—Exacto, la comisión. Escucharon declaraciones y redactaron un informe, y al final consiguieron su libra de carne. Alguien fue a la cárcel.

—Eso no lo sabía. ¿Quién?

—Un ingeniero. Lloyd Steiner. Un tipo interesante, un genio dudoso. Uno de esos izquierdosos, de los campamentos de verano de los comunistas del Lower-East-Side... allá en los treinta, cuando esto hacía furor.

—¿Era culpable?

—¿De qué? ¿De ser un judío liberal? Seguro.

—¿Y de construir una represa peligrosa?

—No lo sé. Él era el ayudante del ayudante del ingeniero. Cuesta imaginar que tuviera mucho control sobre algo para ser culpable.

—¿Qué está sugiriendo?

—No esoy seguro. —Luego bajó la voz, con lo que el sonido pareció casi de complicidad; obviamente no quería que le oyera el resto de la gente del comedor—. Sólo le digo que estuvo diez años en la cárcel, y cuando salió, su familia se mudó de un apartamento de una habitación en un piso de protección oficial a una casa de dos niveles y cuatro habitaciones en La Jolla. Lo he comprobado. No pudo conseguir trabajo de ingeniero, por supuesto. Nunca más. En prisión siguió cursos de mecánica del automóbil, y eso es lo que acabó haciendo después. Para él sería insoportable. El ingeniero niño prodigio, arreglando coches para ganarse la vida. Seguramente era el único obrero del barrio.

—¿Cree que saldaron la cuenta con él? ¿Que fue una especie de cabeza de turco?

—Ya se lo he dicho. No lo sé. A diferencia de su método periodístico, yo no puedo decir si era o no era. No puedo ir y publicarlo. Necesitaría pruebas. Eso lleva a uno a hacer conjeturas. Piense en ello... quizá lanzaron sobre él toda esa mierda comunista, los campamentos de verano donde todo el mundo llevaba el rojo en las guerras de colores. Recuerde, estamos hablando de 1954, McCarthy, refugios antiaéreos, toda esa paranoia. ¿Y si él aún no tenía ganas de colaborar? Lo tientan. Una pequeña compensación para sus seres queridos. El palo y la zanahoria. Haz esto, porque si no, te enterraremos. Pero para que veas que somos buenas personas, dejaremos que tu familia realice su sueño americano y tenga su casa en una zona residencial. He visto la casa de La Jolla... vaya barrio. Me paré ahí cuando fui a entrevistar a la niña.

—Robots espaciales en el agua.

—Exacto.

—¿Aún vive Lloyd Steiner?

—Está en las últimas.

—¿Intentó hablar con él?

—Ajá. Pongamos que él no dice nada.

—Así, ¿cree usted que Lloyd Steiner fue a la cárcel para apaciguar a la gente y que ha mantenido la boca cerrada todo este tiempo?

—Es verosímil. Más verosímil que un pediatra tirando bombas sobre una clínica, ¿no le parece?

Los palos y las piedras pueden romperme los huesos, pero las palabras me dejan ileso...

—¿Hay algo más?

—Siempre hay algo más —dijo—. Usted sólo tiene que encontrarlo.

Dejó el teléfono sobre la mesa: oí que pedía la cuenta. Cuando volvió a hablar, casi lo hacía entre susurros.

—Yo ya no estoy en el partido. Usted sí. Le han dejado volver. Dijo que quería saldar la deuda. Adelante. Sáldela. Si puede.

Un postigo golpeó el muro de la cabaña; pareció un disparo. Desde luego ahí arriba daba un poco de miedo.

Le pregunté por la niña.

—¿Qué quiere saber?

—La entrevista con ella... ¿está en sus notas?

—Entre otras cosas.

—¿Y ella todavía se cree todo ese rollo... lo de los robots espaciales que la sacaron del agua?

—Véalo usted mismo. Están en mi mesa.

Miré en su antigualla de tapa corrediza. Era como si hubiera estallado algo, pero me pareció que alcanzaba a distinguir un pequeño cuaderno de espiral asomando en lo alto de la basura, como el ganador de El Rey de la Colina.

—Por qué tomarse la molestia —dije—. Podemos suponer sin temor a equivocarnos que Littleton Flats no recibió ninguna visita de hombres del espacio.

—No, a menos que usted crea en cuentos de hadas —dijo—. ¿Cree usted?

—¿Cómo?

—Que si cree en cuentos de hadas.

—No.

—¿Ha leído alguno de adulto?

—Diría que no.

—Pues quizá debería. Incluso cuando ha dejado uno de creer en duendes, pegan unos sustos de muerte. Sobre todo cuando uno deja de creer en ellos.

No sabía muy bien qué responder a eso.

—Supongo que se va a quedar a pasar la noche —dijo.

—Si no es mucha molestia.

—No es molestia ninguna. Tiene seis cabañas vacías entre las que escoger.

Le di las gracias y le deseé buena suerte con la furgoneta en Fishbein.

—Mis notas —dijo—. Puede copiarlas o memorizarlas. Las quiero en el mismo sitio donde las dejé. Yo cogería una cabaña con leña dentro. Felices sueños.

26

La entrevista con Bailey Kindlon había sido obviamente grabada, y luego habían sido transcrita la conversación entera.

«Regla número dos de Wren: por si acaso, transcribe tus grabaciones magnetofónicas.»

Comenzaba apuntando sus impresiones generales sobre ella. La superviviente de tres años de la Inundación de la Represa Aurora era ya una mujer de mediana edad. Estaba divorciada y vivía sola. Wren señalaba que en la sala de estar había montones de libros sobre secuestros protagonizados por extraterrestres.

Enseguida descubrió por qué.

Wren empezaba dándole las gracias por atenderle y repetía el objetivo de su visita. Estaba escribiendo un artículo sobre la Inundación de la Represa Aurora. Esperaba que ella pudiera recordar algunas cosas sobre ese día, pese a que entonces era muy pequeña.

«En realidad recuerdo mucho —decía ella—. Se sorprendería usted de lo que retiene un cerebro de tres años. Desde luego, hacer la cosa esa de la terapia ayudó.»

Wren reconoció que para ella tuvo que ser horrible.

«Mire, si eres una niña pequeña, esto en cierto modo ayuda. Y en cierto modo, no. Recuerdo que me tomaron fotos para un periódico dos días después de ser rescatada, y que yo tenía una gran sonrisa porque saldría en la portada. Eso dos días después de quedarme huérfana. O sea, sí, tener tres años ayuda, pero deje que le diga una cosa, a medida que fue pasando el tiempo y me fueron fastidiando con toda esa mierda psíquica, ya no lo encontré tan divertido. Los niños lo entierran, eso es todo. Y en ciertos aspectos, es peor.»

Wren le preguntó si eso significaba que había recordado cosas sólo más adelante.

No. Ella siempre había recordado algunas cosas. Que jugaba en el patio aquel domingo por la mañana.

«Recuerdo que coloqué a mi Raggedy Ann en un cochecito y le canté una nana. Recuerdo que mi madre salió de pronto por la puerta mosquitera y me gritó algo, pero no la oí bien por culpa de ese rugido... como un avión a reacción, pero luego ya no fue como un avión a reacción sino como un 747 que aterrizaba justo encima de mí. Estaba muy cerca. Recuerdo esa especie de confluencia entre sonido y sensaciones. Entonces fue como si me alzaran, sería mi padre, que me agarraba por la cintura desde detrás y me hacía dar volteretas en el aire. Fue instantáneo. Fui cogida de repente, sólo que mi padre no estaba allí, y mi madre también se había ido, y todo estaba mojado. De pronto estuve en una piscina... pero la piscina era mi patio, toda la calle. Recuerdo pasar como una bala frente a la casa de la señora Denning (nuestra vecina) y ver la propia casa; toda la casa comenzó a moverse, girando a mi lado como una peonza, y era como si yo estuviera en el Mago de Oz, esa escena en la que Dorothy es absorbida por el tornado y todo se arremolina en el aire, sólo que ahora era agua. Recuerdo todo esto.»

Entonces, ¿era eso?, preguntó Wren, ¿todo lo que recordaba antes de la terapia?

No. Recordaba haber sido rescatada. Se agarró a un trozo de madera... o ésta la agarró a ella. ¿Quién sabe? Eso es lo que la salvó. Y la puerta de un sótano. Estuvo sobre la puerta al menos un día antes de que la encontraran.

«¿Quién la encontró? —preguntó Wren—. ¿La policía? ¿Los bomberos?»

«No —dijo ella—. Ni la policía ni los bomberos.»

«Entonces, ¿quién?»

«Extraterrestres.»

Wren logró mantener a raya su incredulidad. Le pidió que le hablara de eso. De los extraterrestres.

«Bueno, no eran exactamente extraterrestres —explicó ella—. al principio no. Eran sus robots.

»Yo estaba sobre la puerta. Recuerdo que tenía hambre y sed y estaba mojada y me sentía como en un sueño del que no podía despertar. Había un montón de muñecas en el agua, Raggedy Anns y Raggedy Andys flotando. Pero no eran muñecas, naturalmente. Cuando mi terapeuta me volvió a llevar hasta ese momento, las vi. Todas las personas muertas en el agua, cientos y cientos, con los ojos abiertos, pero los ojos de los peces muertos, ya sabe, esa mirada blanca, nublada e inexpresiva. No paraban de golpearse contra la puerta, hundiéndose y saliendo a la superficie como si intentaran subirse allí conmigo, pero desde luego no podían. Estaban todas muertas. Entonces llegaron los robots.»

Wren le pidió que le contara todo lo que recordase de los robots.

Se movía empujada por la corriente, explicó. Quizás incluso se quedó dormida. Se despertó de súbito y oyó esa especie de chapoteo. Venían por ella a través del agua. Robots blancos. Tenían brazos y cabeza, pero manos y cara no. Por eso supo ella que no eran seres humanos. Se movían a cámara lenta, como muñecas mecánicas.

«¿Cuántos eran?», preguntó Wren.

«Seis o siete», dijo la mujer.

¿Y hablaron con ella?

«¿Cómo iban a hacerlo? —le recordó ella—. No tenían cara, ni boca. Emitían tan sólo unos chasquidos... como los delfines.»

Los robots la alzaron de la puerta del sótano. Y luego se la llevaron.

«¿Adónde?», preguntó Wren.

A su nave espacial.

«Yo estaba en una mesa. Siempre he recordado algunas de sus cosas, y otras las he recuperado después mediante la hipnosis. Estaba atada con correas en esa mesa metálica, y ellos me examinaban con unos instrumentos de aspecto atroz. Como usted sabrá, o quizá no, eso es muy habitual en los raptos a cargo de extraterrestres. ¿Ha leído el libro de Whitley Schreiber?»

Wren dijo que no.

Ella explicó que era más o menos la biblia entre los secuestrados por alienígenas. Schreiber había sido secuestrado tres veces.

Wren le aseguró que conseguiría un ejemplar. Le pidió que continuara.

«Estaba en la mesa. No podía mover los brazos ni las piernas. Y había una... lámpara brillando sobre mí (una especie de resplandor azul), que era inagotable, como si no hubiera una fuente real, ¿entiende? Ellos me miraban fijamente.»

Wren le recordó que ella le había dicho que los extraterrestres no tenían ojos.

«Aquéllos eran los robots —le corrigió Bailey—. Éstos eran los extraterrestres.» Ahora ella se encontraba en la nave espacial. Los extraterrestres tenían ojos. Pero boca no. Lo que significa que no podían hablar. Pero sí podían comunicarse. Podían introducir sus pensamientos en la cabeza de ella. Como en la telepatía.

«¿Qué pensamientos eran ésos?», le preguntó Wren.

Bueno, no lo recordaba con exactitud. Sobre todo, que no debía tener miedo. Que no iban a hacerle daño. Aunque esto no resultó ser del todo verdad.

«Un par de cosas sí me dolieron. Me metieron algunos de los instrumentos dentro de la boca y bueno... más abajo. Recuerdo que grité y llamé a mi papá y mi mamá.»

Wren le pidió que explicara cómo era la nave espacial.

De hecho, ella no podía verla. Estaba atada a la mesa. Y estaba esa luz azul molestándole en los ojos. Prácticamente sólo les veía a ellos. A los alienígenas. Eran un montón. Pero había uno... que parecía ser el jefe.

«Había uno muy cerca, examinándome. Los otros parecían ser, bueno, sus ayudantes.

»Aquello siguió y siguió —dijo ella—. Como si hubiera estado amarrada a la mesa durante días. Sabía que no podían haber sido días, que no era posible que llevara tanto tiempo allí, pero así es como se sentía. Y luego todo terminó sin más.»

Wren le pidió que describiera eso. ¿Cómo terminó?

La mujer no podía.

«Ésta es la parte que no recuerdo. Seguramente me dejaron donde me habían encontrado... nada más.»

«¿Dónde?», preguntó Wren.

«En algún sitio seco. En algún sitio donde la gente pudiera encontrarme. Supongo que hicieron eso... porque estoy aquí, ¿no? La única superviviente y todo eso. Durante uno o dos días fui la gran noticia. Desde luego, si pasara ahora me sacarían en la CNN. Entonces no. El caso es que me llevaron con mis primos de Sacramento. Nunca he regresado... tampoco habrá gran cosa que ver, digo yo. Todo quedó arrasado.»

27

A la mañana siguiente Wren aún no estaba.

Fui a su cabaña a devolver las notas a su sitio y preparar un poco de café.

Había tenido éxito sólo a medias.

Wren había ido a Fishbein por provisiones, había dicho. Las necesitaba. No había café... no había casi nada.

Una bruma gris se mantenía a escasos centímetros del lago. Parecía otoño. Casi esperaba ver hojas arremolinándose y alfombrando el suelo.

Camino de la autopista, encendí la calefacción en el preciso instante en que un ciervo asustado cruzó el camino de tierra. Me golpeó el capó con sus negras pezuñas y luego se alejó tambaleándose entre la maleza.

Di un bandazo a la derecha y me paré en seco, y luego tardé un minuto largo en recuperar el aliento.

No sólo mi corazón andaba desbocado. También mi mente, mientras recordaba la surrealista historia de Bailey Kindlon. Casas flotando y dando vueltas en la calle. Centenares de personas muertas balanceándose en el agua. La parte real de su historia.

«¿Cree usted en cuentos de hadas?»

Si así fuera, tendría que creer el resto del relato. Pequeños extraterrestres azules sin boca. Robots blancos sin cara. Reconocimientos médicos en las entrañas de una nave espacial.

Un cuento de hadas digno de los hermanos Grimm. Si habían tomado setas alucinógenas, quizá.

Recorrí toda la PCH sin detenerme.

Los bosques se hacían menos espesos, el oleaje se calmaba, los escarpados acantilados se convertían en arena plana, los B&B en moteles y puestos de pescadito frito. Encontré una emisora clásica de rock con un DJ llamado Frankie Foo y me puse a dar golpecitos al volante al ritmo de «Soul Sacrifice», «Layla» y «Brown Sugar».

Cuando ya se ponía el sol, alcancé a ver las luces de la noria Ferris en el Embarcadero de Santa Monica. Aquello me hizo pensar en mi única visita a un parque de atracciones. No era realmente un parque, sino una de esas ferias ambulantes con paseos a caballo y casetas donde-echabas-agua-en-la-boca-del-payaso. Después de morir Jimmy. Después de que yo le contara a la policía y a los asistentes sociales que había resbalado en el hielo. Que se había caído en la bañera. Que se había golpeado con la puerta. «¿Qué pasó, Tommy?» Un accidente. Era torpe. En la feria, mi mamá se llevó a su hijo mentiroso a dar una vuelta en la noria Ferris, y luego vomitó mientras estábamos suspendidos en lo alto. Los gritos consiguientes no tenían nada que ver con la emoción de pacotilla de ser transportado a las estrellas. Simplemente oler su aliento en cuanto estuvimos de nuevo abajo bastó para ganarse una reprimenda sobre responsabilidad en la educación de los hijos, a cargo de un pregonero itinerante que también parecía beber lo suyo. Eso fue suficiente para renunciar a llevarme nunca más a una feria, aunque no al Jim Beam. «¿Aún se lo reprocha?», me preguntó el doctor Payne. Se refería a si le reprochaba que fuera una borracha: que insultara, que se follara cualquier cosa con pantalones. Él no sabía de qué la culpaba yo realmente.

¿Cómo iba a saberlo?

Seguí siendo el hijo eternamente obediente.

No dije nada.

No estoy seguro de cuándo decidí meterme en la 405, de cuándo tomé la decisión consciente de seguir hasta Santa Monica.

Quizá quería dar otra vuelta en la noria Ferris, hablando metafóricamente. Hay un dos por ciento del cerebro que puede creer cualquier cosa. Yo debería saberlo... hice un generoso uso de ello en los cerebros de otras personas. Los asistentes sociales de los Servicios de Protección a la Infancia, por ejemplo, que por alguna razón creían que un niño de seis años podía tener una extraña querencia hacia las superficies duras. También mi director, que se tragaba historias sobre *think tanks* discutiendo sobre Jesucristo, actores timadores o pediatras que tiraban bombas. Es el mismo dos por ciento que te dice que la hermosa mujer sentada delante de ti en Violetta's te encuentra irresistible. O al menos algo atractivo. En otras palabras, el dos por ciento donde reside la esperanza vana.

No tenía ningún plan.

Estaba bastante seguro de que no iba a cumplir mi amenaza del e-mail de plantarme en el paseo marítimo hasta que ella pasara. Tenía una dirección vaga y su número de móvil, me daba miedo usarlo. El otro noventa y ocho por ciento de mi cerebro recordaba su expresión cuando le di la gran noticia: que ella estaba cenando con un famoso embustero. Recordé su benevolente intento de mantener la conversación con vida; fue más doloroso que el silencio.

Aparqué en el aparcamiento municipal en la Cuatro y fui a dar una vuelta.

En el paseo marítimo era la hora punta. Tiempo atrás, no hacía tanto, el centro de Santa Monica había sido un refugio para los desechos de América: un ejército de drogadictos, gente sin techo, desdichados de toda suerte, recién salidos de asilos mentales. Al fin y al cabo, hacía buen tiempo, y en los muelles siempre había un sitio donde poder apoyar la cabeza.

El paseo marítimo de la Tercera había cambiado todo eso. Había transformado el centro de Santa Monica en un abarrotado centro comercial al aire libre, lleno de malabaristas callejeros, músicos y setos y arbustos con forma de dinosaurios.

Miré escaparates, preguntándome a quién miraba ese despeinado hombre de mediana edad desde la ventana de VJ Records, y sólo me sorprendí levemente al descubrir que era yo.

Escapé de la multitud metiéndome en un callejón que daba a la calle siguiente, donde también había gente pululando, pero no tanta. Donde al menos se podía respirar.

Sabía que estaba lentamente dirigiendo mis pasos hacia algún sitio, aunque no lo admitiera del todo.

En la Quinta había un café llamado Java.

Una tienda de Adidas. Una Blockbuster.

Dos edificios residenciales conectados por un único vestíbulo, con terrazas alrededor y lo que parecía ser un patio interior con una piscina. Alcanzaba a oler el cloro.

«En la Quinta —había dicho ella—, junto al paseo marítimo.»

Me detuve y asimilé el escenario. Admiré los rododendros y las buganvillas que revestían las fachadas de los edificios. Advertí la capa nueva de pintura negra en las barandas afiligranadas que bordeaban ambos lados del pasaje cubierto.

El pasaje que estaba recorriendo se convertía de pronto en vestíbulo.

Estaba iluminado por dos hileras de fluorescentes azules.

Había buzones en cada lado, correspondientes a uno y otro edificio. Los miré detenidamente con toda tranquilidad, otra vez mirando escaparates, aunque, de acuerdo, quizás —es posible, quién sabe— estaba buscando un artículo muy concreto difícil de encontrar.

La chica con los ojos de Botticelli. La que me hizo decirle la verdad e hizo que me arrepintiera al instante.

No había ninguna Anna Graham.

En ninguno de los dos edificios.

«La Quinta», había dicho, pero la Quinta se extendía a lo largo de varias manzanas.

Deambulé por el vestíbulo, y me paré de pronto ante la trascendental decisión de girar a la izquierda o a la derecha. Elegí la izquierda, cambié de opinión, crucé la calle, y me dirigí a un Fatburger en busca de algo grande y grasiento.

No era falsa publicidad. Salí de allí con media vaca.

Me vi frente a un teatro. O quizá no me vi allí. Tal vez fui guiado hasta allí.

Se representaba una obra llamada *El embarcadero*.

Evidentemente, una especie de comedia, pues los actores que se veían en diversas fotos parecían gesticular ante el público; una de las actrices sostenía ropa interior femenina frente a un hombre que lucía una mirada de «vale, me has pillado» en su cara de ojos saltones.

Iba a volverme y a seguir andando. ¿Adónde?

No lo sabía.

Caminaría hasta que ya no pudiera más. Hasta tropezarme con ella, las posibilidades de lo cual eran poco menos que nulas.

Pero me llamó la atención algo.

Llamó la atención es correcto.

Imaginaos una trucha del lago de John Wren enganchada por las tripas.

Era una foto coral, ese momento en que todos los actores salen al escenario cogidos de la mano y saludan al público.

Serían unos ocho.

Me acerqué hasta que mi aliento empañó el cristal y tuve que dar un paso atrás, limpiarlo y luego agacharme para mirar otra vez.

Me quedé allí paralizado. Estuve leyendo minuciosamente la reseña del *Santa Monica Weekly*, que prometía una noche de teatro desenfrenada.

«Temblarás de risa», decía.

O de miedo.

Compré una entrada, pasillo central, novena fila.

Estaba en lo cierto al pensar que era una comedia. Una especie de vodevil francés, salvo que la mayor parte de la acción transcurría en el Embarcadero de Santa Monica. Incluía identidades falsas, amantes mal emparejados, montones de insinuaciones sexuales. Lo más divertido era el escenario: un telón de fondo con el embarcadero pintado que todo el rato se plegaba. Un actor u otro se iba de su sitio en plena escena para deambular tranquilamente y volver a colocar la noria Ferris donde estaba.

Con todo, al público parecía gustarle bastante. Con el público de teatro, que siempre parece tomárselo tan en serio, es difícil saberlo. Debe de ser la cercanía de los actores, que no están en una pantalla de celuloide sino ahí mismo, delante de uno. Nadie quiere ser descortés.

En el segundo acto, todo el rollo de las identidades falsas básicamente se resolvió. Con una excepción.

Él hizo su aparición al final del acto primero.

Representaba a un actor gay que fingía ser su compañero de piso heterosexual para impresionar a una agente, William Morris, que estaba loca por el compañero de piso que creía que era él. La agente William Morris mantenía conversaciones con uno de esos móviles invisibles que varios espectadores entendían que iban dirigidas a ellos. Ése era el gag continuo, que daba pie a toda clase de equívocos y a una supuesta hilaridad.

Él apareció primero en la parte derecha del escenario, con camiseta sin mangas y pantalones de deporte, a unos segundos de tropezarse con la agente artística que estaba hablando con un productor —por el móvil, claro— sobre cierto proyecto subido de tono mediante palabras que sin duda podían interpretarse de dos maneras.

Me incliné hacia delante en el asiento, casi tocando con la barbilla a la persona de delante.

Se suponía que estaba anocheciendo, esa hora del crepúsculo que tanto gustaba a Shakespeare. Al anochecer suceden cosas mágicas; las personas se convierten en burros, se hacen y se deshacen sortilegios, los amantes se separan y se reconcilian. Me incliné hacia delante porque la escasa luz me impedía ver con claridad, y no podía estar seguro del todo.

Cuando apareció al principio del segundo acto bajo el deslumbrante sol de la mañana, se disiparon todas las dudas.

Era él.

No había entrada de artistas.

Eso era *off-off-off*-Broadway. Los actores salían por la misma puerta que el público, la principal.

Tuve que esperarles, mezclado con un puñado de asistentes a la obra que también esperaban a los actores.

Al cabo de diez minutos comenzaron a salir de forma dispersa. Primero una actriz a la que aguardaba una pareja de mediana edad que imaginé que serían sus padres. Le dieron un fuerte abrazo y se deshicieron en elogios hablando de lo «histérica» que era la obra, exhibiendo los genes interpretativos que seguramente habían transmitido a la hija.

Luego uno de los actores, que se abría paso hasta la puerta y ya estaba cotorreando por el móvil.

«Qué quieres decir, no soy bueno para el papel... diles que...»

Cuando salió él —según el cartel se llamaba Sam Savage—, iba con otros dos miembros del reparto, un hombre y una mujer. Yo estaba medio vuelto hacia la pared, indeciso sobre si ir y abordarlo o esperar un poco.

Esperé.

Cruzaron la puerta, y el hombre se despidió, con lo que Sam se quedó con la fina y ágil actriz rubia; ambos empezaron a pasear por la acera cogidos de la mano.

Los seguí tratando de mantener una distancia prudente. Media manzana o así.

Por si nunca habéis seguido a nadie, es más difícil de lo que parece.

No eran tan sólo una diana móvil: también se paraban de vez en cuando, mirando algún que otro escaparate, sobre todo la mujer. Él se separaba de ella, se alejaba un poco, y a veces se volvía y miraba en dirección hacia mí.

Intentaba verlos a través de reflejos, anticiparme, detenerme, girar, y esperar que al volverme siguieran allí.

Doblaron a la derecha en Santa Monica y caminaron hasta la Séptima.

Todo el rato, mientras les seguía, me ocultaba y me tapaba, me estuve formulando una pregunta. Era como un mantra. Esperando que si lo mascullaba el tiempo suficiente, quizá lo entendería todo.

Me puse a conectar los puntitos, aquí y allá, trazando temblorosas líneas de una cosa a otra. Pero era como ese sueño que tuve: cada vez que miraba el dibujo casi terminado, desaparecía como el propio Littleton Flats.

Entraron en un bar de la Séptima.

La Piñata.

No tuve que entrar para saber cómo era. Margaritas helados

con pequeñas sombrillas de color rosa, en las mesas menús de plástico con sombreros, cuencos de madera llenos de patatas fritas y salsa. Aguardé fuera, escuchando los compases de Los Lobos mientras la gente entraba y salía.

Por fin, empujé la puerta y entré.

Era ruidoso y estaba de bote en bote.

Ella se encontraba sola en la barra. La actriz. Tomando sorbos de un gigantesco margarita helado, de esos que uno sueña encontrar sólo en Muhammed Alley.

¿Dónde estaba él? ¿En el cuarto de baño?

Fui al extremo de la barra más alejado de ella, logré meterme a presión junto a un grupo de mujeres muy borrachas y pedí un Excellente, la especialidad de la casa según la carta de bebidas, un margarita preparado con Cuervo Gold, licor de melocotón y un ingrediente secreto que se negaban a revelar so pena de muerte.

Ya iba por la mitad de mi Excellente cuando lo vi.

Lo había estado mirando fijamente un rato antes de saber quién era. Estaba la actriz, que ya iba por su segundo margarita. Estaba la moderna y engalanada pareja sentada al lado de ella, él con la cabeza afeitada y gafas de sol, ella bronceada y con los pechos llenos de silicona. Estaba el camarero tomándoles nota. Cuando el camarero cerró la libreta, sonrió y se inclinó para susurrarle algo a ella al oído, supe que era él.

¿Por qué no?

Él era actor. En un teatro *off-off-off*-Broadway. Lo que significaba que también era corredor de fincas, agente de ventas por teléfono, mozo de aparcamiento. O camarero. Cuando bajaba el telón, simplemente cambiaba un traje por otro.

Yo empezaba a notar el efecto del margarita. Bien.

Ayudaba a vencer el miedo.

Estaba apurando los restos del segundo cuando de repente las luces empezaron a parpadear, a encenderse y apagarse, encenderse y apagarse.

Hora de cerrar.

Las cinco chicas desaparecieron.

La actriz rubia no.

Él vino de la parte de atrás, sin el delantal, y se la llevó del taburete.

Aproveché la oportunidad para escabullirme del bar, procurando permanecer a varios metros de la entrada.

Ya no hacen aceras como las de antes; ésta se bamboleaba como un puente colgante de cuerdas en un temporal.

Los dos salieron por la puerta y pasaron por mi lado sin que parecieran reconocerme en absoluto.

Yo era sólo otro miembro del público. Alguien que estaba ahí, en la oscuridad.

Al darme cuenta de esto me sentí más audaz, y los seguí casi pegado a ellos. Dando traspiés a su espalda como el que aguanta la vela.

Doblaron la esquina, y cinco minutos después yo.

Y entonces sucedió algo extraño.

Me encontré con una acera vacía.

Nada.

En la Quinta había un coche mal aparcado, pero cuando miré por la ventanilla, no vi a nadie dentro.

Sentí el miedo de entrar en una habitación oscura y desconocida sin saber dónde está el interruptor de la luz.

«Si pierdes algo, vuelve sobre tus pasos.»

Fui tambaleándome hasta la esquina, buscando alguna entrada que hubiera podido pasar por alto. Algún sitio donde pudieran haberse escondido.

Noté su antebrazo golpearme en la zona lumbar antes de verle. Caí de rodillas, mirando fijamente el borroso pavimento.

—Muy bien, hijo de puta, ¿por qué está siguiéndonos?

La zona lumbar me ardía. Intenté levantarme, y él me apretó los hombros con los nudillos y me empujó otra vez hacia abajo. Sentí su baba rociándome el cuello.

—¡Conteste, imbécil!

—Tenía otra pregunta que hacerle —dije.

—¿Eh?

—Hay algo que me olvidé de preguntarle. —Ahora podía ver a la chica. Se habrían escondido tras la pintoresca farola retro, esperando a que yo apareciera.

—¿De qué coño está hablando? —soltó él.

—Estoy hablando del artículo.

—¿De qué artículo? ¿Quién demonios es usted?

—Necesito levantarme. —Estaba a punto de vomitar. Demasiados Excellentes.

Él dudó, y luego dijo:

—Vale. Pero despacio, ¿eh, jefe?

Logré colocarme en posición vertical sin caerme. Tenía el pantalón rasgado a la altura de la rodilla, que sangraba.

Al darme la vuelta y mirarle, vi a alguien que antes simplemente había adoptado un rol —el de hombre duro, astuto—, pero que ahora se parecía más a un actor inseguro de su texto. Para empezar, al volverme él había retrocedido, una cesión física de territorio previamente conquistado.

Quizá me había reconocido.

—Qué tal, Ed —dije.

No me contestó.

—No se llama Ed —dijo su novia, con aire asustado y precavido—. Se llama Sam. Evidentemente se ha equivocado usted de persona. Creíamos que quería atracarnos. Así que nosotros continuamos nuestro camino, ¿vale?

—Ya sé que no se llama Ed —dije—. Pero se hizo pasar por alguien llamado Ed. Se acuerda, ¿verdad? Un vendedor de productos farmacéuticos llamado Edward Crannell. En la autopista de las afueras de Littleton.

28

Los Ángeles no tiene tantos *after hours* como Nueva York. Los Ángeles se recoge más temprano. Quizás es por esta vida tan saludable: a las seis de la mañana, todo el mundo ha de estar en Mulholland Drive dándole a las piernas.

Pero había al menos un *after hours*.

Seguí el Mustang gris de Sam hasta allí.

Sam negó, negó y negó, y luego prácticamente se dio por vencido cuando le dije que sería un placer enviarle el reportaje del *Littleton Journal* con su foto. Aquella mañana no le había tomado ninguna foto.

Él no lo sabía.

Nos paramos ante un establecimiento con las ventanas totalmente ennegrecidas, encajado entre un local de *striptease* llamado Chicas desnudas en vivo y un puesto de tacos al aire libre. Ambos parecían estar cerrados hacía tiempo. El establecimiento también, pero cuando Sam llamó a la puerta, alguien abrió y nos dejó pasar.

Allí parecían abundar los actores, en el sentido de que se veían los más variados tonos de belleza y de miradas un tanto desesperadas.

Nos instalamos en un banco de cuero rojo que seguramente había llegado directamente de *Uno de los nuestros*. Las mesas eran una mezcolanza de estilos, desde art déco a snack-bar de los cincuenta.

—El propietario lleva los asuntos de atrezo de la Paramount —explicó Sam.

Sam pidió un dirty martini, petición que fue anulada por su novia —Trudy, dijo que se llamaba—, que lo sustituyó por un ginger ale sin hielo.

—No quiero llevarte luego a casa —dijo—. Te he visto beber a escondidas en La Piñata.

Sam consintió dócilmente.

Después de que un camarero con un *catsuit* negro le sirviera su ginger ale, le pregunté:

—Muy bien, ¿quién le contrató?

—Un tipo.

—¿Un tipo? ¿Ya está? ¿Tenía nombre el tipo?

—No me acuerdo. No le engaño. Era sólo un tío que necesitaba un actor.

—Vale... bien. ¿Dónde le conoció?

—Él vio mi nombre en un tablón de anuncios. En internet. Ya sabe, cuelgas ahí tus fotos y mientes sobre las producciones en las que has participado, y a veces te llaman. Sobre todo para rollos de extras.

—¿Qué le dijo? ¿Ese tipo cuyo nombre no sabe?

—Que necesitaba un actor para un trabajo de un día. Ni siquiera un día... una mañana. Algo fuera de la ciudad.

—¿Le preguntó usted de qué se trataba? ¿Una película, un anuncio?

—Claro. Dijo que era teatro en vivo.

—¿Para un día? ¿Una mañana? ¿No le pareció algo raro?

—Sí.

—Pero usted fue igualmente.

—Me pagaba cinco mil dólares.

—¿De ahí sacaste el dinero? —dijo Trudy—. Dijiste que habías vendido tus bonos del bar mitzvah... embustero.

Sam pareció de pronto avergonzado. Yo no pude menos que sentir —sólo durante un instante— la empatía que un mentiroso siente hacia otro. En otro contexto, quizá le habría invitado a una copa y le habría acompañado en el sentimiento como si fuéramos dos almas gemelas.

—¿Sabe usted lo que se paga por un trabajo extra? —me dijo—. Dos cincuenta al día. Si lo consigues. Y eso es más de lo que me están pagando por esa estupidez de obra. Eran cinco mil, ¿vale? Tengo facturas que pagar.

—¿Condujo usted hasta Littleton con ese generoso benefactor? ¿O se vieron allí?

—Fui solo.

—¿A la autopista 45?

—Sí.

—¿Y qué se encontró?

Sam había empezado a jugar con un librito de fósforos, haciéndole dar volteretas entre el dedo corazón y el pulgar... flip, flip, flip.

—El coche ya estaba ardiendo —dijo en voz baja.

—Entonces, ¿qué hizo? ¿Llamar al 911? ¿Hacer señas a algún coche para que se parase?

—Dijo que estaba vacío. Que dentro sólo había un muñeco... parte del espectáculo. Lo juro ante Dios, por mi madre.

—Tu madre está muerta —dijo Trudy con tono cansino.

—Es sólo una expresión. Vale, muy bien, lo juro ante Dios por mí... —Me miraba suplicante, como si fuera muy importante que yo le creyera—. Allí dentro no había nadie. Es lo que me dijo. Nadie de verdad. ¿Cree usted que me habría implicado en alguna clase de...? —Su voz se fue apagando.

—¿Alguna clase de qué? —dijo su novia, que parecía enfurecerse por momentos.

—Bueno, ya sabes... un crimen o algo. El tipo necesitaba un actor y me pagó cinco mil por actuar. Nada más.

—¿Estaba allí cuando llegó usted? —pregunté—. El hombre que le pagó.

Sam asintió.

—¿Cómo era?

Sam tomó un sorbo de ginger ale.

—Raro. No sé... era como, es difícil de expresar con palabras... tenía una cara metida para adentro... no, metida para adentro no, simplemente no del todo salida para afuera. ¿Entiende lo que le digo? Y también una voz muy aguda. Como de chica...

Tocado.

—Muy bien —dije—. Había un coche en llamas. Y él... ¿alguien más?

—Aún no. Dijo que vendrían otras personas, como en cualquier accidente. Ya sabe, la policía, una ambulancia; yo tenía que fingir que habíamos chocado, yo y ese coche, aunque no hubiera nadie dentro. Sólo para impresionar.

—¿Y usted le creyó?

Sam asintió.

—Yo estaba allí, Sam. ¿Recuerda?

Sam miró hacia un lado, al suelo, a la humeante multitud de la barra, a las paredes cubiertas de viejos grabados de Peter Max, explorando la estancia como si buscara la salida más próxima.

—¿Recuerda el olor, Sam? ¿Recuerda el olor que venía del coche? ¿No sabía qué era eso? ¿No sabía qué significaba? ¿Dónde está aquí el muñeco, Sam?

Sam había vuelto la mirada a su solitario vaso de ginger ale, como si quisiera sumergirse en él y ahogarse. Sus ojos comenzaron a empañarse. Por primera vez aquella noche supe que no estaba actuando.

—Yo... —Se agarró las manos en un gesto de remordimiento impotente—. Mire, intenté creerle, vale. El tipo dijo que era un número. Yo ya había hecho todo el camino hasta allí, él me dice que en el coche no hay nadie, de repente llega la policía, y una ambulancia, y aparece usted...

—El otro coche... su coche. El Sable abollado. ¿De quién era?

Negó con la cabeza.

—No lo sé. Cuando llegué, ya estaba allí. Creo que lo llevó él.

—Muy bien. ¿Y después qué?

—¿Después de qué?

—Después de irme yo. Después de que usted respondiera educadamente a mis preguntas sobre el accidente. Por cierto, ¿estaba usted improvisando o debía seguir un cierto guión?

—Él me explicó lo que tenía que decir. Más o menos. La idea básica... de cómo se había producido el accidente. Yo sólo lo repetí.

—¿Al sheriff?

Asintió.

—Y a usted.

—Así es. ¿Y no le fastidió inventarse cosas ante un policía? ¿No le preocupaba la posibilidad de verse en un aprieto?

Se acercó a nuestro banco una chica negra con unos tacones de quince centímetros. Se agachó y dio un abrazo a Trudy.

—Golfa... —dijo—. No me has llamado desde hace siglos, chica. ¿Qué pasa?

—No mucho —dijo Trudy.

—He oído que estás haciendo te-a-tro.

—Sí —confirmó Trudy sin demasiado entusiasmo.

—Con tu pareja, ¿eh?

—No es tanta pareja como crees —señaló Trudy.

Sam se volvió para mirarla con una expresión abatida de pura congoja.

—Mira —dijo Trudy a su amiga—, aquí estamos liados con algo privado. Prometo llamarte, ¿vale?

—Privado, ¿eh? —soltó la chica, lanzándome una mirada que pareció levemente lasciva—. Vale, nos vemos.

—¿Qué pasó después de que yo me fuera? —pregunté a Sam.

—Nada. Cobré. Eso es todo.

—¿Eso es todo? ¿No le preguntó de qué iba la obra? A usted le dicen que vaya a pleno desierto de California y encuentra un coche ardiendo con el inequívoco olor de la carne humana chamuscada, y usted miente al sheriff y a un reportero local y coge el dinero y no le pregunta, ni una vez siquiera, de qué coño va todo eso?

—Le pregunté —dijo Sam casi en un susurro.

—¿Y que le dijo?

—Que era un *reality show*. Que usted lo pase bien.

—¿Ya está? ¿No volvió a preguntar?

Sam meneó la cabeza.

—Tal vez no quería saber, ¿vale?

«Como otra persona», recordé de pronto. Había habido momentos en que esa otra persona se había sentado ahí y había escuchado mis acaloradas explicaciones, a mí racionalizando una incoherencia tras otra, y pensé, él sabe, lo tiene en la punta de la lengua, pero no lo dirá. No.

—Así que usted regresó y ya está.

—Sí.

—¿Nunca leyó un periódico o miró en internet si alguien había muerto realmente allí? ¿No tuvo curiosidad?

Negó con la cabeza.

—Ya se lo he dicho. Quería olvidarlo todo.

La primera luz tenue y gris de la mañana empezaba a asomar por la ventana delantera, donde la pintura negra se había desconchado un poco; parecía una bóveda celeste de estrellas descoloridas.

—Hábleme otra vez de esa página de internet. Donde él lo escogió.

—¿Qué pasa con eso?

—¿Cómo sabía él que usted no llegaría, se daría la vuelta y se marcharía?

—Ya se lo he dicho. Era un montón de dinero.

—Sí, ya me lo ha dicho. Pero hay un límite en lo que la gente puede hacer, incluso por mucho dinero. ¿Cómo sabía él que usted estaría de acuerdo?

Trudy cruzó los brazos y lo fulminó con la mirada.

Sam se encogió de hombros.

—No entiendo la pregunta.

—Pues claro que la entiende. Le estoy preguntando por qué le escogió a usted. Vamos, Sam. ¿De qué tipo de página web estamos hablando?

—Ya lo he dicho. Es sólo un tablón de anuncios de actores.

—¿Qué clase de actores?

Sam exhaló un suspiro, se retorció en la silla, miró al techo en busca de inspiración divina, quizá.

—Vale, oí hablar de eso a otro actor... esa nueva página web que ayuda a los actores, ya sabe, que necesitan un poco de dinero extra...

—¿Sí?

—Actores dispuestos a actuar en formatos no tradicionales.

—¿Formatos no tradicionales? ¿Así lo llaman?

—¿De qué estás hablando? —Trudy no entendía nada; quizás en su relación se había tenido que tragar muchas cosas, pero ésta no podía asimilarla. Todavía no.

—Dígaselo, Sam. Explíquelo.

—Bueno, mira...

Lo dije yo por él.

—Timos. Por una cierta cantidad de dinero, uno se ofrece a hacer trabajos que comportan timos. Es el único tipo de interpretación por el que pagarían cinco mil dólares por una mañana, ¿verdad?

Sam no respondió. No hacía falta.

Un escalofrío me recorría lentamente la espalda, vértebra a vértebra.

Me volví hacia Trudy.

—Si yo fuera usted, miraría por dónde voy.

Cuando Sam alzó la vista y me miró con una expresión súbitamente inquieta, dije:

—Al hombre que le pagó tal vez no le guste que usted se esté paseando por ahí. Ya no. ¿Entendido?

Esa conmoción del reconocimiento.

Enfrentado a algo a medias conocido y a medias recordado.

Un grupo de actores de Hollywood desesperados vendiéndose a la mafia rusa para realizar estafas.

¿Recordáis?

Una de mis historias.

Lo que pasa es que era una de aquellas historias.

Actualmente aparecen en una cierta página web online de un gran periódico americano que yo llevé casi al borde del desastre.

El prodigioso canon del engaño de Valle.

Construido con perspectiva dramática. Exquisitamente detallado. Rigor en el relato.

Pero no cierto.

No cierto.

Ni una puta palabra.

29

Oigo helicópteros fuera de mi habitación del motel.

Parecen militares. Puestos a adivinar, diría que eran Black Hawks, acercándose en formación baja, en misión de búsqueda-y-destrucción.

Mi primer instinto es esconderme, meterme debajo de la cama y quedarme quieto hasta que hayan pasado.

No puedo moverme. Estoy paralizado. Atrapado en arenas movedizas.

Entonces me despierto.

El televisor sigue encendido. Son las cuatro de la mañana. Pasan una película sobre Vietnam. Bombardeos de napalm y el ra-tatatá de ametralladoras trucadas mientras la gente sale de sus chozas con tejado de paja y corre para salvar la vida.

Muy bien, no hay helicópteros.

Aun así, me hace recordar.

Están buscándome.

Tengo un plazo de entrega.

Estoy escribiendo lo más rápido que puedo.

En serio.

No me concederán más prórrogas. O lo hago ya o no lo hago.

Diría que las posibilidades están al cincuenta por ciento. Como máximo.

Me he aficionado a mirar por la ventana para ver si el hombre está allí.

El que Luiza dijo que había preguntado por mí.

Cuando le pregunté a ella cómo era él, ella se encogió de hombros y puso una cara desagradable.

Le pregunté qué quería saber él.

«Cuánto tiempo está usted aquí», dijo Luiza.

¿Se lo dijo?

Ella negó con la cabeza. «Yo digo no sé.»

¿Eso es todo?

«Él pregunta cómo es usted.»

Vale, muy bien. ¿Y usted le dijo cómo soy yo?

«Sí.»

Luiza recordó que él tenía una placa.

Ella no sabía si era una placa de policía o de uno de la perrera.

Es que ella les tenía miedo. A las placas.

Al fin y al cabo estaban los de Inmigración.

Razón por la cual no confío totalmente en ella. No puedo.

A un ilegal pueden hacerle cosas. Luiza confió en mí cuando comprendió que ella me traía sin cuidado y que no podía hacerle daño. Su tortuoso viaje por Centroamérica y luego el cruce de Río Grande a merced de un coyote de diecinueve años hasta el culo de mesquite. La fábrica de papel que te proporcionará un permiso de aspecto legítimo. Pero en nadie del Servicio de Naturalización e Inmigración. No. En ellos no.

Y yo estoy en la parte decisiva de la historia: el quid de la cuestión.

Os dais cuenta, ¿no?

Estáis sentados conectando puntitos, como hacía yo. Os lo he de presentar de este modo, cronológicamente, así podréis seguir los pasos y ver cómo se revela todo, pieza a pieza. Y al final creeréis. Por mucho que desconfiéis del mensajero, creeréis en el mensaje.

Sabréis qué hacer.

30

Cuando me presenté de nuevo en el *Littleton Journal*, Hinch estaba en el hospital con su esposa.

Al parecer, Norma había estado llorando.

—La situación es delicada —dijo.

Nate no parecía nada contento. Había recibido una carta de ruptura de Rina —para ser más exactos, un mensaje de texto, lo que se estila ahora— e incubaba su mal humor en la mesa del fondo. El estado de ánimo general era triste y contenido.

Hinch me había dejado el número habitual de noticias que había que redactar. Las despaché en un santiamén, como un conductor centrado únicamente en su destino final, siguiendo las señales de tráfico de memoria. La semana próxima empezaba la Feria Callejera de Littleton. Llegaba a la ciudad el Rodeo Estrella Solitaria, que incluía un torneo de doma de potros salvajes para mujeres. En la biblioteca iba a celebrarse una reunión de la Sociedad Histórica de California.

Acabé en un tiempo récord. Di a Nate el Patín unas palmaditas en la espalda y le dije que siguiera adelante pese a las dificultades. Llevé a Norma una taza de café y le dije que conservara la fe.

Luego desaparecí en el microfilm.

Estaba cayendo por una madriguera de conejos y quería ver dónde aterrizaría.

Iba hacia delante yendo hacia atrás.

Al lugar que había visitado antes, cuando me contrataron, cuando examiné detenidamente la historia local como un viajero que echa un vistazo a la guía de un próximo destino. Cuando husmeé en la ciudad y pregunté a la gente por sus recuerdos. Al margen de dónde parecía que iba —PCH arriba y abajo, a cuarenta kilómetros de la ciudad o a través del espejo—, siempre volvía al mismo sitio.

Me había estado esperando desde siempre.

1954.

La Inundación de la Represa Aurora.

La muerte de Littleton Flats.

31

Estaban escuchando a Eddie Fisher y Rosemary Clooney en la radio.

«Eh, tú, el que tienes estrellas en los ojos...»

Iban al Odeon, en la Sexta y la Principal, a ver a Brando representar a un ex boxeador concienciado.

Leían despachos de Seúl en el *Littleton Journal*. Acababa de terminar la guerra de Corea; aún estaba por llegar el ensayo general para ese territorio asiático. Analizaban detenidamente los resultados de béisbol de las contraportadas mientras los Giants de Nueva York tomaban la delantera en la Liga Nacional.

Ese año, los que tenían televisores General Electric pudieron escoger entre dos combates de los pesos pesados: Marciano frente a Ezzard Charles, y Army frente a McCarthy.

No había sido un buen año para Tail-Gunner Joe.

A América le gustaba Ike, pero ya no estaba segura de Joe, el furibundo perseguidor de rojos que había jurado sobre un montón de Biblias que había un rojo debajo de cada cama. O al menos dentro de cada departamento del gobierno de EE.UU. La increíble ironía de sus belicosas afirmaciones, que aún tardaría años en salir a la luz —el embustero Joe, ese oportunista vulgar cuyo nombre llegó a ser sinónimo de inmerecido asesinato de personalidades—, es que aquéllas eran más o menos acertadas. Había comunistas en el gobierno de EE.UU.; el senador McCarthy simplemente lo ignoraba.

Sobre lo que sí sabía —o lo que al menos estaba empezando a coger un tufillo peligroso— era sobre su propia muerte política. Se enfadó con el ejército de EE.UU. porque no se había concedido una exención a su sicario preferido. De repente, el ejército también estaba infestado de comunistas. Tuvieron una vista pública sobre la cuestión, en la que Joe puso en entredicho la lealtad de un asesor del jefe del ejército, Joseph Welch, en la que éste pronunció la famosa frase en la que preguntó al senador si tenía sentido de la decencia, y en la que el relativamente moderno medio de la televisión captó todos los momentos que cautivaban o podían hundir la carrera de alguien. Cuando hubieron terminado las vistas, McCarthy era un agente del poder sólo de nombre. Todos los americanos que tenían televisión pudieron ver su bravuconería y su mal carácter. Políticamente estaba acabado.

Naturalmente, estaba el hombre y estaba el movimiento.

El miedo a los rojos aún seguía bien vivo.

Sólo oler un poco el hongo atómico que se dispersaba por Rusia bastaba para que los americanos echaran a correr a sus refugios gritando. «¡Rusia tenía la bomba H!» En el *Littleton Journal* apareció una foto de un refugio último modelo provisto de una pared hasta arriba de latas de sopa Campbell y doscientas cajas de Cereales Kelloggs.

Los inocentes cincuenta, los llamaban.

Era inocencia intoxicada con miedo. La gente siempre supo que iba a morir; ahora sabía cómo.

En Littleton Flats la gente limpiaba casas, ponía pañales a los niños y hacía trabajos mal pagados. Aproximadamente tres cuartas partes de los hombres de la ciudad trabajaban en la planta hidroeléctrica ligada a la Represa Aurora. Llevaban cascos de acero de la construcción y se metían algodón en los oídos para no oír el constante rugido del agua. Los domingos organizaban barbacoas en las que escuchaban a los Giants ganar la Serie Mundial por 4 a 0. En la iglesia local bailaban como William Holden y Kim Novak. Los adolescentes pasaban las noches del sábado trucando coches en las afueras. En un artículo se mencionaron varios choques violentos, uno de ellos fatal, y los posteriores esfuerzos del departamento del sheriff para encauzar las energías juveniles hacia actividades más saludables.

Como los deportes.

Había una pequeña liga formada por tres equipos. El equipo de fútbol americano del instituto local era conocido como los Littleton Flat Rattlers y en 1953 ganó tres partidos y perdió siete.

Los chicos mayores hicieron un montaje de *Oklahoma!* en que el papel principal fue para Marie Langham; el boletín de la escuela la calificó de trascendente y señaló que el chico que hacía de Curly era también ala abierta y defensa del equipo de fútbol. El instituto alardeaba de tener cinco finalistas Westinghouse.

La ciudad celebraba cada año el Día del Trabajo en la plaza central. La gente bailaba alrededor de un mayo y cantaba «También podría ser primavera».

En Navidad, traían un enorme abeto que llenaban de lucecitas eléctricas y remataban con una brillante estrella de Jesús. Las familias menos afortunadas recibían juguetes. El grupo de cuarto de la Escuela Primaria Franklin Pierce escribió una carta a Eisenhower en la que prometía su ayuda contra el comunismo ateo.

En la ciudad había un club de fans de Bing Crosby.

El Club Rotario, inquebrantablemente republicano e imprescindible para quien aspirara a un cargo en el ayuntamiento, anunciaba una reunión social en junio.

Cada semana se organizaban campeonatos de bingo en la iglesia de Nuestra Señora de los Dolores.

El Littleton Flats Café servía un desayuno especial de tres huevos —en cualquier estilo—, patatas fritas caseras, zumo de naranja, café y tostada por sólo cincuenta centavos. Se podía repetir gratis de café.

En la glorieta había conciertos de verano; la principal atracción era un cuarteto de voces masculinas con un repertorio de canciones sentimentales.

En la historia del *Littleton Journal* habría otros dos grandes titulares. El segundo fue el día después de que Lee Harvey Oswald abandonara su puesto en el edificio del Almacén de Libros de Texas.

El primero fue el lunes siguiente a la Inundación de la Represa Aurora.

¡TREMENDA INUNDACIÓN ARRASA
LITTLETON FLATS!

El qué, el dónde, el cómo y el cuándo en una sucinta afirmación de cinco palabras. El porqué se determinaría más adelante; aparte del hecho de que tres días seguidos de lluvia había hecho subir el agua a niveles alarmantemente altos.

¡SE TEME QUE NO HAYA SUPERVIVIENTES!

Éste era el titular del día siguiente, antes de que encontraran viva a la niña de tres años llamada Bailey Kindlon.

Estaban las fotos.

Una ciudad tragada entera, con pedazos asomando fuera del agua, como ramas muertas de cipreses en un pantano.

Una de las fotografías parecía haber sido tomada desde un helicóptero. En la crecida se podía ver un débil chapoteo removido por las paletas del rotor, y la desnuda sombra como una ballena suspendida justo encima del agua.

Había una foto de cerca del jefe de bomberos de Littleton, con aspecto lúgubre y cara de sueño, la expresión de un cirujano informando a la familia de que, pese a todos sus esfuerzos, el paciente ha muerto.

En los días siguientes, apareció una lista. Cada vez era más larga, como si fuera algo vivo que engordara vorazmente con los cadáveres.

Benjamin Washington, de seis años, apareció el tercer día.

Para entonces, la lista ocupaba seis columnas y dos páginas enteras.

Para entonces, había sido llamada la Guardia Nacional, un batallón completo de Fort Hood.

Para entonces, el gobernador de California ya había celebrado la preceptiva rueda de prensa en el lugar del desastre, el obispo de Los Ángeles había dado su bendición a la tumba de agua en la que hizo referencia al Diluvio de Noé, y se habían instalado controles para impedir el paso a los curiosos y los desconsolados. Había la amenaza de enfermedades: por todos aquellos cadáveres al sol y toda el agua, criadero natural para microbios peligrosos.

Al final de la semana, ya había dedos acusadores. No se mencionaba a Lloyd Steiner, todavía no. Sólo había una curiosidad desenfrenada por saber cómo una represa construida por ingenieros de prestigio pudo desmoronarse como una galleta Toll House. Se sospechaba corrupción municipal. «Medio estado está bajo el agua —dijo alguien—, el otro medio bajo acusación.»

Un experto en diques, el comandante Samson, del Cuerpo de Ingenieros del Ejército, fue citado en el *Littleton Journal*: «Desierto o no, hay que justificar un aumento de los niveles del agua y de la presión. Cualquier represa construida con arreglo a los patrones americanos debería ser capaz de aguantar. Para haberse producido este desastre, tiene que haber habido varios fallos estructurales.»

El presidente transmitió personalmente su pésame a las familias de los muertos. Naturalmente, la mayor parte de los miembros de las familias de los muertos estaban muertos. Pero no todos. Esa mañana, Belinda Washington había estado en otro sitio, cuidando de los hijos de otra familia. En la lista de muertos no había ningún señor Washington; quizás había desaparecido en combate hacía tiempo.

La Capilla de Funerales de Littleton trabajó a toda marcha, organizando un funeral tras otro —a veces tres al día— para poder enterrar a todo el mundo. El excedente llegó hasta San Diego, cadáveres externalizados a quienquiera que tuviera sitio. El cementerio de Littleton se había ampliado en un cincuenta por ciento.

Asistieron a los entierros unos cuantos políticos de renombre. El vicepresidente, Dick Nixon, llegó desde Washington y sostuvo la mano de Pat mientras bajaban al hoyo al concejal de la localidad. El vicegobernador de California asistió a dos entierros. Billy Graham pronunció las exequias en honor del sacerdote de Littleton Flats.

La revista *Life* envió a un fotógrafo que inmortalizó diligentemente las masivas efusiones de pesar. Una de sus fotos fue reproducida en el *Littleton Journal*, la de un anciano de Minnesota, la cabeza gacha, vestido de negro, secándose los ojos con el pañuelo blanco, presentando sus respetos a nadie en concreto, suscribiendo la singular idea de que todos pertenecemos a la gran familia humana.

En California, las banderas ondearon a media asta durante toda una semana.

La imagen sonriente de Bailey Kindlon apareció cuatro días después del desastre. Tenía por ojos dos lunas llenas y unas cuantas pecas en las mejillas: un Howdy Doody en niña.

¡ÚNICA SUPERVIVIENTE!

El artículo decía que fue encontrada flotando sobre una puerta de un refugio contra tornados que en otro tiempo estaba en la Tienda de Comestibles Littleton Flats pero fue descubierta a diez kilómetros de distancia. La rescató un miembro de la Guardia Nacional llamado Michael Sweeney. Ninguna mención de robots espaciales emitiendo chasquidos como los delfines. Al parecer se hallaba en buen estado físico, fuera de rasguños y magulladuras sin importancia.

Hacia la segunda semana, los artículos sobre Littleton Flats siguieron el destino de la propia ciudad y desaparecieron. Los periódicos son un recordatorio constante del banal tópico manifestado por los supervivientes en todas partes: que la vida sigue.

Había que hacer el seguimiento e informar de las elecciones municipales. Había que reimprimir y examinar clasificaciones de campeonatos. Había que pronosticar el tiempo y quejarse del mismo. Había que reprender (en voz baja) a los senadores de Washington que hubieran ofendido el sentido nacional del juego limpio y había que describir debidamente explosiones nucleares en lugares lejanos. Había que ponerse el nivel de las tiras cómicas *Beetle Bailey*, *Li'L Abner* y *Peanuts*.

La siguiente mención del desastre de Littleton Flats tuvo que ver con la comisión gubernamental que iba a llegar al fondo del asunto. La que decidiría quién debía ser azotado en público para saciar la sed nacional de matar a un canalla; lo exigían 853 muertos.

Lloyd Steiner tendría sus quince minutos de infamia.

Sólo había una fotografía suya.

Estaba saliendo de la sala del tribunal después de un día de lo que seguramente fue una declaración inútil y condenatoria. Se había descubierto y esgrimido un arma humeante: proyectos originales secretos hallados en poder de Steiner que demostraban a todas luces un conocimiento previo de ciertos atajos estructurales que habían sido aprobados y puestos en práctica.

Aparentemente por el propio Steiner.

Evidentemente lo habían cogido por sorpresa con una bombilla de flash, la cabeza dando una sacudida hacia atrás como un actor al que un bastón invisible golpea y manda fuera del escenario, las gafas iluminadas como lucecitas de Navidad. Lo cual era metafóricamente acertado: el villano de la obra siendo arrancado del escenario nacional y enviado a la celda de una cárcel federal donde pasaría los siguientes diez años.

Regresé tranquilamente a mi mesa.

Devoré una taza del horrible café de Norma, y luego volví a la cafetera y me serví otro.

Nate el Patín me pidió algo que hacer, pensando obviamente que el trabajo duro era precisamente lo que le convenía a un corazón roto. Le di mis artículos garabateados a toda prisa para que los corrigiera.

Norma estaba controlando el teléfono por si había noticias del hospital. Una enfermera de la UCI llamaba periódicamente para tenernos al corriente de la evolución de la esposa de Hinch; la cosa pintaba mal.

Me recliné en la silla giratoria y volví a pasar mentalmente el microfilm, un bucle interminable en el que destellaban imágenes crudas y aleccionadoras que casi me adormecieron.

Casi.

—Nate —dije.

Nate miró desde su mesa; de pronto me pareció mayor. Es lo que tienen las pérdidas, supongo.

—¿Cuántos finalistas Westinghouse hay cada año? —le pregunté.

—¿Qué?

—Los premios Westinghouse para los chicos de secundaria. ¿Cuántos finalistas de ciencias calculas que hay cada año?

—No sé. ¿Por qué?

—Di una cifra.

—No muchos.

—Sí. Yo también diría que no muchos. Unos cincuenta, tal vez. Más no, seguramente.

—¿Por qué lo preguntas?

—Digámoslo de otra manera. Según tú, ¿cuáles serían las probabilidades de que cinco fueran del mismo instituto?

Se encogió de hombros.

—No lo sé. ¿En Nueva York no hay un instituto de ciencias importante... el Instituto Bronx de... lo que sea?

—El Instituto Bronx de Ciencias. Claro... quizás haya cinco finalistas de allí. ¿Y algún otro instituto?

—¿Es un juego de trivial o qué? Porque en ese caso no quiero jugar, Tom. Lo siento, pero no. Ahora mismo estoy sufriendo. Me estoy muriendo.

—Yo diría que las probabilidades de que hubiera cinco finalistas Westinghouse de otro instituto que no fuera el Bronx serían, para usar un término científico, astronómicas.

—Muy bien, de acuerdo. Tú ganas.

—Ahora bien, ¿y si se tratara de un instituto muy pequeño? ¿Algún centro que estuviera literalmente en el quinto pino? Las posibilidades serían tan ridículas que en Las Vegas no aceptarían la apuesta. ¿No crees?

—Supongo. ¿Por qué?

—Nate, te voy a dar algo que hacer. Algo que te quite a Rina de la cabeza. —Al oír el nombre de su ex novia, Nate hizo una mueca de dolor.

—¿Qué?

—Quiero que averigües todo lo que puedas sobre la gente que vivía en Littleton Flats.

—¿Littleton Flats? La ciudad... la que quedó, ya sabes.

—Arrasada, sí. A ver si puedes averiguar quiénes vivían allí.

—¿Quieres decir sus nombres?

—Los nombres ya los tengo. Eso es fácil. Quiero saber quiénes eran. Cómo se ganaban la vida. De dónde venían. Esa clase de cosas. Algunos deben de tener parientes aún vivos. Necesito cualquier cosa que puedas averiguar.

—Disculpa la pregunta, pero ¿cuándo murió esa gente?

—Hace cincuenta años.

—Bien, entonces va a ser fácil —dijo Nate, mostrando un tono sarcástico raro en él. Quizás era su corazón recién destrozado... ahí estaba él, patinando por la vida y ya con su primera caída. Era todo inocencia a flor de piel y optimismo desmesurado.

—Inténtalo en internet —dije—. ¿No eres un lince con los ordenadores? ¿No descubriste cómo entrar en PinkWorld sin pagar?

Pareció que eso mejoraba su actitud por momentos.

—Vale —dijo—. Lo intentaré.

32

—Hola, ¿quién es? ¿Hola?

Había seguido la pauta habitual de emborracharme primero... de estar lo bastante trompa para marcar su número pero no tanto que no pudiera recordarlo. Era un malabarismo delicado.

—Hola, hola...

«Soy yo. Tom.»

Yo fui la segunda persona más sorprendida de la línea al caer en la cuenta de que las palabras habían sido realmente pronunciadas.

—¿Tom? ¿Tom Valle?

Volví al silencio, por un instante, contemplando la enormidad de iniciar por fin una conversación en dos direcciones con el hombre cuya vida yo había destruido personal e irrevocablemente.

—Sí.

Ahora le tocó a él retirarse al silencio, un silencio tan total que pensé que oía el tictac del segundero del reloj de pie que había junto a la pared este de su estudio. Fui invitado a ese sanctasantórum en los tiempos idílicos, cuando yo era un personaje en ascenso y él la conciencia editorial residente.

—¿Eras tú? —dijo finalmente—. ¿Esas otras veces? ¿El que estaba al teléfono?

—Sí, era yo.

—Entiendo. —Otro momento de silencio—. ¿Te importaría decirme por qué, Tom? ¿Te levantaste un día y decidiste añadir llamadas telefónicas falsas a tu obra de periodismo falso?

Vale, hacía daño. Pero el dolor iba acompañado de una repentina sensación de alivio. Una vez escribí algo sobre una secta de autoflageladores; hasta ahora no había llegado a comprender el éxtasis en sus rostros mientras se castigaban por pecados cometidos contra Dios.

—Quería hablar contigo —dije—. No tenía cojones. Cada vez que llamaba creía que realmente iba a decir algo.

—Bueno es saberlo. Empezaba a pensar que tenía una admiradora.

—No. Sólo un admirador.

Otra vez silencio.

—Tienes una manera extraña de demostrarlo.

—Lo que quería decir, lo que necesitaba decirte, es que lo siento. Lo siento en el alma. Debería... mira, sé que esto no cambia nada, pero necesitaba decirlo. Necesitaba que lo supieras... Nunca tuve intención de...

—¿De qué, Tom? ¿De que te cogieran? ¿De qué no tenías intención? Cuando te sentabas en tu cuchitril y practicabas tu escritura creativa, ¿adónde pensabas que conducía eso? ¿Al premio Pulitzer?

—Jamás pensé tan a largo plazo. Sólo en el siguiente plazo de entrega.

—Entiendo. —El chirrido de una silla, el suave murmullo de unos papeles revueltos—. Me preguntaba si alguna vez sabría algo de ti. Fue muy poco galante de tu parte no escribirme unas líneas. O algo.

—Lo sé. Te pido perdón. Fue increíblemente injusto lo que hicieron contigo. Fue...

—¿Injusto? En absoluto. Yo era el responsable. Yo miraba tus cosas y no tuve suficiente cerebro ni escepticismo divino. Corrían rumores de que yo vivía de eso. Carecí de la sabiduría editorial para ver lo que tenía delante de las narices. Fallé, públicamente y a lo grande. ¿Injusto? No.

—No tenían que haberte hundido conmigo...

—¿No? Mira, después de que hubo pasado todo, después de que hice el largo camino de vuelta a casa, tuve tiempo más que suficiente para pensar en las cosas detenidamente. Tú eras mi estrella, Tom... todo director quiere una. En cierto modo es nuestro legado, lo que dejamos atrás. Quizá yo quedé atrapado en eso igual que tú. Quizá, sólo de vez en cuando, esa vocecita en mi cabeza miraba algo que yo tenía que juzgar y decía: «Espera un momento. Alto. Es demasiado perfecto, aquí Mercurio está demasiado alineado con Marte.» Quizá mandé esa voz a paseo. Creo que lo hice alguna que otra vez. Olvidé el axioma más viejo que existe. No creas todo lo que sale en los periódicos.

Sentí que de mi interior iba a brotar algo grande e inexorable. Aparté al auricular y hundí la cara en el hombro para que no me oyera.

—Tom, ¿sigues ahí?

—Sí.

—He pensado a menudo en ti. Adónde te había llevado la corriente. ¿Estás todavía en Nueva York?

—California.

—California. ¿Haciendo qué?

—Reportajes.

Una leve pero perceptible inspiración.

—El hijo pródigo, ¿eh?

—¿Cómo?

—Nada. Que en California serán más indulgentes, nada más.

—No es exactamente un periódico.

—A lo mejor. Pero es una profesión bárbara. A caballo regalado no le mires el diente. Esta vez no, ¿vale?

—Por eso te llamaba.

—Creía que llamabas para presentar tus tardías disculpas.

—Sí. Y para otra cosa.

—¿Qué otra cosa?

—Está pasando algo. Me he encontrado con una historia. Una historia increíble, la que uno busca toda su vida. Lo sé. Retrocede, avanza, va a sitios no muy saludables. Pero ahí estoy. La estoy siguiendo. Quería que lo supieras.

—Ten cuidado, Tom.

—Ya lo hago. Me parece que precisamente por eso una persona ya está muerta. Voy con cuidado.

—No me refiero a tu seguridad, Tom. Estoy hablando del

nauseabundo hedor de *déjà vu* que acaba de llegarme a través del teléfono. Estoy hablando de ser capaz de terminar tus frases. ¿Comprendes lo que te digo, Tom? Ya he oído esto antes. Son noticias viejas. Es un guión manido de un fabulista manido. Rómpelo.

—No es como antes. Esto es de verdad. Es auténtico. Te diré una cosa, algo insólitamente extraño...

—Y yo te diré una cosa a ti, Tom. Siempre fue de verdad. Siempre fue auténtico. Lo extraño estaba en ti.

—Esta vez no. Estoy siendo legítimo.

—La legitimidad no tiene que ver con estar, Tom. O la tienes o no la tienes. No te la puedes poner como si fuera un abrigo. Esto no funciona así.

—Cuando haya terminado, cuando lo haya armado todo, ya lo verás. Te lo voy a mandar y lo verás.

—No te tomes la molestia. Ya no soy director. Y tú ya no eres mi estrella. La verdad es que tengo que irme a la cama, Tom. Aquí es mucho más tarde que allí.

«No —pensé—. Es mucho más tarde para los dos.»

33

Estaba segurísimo de que me seguían.

Esta sensación se manifestaba cada vez que doblaba una esquina o me metía en un aparcamiento, cada vez que entraba o salía de casa, cuando me escabullía del *Littleton Journal* y salía a la calle a fumar un cigarrillo, o cuando iba a JP Drugs a comprar un antiácido Tums o pedía una hamburguesa con queso en el DQ o conducía de noche hasta la bolera.

En otras palabras, siempre.

Cada vez que me paraba, me volvía y miraba, tenía la impresión de que se me había escapado por poco. O se me habían escapado. Era como ver que tu sombra se desvanece de pronto cuando aparece el sol tras una nube.

Así de rápido.

Entré en Ted's Guns & Ammo y salí con una pistola Smith & Wesson del 38; yo era un neófito en lo relativo a las ventajas de un fabricante u otro, pero el carácter plural del nombre hacía de algún modo que Smith & Wesson pareciera más enjundioso. Pero claro, había un pequeño problema. Como estaba en libertad condicional, yo tenía legalmente prohibido estar en posesión de un arma en el estado de California. Afortunadamente, Ted, que regalaba dianas de Michael Moore gratis con cada compra, tenía la mentalidad de la Asociación Nacional del Rifle en lo concerniente a las leyes federales y estatales sobre armas.

Se negaba a aceptarlas.

Me alejé tres kilómetros de la ciudad y practiqué disparando a los brazos de los cactus. Di en el blanco un veinticinco por ciento de las veces.

Empecé a cerrar la puerta de la calle, a correr bien las persianas de mi casa. Una noche me aventuré abajo, pistola en mano, e inspeccioné de nuevo el sótano. ¿Buscando qué exactamente? Micrófonos ocultos, quizá, recordando el enchufe hembra abierto; lo único que descubrí fue un ciempiés de quince centímetros metido en un caño del desagüe. Eché otro vistazo al agujero que el fontanero había hecho en la pared. Polvo de yeso y los trozos de papel que utilizan en esos sitios como aislante barato. Nada más. Recordé que iba a llamar a Seth para que lo arreglara; él antes ya había hecho en la casa trabajos con pladur. Así fue como le conocí, cuando vino a revisar algo por encargo del dueño.

Tenía la sensación de que la mitad de Littleton estaba representando un papel, de que todos estaban en el ajo menos yo.

Me costaba entender quién representaba qué. Necesitaba un cartel anunciador.

Sam Savage era el personaje de Ed Crannell, claro.

Alguien estaba en el papel crucial, aunque ingrato, del cadáver de Dennis Flaherty. Pero ¿quién exactamente?

¿Benjy Washington?

¿El segundo superviviente de la Inundación de la Represa Aurora? ¿Cómo podía demostrarlo?

Pues lo hice. Más o menos.

Obtuve cierta confirmación.

Llamé al sheriff para preguntarle si habían exhumado ya el cadáver de Iowa, aunque no le revelé que el hombre de la camioneta de reparto había contratado a un actor desesperado dispuesto a hacer papeles no tradicionales por una cierta cantidad... vamos, que Ed no era Ed. Quería explicarle a Swenson que me había encontrado por casualidad con ese teatro de Santa Monica, que había seguido al actor un buen trecho e incluso que me habían golpeado en la acera, y que al final había logrado sonsacarle la historia.

Oía todo el rato la voz de mi director.

«Son noticias viejas. Es el guión manido de un fabulista manido. Rómpelo.»

Tenía razón.

Era un guión manido. Muy manido. Actores de Los Ángeles pluriempleados como timadores. Se podía consultar.

El sheriff me dijo que el cadáver seguía en el barbecho de Iowa, que para desenterrar a alguien hacía falta un montón de mierda burocrática, incluso cuando no está claro el nombre de la lápida. Luego le hablé del día en que fui a decirle que Dennis Flaherty todavía estaba vivo.

—¿Se acuerda? Yo quería saber si alguien supuestamente muerto en la inundación había aparecido más adelante. Parecía que usted iba a decirme algo. Era como si fuera a decirme que sí. ¿Por qué?

—¿Eh? —dijo—. Ah, eso. Es que fue algo un poco extraño.

—¿Un poco extraño?

—Una casualidad. Alguien llamó a uno de mis ayudantes. Una semana antes, tal vez. Dijo que tenía cierta información que nos convenía saber. Sobre la Inundación de la Represa Aurora.

—¿Y qué dijo el ayudante?

—Dijo: «¿Qué coño es eso de la Inundación de la Represa Aurora?»

—¿De qué información se trataba? —pregunté. Otra vez la misma sensación, como cuando miraba el cartel en la pared del teatro. El mundo era un caleidoscopio que no dejaba de dar vueltas.

—Qué sé yo. Quedó en venir un día, pero jamás apareció. Lógicamente, cuando mi ayudante se enteró de que la Inundación de la Represa Aurora se había producido hacía cincuenta años, no se sorprendió demasiado. Los que efectúan llamadas falsas no suelen tomarse la molestia en pasar a tomar un café.

—¿Dijo su nombre?

—Sí. Por eso mi ayudante supo que se trataba de una broma. Era uno de los chicos que murió ese día.

En ausencia de Hinch, una embarazadísima Mary-Beth vino a la oficina a echar una mano. Entró andando como mamá pata y me pidió que nos cambiáramos las sillas, pues la suya era pequeña e incómoda y la mía venía con la almohadilla de fútbol que yo arrastraba desde Nueva York, si bien el logotipo de los Jets ya estaba bastante deteriorado.

Accedí caballerosamente.

Nate el Patín trabajaba frenéticamente con el ordenador y los teléfonos; por lo visto, su nueva misión había disipado el velo de desesperación que le envolvía desde la inesperada declaración de Rina.

Yo volví a la búsqueda de la chica de mis sueños.

No, Anna no. La chica de mis malos sueños, de mis pesadillas de derviche.

Kara Bolka.

A cuyos saludos ni Belinda Washington ni yo habíamos sido capaces de responder.

Como ya había mirado en todo el estado de California, probé en otros, y al final en todas partes, pero nada.

Llamé a la señora Flaherty y le pregunté qué tal estaba Dennis.

—Bien —dijo—. Sigue vivo. ¿Y cómo está usted, Tom? —dijo con la preocupación genuina apropiada para el taumaturgo que había resucitado a su hijo.

—Bien, señora Flaherty. ¿Podría hablar un momento con Dennis?

—Me parece que no, Tom. Está durmiendo.

Calculé que allí serían las tres de la tarde.

—De acuerdo —dije—. Lo intentaré mañana.

Había algo más que necesitaba hacer; era algo posado en el antepecho de mi conciencia y que yo no podía engatusar para que entrara. Algo más que había que verificar. Pero alguien interrumpió mi ensueño.

—Lo de los premios de ciencias —dijo Nate—. Ya sé por qué.

Parecía tanto jubiloso como exhausto, como si no hubiera dormido mucho en los últimos días, lo que quizás era verdad.

—Muy bien —dijo—. ¿Preparado?

Fuimos afuera para poder fumarnos un cigarrillo... y para que Norma y Mary-Beth no escucharan.

—Querías saber por qué un instituto podía tener cinco finalistas Westinghouse, ¿no? —dijo—. Bueno, eso no es tan difícil si los padres son unos malditos genios.

—¿De qué estás hablando?

—¿De qué estoy hablando? —Dio una profunda calada al cigarrillo y luego dejó que el humo se escurriera a través de una sonrisa que parecía la del gato Cheshire—. He cogido esa lista de muertos que me has dado, ya sabes, la lista de víctimas de la inundación. Las he metido en Google una por una, y casi no he sacado nada. Al principio. Quiero decir, fue hace cincuenta años, o sea que era lógico. Se trataba sobre todo de... amas de casa, niños, trabajadores de la represa, ¿vale? No salía nada; iba a decirte que seguramente era una anomalía estadística, ya sabes lo que es, ¿no?

—Sí, Nate. Sé lo que es.

Me lo explicó igualmente.

—Hice un curso sobre eso, estadística y probabilidades. Te sorprendería saber la frecuencia con la que ocurre. Incidencia de cáncer por razones no perceptibles. Dos tornados tomando tierra en el mismo punto. En cualquier caso, pensaba que tener cinco finalistas en un premio de ciencias de alto nivel procedentes del mismo instituto de ínfima categoría era sólo una anomalía estadística.

—Pero no lo era.

—No —dijo—. Exacto. Aquí no hay anomalías estadísticas, jefe. Había un nombre... por orden alfabético, vamos de arriba abajo. Un nombre, una visita al buscador, eso es. Franklin Timmerman. Sólo que iba a pasarlo por alto, pues el Franklin Timmerman de Littleton Flats era un operario de compuertas de la Represa Aurora, y el Franklin Timmerman que he metido en Google era otra cosa.

—Muy bien. ¿Qué?

Nate dio otra calada y se secó las gotas de sudor que se le habían formado en un momento en la frente y entre los pelitos de su casi afeitada cabeza. En la sombra quizás estábamos a seis o siete grados menos, pero eso no era decir mucho, pues sólo a medio metro a la izquierda pasaban de cuarenta y cinco.

—Un estratega de la altura de la explosión.

Lo dijo y se calló un rato, como queriendo comprobar si yo sabía qué era un estratega de la altura de la explosión.

—Muy bien, Nate. Me rindo. ¿Qué es un estratega de la altura de la explosión?

—Ah, eso. Bueno, es alguien que garantiza que la fisión se produce a la altura correcta. La fisión nuclear. En una bomba. En una bomba nuclear. Que explote a la altura que provocará el máximo daño. Franklin Timmerman, estratega de la altura de la explosión, había trabajado en esa cosita que fue el Proyecto Manhattan. Has oído hablar de eso, ¿no?

—Sí, Nate. He oído hablar del Proyecto Manhattan. También hiciste un curso de eso, imagino.

—Pues la verdad es que... sí. Un rollo bastante chulo. Robert Oppenheimer, Enrico Fermi, todos esos jodidos genios allí en el desierto de Los Álamos. Little Boy, Fat Man, compitiendo con Hitler para ver quién conseguía el big bang. ¿Sabes lo que dijo Oppenheimer cuando por fin lo consiguieron... cuando probaron la primera bomba A y básicamente lo vaporizó todo en un radio de tres kilómetros?

—Creo que sí, pero sigue.

—«Me he convertido en la muerte, el destructor de los mundos», una cita en sánscrito del *Bhagavad-Gita*. «Me he convertido en la muerte», muy elocuente aunque también un tanto escalofriante, ¿no?

Asentí.

—Así, ¿el Franklin Timmerman de la lista...?

—Voy a eso.

El buen reportaje estaba en los detalles, y Nate estaba resuelto a describir todos y cada uno de ellos en orden cronológico. Iba a ofrecerme una descripción con pelos y señales de su triunfo sobre la ignorancia.

—Franklin Timmerman estaba en Los Álamos, el Franklin Timmerman de Google, en todo caso. Una de las personas que lo ensambló todo. Allí todos trabajaban en equipos, uno dedicado a una cosa, como la propia fisión, otro al revestimiento de la bomba, otro a garantizar que explotaba a la altura correcta, ése era el cometido de Franklin.

—Pero has dicho que el Franklin Timmerman de Littleton Flats era operario de compuertas.

—En efecto. En la lista aparecía como operario de compuertas de la Represa Aurora. ¿Qué significa esto? Que dos personas se llamaban igual, lo cual, si metes el nombre de alguien en Google, ves que pasa continuamente, joder. Quiero decir que metes Quentin Tarantino y de pronto lees algo sobre un criador de ovejas de Nueva Caledonia. Así que estábamos ante lo mismo, ¿no? Porque, ¿qué iba a hacer un experto en detonaciones nucleares trabajando en una compuerta de una represa federal?

Hizo una pausa y dio otra calada al cigarrillo.

—¿Se trata de una pregunta capciosa, Nate?

—Ajá.

—O sea, que a lo mejor quieres continuar.

—Bien. En cualquier caso, yo iba a pasarlo por alto todo; la única razón por la que he leído toda la entrada es porque me interesaba el tema: el nacimiento de la bomba, Hiroshima, Nagasaki. Pero de pronto me he imaginado yo qué coño sé y he mirado el Proyecto Manhattan... he anotado todos los nombres de los que trabajaban en Los Álamos, y sin más ni más los he comparado con la lista de Littleton Flats.

Nate había llegado a ese momento... en que sale el conejo del sombrero, lo roto en veinte trozos aparece entero, la mujer desaparecida vuelve al escenario.

—¿Y qué consigo, eh? —dijo Nate—. He dado con diez. Diez jodidas dianas.

—¿Has visto esta camioneta que está dando vueltas a nuestro alrededor, Nate?

—¿Cómo? ¿Qué camioneta?

—Es igual. Sigue —dije, aunque sentí un repentino nudo en el estómago. Me apoyé en el letrero de «Reparto gratuito» colocado en la ventana del Foo Yang.

—¿Que és eso de sigue? Te lo acabo de decir: diez dianas. ¿No lo entiendes? Littleton Flats estaba lleno de esos pequeños genios nucleares. Experimentadores, teóricos, ingenieros. Por eso el instituto podía tener chicos que compitieran por un premio Westinghouse. Imagínate sus proyectos científicos: «En la clase de hoy Susie Timmerman va a dividir el átomo.» Justo al lado de ese pobre chaval de La Jolla que construyó una radio de onda corta a partir de una caja de puros. Era como tener el Instituto Bronx de Ciencias donde Cristo perdió el zapato. Puñetero instituto... era como tener otro *MIT*. Increíble de todas todas.

—Sí —dije, empezando a entender algo. A ver algo—. Un trabajo fantástico, Nate. En serio.

—Vale —dijo—. Entonces, ¿por qué diez genios nucleares, probablemente más de diez, porque vete a saber cuántos no han aparecido al hacer las remisiones, por qué todos esos tipos de la bomba A de primera categoría vivían en una insignificante ciudad dedicada a la electricidad generada por una represa?

Iba a contestarle, a recitar lo que cualquier periodista legítimo debería saberse de memoria: que cuando damos por supuesto, la hemos jodido. Que dimos por supuesto que Littleton Flats era sólo una ciudad de trabajadores de la represa y nos equivocamos. Que quizá deberíamos dejar de dar por sentado algo más.

Que era sólo una represa.

Un fuerte sonido reventó el silencio.

Nate el Patín también lo oyó. Se volvió y se agachó instintivamente.

—¿Qué hostias ha sido eso? —dijo con tono perfectamente normal.

«La camioneta de reparto —iba a decir yo—. La que te he mencionado antes.» Un destello azul desapareciendo calle abajo.

Pero yo tenía las manos llenas de sangre, como si hubiera estado pintando con los dedos.

Y Nate estaba mirando mis manos ensangrentadas con una mirada de preocupación y sobresalto, como a punto de decir «¿estás bien?», alcancé a ver las palabras formándose en sus labios.

No era yo el que tenía que preocuparme.

Nate se desplomó en el suelo y se quedó mirando al cielo con ojos escrupulosamente muertos.

Oí a Norma gritar a lo lejos.

34

Sacaron la bala del muro de mampostería de Foo Yang, la bala que por lo visto había atravesado la caja torácica de Nate y había salido por el otro lado, sin darle a la hija de trece años de Foo Yang por unos quince infinitesimales centímetros, aproximadamente.

Con todo, Nate no había muerto. Parecía peor de lo que estaba en realidad.

Toda aquella sangre.

Lo llevaron al Hospital General Pat Brown, donde contuvieron la hemorragia, le suturaron la herida, le realizaron dos transfusiones, y lo dejaron descansando cómodamente en la UCI.

Iba a recuperarse, nos dijo a Norma, a Hinch y a mí un médico indio llamado Plith.

Cuando llevaron a Nate en camilla, Hinch estaba velando en la planta de oncología. De nosotros tres, parecía el más tranquilo: desde luego, un interno herido no provocaba la misma intensidad emocional que una esposa moribunda.

Por alguna razón fui elegido para llamar a la mamá divorciada de Nate a Rancho Mirage y darle la noticia; decidí empezar por el halagüeño pronóstico y avanzar hacia atrás hasta el disparo.

Después de apuntar el nombre del hospital —ella se pondría en camino en cuanto colgara—, me preguntó quién diablos querría matar a su hijo.

—No lo sé —mentí.

Permanecí un rato fuera del pabellón principal con el sheriff Swenson analizando la cuestión.

Esta vez me trató como si fuera un testigo genuino y no un embustero convicto. Anotó mi descripción de lo sucedido: la camioneta azul dando vueltas —yo la había visto, aquel ruido espantoso, como el reventón de un neumático—; Nate desplomándose de pronto.

Ya era hora de hablarle al sheriff de Santa Monica... de todo. Habían disparado sobre alguien.

Empecé por Sam Savage. Expliqué lo de la página web y el fontanero y aquella mañana en la autopista 45.

—¿Un actor? —dijo.

Parecía aceptablemente incrédulo.

—Sí —dije—. El fontanero ya no entra en las casas por la fuerza. Contrata actores en paro para hacer *reality shows* en la autopista 45. Incinera personas.

Entonces le dije quién creía yo que había sido incinerado.

Benjy Washington.

Fue cuando se le pusieron los ojos vidriosos. Esa mirada.

—¿Cómo? —dijo.

Le hablé de la nota en el marco de la foto de Belinda Washington.

—¿El chico que murió en la inundación? ¿Está hablando de él? ¿De un niño muerto?

—Ya no es ningún niño. Y no creo que esté muerto. Llamó a su ayudante, ¿recuerda?

—Oh, por Dios, Lucas... fue una travesura de alguien.

—El doctor Futillo dijo que era el cuerpo de una persona negra. Ese día, todo el accidente fue una coreografía.

Swenson suspiró y meneó la cabeza.

—Entiendo. Muy bien... sólo por curiosidad. ¿Por qué? ¿Por qué fue una coreografía?

—Aún no lo sé. Creo que tiene algo que ver con la ciudad. Con Littleton Flats.

—Littleton Flats. Muy bien.

Se puso en pie y cerró la libreta.

—¿Tiene el número de ese actor, Lucas?

Yo estaba todavía en el hospital cuando apareció la madre de Nate.

El doctor Plith había dicho que nos fuéramos a casa; Nate aún dormiría varias horas, pero yo era el responsable de que él estuviera allí. «Tocado», me había susurrado el fontanero aquel día en el sótano, pero la bala había sido para Nate. ¿Cuál es actualmente la expresión de moda del gobierno? «Daños colaterales.» Se reduce el asesinato a un término más adecuado para la destrucción de propiedades, más aceptable para un público al que le gusta ver la sangre en el Cineplex.

La madre de Nate parecía que había venido corriendo desde Rancho Mirage. Estaba colorada y sudorosa, en peligro de tener que recibir ella también atención médica.

Oí que preguntaba a la enfermera jefe por su hijo —Nathaniel Cohen—, apenas capaz de articular el nombre entre jadeos.

—Señora Cohen —dije acercándome a ella—. Soy Tom Valle... del periódico. Lamento muchísimo lo ocurrido.

Seguramente tomó mis disculpas como la preocupada empatía de un compañero y no como la declaración de culpabilidad de la persona que había puesto directamente a su hijo en el punto de mira de alguien.

«Cuando vi la camioneta dando vueltas así... ¿por qué no entré?»

Ella se me acercó como a cámara lenta, y luego casi se desplomó en mis brazos, y yo la sostuve con torpeza, ofreciéndole algo entre un abrazo real y un punto de apoyo. Esa extraña tendencia de las personas desconsoladas a buscar consuelo físico en absolutos desconocidos.

Por fin ella se apartó, reponiéndose como si estuviera recogiendo sus emociones derramadas por el suelo y las guardara otra vez en su sitio.

—Lo siento... —dijo—. Es que... Dios...

—No se preocupe —dije, consciente de la incómoda mancha húmeda que ella había dejado en el centro de mi pecho—. Ha de ser terrible enterarte de algo así. Además por teléfono. La buena noticia es que, según el doctor Plith...

—¿Doctor Plith? —Repitió el nombre como si no lo hubiera oído bien—. ¿Qué clase de nombre es Plith? ¿Es un buen médico? Es que aquí no sé nada de nadie.

—Creo que es indio. Parece muy competente.

—Vale, muy bien. —La mujer se llevó las manos a la cara y las dejó allí unos instantes, como si estuviera murmurando una oración.

—El médico dice que Nate se va a recuperar. Ha tenido mucha suerte. La bala le ha atravesado la caja torácica... dejando intactas las arterias principales.

Ella asentía todo el rato con la cabeza, arriba y abajo, absorbiendo las noticias a grandes tragos.

—¿Puedo verle?

—No lo sé. Creo que todavía está inconsciente. Tendrá que preguntárselo al médico. Pero claro, siendo usted de la familia, quizá...

No me dejó acabar; salió disparada tras el primer destello de verde hospital, una enfermera de urgencias que llevaba a un paciente en silla de ruedas a la UCI.

Esperé.

Había unas cuantas revistas sobre una mesa de madera. Un número reciente de *Time*, una vieja *People* sin media portada: unos recién casados Brad Pitt y Jennifer Aniston totalmente rotos por el medio, con lo que a Aniston sólo le quedaba el brazo izquierdo extendiéndose de una manera extraña. Alguien que quiso poner las cosas en su sitio. La hojeé sin leerla realmente.

Estaba haciendo otra cosa.

Llevando un lápiz imaginario de un punto a otro punto a otro punto.

«A mi entender, nuestro fallecido era negro.»

«Es que fue algo un poco extraño... una casualidad. Alguien llamó a uno de mis ayudantes...»

«El coche ya estaba ardiendo. Dijo que estaba vacío.»

«Dispuestos a actuar en formatos no tradicionales.»

«He dado con diez. Diez jodidas dianas.»

Éste es el contorno. Ahora miradlo y decid qué es.

Decidlo.

«¿Qué estás dibujando?», me preguntó la guapa camarera que

siempre nos daba a Jimmy y a mí una porción extra de tortitas. Que a veces nos alborotaba el pelo y se apoyaba en la mesa con ambos codos y podíamos oler su perfume, como las flores aplastadas que mi mamá solía poner entre las páginas de los libros.

«Una ballena —dije—. Un pulpo. Un elefante.»

Ella se rio.

«Un elefante aquí en el comedor... vaya, mejor que llame al zoo.»

Yo también reí y sonreí, y noté que me ruborizaba. Como si fuera cómplice de todo; aunque no lo era.

Es difícil decir qué sabe y qué no sabe un niño; ¿no es eso lo que descubrió Bailey Kindlon?

¿Fue ésa mi primera mentira?

¿Que ella era sólo una camarera que nos escogió a nosotros, de entre todos los niños del comedor, como receptores de sus especiales sonrisas?

¿Por qué mi mamá no venía nunca con nosotros a desayunar al Acropolis Diner?

¿O sí lo hizo... una vez?

Si me esforzaba lo suficiente, lo recordaría.

Los cuatro sentados en un reservado rojo, una familia desdichada, sólo que no éramos tan desdichados, no tanto como lo íbamos a ser. Todavía no. Pero ¿no había cierta frialdad cuando mi mamá devolvió la carta a la camarera que nos había tomado nota, la camarera que me preguntaba qué dibujaba, qué animal fabuloso estaba haciendo aparecer esta vez? ¿Y entendía yo por qué mi mamá no le devolvía la sonrisa, por qué no la adoraba en su esplendoroso altar igual que hacíamos nosotros, Jimmy, papá y yo?

También recordaba otra cosa.

A mi mamá llamándola bruscamente, a esa camarera —«Lillian», decía su chapa, como la flor, como un Lirio—, después de que ya hubieran llegado mis tortitas y yo hubiera vertido sobre ellas una botella de sirope de arce. A mamá retirándome de pronto el plato y llamándola.

«¡Estas tortitas están frías! ¿Cómo puede servir a sus clientes comida fría! ¡Es vergonzoso...! ¿Me oye? ¡Vergonzoso! ¡No tiene usted vergüenza!»

Haciendo lo que las mamás no deben hacer, salvo cuando reciben flores, tal vez, o cuando ven algo triste en la televisión.

Llorar.

Gruesas lágrimas bajándole por las mejillas mientras el comedor se volvía silencioso como si todas las máquinas de discos se hubieran desconectado de golpe; y aprendí que uno no podía morir realmente de vergüenza.

Después de esa mañana, sólo quedamos Jimmy, papá y yo.

Cada domingo, sólo los tres.

Hasta que él se marchó.

Y yo sabía que no estábamos sólo los tres —sabía que estábamos los tres más otro—... jamás lo susurré en voz alta.

Ni siquiera cuando acabamos siendo sólo los dos.

Oí el ruido de la puerta de la UCI al abrirse, olí el ligero olor a sangre y alcohol.

Salió un cirujano a grandes zancadas, con el andar resuelto del todopoderoso que aún tiene milagros que realizar. Se quitó la mascarilla, con la que se limpió la pátina de sudor que le cubría la frente.

Me recordó algo.

La otra cosa que debía verificar: la cosa del antepecho de la conciencia que debía engatusar para hacerla entrar. Lo que estaba intentando recordar cuando Nate me dio un golpecito en el hombro y dijo: «Lo de los premios de ciencias. Ya sé por qué.»

Desde luego.

35

—*Aquí están mis notas* —*le dije*—. *¿Cuál es el problema?*

Me encontraba en el despacho que tenía grabada en la puerta «Jefe de Redacción». Él estaba inclinado sobre la mesa, como si estuviera durmiendo. Bajo los ojos no tenía bolsas sino maletas repletas.

—*El médico que cometió un atentado contra una clínica abortista* —*dijo*—. *Dices que hizo su internado de pediatría en St. Alban's, un hospital de Mizzolou, Missouri. Eso es lo que dice tu artículo.*

—*¿Sí?* —*Me había preparado para mantener la calma, para parecer incluso algo ofendido.*

—*Acaba de llamar un portavoz de St. Alban's. Pese a su evidente deseo de marcar distancias con un fanático religioso y un posible asesino, ha jurado sobre un montón de biblias presbiterianas que no hacen internados de pediatría... desde luego no en los años que tú mencionas. Así que tenemos un problema.*

—*No creo que yo mencionara los años en que hizo el internado.*

Bien, un leve toque de irritación, como si él me estuviera impidiendo hacer mi verdadero trabajo, que era escribir a toda prisa mi siguiente artículo y no dar cuentas de imperfecciones sin importancia.

—*No, ya sé que no lo hiciste, Tom. Pero sí mencionabas su edad: cuarenta y tres años. Que más o menos viene a decir cuándo realizó el internado, año arriba, año abajo.*

—*Vale. Bueno, quizá tardó un poco más en llegar a doctor.*

Lo siento... no me dijo cuándo hizo su internado. Yo estaba muy contento de que me dijera dónde. Quiero decir, creo que metió un poco la pata al decirme eso... pues el acuerdo era anonimato o nada.

Él tenía un clip desenredado entre los dientes. Comido casi hasta la mitad.

—Naturalmente, ahora que lo mencionas —dije—, quizá me dijo que el internado había sido en St. Alban's para despistarme. Seguramente no tenía que haberlo incluido en el artículo.

—¿Tienes tus notas, Tom?

—Aquí mismo.

—Bien.

Me incliné, las dejé sobre la mesa y busqué en el bloc la segunda página.

—Aquí —dije señalando el nombre del hospital—. Mira... esto es lo que me dijo. St. Alban's. Internado. A lo mejor tenía que haberle llevado por ahí, pero, ya sabes, de algún modo yo estaba aguantando la respiración al ver que me contaba tantas cosas.

Él miró atentamente mis notas, pasando el dedo por la tinta como un ciego leyendo Braille.

—¿Cuándo le entrevistaste, Tom?

—Oh... vamos a ver... ajá, el cinco de marzo —dije señalando la fecha en la parte superior de la página, que había garabateado la noche anterior, justo después de haber entrevistado mentalmente al médico imaginario... reunión de Tom Valle con el doctor Anónimo, pasando mi artículo a notas escrupulosamente ordenadas capaces de superar sin novedad los traicioneros bancos de arena de los comprobadores de hechos, los linces de las leyes y los directores cada vez más suspicaces.

—Es extraño, Tom.

—¿Por qué?

—El cinco de marzo. El cinco de marzo estabas en Florida. Lo recuerdo porque yo cumplí cincuenta y cinco años el día antes, y tú llamaste para felicitarme. Estabas en Boca Ratón haciendo una crónica sobre complejos habitacionales para jubilados. Era el cinco de marzo, Tom... Estoy seguro. ¿No dices que entrevistaste al médico en Michigan?

—Eh... ¿qué... qué me estás preguntando?

—Te estoy preguntando cuándo entrevistaste al médico. Tenemos a un portavoz de St. Alban's hecho una furia y hablando de poner un pleito y debo conocer los hechos. Bien... ¿cuándo entrevistaste al médico?

—Bueno... déjame ver... ya sabes, fue más de una vez, claro. Hablé con él por teléfono y luego nos vimos en Michigan.

—Dijiste que te habías encontrado con el médico en un campo abandonado, en las ruinas de cierta ciudad fronteriza destruida por un incendio. Fuiste para allá, y él apareció en un coche distinto... ¿es así?

—Sí... así es. Tal vez... sí, puede que estas notas sean de mi llamada telefónica. Sí, ahora que lo dices, será eso. Probablemente lo llamé desde Florida.

—Muy bien, Tom. Utilizaste tu móvil, supongo.

—¿Mi móvil?

—Tu móvil, Tom. Supongo que llamaste a Michigan con el móvil. Si es preciso, podemos conseguir las grabaciones telefónicas y demostrar que el cinco de marzo llamaste a Michigan desde Florida.

—¿Demostrar a quién?

—Tom, si acabamos ante un tribunal, quizá tengamos que citar a mucha gente.

—Muy bien. Evidentemente el médico me dijo el hospital equivocado. Ten en cuenta que el acuerdo pasaba por el anonimato, ni siquiera me dijo dónde vivía ni dónde había nacido. Sólo anagramas, ¿recuerdas? Tenía que haber puesto la antena. Me dijo el hospital equivocado y esperó que yo lo pusiera en el artículo, y yo, como un estúpido, lo puse. Me utilizó, la próxima vez iré con más cuidado.

—No estoy hablando de ningún hospital equivocado, Tom. Te he preguntado cuándo entrevistaste al médico y me has dicho el cinco de marzo; pero el cinco de marzo estabas en Florida, y ahora resulta que lo llamaste desde allí y realizaste la entrevista por teléfono.

—Lo conocí en persona... Me senté frente a él. Igual que estamos ahora tú y yo. Simplemente no me acordaba de que habíamos hablado primero por teléfono. La entrevista... constó de varias conversaciones.

—Bien. Comprendido. Cuando llamaste al médico el cinco de marzo desde Boca Ratón y llevaste a cabo la primera de muchas entrevistas, lo llamaste por el móvil. Era una llamada de larga distancia. Te encontrabas en Florida; supongo que utilizarías el móvil para que el hotel no te clavara. Estoy intentando aclarar los hechos, Tom.

—A ver, déjame pensar un momento. Vale. Deja que... mira, creo que le llamé desde una cabina.

Se sacó el clip de la boca y lo dejó cuidadosamente delante, en la mesa.

—¿Lo llamaste desde una cabina?

—Sí.

—¿Por qué hiciste eso? ¿Por qué lo llamaste desde una cabina?

—Es así como él lo quería. Lo había olvidado. Era un tipo muy reservado, evidentemente. Todo aquello del anagrama, para reunirnos donde nadie pudiera vernos. Él aún no sabía si podía confiar en mí. No quería que yo pudiera saber el número desde el que me iba a llamar.

—Pensaba que lo habías llamado tú. Has dicho que lo llamaste desde una cabina.

—Perdón, he cometido un error sintáctico.

—¿Un error sintáctico? ¿Lo llamaste tú o te llamó él?

—Ya te lo he dicho. Me llamó él.

—¿Cómo supo él el número de una cabina de Florida?

—Le mandé el número por e-mail. Yo tenía que esperar su llamada en la cabina cierto día a cierta hora.

—¿Le mandaste el número por e-mail?

—Mira, no recuerdo exactamente cómo sucedió. Quiero decir, yo estaba escribiendo dos artículos a la vez, tú mismo lo has dicho, estaba allí abajo con la crónica de los jubilados, así que puedes entender por qué se me había olvidado lo de la cabina. No me acordaba, eso es todo. Por eso tengo mis notas.

—Sí, Tom —dijo—. Tú siempre tienes tus notas.

Las había dejado en la oficina.

Mis notas sobre el viaje a Littleton Flats.

Las miré... mi entrevista con el médico del ejército.

«Te encontraste con el médico en un campo abandonado, en las ruinas de cierta ciudad fronteriza destruida por un incendio.»

Me había encontrado con el médico del ejército en las ruinas de otra ciudad destruida. Ésta destruida por una inundación, no por el fuego, aunque ambas eran armas de castigo bíblico.

Extraño.

Cómo los ecos de mi pasado de falsedades reaparecían una y otra vez ante mí.

Sam Savage, reviviendo de pronto una historia pasada, una experiencia psicodélica sobre actores sin trabajo que se dedican al timo.

Otra exclusiva en la visión retrospectiva de Valle, disponible online para todo aquel a quien le gusten las noticias impublicables.

Y más... algo que no había cuadrado antes porque era una cosa huérfana, sin contexto. La noche que perseguí la camioneta del fontanero y de repente fui yo el perseguido.

Cuando él me golpeó el parachoques una y otra vez, como si estuviera, bueno... jugando al pillapilla.

Si uno mira bajo la M, modas peligrosas, encontrará otra primicia de Valle sobre un fenómeno no denunciado que se extendía por todos los estados: el autopillapilla, coches chocando unos con otros sin parar hasta que el perdedor arde como James Dean. Surgido todo de los lugares más recónditos de mi imaginación ferviente y cada vez más cerval.

¿Y qué hace uno cuando toca a otro en el pillapilla? ¿Qué le susurra?

«Tocado.»

Eso.

¿Qué estaba pasando?

Muy bien, sé un reportero. Uno de verdad que respeta la verdad y tiene los medios para encontrarla. Ordena los hechos, ata los cabos, saca conclusiones. Resuélvelo.

¿Qué era real y qué no lo era?

Sam Savage era real. Había derramado lágrimas reales ante un ginger ale real mientras su novia —o ex novia, quién sabe ahora mismo— le fulminaba con una mirada real a través de la mesa.

Y Herman Wentworth también.

Real.

Más adelante soñé con la ciudad: los hombres paseando por la calle principal luciendo sombreros de fieltro con ala curva, el olor a jarabe y tortitas de arándanos llegando desde el Littleton Flats Café. Evoqué la ciudad, pero no a él.

Ese día, él apareció en medio del desierto con su americana azul y sus brillantes zapatos negros y me contó que cincuenta años atrás pasó por una pequeña ciudad camino de San Diego.

Era un médico del ejército que había estado por casi todo el mundo.

Pero había empezado en Japón, un recluta novato recién desembarcado que podía recitar de memoria el juramento hipocrático.

El miembro más reciente del batallón médico 499.

Eso también era real.

Había otra cosa en ese antepecho que había que hacer entrar.

Yo había oído hablar antes de ese batallón.

36

El sheriff llamó por la mañana y me preguntó si por favor podía ir a la comisaría.

Yo estaba en la cama, aunque ya debería haber estado duchado, afeitado y en marcha. Tenía una excusa. Había estado levantado delante del ordenador hasta las tres de la madrugada. Desenterrando el pasado, leyendo informes sobre la Ley de Libertad de Información; concretamente, los que se publicaron en 1994 y provocaron que el responsable del Departamento de Energía bajo el mandato de Clinton pidiera públicamente perdón por lo sucedido cuatro décadas antes.

—¿No dicen siempre ustedes «quiero que baje al centro»? —le dije.

—Técnicamente es el norte de la ciudad, la parte residencial.

—Muy bien. ¿Quiere que suba al norte?

—Cuando esté aquí, se lo explico. ¿Qué le parece?

Cuando entré en la oficina del sheriff, casí atropellé a una ayudante que llevaba tres tazas de café Starbucks precariamente colocadas una encima de otra.

Le pedí perdón, y ella me dijo:

—Si lo derramas, lo pagas.

El sheriff Swenson estaba en su postura habitual, reclinado en la silla con los pies sobre la mesa. Sentada frente a él había una persona que no se hallaba en su postura habitual. Hinch.

Hinch estaba allí.

No le comenté nada al sheriff sobre el excremento seco que llevaba pegado a la suela de la bota izquierda. Quizá por eso le vi esa vaga expresión de asco cuando me senté.

—Hola, Lucas.

Quizá no era por eso.

—Hola —dije, y luego me volví para decirle hola a Hinch.

Hinch respondió a mi saludo moviendo levemente la cabeza. Esos días parecía más pequeño, como si estuviera encogiendo por la pena.

—Dada la gravedad de la situación he pensado que Hinch tenía que estar presente —dijo el sheriff Swenson.

—¿La gravedad de qué situación? ¿Se refiere al balazo que recibió Nate?

—Sí, que le disparen a uno es un asunto serio, ¿no le parece?

—Desde luego.

—Fantástico. Estamos de acuerdo.

—Así, ¿qué pasa?

—Tal vez usted pueda explicármelo, Lucas.

Eché una mirada a Hinch —en busca de apoyo, reconocimiento, alguna pista—, pero él parecía estar presente y ausente al mismo tiempo. Me volví hacia el sheriff.

—No entiendo. Le he contado todo lo que sé.

—Todo lo que sabe, ¿eh? —No parecía muy convencido. Sonaba más o menos como el día que lo conocí, cuando bajó la ventanilla y dijo: «Antes se coge a un mentiroso que a un cojo.»

—¿Qué quiere saber exactamente de lo que cree que no le he contado?

—Bueno, ahora que lo dice... No tenemos el informe del laboratorio sobre la bala. Todavía no, naturalmente... pero nuestro experto residente en balística está prácticamente seguro de que sabe con qué arma fue disparada.

—Fantástico. ¿Quién es su experto en balística?

—Pues yo mismo. Ésta es una ciudad pequeña, Lucas. Realizamos diversas tareas a la vez. Si tuviera que conjeturar, diría que fue con una Smith & Wesson. A 38.

Tardé un segundo en comprender por qué aquello me sonaba tremendamente familiar, y en que el sheriff Swenson sabía que así iba a sonar.

—Fui a la tienda de Teddy —prosiguió—. Le pregunté si últimamente había vendido alguna 38, ¿y sabe qué me dijo? Que no. Al principio. Luego cambió su relato. Resulta que sí vendió una 38. Sólo que la persona a la que se la vendió tenía prohibido la tenencia de armas. Estaba en libertad condicional. Pero ya sabe usted cómo es Teddy en lo tocante a las leyes federales sobre las armas.

Noté que Hinch se volvía para mirarme.

—Sí, muy bien. Compré una pistola. Me seguía alguien, y estaba preocupado. Al parecer, con motivo.

—Ajá. Me gustaría pedirle que me dejara ver esa arma. Me gustaría pedirle que fuera tan amable de dejarme acompañarle a su casa y quedarme con el arma. Puede negarse, naturalmente.

—¿Qué está insinuando, sheriff? ¿Que disparé sobre mí mismo? ¿Que casi mato a mi interno?

—Eso sonaría como uno de sus artículos. Sería bastante improbable. De todos modos, me gustaría echar un vistazo a la pistola. Si es tan amable.

Iba a hablar largo y tendido sobre mis derechos como ciudadano.

«Consiga una orden judicial», iba a decir.

—Creo que deberíamos dejar que el sheriff vea el arma. —Por fin Hinch hizo notar su presencia.

Había utilizado el tranquilizador «deberíamos»: reportero y director juntos en ello, uno junto a otro, en las duras y en las maduras, codo con codo contra el rodillo de la intromisión de los funcionarios. Sólo que ahora él estaba de parte de los funcionarios.

—Claro —dije, ruborizándome—. Bien. No hay problema.

—Gracias, Lucas —dijo Swenson—. Otra cosa. Llamé al número que usted me dio. El de Sam Savage. Está dado de baja. Y la obra que mencionó ya no se representa. Y la novia, ¿Trudy?, dice que no sabe de quién le estoy hablando.

Vale, todo archiconocido. Otra vez en Nueva York. Yo estaba amontonando estiércol desesperadamente mientras ellos arrugaban la nariz ante el olor. Menos mal que esta vez yo era genuino; legítimo.

«La legitimidad no tiene que ver con estar, Tom. La tienes o no la tienes.»

—Mire, le dije a Sam que a la persona que lo había contratado quizá no le gustaría que él anduviera por ahí. Estará escondido en algún sitio. Su novia le está protegiendo. Yo haría lo mismo.

—¿Usted haría lo mismo, eh?

—No soy un criminal, sheriff. Sino un reportero. Fui a hacer la cobertura de ese accidente de la 45. Yo. ¿Recuerda? Usted estaba allí. Las dos personas implicadas en el choque han resultado ser otras. Eso sí es curioso. —Me volví a medias hacia Hinch para hablar dirigiéndome a los dos, dejando que Hinch se enterase del asunto en el que yo andaba metido... algo, vale, que tenía que haber hecho antes. La ficción de Ed Crannell, un puto actor. Dennis Flaherty vivito y coleando y tomando antipsicóticos en Iowa.

—Eso dice usted —señaló Swenson.

—Adelante, busque a Ed Crannell en Cleveland. Buena suerte; yo ya lo intenté. Luego vea ese cartel de la obra. *El embarcadero*. Sam Savage, segundo actor, allí tiene su foto. Y luego dígame cómo disparé sobre mí mismo.

—Ya se lo he dicho. No creo que usted se disparara. No estaba sosteniendo el arma, ¿verdad? Por supuesto pudo habérsela dado a otra persona para que le disparase. Y quizá la persona esa la cagó y le dio al chico.

—¿Por qué demonios haría yo algo así? ¿Por qué iba a querer yo que alguien me disparara? Es una locura delirante.

—Sí. Como inventarse cincuenta y seis reportajes en un periódico. ¿Qué opinó su psiquiatra al respecto?

Yo esperaba que Hinch saltara y respaldara a su reportero tal como ha de hacer un director, que le dijera al sheriff que no le consentía ese interrogatorio. Que se negaba a quedarse cruzado de brazos mientras uno de sus reporteros era acusado de cosas ridículas y que los dos nos levantábamos y nos íbamos.

De su lado del despacho venía un silencio ensordecedor.

—Ese tipo me atacó —dije—. En mi sótano. ¿Recuerda? Vine

aquí a presentar una denuncia, y usted me dijo que el indivi-
duo en cuestión estaba efectuando allanamientos con un equipo
de fontanero. O sea, que yo no era la única víctima de un robo,
¿verdad?

—Entrar en las casas es una cosa —dijo el sheriff—. Pero todo
lo demás... fingir un accidente... contratar actores... No voy siquiera a meterme ahí...

Lo intenté. Miré directamente a Hinch.

—Tenía que haberte contado algo de esto, Hinch, pero primero quería cuadrarlo. Sé que suena todo un poco extraño, así
que preferí asegurarme de que las cosas encajaban...

—Vamos a buscar el arma, Tom —dijo en voz baja—. Vaya-
mos juntos a tu casa y que el sheriff se lleve el arma, ¿de acuerdo?

De acuerdo.

Admitiré ahora mismo que nadie se sorprendió cuando, después de llegar a mi casa alquilada —Hinch y yo en un coche y el
sheriff detrás en otro—, después de que el sheriff me siguiera escaleras arriba y viera cómo yo abría el cajón de mi mesita de noche y miraba como un tonto el sitio donde debía haber estado mi
pistola, después de que yo registrara a fondo ese cajón y el de
abajo, y de que luego revolviera el tocador, los armarios de la cocina, el cuarto de baño, el sótano entero y cada centímetro de mi
despacho, nadie se sorprendió, repito, de que el arma no estuviera.

Había desaparecido.

Hinch me dijo que sería una buena idea que me tomara unas
vacaciones.

Me aseguró que no era en ningún caso ninguna modalidad de
suspensión del contrato.

No.

Era sólo que estando pendiente la investigación del disparo
sobre Nate, y con las sospechas del sheriff respecto a mí —seguramente infundadas, aunque no estaría mal saber dónde estaba la
pistola—, y con Mary-Beth dispuesta a trabajar hasta el último
día, tenía sentido. «Míralo así —me dijo—. Si tienes razón, es que

un asesino loco va por ti. Seguramente una buena idea para mantenerlo alejado de la oficina.»

Claro que era una suspensión. Identificaba una suspensión en cuanto la veía.

Yo no sabía qué creía Hinch, pero sí en quién no.

Era por el arma.

La habría robado el fontanero, les dije... era evidente. Había entrado en la casa el día que le sorprendí in fraganti. Luego lo sorprendí intentándolo otra vez. Seguramente probaría una tercera.

Nadie pareció convencido.

Empecé a contarle a Hinch el resto.

Me paré en medio de la primera frase. Tuve que hacerlo. Él tenía la misma expresión que el sheriff. La misma expresión que el director al que yo había dejado colgado. Había demasiados ecos de historias pasadas. Ahora sonaban sólo ligeramente menos descabelladas que antes. Los actores, el médico del atentado que me mostraba anagramas en una ciudad en ruinas, incluso aquel soldado americano de fortuna que no paraba de usar su AK-47 por todo Afganistán.

¿Qué tenía realmente?, me pregunté.

Necesitaba hacerlo según las normas. Todo bien cosido, dobles fuentes, hechos comprobados, y el Sello de Aprobación del Buen Reportaje.

Se me estaba acabando el tiempo.

Era como una tormenta inminente. Puedes olerla. Hojas muertas que comienzan a revolotear como ventiladores en manos de nerviosas chicas sureñas, el aire que se vuelve húmedo, una humeante bruma que va ocultando el sol.

Se avecinaba un diluvio.

37

Había algo espeluznante en conducir a través de la noche hasta el otro lado.

Uno se incorpora a una especie de mundo de los espíritus que existe sólo cuando el mundo real duerme: poblado por conductores de camionetas hasta el culo de anfetas, cónyuges que huyen, vendedores solitarios, colegiales borrachos, todos intentando llegar a algún sitio antes del amanecer.

Me pregunté en qué categoría me encuadraba yo.

Me había marchado en medio de la noche tras pegar una nota en la nevera por si alguien comenzaba a preocuparse por mí. No se me ocurría quién podría ser ese alguien. Cuando llegara, llamaría a Norma. Iba a tardar un rato, porque estaba yendo a donde tenía que haber ido desde el principio.

Me había llevado cierto tiempo entender que la historia estaba ahí.

«Sigue el dinero», proclamaron en una ocasión las deidades gemelas del periodismo de investigación.

Yo lo estaba haciendo.

Estaba siguiendo la cartera.

No podía menos que imaginarme a un aturdido y drogado Dennis Flaherty saliendo de un campo de maíz y preguntando si eso era el cielo.

No, Dennis.

Es Iowa.

En algún lugar del desierto de Nevada paré en un Stop'n'Shop abierto las veinticuatro horas.

Era demasiado fácil ceder ante el ritmo monótono del movimiento ininterrumpido. Mi mente empezaba a divagar y a funcionar con el piloto automático.

Necesitaba urgentemente una dosis de azúcar.

Compré un paquete de Sno Balls rosas y lo abrí sin acabar de quitar el envoltorio.

Mastiqué mientras hojeaba unas postales estilo retro, todas con tal aspecto de Technicolor que parecían pintadas.

Hoover Dam.

El Las Vegas Strip.

Una foto de Sammy, Frank, Dino y Lawford en las Sands.

Después una clase diferente de arena, en otra parte de Nevada.

Y de pronto recordé por qué regresaba a Iowa y qué había estado haciendo toda la noche anterior. Desenterrando el pasado nocivo, esas cosas que has de hacer con la nariz tapada y los ojos medio apartados.

La verdad es que no sirve de mucho.

Aún hueles los lechos de los enfermos. Aún ves a los moribundos. ¿Cuál es el signo universal de la noble práctica de la medicina? Dos serpientes enroscadas en un caduceo alado.

Sólo que éstas se estaban estrangulando hasta la muerte.

Se estaban devorando a sí mismas.

«Yo no me quedaría mucho rato aquí —dijo Herman Wentworth—. Soy médico, recuerde.»

Iowa no parecía el cielo.

Parecía una tierra llana y marrón. El aire era sofocantemente húmedo, como si su mero peso aturdidor fuera responsable del aplanamiento del paisaje. Cruzaban el horizonte negras tubas que parecían plantas rodadoras.

Con tanta monotonía, me entró sueño. La verdad es que era difícil diferenciar una parte de Iowa de otra. Sólo las ciudades rompían la embrutecedora repetición, se esfumaron en cuestión de minutos. Luego otra vez a las olas ambarinas de cereal sin indicio alguno de la majestuosidad de las montañas purpúreas.

Me detuve en un área de descanso a echar una cabezada, y cuando desperté, un niño me hacía muecas desde el otro lado de la ventanilla.

Lo miré a mi vez hasta que apareció su padre y le dio un tremendo manotazo en el cogote. El chaval estaría acostumbrado; regresó al coche de la familia sin emitir un sonido.

Tardé un rato en ponerme en marcha.

Me notaba desorientado y aletargado; por el modo en que giraba el volante o pisaba el acelerador, era como si me moviera a cámara lenta,

Según el mapa, aún me quedaba al menos una hora.

Abrí la ventanilla del todo, para que el aire me despertara de un tortazo.

Cuando vi el letrero de Ketchum City no sentí ni felicidad ni alivio.

Sólo miedo.

La señora Flaherty pensaría que yo quería venderle algo.

Tardó un poco en abrir la puerta, y mientras lo hacía ya estaba diciendo que no necesitaba nada.

Ya vi por qué.

Ella tenía la peor caravana de un parque en ruinas, un vendedor habría tenido allí muy mala suerte.

Al interrumpirla para informarle de quién estaba allí, su conducta pasó del fastidio al verdadero afecto.

—Tom —dijo, como si yo fuera alguien a quien ella conociera desde hacía mucho tiempo—. ¿Qué está haciendo aquí?

—Quiero hablar con Dennis.

—¿Por qué no ha llamado? Ha venido desde California —dijo, como si eso fuera un segundo milagro... el primero, haberle devuelto a su hijo; ahora esto.

No me invitó a entrar. Comprendí que ella quería, sabía que eso es lo que uno hace cuando alguien llama a tu puerta, en especial si es alguien que ha estado conduciendo veintinueve horas seguidas. Le daba vergüenza el lugar donde vivía.

—Quería hablar con él personalmente, señora Flaherty.

—¿Por qué?

La mujer llevaba un vestido recto descolorido y sin forma. Tenía las piernas surcadas por telarañas de varices oscuras.

—Estoy intentando averiguar por qué alguien acabó en ese coche con la cartera de Dennis.

—Bueno, pero eso no importa mucho, ¿verdad? —dijo ella, adoptando un tono casi coqueto.

—Murió alguien. Me gustaría saber quién era.

—Bueno, ¿cómo va Dennis a saber eso?

—No sé. Tal vez no sepa nada. Pero a lo mejor me ayuda a averiguarlo.

Oí que alguien la llamaba desde el interior de la caravana.

—¿Es él? —pregunté.

Ella asintió.

—Dennis —dijo—. Sal. Está aquí Tom Valle.

Él salió a la puerta, cansado y con cara de sueño, en calzoncillos y lo que solía conocerse como camiseta imperio antes de que la corrección política acabara con la diversión. Su madre lo miró como si llevara frac y sombrero de copa.

—¿Quién es Tom Valle? —preguntó Dennis, como si yo no estuviera justo delante de él.

—Hablé contigo por teléfono —dije, pasando al tuteo—. ¿Te acuerdas, Dennis? Soy periodista.

—¿Eh?

—Te llamé para preguntarte por tu cartera.

—¿Eh?

—Aún está un poco grogui —dijo la señora Flaherty—. ¿Verdad, Dennis?

—Ajá —dijo—. ¿Cómo ha dicho que se llama?

—Tom. Tom Valle. Me gustaría hacerte unas preguntas.

—¿Sobre qué?

—Sobre dónde pudiste perder la cartera. Sobre quién pudo cogerla.

—¿Mi cartera?

—La cartera que fue robada. Que apareció en un coche con un cadáver.

Dennis aún se frotaba los ojos; parecía totalmente al margen, como alguien en un barco que se hunde.

—Hubo un accidente, Dennis. Se incendió un coche... había alguien dentro. Que tenía tu cartera. Pensamos que el muerto eras tú... tu mamá también lo pensaba. ¿Recuerdas?

La señora Flaherty extendió la mano y frotó el brazo de Dennis, como para asegurarse de que estaba realmente allí y no a dos metros bajo tierra.

—¿Mi cartera, eh?

Era como hablar con un viejo, quizá con el padre de Anna. Alguien que ha extraviado la mente.

—Si me da un minuto, le invitaré a entrar —dijo la señora Flaherty.

Se metió en la caravana, y oí el ruido de cosas trasladadas de un sitio a otro. Dennis se quedó en la puerta, mirándome con una cierta expresión de desconcierto. De la caravana de al lado salió un hombre que hizo un gesto en dirección a Dennis y luego se apoyó en un cubo de la basura y encendió un porro.

—Dijiste que en el hospital ya no tenías la cartera. ¿Estás seguro?

—¿El hospital?

—El hospital VA.

—Me dejaron salir, amigo.

—¿Te dieron oficialmente de alta?

—Me dejaron salir.

—Muy bien, Dennis.

La señora Flaherty reapareció en la puerta. Se había puesto una falda para la cual ella era veinte años demasiado vieja.

—Entre, Tom —dijo.

Cuando estuve dentro, inmediatamente me asaltó el astringente olor del producto de limpieza casero; el barato que usan en los hospitales. Ella había intentado ponerse un rápido maquillaje para causarme buena impresión.

No tenía que haberse tomado la molestia. Ty Pennington no habría sido capaz de hacer mucho con el lugar.

Parecía un refugio de la Agencia Federal de Gestión de Emergencias. En las paredes se veían regueros de agua amarilla. Un reliquia de nevera emitía un zumbido constante. La puerta mosquitera que tenía que separar la cocina de los dormitorios estaba colgando a medias de su guía metálica. Había una especie de mesa de cocina, pero el mantel de linóleo casi había desaparecido.

—Siéntese, Tom —dijo ella.

—Muy bien —dije. Hacía un calor insoportable... no había siquiera un ventilador para trasladar el aire fétido de una parte de la caravana a otra.

Dennis se había quedado prácticamente donde estaba; se limitó a girar el cuerpo para poder seguir mirándome como si yo fuera un extraterrestre que hubiera venido a desayunar.

—¿Quiere comer algo? —me preguntó la señora Flaherty, como si ella estuviera pensando lo mismo—. Después de tanto conducir tendrá hambre.

—No, gracias. He comido algo en el camino. —Aún notaba el rancio dulzor que horas después seguía pegado tercamente a mi lengua. Me volví hacia Dennis.

—Dijiste que antes de ir al hospital estuviste viviendo en las calles. ¿Qué calles?

—No sé.

—Sabrás en qué ciudad estabas.

—Eeeh... Detroit. Creo.

—Detroit. Estupendo. ¿Qué parte?

—Por el estadio.

—¿Qué estadio?

—El de béisbol.

—¿Comerica Park? ¿Donde juegan los Tigres?

—Ajá.

—Vale. ¿Cuánto tiempo estuviste allí?

—No sé.

—A ver, ¿un año? ¿Dos? ¿Tres?

—No estoy seguro.

—¿Cómo sobrevivías?... ¿Dónde comías?

—En el Marriot.

—¿Comías en un hotel?

—Detrás del Marriot. Donde tiraban la basura.

La señora Flaherty se llevó la mano a la boca para impedir que saliera algo. Probablemente no había preguntado a Dennis cómo era la vida en la calle, no había querido saber nada de eso.

—Muy bien, Dennis. ¿Allá en Detroit llevabas encima la cartera?

—Creo que sí. Es la hora de la pastilla, mamá.

—Ya te has tomado la pastilla, Dennis.

—No.

—Sí, hijo. Ya te la has tomado.

—¿Qué está tomando? —pregunté a la madre—. ¿Litio?

Ella se encogió de hombros.

—Muy bien, Dennis. O sea, que cuando estabas en Detroit, crees que tenías la cartera. Cuando vivías junto al Comerica Park.

Otra mirada inexpresiva.

—Pongamos que sí.

—Vale.

—¿Adónde fuiste después de Detroit? Tómate tu tiempo. Piénsalo.

—Seattle, quizá. Me parece.

—¿Cuánto tiempo estuviste en Seattle?

—Llovía mucho.

—Sí. ¿Cuánto tiempo estuviste allí, Dennis?

—No sé. Llovía mucho.

—¿Aún conservabas tu cartera? ¿En Seattle?

—Sí.

—¿Cómo lo sabes?

—La enseñé en el VA.

—¿Recuerdas eso? ¿Estás seguro? ¿Mostraste la cartera en la oficina del VA de Seattle?

—Mamá, necesito la pastilla.

—No, Dennis. Ya te la has tomado. Te la he dado esta mañana.

—Vale.

—Dennis —dije—. ¿Por qué enseñaste la cartera en el VA?

—Les enseñé mi tarjeta VA. Necesitaba ayuda.

—Así que te ingresaron en el hospital allí, en Seattle.

—No.

—Fuiste a un hospital VA, Dennis.

—Sí.

—En Seattle.

—No. Necesito la pastilla, mamá. Es la hora de la pastilla.

—Escucha, Dennis. Tu mamá dice que ya te ha dado la pastilla, ¿de acuerdo?

—De acuerdo.

—¿Dónde estaba el hospital VA, Dennis? El hospital al que fuiste.

—No sé.

—¿No estaba en Seattle? Fuiste a la oficina del VA de Seattle. Es lo que acabas de decirme. Necesitabas ayuda, es lo que has dicho.

—Sí.

—¿Qué pasó?

—Los ordenadores se estropearon. Estaba lloviendo.

—¿En Seattle no te ayudaron?

—No.

—Vale. Dennis, ¿dónde estaba el hospital? Estamos haciendo progresos... sabemos que en Seattle tenías la cartera. Que la sacaste y enseñaste tu tarjeta VA. Recuerdas haberlo hecho. ¿Dónde estaba el hospital? ¿Dónde fuiste después de Seattle?

Dennis estaba teniendo un bajón, moviendo los ojos semicerrados como un aficionado a la música absorto en su sinfonía preferida.

—Necesita echar un sueñecito —dijo la señora Flaherty—. Son las pastillas.

—¿Puedes permanecer despierto un poco más, Dennis?

—Estoy cansado.

—Sé que está cansado. Pero quizás puedas quedarte despierto unos minutos más. Tengo que averiguar el nombre de ese hospital.

—Estoy cansado. Voy a dormir la siesta, mamá.

—Muy bien, Dennis. —Ella pasó por mi lado rozándome y lo tomó del brazo y lo condujo a lo más recóndito de la caravana como si fuera ciego. Como si aún tuviera dos años y a media tarde ella aún le contara cuentos para que se durmiera. Quizá todo aquello no era tan triste como parecía. Ella había sido abandonada, a causa de muerte o divorcio; como su hijo había regresado, ahora tenía que ser madre otra vez. Tal vez mejor que la que había sido antes.

—Quizá debería usted irse —dijo la señora Flaherty cuando volvió a aparecer.

—¿Cuánto suele durar su siesta? —pregunté.

—Todas esas preguntas lo agotan. No está acostumbrado. ¿No sería mejor que usted se marchara?

—Necesito que él me diga de qué hospital se escapó. Creo que esperaré a que se despierte.

—¿Qué importancia tiene? ¿Qué más da qué hospital fuera?

Ella se sentó a la mesa de la cocina. Miró por la ventana mosquitera, que dejaba pasar el olor acre de los hierbajos.

—¿Le apetece un poco de café? —ofreció ella—. Es instantáneo... pero no está mal.

Después de despertarse, Dennis dio un paseo por el parque de caravanas.

Dentro de la caravana hacía un calor infernal, que en el exterior era sólo algo menos insoportable. El aire parecía una toalla mojada.

Dennis explicó que había estado en la Operación Tormenta del Desierto y que las sustancias petroquímicas del aire lo habían intoxicado.

—Sadam me mató, amigo.

—¿Te hicieron alguna revisión?

—¿Eh?

—De la intoxicación química.

—No creo. No tienen ni idea.

Dennis parecía algo más coherente después de haber dormido. La señora Flaherty decía que él tenía momentos así, cuando Dennis recuperaba la lucidez y era más o menos como había sido.

—¿Podemos hablar del hospital, Dennis?

—No sé.

—Creo que perdiste la cartera allí. A lo mejor te la robó alguien.

—Puede ser. Ese marine hijo de puta, tal vez.

—¿Quién era?

—Estaba chiflado —dijo Dennis, como si él estuviera en sus cabales—. Esos marines están como una puta cabra.

—¿Por qué piensas que pudo ser ese marine?

—No sé. Su mujer pasó de él. Cuando estaba destinado en el extranjero, amigo. Se libró de los niños.

—¿Ella mató a sus hijos?

—Así es. Los enterró en algún lugar junto a la Ruta 80. Luego se pegó un tiro en la maldita cabeza. Él desertó y estuvo buscando los cadáveres durante un año. No los encontró.

—¿Por qué crees que él te robó la cartera?

—No lo sé.

—Bueno, ¿por qué dices que fue él?

—Le enseñé la foto de mi hijo... en la cartera.

—Entonces allí tenías la cartera. A ver, Dennis... sabemos que la llevabas encima en el hospital VA.

—Ajá.

—Y le enseñaste una foto de tu hijo. ¿Cuántos años tiene tu hijo, Dennis?

—No lo sé. Ella no me deja verlo. La muy zorra.

Evidentemente se estaba refiriendo a la otra señora Flaherty, aquella a la que su madre ponía a parir en cuanto podía.

—¿Qué pasó cuando le enseñaste al marine la foto de tu cartera?

—Nada.

—Vale. Entonces, ¿por qué crees que él te la robó?

—No sé. A lo mejor quería la foto.

—¿Por qué querría la foto del hijo de otro?

—Es un puto loco... ya se lo he dicho.

—Bien, ¿seguía él allí cuando te fuiste?

—Seguro. Está loco.

—Entonces no fue él, Dennis. Tu cartera acabó en manos de alguien en California.

—No me diga.

—¿Era negro el marine?

—No.

—Vale. Olvidémonos del marine. Piensa en ello. Tenías la cartera y de pronto dejaste de tenerla. ¿Qué pasó?

Dennis se encogió de hombros.

—Me dejaron ir.

—Te largaste.

—Me dejaron ir.

—¿Cómo conseguiste las pastillas?

—¿Eh?

—La medicación. Te daban tu dosis cada día, ¿no?

—Afirmativo.

—Por tanto, ¿cómo conseguiste las pastillas, las que tienes aquí?

—Ah, eso.

—¿Cómo que «ah, eso»?

—Las requisé.

—Las robaste.

—Las necesito, amigo.

—¿Qué vas a hacer cuando se te acaben?

—¿Eh?

—Cuando se te acaben las pastillas, ¿dónde vas a conseguir más?

—Houston, tenemos un problema.

—¿Dónde estaba el hospital, Dennis?

—Es difícil de decir.

—Te acuerdas del marine.

—Afirmativo.

—Te acuerdas de que le enseñaste una foto de tu hijo, que guardabas en la cartera.

—Afirmativo.

—Dennis, ¿donde está el hospital?

—No lo sé.

Su mente jugaba al escondite conmigo. Quizás eran los fármacos, o las sustancias químicas de Irak, o acaso él estaba simplemente tan loco como el marine, buscando recuerdos en las laberínticas vías cerebrales igual que el marine buscaba a sus hijos muertos en la Ruta 80.

—Bueno, sabemos que no estaba en Seattle.

Pensé en llamar a todos los hospitales VA de América, pero los pacientes mentales federales tenían los datos personales protegidos, por lo que no albergaba muchas esperanzas de que me revelaran nada. En la mayoría de los hospitales mentales, los pacientes ni siquiera figuraban en el registro.

—¿Recuerdas en qué dirección fuiste tras abandonar Seattle? En todo caso, ¿cómo viajaste?

—A dedo, amigo.

—Hiciste autostop.

—Afirmativo.

—¿Recuerdas quién se paró?

—Un hombre.

—Sí, no creo que una mujer se hubiera parado para dejarte subir.

Habíamos llegado a un patio de recreo. No era gran cosa —dos columpios y un balancín—, pero había varios niños pequeños, suficientes para que algunos tuvieran que esperar turno. Unas cuantas madres, fumando un cigarrillo tras otro y con aspecto de viejas más allá de sus años, estaban en un lado, a distancia, observándolos con escaso interés.

—Al sur —dijo Dennis.

—¿Cómo?

—La dirección que tomé. Al sur. Al norte de Seattle ya no queda casi nada.

38

A Dennis le gustaba leer en voz alta las señales de tráfico.

«Dawsville. Salida 42. Un kilómetro.»

«Boise. Salida 59. Quinientos metros.»

«Obras en la carretera. Los siguientes quince kilómetros.»

Acabé acostumbrándome y al final dejé de mirar del todo las señales, pues tenía sentado a mi lado mi propio sistema humano de satélite OnStar.

Cuando entre las señales había una distancia de varios kilómetros, Dennis pasaba a leer las matrículas de los coches que pasaban.

«A65772G4.»

«M87GT2.»

Como compañero de viaje no era malo. Salvo por el casi continuo sonsonete, permanecía afablemente tranquilo y de vez en cuando incluso se quedaba dormido, aunque casi siempre se despertaba a tiempo de ver la siguiente alerta de tráfico.

Cuando puse un poco de música, me explicó que tiempo atrás había tocado la guitarra en una banda que estaba en la onda Metallica, e incluso cantó un par de estrofas de «St. Anger» en una imitación perfecta de James Hetfield.

Al sur de Seattle había cinco hospitales VA.

Si hacía falta, iríamos a visitarlos todos, uno por uno.

Dennis era mi guía. Como un ciego con anteojeras. Pero eso es lo que había.

Para meterlo en el coche también había tardado lo mío.

Él acababa de fugarse del hospital, donde no tenía especiales ganas de regresar. Cuando le dije lo que tenía en mente, la señora Flaherty me miró como si yo me hubiera vuelto tan loco como su hijo.

A Dennis se le estaban acabando los medicamentos, le dije. Eso era un hecho.

Él seguía estando claramente trastornado; otro hecho.

El que Dennis se hubiera escapado del pabellón psiquiátrico federal quizá no había sido lo más inteligente del mundo. Yo no sabía si haberse comprometido voluntariamente le absolvía de cualquier cosa... en todo caso, no iba a sacar el tema a relucir.

Le necesitaba.

Lo que convenció a ambos fueron los medicamentos. Ella no tenía dinero para psiquiatras. Era uno de los más o menos cuarenta millones de americanos sin seguro médico. Dennis necesitaba al ejército de EE.UU. si iba a seguir con su tratamiento de antipsicóticos.

El hospital era el mejor lugar para él; triste pero cierto.

Lo llevaría de regreso.

Si lo encontrábamos.

Llamé a Norma desde Dakota del Norte.

Eché mano nuevamente de mis menguantes recursos del Cajero Automático Permanente y pagué por dos habitaciones en el Motel Sioux Nation, que en el área de registro tenía un minicasino.

—Tengo malas noticias, Tom —dijo Norma—. Anoche murió Laura.

La esposa de Hinch.

Era una mala noticia, pero en el conjunto del universo no era la peor cosa que había oído recientemente. Estaba ese disparo desde la camioneta azul, por ejemplo.

—¿Cómo lo lleva Hinch? —pregunté.

Pese a la suspensión de mi contrato, Hinch siempre había sido bueno conmigo. Él me había dado una oportunidad cuando a nadie más en la faz de la tierra se le había ocurrido siquiera.

—Más o menos como cabía esperar. Ya conoces a Hinch... sabe Dios qué está realmente pensando casi todo el tiempo. Se lo guarda dentro. Estaban muy unidos.

—Sí. ¿Cómo está Nate?

—Bien. Como ayer tuvo una pequeña infección, le están dando antibióticos más fuertes. Está aquí su madre.

—Sí, ya lo sé. La vi en el hospital.

—No, quiero decir que está aquí. La estoy alojando en mi casa.

—Muy amable de tu parte, Norma.

—Es lo menos que puedo hacer por la pobre mujer. ¿Y dónde estás tú, Tom? Suenas lejos.

—En Dakota del Norte.

—¿Qué demonios estás haciendo tú en Dakota del Norte?

—Estamos buscando algo.

—¿Estamos? ¿Quiénes?

—Mi compañero de viaje y yo.

—¿Quién es él, Tom?

—El muerto en el accidente de la autopista 45.

—Me estás asustando, Tom, que lo sepas.

—Vale. No está realmente muerto. Aunque a veces lo parece.

Hubo un breve silencio —el único sonido llegaba de Las Cien Mejores Canciones de los 80 en la televisión del motel—. Iban por la veintidós: «Girls Just Want to Have Fun».

—Tom.

—Dime, Norma.

—Todo ese rollo del que hablas... he oído decir algo a Mary-Beth, que se lo ha oído a no sé quién..., no te lo estarás inventando, ¿verdad?

—No, Norma.

—Nunca te he preguntado al respecto, ya sabes... Nueva York y todo eso.

Ella no había preguntado. Durante mucho tiempo dudé de si lo sabía siquiera. No parecía leer los periódicos nacionales; por lo que sabía, yo no había llegado a salir en la revista *Us*.

—Entiendo.

—Pensé que si querías, ya hablarías de ello.

—Claro.

—Así, ¿quieres hablar de ello?

—La verdad es que no.

—Muy bien, Tom. Tú no le diste a nadie tu arma para que te disparara, ¿verdad?

—No, Norma.

—Sí, ya me pareció que sonaba a chifladura. Pero es lo que están diciendo.

—¿Están diciendo también por qué haría yo algo así?

—Para conseguir... credibilidad. ¿Es ésta la palabra? Pasar a ser el centro de atención.

—Pues entonces parece que ha surtido efecto.

—¿Eh? ¿Acabas de decir que no están equivocados?

—Alguien me robó el arma. Sólo quería hacer una gracia.

—Ja, ja.

—¿Puedes llamar a Sam Weitz y decirle que estoy fuera de la ciudad? Dile que volveré en una semana o así. Querrá saber por qué no voy a la bolera.

—Descuida. —Silencio—. Tom.

—Sí.

—¿Qué estáis buscando?

—Credibilidad, Norma. Lo que has dicho hace un momento.

Dennis tenía razón acerca de Seattle.

Cuando llegamos estaba lloviendo, un aguacero suave y continuo que formaba nubes de vapor sobre el asfalto.

Cruzamos el centro porque Dennis quería ver Safeco Field, donde jugaban los Mariners. En otro tiempo, Dennis había sido aficionado al béisbol, pero eso fue antes de que empezara a dolerle la cabeza al leer las clasificaciones. Sabía recitar de memoria las estadísticas de cada jugador. Quizá por eso había dormido a la sombra del estadio de Detroit tras acabar en la calle. Para sentir la nutriente presencia del pasatiempo americano.

Dejamos atrás los mercados y los restaurantes de pescado que bordeaban el agua y Safeco antes de tomar la autopista y poner rumbo al sur.

El primer hospital VA de nuestro itinerario estaba en la frontera entre Washington y Oregón, en la ciudad de Tellings, ciento cincuenta y nueve mil habitantes. Al menos eso es lo que Dennis leyó en el mapa.

—¿Te resulta familiar? —le pregunté.

—¿Eh?

—El nombre de la ciudad. Tellings. ¿Te suena?

—Ciento cincuenta y nueve mil habitantes —dijo.

—Vale. Pero te estoy preguntando si el nombre te dice algo, si a lo mejor estuviste aquí.

—No sé.

Dennis había empezado a darse manotazos en la cara aunque en realidad no había bichos. A veces susurraba cosas para sí, pero cuando le preguntaba qué había dicho, él me preguntaba de qué le estaba hablando.

Intenté imaginar qué les parecíamos a los automovilistas que pasaban.

Un destartalado Miata con el parachoques delantero de otro coche y en el asiento del pasajero un hombre que hablaba entre dientes cuando no estaba matando moscas imaginarias.

De pronto supe exactamente lo que parecíamos.

Lo que le parecíamos al menos a un conductor.

39

Había oscurecido casi sin que me diera cuenta.

Un minuto antes había luz suficiente para distinguir fácilmente las matrículas de los coches. Dennis había empezado a leerlas en vez de las señales de tráfico; ya no podía.

Tenía que inclinarse hacia delante y entrecerrar los ojos, ahora cada placa sumergida en charcos individuales de una asquerosa luz amarillenta.

—Más deprisa —dijo—. No leo el último número.

Le dije a Dennis que quizá sería mejor que descansara, a la larga era crispante aguantar la constante cantinela de números y letras, con el único alivio de ciertas matrículas personalizadas como SOY1CHULO o ATAKA2.

Dennis era ajeno a mis ruegos; no insistí, pues al menos eso lo mantenía ocupado.

M65LK1...

RLN895...

No estoy del todo seguro de cuándo se me ocurrió.

L983HT4...

K61MN0...

¿Os ha pasado alguna vez que empezáis a escuchar una canción en la radio sólo cuando la siguiente ya está sonando? La mente vaga por sus propios caminos, y la música lejana llega como procedente de una ventana abierta.

VML254...

HG54MT...

La letanía de matrículas de Dennis era una especie de música... constante, baja y rítmica. Una melodía a la que básicamente yo no prestaba atención.

QR327N9...

KL61WT...

En un momento dado comencé a oírla de verdad, cuando menos fui consciente de cierta secuencia.

MH92TV...

En esos números y letras había algo. Me sonaban, no sé, conocidos. Como si Dennis los hubiera murmurado ya antes, y bastante antes también.

MH92TV.

Unos veinte minutos atrás, quizá, luego algo después, y ahora.

MH92TV.

¿Y qué? En esa autopista había centenares de coches que iban en la misma dirección que nosotros, incluso concretamente a Tellings. Aunque intenté quitarme el canguelo de encima, sabía que había oído esos números veinte minutos antes.

Dennis había estado leyendo matrículas desde Iowa.

—Dennis... esta matrícula... ¿de qué coche es?

—¿Eh?

—MH92TV. ¿De qué coche?

Dennis parecía gratamente sorprendido de que algo ante lo que antes yo había manifestado mi fastidio ahora hubiera captado súbitamente mi atención. De coña.

—Por ahí —dijo.

—¿Por dónde?

—Ahí. —Hizo una señal hacia su izquierda inmediata, pero cuando aminoré la marcha para dejar que el Mitsubishi de nuestra izquierda nos adelantara un poco, vi que la matrícula ponía GAYSROCK.

—No es éste, Dennis.

Se encogió de hombros.

—No, éste no. Detrás de nosotros, creo.

—¿Detrás de nosotros? ¿Dónde? —Miré por los retrovisores, pero estaba oscuro como boca de lobo y sólo veía imprecisas formas desdibujadas por las luces de cruce.

—No sé, amigo. Quizás está delante.

—Vale. ¿Qué clase de coche es?

Yo sabía su respuesta antes de que él la dijera.

Yo era Karnak el Magnífico, la respuesta estaba impresa ya en mi frente, si bien rezaba para que fuera otra cosa, cualquier otro vehículo que hubiera en el mundo, en serio. Un Honda Accord, un Saturn o un Caddy, un razonable multiusos Dodge, un autobús VW, un Volvo.

No hubo suerte.

—Una camioneta —dijo Dennis.

Agarré el volante con tanta fuerza que se me pusieron blancos los nudillos.

—¿Estás seguro?

—Ajá. Nos ha estado siguiendo desde que salimos, amigo.

—¿Desde Iowa? ¿Y por qué no has dicho nada?

—Bueno, ya sabe. Quizá no estaba viendo lo que estaba viendo.

—Vale. ¿De qué color? ¿De qué color es la camioneta que nos viene siguiendo desde Iowa?

—Está siendo usted muy específico, amigo.

Sugerí todas las posibilidades que se me ocurrieron, todos los colores del arco iris —y Dennis negaba cada vez con la cabeza, «no, nones, no creo»—, hasta que el inevitable proceso de eliminación desembocó en el último color que yo quería oír.

—¿Azul? ¿Era azul, Dennis?

—Ajá —dijo—. Exacto, azul. Seguro.

«Tocado.»

Al pie de la escalera con una herramienta de metal en la mano.

Jugando al autopillapilla conmigo en la autopista del desierto.

Paseando por la Tercera mientras veía una Smith & Wesson del 38 asomando por la ventanilla. Mi Smith & Wesson.

Bang.

Miré por el retrovisor.

Luego a los lados. Derecha, y luego izquierda.

El corazón me latía violentamente. Iba a convertirse en un Alien y a saltar repentinamente del pecho. Me pasé al siguiente carril, y quedé casi tapado por un tráiler de dieciocho ruedas que transportaba artefactos de baño, di un volantazo, aminoré la marcha y me abrí paso hasta el carril de salida.

—Eh... ¿qué está haciendo? ¿Nos paramos?

Se acercaba la siguiente salida. Dennis lo había leído diligentemente en voz alta unos tres kilómetros antes.

«Wohop Road.»

—Tengo que mear —dijo Dennis.

Volví a mirar por el retrovisor. Quería ver si alguien cambiaba de carril. En el carril siguiente había varios coches; dos pares de faros diferenciados. De pronto sólo hubo uno.

Miré por el retrovisor entrecerrando los ojos. ¿Qué había pasado?

—Necesito mear como un cabrón, Tom.

El tío había apagado las luces.

Apreté a fondo el acelerador. Pasé de ciento cuarenta y seguí adelante.

—No me estoy meando tanto —señaló Dennis—. No me lo haré en el coche.

Ciento cuarenta y cinco.... ciento cincuenta...

—O quizá sí.

Cuando apareció la salida de Wohop Road, Dennis no se tomó la molestia de leer el letrero. No podía. Estaba agachado, tapándose los ojos con las manos, la típica posición de impacto en emergencia que conoce cualquier pasajero de avión.

Espera... Espera...

Ahora.

Di un brusco viraje a la derecha.

Casi me había pasado la salida —camino de la siguiente, desde luego—. Tomé la curva sobre dos ruedas —mi primer caballito desde cuarto curso—, apenas me mantuve en la curva, luego volví a estar sobre cuatro ruedas y me metí en una vía de acceso felizmente vacía en la que seguí adelante.

Escucha.

Nada.

¿Cómo podía ser?

¿Cómo se había enterado de que yo estaba aquí?

¿En el parque de caravanas de Iowa?

¿En la carretera a Tellings?

¿Cómo?

Piensa.

Muy bien. Había un modo. Eso suponiendo que no me hubiera seguido desde Littleton. Un modo.

Mis retiradas de dinero de los cajeros automáticos.

Mi tarjeta de crédito.

La que había utilizado en las gasolineras, en el Stop'n'Shop de Nevada y en el Motel Sioux Nation de Dakota del Norte.

Eran como migas grandes y gordas que podía seguir con los ojos cerrados cualquier perro de caza ciego.

Todo el trayecto desde Iowa hasta Seattle y hasta aquí.

Pero...

Para eso hace falta alguna clave de acceso.

Para acceder a esa información —registros privados de los bancos, recibos de tarjetas de crédito, todas esas cosas que ellos han de proteger con su vida—, uno ha de disponer de algún medio especial.

—Ah, que me meo, amigo.

—Espera un poco, Dennis.

Estaba llegando... estaba cerca. Me había sentado en un taburete de Muhammed Alley y había empezado a dibujar algo que ahora empezaba a aparecer. Si miraba con atención, quizás incluso podría susurrar lo que era.

Tenía que moverme deprisa. Tenía que hacer los dos pasos de baile de Tejas, uno rápido, otro lento.

Por lo que yo sabía, el fontanero no había tomado la salida.

Lo había desconcertado.

Conduje otros treinta kilómetros antes de ceder a las demandas cada vez más lastimeras de Dennis —«tengo que meaaaar, amigo»— y paré en una gasolinera Exxon abierta las veinticuatro horas.

40

Uno nunca quiere acabar en un hospital.

No si puede evitarlo. Pero donde uno rotundamente no quiere terminar es un hospital VA.

El ejército, la armada, la fuerza aérea y los marines dedican la mayor parte de sus fondos a matar a personas, no a curarlas.

Los hospitales VA apestan a abandono.

El de Tellings no era ninguna excepción.

Había un hombre en silla de ruedas chillando en la sala de las visitas. Se le había roto la bolsa de las excreciones y nadie acudía a arreglarla. Llevaba dos horas gritando, decía.

La enfermera de la entrada parecía ajena a las quejas del hombre, como si estuviera colgada de un iPod invisible y pasándolo en grande con R&B.

Apenas nos hacía caso a nosotros.

—¿Sí? —preguntó al cabo de unos minutos de que nosotros nos hubiéramos presentado en el mostrador.

Ya habíamos dado una vuelta por el recinto, recorrido el camino que rodeaba los tres edificios de aspecto inocuo que constituían el complejo. Pregunté a Dennis si recordaba el lugar.

—¿Es aquí, Dennis? ¿Es aquí donde estuviste?

Él no tenía una buena respuesta. Parecía un turista contemplando algo que hubiera leído en una guía: unas cosas le sonaban a medias y otras no.

Había una manera fácil de saberlo.

—¿Lleva usted mucho tiempo trabajando aquí? —pregunté a la enfermera de ingresos.

—¿Qué?

—¿Lleva usted trabajando aquí más de una semana?

—¿Qué insinúa con esto? —dijo ella—. ¿Está haciendo algún comentario sobre mis capacidades?

—¿Nos ha visto antes a alguno de los dos?

—¿Qué quieren exactamente, caballeros? —soltó en un tono de voz que revelaba que había visto lo bastante de Dennis para saber que no tenía madera de caballero. Y yo tampoco. Cuando pasas mucho tiempo en un coche, empieza a parecer que vives dentro.

—Tenemos una receta —dije—. ¿Hay alguna posibilidad de que usted pueda extenderla?

—¿Ha visto la palabra farmacia escrita en alguna parte?

—No.

—Entonces, ¿cómo es que pregunta si puedo extender una receta?

—Vale, muy bien.

—¿Es un veterano? —preguntó haciendo un gesto en dirección a Dennis. Podía habérselo preguntado a Dennis directamente, pero obviamente había visto alrededor a suficientes enfermos mentales para identificar a uno si lo veía.

—Sadam me acribilló a sustancias químicas —contestó Dennis igualmente.

—Ah, ¿sí?

—Tengo petróleo en las venas. Necesito una lubricación.

—¿Está usted a cargo de él o algo? —me preguntó a mí.

—O algo.

—¿Está aquí para internarlo?

—No. Sólo quiero que me extienda la receta.

—Quizá quiera reconsiderarlo. Él no parece estar muy bien.

—No, él está bien. Sólo necesita sus medicinas.

—Muy bien, pues. Tengo un hospital del que ocuparme.

—Faltaría más. Y a él no le ha visto nunca, ¿seguro?

—Seguro.

Salimos al exterior, de cuyo arco de entrada colgaba un letrero con el lema «Apoya a nuestras tropas».

Hice lo que hacía últimamente siempre que salíamos de algún sitio... siempre que íbamos a cualquier parte. Mirar si había alguna camioneta azul.

—¿Cuántas pastillas me quedan? —preguntó Dennis.

—No muchas. Por cierto, ¿sabías que todas son de diferente color? —La madre de Dennis me había ungido como guardián del medicamento. Había puesto las pastillas en una vieja cajita de tiritas que me había metido en el bolsillo. Yo no podía menos que pensar que había en eso algo metafórico: pegar tiritas inútilmente en una herida terminal.

—Tengo hambre —dijo Dennis.

—Vale, tomaremos algo en la carretera.

Estaba intentando conservar mi dinero en efectivo porque me resistía a usar otra vez la tarjeta. No es que importara mucho, había llenado el depósito justo antes de llegar al hospital metiendo la tarjeta de crédito en el lector como las notas que el personal del Servicio Postal deja en el buzón de la puerta:

«Yo estaba aquí.»

El siguiente hospital estaba a ciento sesenta kilómetros, en Oregón.

Eisenhower Memorial.

Antes nunca había estado en Oregón. Ahora dos veces en dos semanas.

—Dennis, si vuelves a ver esa matrícula, me lo dirás, ¿vale?

—Claro —dijo asintiendo—. ¿Qué matrícula?

—MH92TV.

—Ah, sí.

Era casi medianoche. Decidí que era más seguro estar en movimiento; nada de moteles de carretera donde necesitara tarjeta de crédito o retirar efectivo. Donde una camioneta azul pudiera acercársenos sigilosamente en la oscuridad.

Llegamos al Eisenhower Memorial aproximadamente a la una de la madrugada.

Se parecía a la escuela primaria a la que fui de pequeño, sólo que tres veces más grande. Un edificio achaparrado, de ladrillo rojo, con la prescrita asta de bandera en la entrada, la flácida bayeta de las barras y las estrellas en el pegajoso calor del verano.

—¿Qué es esto? —preguntó Dennis cuando me metí en el aparcamiento—. ¿Dónde estamos?

Eso no era buena señal.

Cuando nos acercamos al mostrador, sufrimos una repetición de lo de Tellings. Esta vez la enfermera de ingresos era un hombre pálido y serio que nos preguntó qué queríamos, afirmó no haber visto a Dennis en su vida, y luego preguntó sobre la cordura de Dennis cuando éste aplastó un mosquito inexistente.

Con todo, dimos un pequeño paseo por el lugar, igual que en Tellings. Un fracaso; Dennis no había estado nunca allí.

Regresamos al coche y nos dirigimos a la verja de entrada.

Me armé de valor para un largo trayecto; el siguiente hospital VA se encontraba a casi quinientos kilómetros.

Dennis se mostraba inquieto.

Le encomendé la tarea de la matrícula. Le di algo que hacer. Era un centinela fiable a medias: se dedicaba a recorrer el revoltijo de números y letras circundantes en busca de los que teníamos que temer.

Hacia las tres de la madrugada noté el tipo de cansancio que no hay manera de quitarse de encima. Dennis ya se había quedado dormido en pleno ejercicio de su cometido y dormía ruidosamente apoyado en la ventanilla. Yo estaba peligrosamente cerca de seguir sus pasos, las líneas amarillas de la carretera como artilugios para dormir que ingería uno tras otro camino de la cama.

Al darme cuenta de que me había pasado al carril de al lado —me había dormido literalmente al volante—, busqué la siguiente salida. Cinco kilómetros después, abandoné la autopista y busqué un sitio donde pudiéramos descansar unas horas.

Encontré una gasolinera abierta las veinticuatro horas.

Entré y, dejando atrás la ventana iluminada en la que vi al propietario indio, fui hasta la parte de atrás, para que no pudieran vernos desde la carretera. Apagué el motor y me quedé dormido al instante.

Dennis me despertó cuando en el horizonte empezaba a asomar una corona rosada apenas perceptible.

Miré el reloj: las 5 h 30 min.

Estábamos rodeados por una maleza baja que justo empezaba a surgir de la penumbra de la mañana. Alcancé a oír el chisporroteo de dos enormes líneas de conducción eléctrica tendidas justo encima de la gasolinera, el ocasional *zuum* fantasmagórico de un coche al pasar.

—Tengo que cagar —dijo Dennis—. Me duele el estómago.

—Muy bien, Dennis. Por allí —le dije señalando la puerta de los servicios en la parte de atrás de la gasolinera.

Dennis abrió la puerta del coche y se quedó allí sentado, frotándose los ojos para quitarse el sueño. Luego se apeó por partes: primero las piernas, luego los brazos y por fin el resto del cuerpo. Fue al baño dando traspiés y entró.

Me moría de cansancio; seguramente me dormí otra vez. Al despertar de nuevo, no estaba seguro de si había sido un sueño: Dennis despertándome para ir al servicio. Mi ex esposa era así: mantenía conversaciones conmigo hasta las dos de la madrugada y luego me acusaba de inventarlo todo.

Pero Dennis no estaba en el coche. El color rosado de la luz se había transformado en amarillo pálido.

Eran las 5 h 40 min.

Me apeé, fui hasta la puerta del baño y llamé.

—Dennis, ¿estás bien?

Oí un gruñido a modo de respuesta.

Di la vuelta hasta la entrada de la gasolinera en busca de comida.

Cuando entré por la puerta con cara de sueño, el indio —seguramente un sij, pues llevaba uno de esos turbantes rojos— ni siquiera reparó en mí. Estaba encorvado sobre el mostrador, leyendo un periódico.

Recorrí el pasillo mirando qué había de comer. Con toda evidencia, las gasolineras están al margen de las últimas directrices nutricionales. Ésta se limitaba prácticamente al grupo de alimentos terminados en *os*.

Cheetos. Doritos. Tostitos. Rolos.

Estaba todo muy tranquilo cuando cogí dos bolsas de Doritos del estante, de modo que el crujido resultante sonó atronador como un escopetazo.

Al sij no; seguía enfrascado en su periódico.

—¿Tiene alguna salsa? —le pregunté alzando la voz.

No me hizo caso.

—Salsa —repetí—. ¿Dónde está?

Sin respuesta.

—¡Eh! —dije.

El aire acondicionado empezó a hacer ruido. Pasó un coche.

Un gato callejero arañaba el cristal de la ventana.

Las líneas de conducción eléctrica crujían y crepitaban.

A veces llegan pequeñas partículas de conocimiento, varias comprensiones diferenciadas y espantosas que inundan el cerebro en el mismo momento, y de pronto, de buenas a primeras, no puedes respirar.

Te ahogas.

Salí de la tienda a toda prisa; los Doritos cayeron por el suelo.

Grité su nombre.

—¡Dennis! —Abrí de golpe la puerta de los servicios—. ¡Oh, Dios mío, Dios mío, oh, Dios, Dennis...!

Yo, que por lo general evitaba el nombre de Dios dado que él nunca había hecho demasiado por mí, lo invoqué tres veces, como si fuera una especie de jerga sagrada. Como la penitencia establecida por haber cometido un pecado.

Yo había cometido un pecado.

Me había quedado dormido.

41

Salimos zumbando a la autopista.

Lejos de la gasolinera, donde el empleado indio yacía boca abajo sobre su periódico, indio, no sij, ya que el turbante no era realmente rojo después de todo, no lo era hasta quizás unos quince minutos antes, cuando alguien le metió una bala en la cabeza.

En el servicio era distinto. Allí no había nada para empapar la sangre. Ésta cubría todo el suelo y parte del destrozado espejo. Aún se apreciaba algún fragmento por ahí.

El que el fontanero usaría para poder cortarle la lengua a Dennis.

Se alzaba justo a nuestra izquierda, sólo a quince kilómetros de la gasolinera, como si Dios hubiera dicho: «Tú me reconoces, yo te reconozco.»

Hospital VA 138.

Así sin más.

Parecía antiguo, como una fortaleza militar, todo piedra y torretas. Pero era un hospital con médicos y enfermeras y medicinas, y Dennis se estaba desangrando.

Camino de la verja, advertí las ventanas con barrotes en la última planta.

Llevé el coche hasta la puerta principal, saqué a Dennis y lo llevé dentro a duras penas. Y entonces la enfermera de ingresos le echó un vistazo y dijo:

—Señor Flaherty, ¿dónde demonios ha estado?

Bien.

Habíamos encontrado nuestro hospital.

—Muy bien —dijo el cirujano, un tal comandante DeCola de pelo hirsuto después de que por fin lograran contener la hemorragia... de todos los apéndices del cuerpo humano, la lengua es el que más sangra—. ¿Qué diablos le ha pasado?

—Alguien lo ha atacado —respondí.

Estábamos sentados en el salón: mesas, sillas de bridge, dos máquinas de tentempiés casi vacías.

—No me joda, Sherlock —soltó DeCola—. ¿Quién?

—No lo sé. Él estaba en el servicio de la gasolinera que hay a unos quince kilómetros de aquí, y alguien entró y le agredió.

No dije que habían matado al propietario de la gasolinera.

¿Por qué?

Porque lo habían hecho con mi arma.

Encontrarían una bala del 38 en su cabeza.

Lo sabía.

No es que el asesinato tuviera que ser un secreto durante mucho tiempo, lo más probable era que ya hubiera entrado alguien en la tienda a comprar un paquete de cigarrillos y hubiera descubierto un cadáver en estado de rigidez.

Diría a la policía —lo ensayé en silencio— que yo había estado durmiendo en la parte de atrás. Que había oído a Dennis gritar. Que le había encontrado con la lengua cortada. Nada más.

Al cabo de media hora tuve mi oportunidad. Entraron dos detectives y un policía, que me vieron en el salón.

Explicaron que el comandante DeCola les había llamado.

Sabían ya lo del indio.

El policía pertenecía al coche patrulla que había recibido la llamada de una automovilista histérica y apenas coherente que había ido a la gasolinera a llenar el depósito y acabó corriendo carretera abajo calzando sólo un zapato de tacón alto.

Expuse mi versión adaptada de los hechos.

—¿Estaba durmiendo en su coche? —dijo el detective Wolfe. Su voz tenía cierto tono. A lo mejor porque las personas que duermen en los coches suelen ser las que cometen los crímenes y no las víctimas de los mismos.

—Eso es —dije.

Cuando le expliqué que era periodista, me miró aún más perplejo.

—¿Qué estaba haciendo usted con el señor Flaherty? —preguntó. Tenía ese atractivo muy cuidado típicamente americano que se ve en los programas televisivos sobre militares... *JAG*, quizá—. Flaherty era paciente del pabellón psiquiátrico de aquí, ¿no? Desaparecido en combate.

—Sí. Yo lo traía de vuelta.

—¿Y eso por qué?

—¿Por qué?

—¿Por qué usted, señor Valle? ¿Qué relación tiene con él?

—Le estaba entrevistando sobre un reportaje.

—¿En serio? ¿Qué clase de reportaje?

—Sobre los veteranos de guerra —dije—. Sobre la dura adaptación que afrontan al regresar a casa y lo mal que se les trata a muchos. —No estoy seguro de por qué dije esto y no otra cosa. Quizá porque ésa es la historia que contó Wren una vez. La historia que, pensaba yo ahora, le había conducido directamente a otra aún mayor. Estaba conectando los puntitos. O tal vez porque el fontanero que había cortado la lengua de Dennis tenía acceso oficial a los recibos de mi tarjeta de crédito, y esos tres eran funcionarios oficiales.

—Muy bien. Y los dos estaban durmiendo en el coche.

—Exacto. Dennis no recordaba en qué hospital había estado. Íbamos hacia el sur, mirando en todos.

—¿No recuerda?

—Básicamente tiene altibajos —dije.

—Ajá. —El detective Wolfe miró a su colega, que estaba intentando sacar el único paquete de patatas fritas que quedaba en la máquina, dándole golpes en un lado como si fuera un sospechoso insensible.

—O sea, dice usted que ha oído chillar al señor Flaherty

—dijo Wolfe tras volverse—, y que ha ido a los servicios y lo ha encontrado en ese estado.

—Así es. Y luego he venido hasta aquí.

—¿Ha entrado en la tienda?

—No.

—¿No ha oído un disparo?

—No —respondí—, pero quién sabe, quizás eso es lo que me ha despertado.

—¿Quién sabe? Usted lo sabe.

—No recuerdo haber oído nada; solamente me he despertado.

—¿Y no ha visto a nadie... saliendo de los servicios, en la parte delantera, en algún sitio?

—No. Estaba durmiendo profundamente.

—¿Y no ha entrado en la tienda en ningún momento?

—No. —Eso ya me lo había preguntado.

—Había dos bolsas de... ¿de qué eran, John? —preguntó a su colega.

—Doritos —contestó John, en un tono de voz que insinuaba que ahora mismo se comería unos cuantos. La máquina se había negado obstinadamente a darle la bolsa.

—Bien —dijo Wolfe—. Había dos bolsas de Doritos en el suelo. Alguien las dejaría caer mientras salía corriendo de la tienda... despavorido. Nos preguntamos quién sería. Habida cuenta de que usted no ha entrado en la tienda.

—¿La persona que ha disparado sobre el propietario de la gasolinera? —sugerí sin que nadie me preguntara.

—El señor Patjy era sólo el empleado de noche —me corrigió—. ¿Cree usted que el autor del disparo ha cogido dos bolsas de Doritos camino de la salida y luego ha dicho qué coño hago yo con estos Doritos y las ha dejado caer al suelo?

—A lo mejor las ha cogido antes —dije.

—O sea que, según usted, el tipo ha ido allí a comprar unos Doritos y luego ha cambiado de idea y ha decidido matar al señor Patjy. Y cortar la lengua de su amigo.

—No lo sé.

—Sí, yo tampoco lo sé.

—¿Y qué hay de la mujer? Tal vez se le han caído a ella.

—Sí, eso tendría sentido. Pero le hemos preguntado y ha dicho que no. Es un auténtico misterio.

Silencio.

—Me pregunto por qué le han cortado la lengua —dijo el detective Wolfe.

Como aviso... no hables. No...

—Esperaremos que nos lo cuente él —señaló Wolfe—. Pero claro, no va a ser capaz de hablar mucho, ¿qué opina?

—No lo sé. ¿Qué opina usted?

—El médico dice que no. Y tiene altibajos, lo que usted ha dicho. Así que no creo que nos sirva de mucho.

—Estuvo en la Tormenta del Desierto —dije—. Está convencido de que quedó intoxicado... por los pozos de petróleo que incendiaron.

—Es probable —señaló el detective Wolfe—. Aquello fue un desastre de la hostia.

—¿Estaba usted allí?

—Así es.

—¿En el ejército? —pregunté.

—Jarhead. ¿Cómo es que no ha entrado en la tienda?

—¿El qué?

—Bueno, usted ha encontrado al señor Flaherty cubierto de sangre. Le habían cortado la lengua. ¿Por qué no ha corrido a la tienda en busca de ayuda? ¿O para llamar por teléfono a una ambulancia? ¿Tiene móvil?

—Estaba sin batería —mentí.

—Ajá. Entonces, ¿por qué no ha utilizado el teléfono de la tienda? ¿Por qué no ha ido usted a avisar?

—No lo sé. Me ha entrado el pánico, supongo. Sólo quería salir de allí.

—Ajá. Bueno, quizá las cámaras de seguridad nos digan qué ha pasado —dijo mirándome fijamente.

Y luego dijo:

—Oh, se me olvidaba. La mierda esa está rota.

Instalaron a Dennis en recuperación, junto a un soldado lleno de heridas de metralla.

—¿Esto se lo hicieron en Irak? —me preguntó el soldado refiriéndose a Dennis.

Yo estaba sentado en una silla al lado de Dennis. Ya era de noche; el fluorescente de encima de la cama no paraba de emitir chisporroteos de azul y blanco que me recordaban a un cohete lejano.

Estaba pensando que en ese hospital había algo raro.

«Hospital VA 138 de Oregón.»

—No —dije—. Aquí.

—Mierda. La lengua ¿eh?

Asentí.

—Jodido. A su parienta no le va a gustar. Ella puede demandar al ejército por pérdida de servicios maritales. Ya me entiende. —Sacó la lengua y la meneó adelante y atrás.

—No creo que se pueda demandar al ejército —dije.

—¿Que no? Vaya mierda de abogado gilipollas.

Al ver que no le contestaba, dijo:

—Sólo estaba tomándole el pelo.

Dennis recobró el conocimiento una hora después.

Yo estaría dormitando; me desperté con un maullido quejumbroso... como un gato perdido que chillara buscando el camino a casa.

Era Dennis.

No podía articular palabras.

Lo que le quedaba de la lengua estaba lleno de puntos de sutura.

Tenía metidas en la boca gruesas bolas de algodón que le abultaban ambas mejillas.

—No intentes hablar, Dennis. Voy a darte una mala noticia. Pero podía haber sido peor, ¿de acuerdo?

Los ojos de Dennis se abrieron como platos; los tenía hinchados e inyectados en sangre. Parecía chino.

—¿Te duele? Si te duele, asiente con la cabeza. Si te encuentras mal, has de apretar este botoncito; entonces te caerá más morfina.

Seguía mirándome fijamente.

Seguía intentando hablar.

—Alguien te ha atacado y te ha cortado la lengua, Dennis. No toda. Pero una buena parte. No estoy seguro de qué significa esto en cuanto a... bueno, hablar. No lo sé. ¿Entiendes lo que te digo?

No repondió ni sí ni no.

En vez de ello volvió la cabeza, como si de pronto buscara alrededor.

—¿Recuerdas qué ha pasado, Dennis? ¿Recuerdas quién te ha atacado?

Ahora él estaba buscando otra cosa... su lengua... tragó rápidamente en un esfuerzo por encontrarla y luego se colocó dos dedos temblorosos en la boca abierta tratando de tocar lo que ya no estaba allí.

Estaba llorando.

—Saca los dedos de ahí, Dennis. Vas lleno de puntos.

Cerró los ojos, gimió, se golpeó la cabeza contra la almohada.

Aparté la vista, hacia la mugrienta ventana. La rama de un árbol daba golpecitos en el cristal como si quisiera entrar. Esperé a que Dennis se tranquilizara, a que dejara de golpear la cama con la cabeza.

—Te haré algunas preguntas. ¿Puedes escribir las respuestas?

Dennis tenía la mirada clavada en el techo.

—Sólo unas preguntas, Dennis.

En la mesilla había un lápiz mordido. Lo cogí y se lo puse en la mano; él no lo agarró exactamente, pero tampoco lo dejó caer. En el pasillo encontré un *Oregonian* tirado. Arranqué la página de anuncios de las mejores concesiones de coches de segunda mano de Oregón y se la puse en la otra mano.

Él la miró con expresión de perplejidad. Entonces anotó algo con unos garabatos irregulares, de niño.

«¿Por qué?»

—No lo sé, Dennis.

«¿Por qué?», escribió de nuevo.

«Por qué... por qué... por qué...» una y otra vez, como un niño que no escucha hasta que obtiene la respuesta: ¿por qué el cielo es azul?, ¿por qué vuelan los pájaros?... ¿por qué alguien me ha cortado la puta lengua?

—La persona que te lo ha hecho... ¿cómo era?

Negó con la cabeza. Pulsó el botón mágico del gota a gota de morfina.

—¿Tenía un aspecto extraño? ¿Como si no tuviera rasgos en la cara?

Parpadeaba, tenía los ojos medio cerrados.

«Dormido», escribió.

¿Parecía esto, Dennis?

«Dormido.»

—Vale, es la morfina.

Se lo volví a preguntar, pero esta vez no se tomó la molestia de contestar.

Lo observé mientras se iba quedando dormido.

Pero no lo lograba.

Sus ojos se cerraban despacio, y de pronto se abrían de golpe como movidos por un resorte, como si algo le hubiera dado un susto de muerte. Los servicios de la gasolinera. El fontanero acercándosele con un trozo de cristal del espejo roto.

Al cabo del rato, cogió de nuevo el lápiz.

«Cuéntame un cuento», escribió.

—¿Un cuento?

«Para dormir.»

—No sé cuentos para dormir, Dennis.

«Dormido.»

—Muy bien, pues duerme.

«Tengo miedo. Un cuento.»

—Mira, Dennis...

«Mamá.»

—Tu mamá está en Iowa. Yo soy Tom. Estás en el hospital.

«Un cuento.»

—No sé cuentos, Dennis.

—Vamos, amigo. Quiere que le cuente un cuento. —El soldado se había despertado y se había unido al coro—. El pobre no tiene lengua. ¿No sabe ningún cuento para dormir?

—No.

—¿Qué tal «Ricitos de oro y los tres osos»? Joder, todo el mundo sabe éste.

Los ojos de Dennis se abrieron temblorosos y me miraron fijamente.

—Muy bien —dije—. Claro que sé un cuento. Un cuento de verdad.

—Adelante —dijo el soldado.

—Es un cuento de fantasmas.

—¿No ha dicho que sería de verdad?

—Lo es.

—¿Oyes esto, Dennis? Un cuento de fantasmas de verdad.

—Había unos hombres —empecé diciendo—. Unos médicos...

—¿Cuándo? —terció el soldado—. ¿De cuándo está hablando? ¿De ahora?

—No —dije—. De ahora no. De 1945.

42

El día que llegaron, se reunieron en el Santuario Gokoku.

En parte porque ya se había convertido en leyenda. No les causaba ninguna sorpresa; sobre el mundo se había lanzado una especie de sortilegio. Que necesitaba sus tótems y sus ídolos.

Miraban las lápidas de granito y, en efecto, había sombras marcadas en la piedra. Y sí, vale, si uno entrecerraba los ojos y miraba el tiempo suficiente, podían parecer, con la luz adecuada, sombras de personas.

De fantasmas.

Había otras sombras. En el techo de la Cámara de Comercio, grabadas en la torre del edificio de la Gugoku Electric Power, y dos en el único muro del templo que quedaba en pie. Pero lo que había captado la imaginación popular eran las sombras de las lápidas. ¿Por qué no? Esa imaginación se había visto alterada exponencialmente, se había desarrollado más allá de toda comprensión anterior.

Un mes atrás había sido una ciudad de trescientos mil habitantes, que bullía de actividad industrial militar.

Ahora quedaban en pie seis edificios.

Lo que no había destruido la onda expansiva inicial había corrido a cargo del fuego resultante. La población se había reducido en dos tercios, no de manera pulcra, sino en fases diferenciadas y espantosas que sólo ahora empezaban a ser conocidas aunque no realmente comprendidas.

Se hallaban al borde de una ciencia vudú, aunque tenía más de precipicio, pues allí no había nada salvo un enorme vacío de conocimiento.

Estaban allí para llenarlo. Algunos habían estado en Nuevo México echando un cauteloso vistazo a los técnicos y científicos y obreros que trabajaban directamente con el material que denominaban criptonita, en una no totalmente juguetona alusión al elemento que podía doblegar incluso a Supermán. Todo el mundo sabía que era un rollo insidioso... cuestión de grados.

¿Cuánto? ¿Desde cuándo? ¿Con qué frecuencia?

Se consideraban a sí mismos encantadores de serpientes intentando adormecer a la cobra que Oppenheimer y otros habían hecho salir de la botella. Bailabas alrededor del peligro y esperabas no ser mordido.

O quizá cobra no le hacía justicia... mejor un dragón. Así es como los técnicos lo llamaban cuando hubieron reunido a mano todo el material fisionable... haciéndole cosquillas al dragón. Esperando no resultar quemado. A uno le pasó: un físico llamado Louis Fruton, cocido hasta la muerte por una súbita explosión radiactiva.

Tras dejar caer Trinity al nivel cero, se formó un sol en miniatura en el cielo de primera hora de la mañana: dos mil veces más caliente que el sol a cuyo alrededor da vueltas la tierra. El tubo de caída de siete toneladas se había incinerado en el aire. Granos de arena se fusionaron convirtiéndose en vidrio. El primer hongo atómico de la historia subió en espiral hasta el cielo y envió una lluvia suave de nieve blanca que cayó revoloteando sobre las hormigas legionarias de abajo.

El segundo hongo atómico de la historia se produjo tres semanas después, en la ciudad industrial militar de Hiroshima.

La serpiente estaba fuera de la botella; su veneno, en la sangre.

Primero se reunieron en Okinawa: los médicos del ejército de Los Álamos y Walter Reed y Rochester, e incluso algunos de la Clínica Mayo.

Compararon notas y buscaron en la literatura existente. No había gran cosa, y si había algo, adolecía de una mala información que daba risa. Esperaron mucho tiempo sin hacer nada.

La guerra terminó el 13 de agosto, pero no se les permitió entrar en Japón hasta finales de septiembre.

Había un laboratorio de veintisiete kilómetros cuadrados esperándoles dentro del país, ciento sesenta mil cadáveres vivos en los que había que hurgar, hacer radiografías, pinchar, documentar o hacer la autopsia. La mayoría miraba.

Eran biólogos que estudiaban especies desconocidas hasta el momento.

Los primeros supervivientes del mundo.

Como médicos, habían visto el cuerpo humano atacado por toda clase de cosas: balas, cuchillos, metralla, gases, venenos. Eso era diferente: cuerpos bombardeados con neutrones, partículas beta y rayos gamma.

Parecía haber tres fases distintas.

Primero, la gente que murió en las primeras horas o los primeros días.

En esos casos, debían basarse en las observaciones de los más que nada desconcertados médicos japoneses. Personas aparentemente ilesas habían sucumbido misteriosamente, desplomándose muertas por las esquinas, en sus camas, mientras iban en bicicleta. Los médicos suponían que los rayos gamma habían degenerado los núcleos de sus células, habían roto literalmente las paredes celulares.

La segunda fase pareció anunciarse a sí misma unas dos semanas después de la exposición.

A las víctimas se les caía el cabello. Sufrían diarrea grave, temblores incontrolables y temperaturas que se disparaban hasta superar los cuarenta grados. El número de los glóbulos blancos caía en picado; las encías se convertían en úlceras sangrantes; las heridas abiertas se enconaban y se negaban a sanar. La mayoría de los que exhibieron esa fase tardía de enfermedad por radiación murieron.

Los que no esperaron a una tercera fase, en la que el cuerpo se sobrecompensaba, los glóbulos blancos aumentaban para contrarrestar la devastación interna. Aparecían infecciones —generalmente de la cavidad pulmonar— que iban y venían, persistían y experimentaban retrocesos, perdonaban a unos y atacaban a otros.

Había una cuarta fase, por supuesto.

Ésa era la fase que discutían una y otra vez, sobre la que cuchicheaban, vacilaban, bien abastecidos de sake caliente —no está mal este destilado japonés—, la fase en la que sólo podían aventurar conjeturas, pues no sabrían, no podrían saber, la verdad hasta pasados los años.

¿Qué sucedería después?

Después de reconstruir la ciudad, después de que las sombras se desvanecieran en las lápidas y en el muro del templo, después de que todos volvieran a casa. Entonces, ¿qué?

Podían conjeturar.

Empezaron a surgir los primeros atisbos de mutación genética. La radiación no sólo perduraba en el aire, también en la sangre.

Miraron y observaron a algunas de las supervivientes dar a luz.

A medida que salían bebés con brazos atrofiados y dedos que faltaban y lenguas partidas, o con mongolismo, aunque, francamente, era difícil saberlo con los bebés japoneses, pues ya todos parecen medio mogoloides. Hubo casos de leucemia, de trastornos sanguíneos desconcertantes y letales.

Se inició una cuarentena ad hoc extraoficial.

Los propios japoneses empezaron a evitar a los supervivientes, como si éstos fueran un doloroso recordatorio de su vergüenza nacional. Como si las personas quemadas, desfiguradas y llenas de cicatrices fueran metáforas andantes de su desfigurado país. Hiroshima y Nagasaki se vieron reducidas a escombros y barrios enteros de Tokio quedaron abrasados por las bombas incendiarias de los B-52.

Esos habakusha —supervivientes de la radiación— no podían acceder a un empleo. Siempre estaban enfermos y faltaban al trabajo. Se morían a montones. No eran algo agradable de ver.

No se quejó nadie cuando los médicos del ejército encerraron a algunos de los supervivientes. Ni siquiera los supervivientes. Estaban contaminados, envenenados, eran una nueva casta de intocables. Mejor para nosotros, y mejor para ellos, pensaron los médicos.

Podían controlar más de cerca a los supervivientes, tenían más posibilidades de mantenerlos con vida —a los que podían—. Les sacaban sangre, les radiografiaban los huesos, comprobaban sus deposiciones. Se reunían ávidamente en torno a las mesas de autopsia para ver qué encontraban.

Poco a poco, aquí y allá, comenzaron a experimentar.

Al principio, sólo con aquellos a los que les quedaba apenas un hilo de vida. Los que estaban a las puertas de la muerte. Imponiéndoles ciertas dietas o no dándoles nada de comer. Bombardeándoles con rayos X para ver si se podía combatir el fuego con fuego.

Sabían que necesitaban esos conocimientos.

La guerra habría terminado, pero ellos simplemente habían cambiado un enemigo por otro. Japón se estaba sometiendo la mar de bien —canalizando su fanatismo nacionalista hacia la construcción económica—. Su antiguo aliado era otra cuestión. El Oso Ruso se encontraba en pleno apogeo, tragándose toda Europa oriental y preparándose para quedarse con el resto si tenía la menor oportunidad.

Nadie se hacía ilusiones.

Hiroshima y Nagasaki eran sólo las dos primeras descargas en un nuevo tipo de guerra.

Ahora quizás estaba la cosa fría, pero en cualquier momento podía volverse caliente.

Necesitaban saber qué hacer cuando se disipara el humo y aquellos millones de víctimas —porque serían millones— fueran desalojadas de los escombros urbanos.

Necesitaban respuestas.

La mayoría de ellos desarrollaron callosidades emocionales. No era tan difícil, teniendo en cuenta que se ocupaban de gente que había hundido nuestra flota en Pearl Harbor. Que había dejado la península de Batán sembrada de cadáveres americanos.

Si eran un poco fríos y calculadores sobre el modo de lidiar con ellos, con esos supervivientes —si comenzaban a tratarlos como cobayas chillones y no como seres humanos aún vivos que respiraban—, resultaba comprensible. Era por el bien nacional. Era por el avance de la ciencia.

A algunos la experimentación quizá les pareciera algo poco americano.

Pero no si uno miraba el cuadro completo. Entonces no.

Merecían medallas.

De sus estudios saldría el plan detallado del proyecto, el libro de texto sobre la supervivencia posnuclear.

Incluso cuando los médicos finalmente regresaron a casa, incluso cuando acabó oficialmente el programa de Hiroshima, los experimentos no cesaron.

Prosiguieron.

Órdenes especiales recorrieron conductos especiales para llegar a lugares especiales.

Ahora los conejillos de indias ya no eran los supervivientes japoneses de una explosión lejana.

No.

Ahora estaban más cerca de casa.

Muchachos con problemas mentales de un centro de acogida de menores de Rochester, por ejemplo.

Los médicos crearon allí un «club de la ciencia» para chicos. Todos los chicos querían entrar.

Al fin y al cabo, en ese lugar no había mucho que hacer salvo holgazanear y fabricar cestas. Y algunos de los chavales no tenían realmente problemas mentales. No. Los habían dejado allí padres que no podían ocuparse de ellos. En el club de la ciencia jugaban al béisbol. Les daban bolas, guantes de piel y gorras de verdad.

Les daban otra cosa.

Harina de avena rociada de isótopos radiactivos.

Cada mañana para desayunar.

Cada chico tenía que acabarse su avena si quería quedarse en el club. Sin excepción.

Y estaban las mujeres embarazadas del Hospital Universitario Vanderbit.

A las que se instaba a tomar un «cóctel» especial.

«¿Qué lleva?», preguntaban las mujeres, mujeres en su primer, quinto, noveno mes de gestación.

«Vitaminas —les decían—. Vitaminas para que tu bebé nazca más fuerte.»

En los cócteles no había vitaminas.

Había radiactividad. Que iba directa al útero.

Bébetelo todo.

Y hacia el oeste había cierto hospital.

Marymount Central.

Donde se inyectaba plutonio puro en las venas de trescientos veinte pacientes seleccionados.

Algunos sufrieron cáncer.

Otros no.

Algunos eran terminales.

La mayoría no.

Daba igual.

Al final, todos estaban condenados.

Para entonces, los médicos del ejército se habían englobado en la incipiente Comisión de la Energía Atómica, más tarde subsumida en el Departamento de Energía. El DOE, cuyo director pediría perdón años después por esas «acciones degeneradas». Pero los médicos conservarían el nombre que se les dio durante la guerra como un distintivo secreto de honor. Así se definían incluso cincuenta años después. Mediante tres números.

Cuando se les preguntaba en qué regimiento habían estado, respondían el 499.

El batallón médico 499.

43

Cogí el ascensor hasta la última planta.

La de las ventanas con barrotes.

En cuanto se abrió la puerta del ascensor, ya lo noté. Se respiraba un ambiente palpable de encierro. De repente costaba más respirar; yo andaba con pesos en los tobillos.

Quizás era la gruesa puerta metálica del vestíbulo, aunque vestíbulo es exagerado, pues la estancia no parecía tener una finalidad perceptible. No había sillas ni mostrador de recepción, sólo un espacio vacío entre el ascensor y la puerta cerrada. En la pared había un interfono.

Lo pulsé.

En la rejilla metálica de la puerta apareció una cara.

Ya sé. Suena como un sueño recordado a medias. Así lo sentí. Era después de medianoche; había dejado a Dennis varias plantas más abajo en un sueño inducido por la morfina.

Se oía un murmullo incesante, una susurrante torre de babel filtrándose a través de la puerta cerrada, cada uno hablando una lengua distinta descifrable sólo para sí mismo.

—¿Sí?

La voz era del hombre negro que me miraba desde el otro lado de la rejilla de malla metálica. Le veía sobre todo el blanco de los ojos.

—Soy el detective Wolfe —dije, colocando por un instante mi cartera frente a la puerta con la esperanza de que a causa de la malla no se viera bien la cartera ni la foto.

—Vale.

—Hoy ha ingresado un ex paciente. Ha sido agredido en una gasolinera carretera abajo; seguramente ha oído hablar de ello.

—Pues no.

—Era un paciente del pabellón psiquiátrico. Dennis Flaherty.

—Ah, sí. Dennis. He oído algo. Le han sacado los ojos, ¿no?

—Le han cortado la lengua.

—Vale.

—Está bastante mal. El que lo hizo mató también al empleado de la gasolinera.

—Ajá. Sí.

—Me gustaría echar un vistazo si no hay inconveniente.

—¿Aquí?

—Exacto.

—¿Para qué?

—El comandante DeCola ha dicho que no habría ninguna pega.

—¿El comandante qué?

—DeCola.

—¿Es un médico que está abajo, un...?

—Cirujano.

—Vale. No es psiquiatra. O sea...

—Ha dicho que no habría ninguna pega.

—Sí, bueno. Sólo estoy diciendo...

—Es un comandante —señalé.

—Mierda. De acuerdo.

Las palabras mágicas.

La puerta se abría mediante un mecanismo electrónico, supuestamente, al menos. El negro, que dijo llamarse Rainey, la tuvo que empujar.

—Aquí todo está cada día más hecho polvo, joder —dijo Rainey.

Quizá para Dennis no había sido tan difícil huir, pensé. Quizá sólo tuvo que empujar la puerta y largarse.

Junto a la puerta había una pequeña mesa. De Rainey, pensé. También una taza de poliestireno sobre un periódico abierto pulcramente colocado como un mantel individual. Y una silla metálica.

La habitación era del tamaño de un cuarto de baño de dos compartimentos. Olía igual. Era el olor a orina rancia y sudor masculino. A reclusión.

—¿Conocía a Dennis? —le pregunté.

—Aquí no conoces a nadie, amigo. No quieres conocer a nadie. La mayoría de ellos no saben si suben o bajan.

—Pero él sabía por dónde se salía, ¿verdad?

Rainey rio entre dientes.

—Sí, desde luego. Dennis se las piró.

—Antes de irse también se metió en el bolsillo un montón de medicamentos. ¿En qué planta está la farmacia?

—En ésta no.

Frente a la puerta por la que había entrado se apreciaba otra puerta. La de las salas, supuse. El manicomio.

—¿Puedo ver la habitación de Dennis?

—Es sólo una cama, amigo.

—Ya. Enséñemela de todos modos.

Se encogió de hombros, se rascó la cabeza y dijo:

—Usted es el jefe.

Buscó a tientas una llave que encajó en la cerradura; se abrió la puerta de par en par.

Esperaba algo peor.

Parecía una residencia. Una residencia de estudiantes ya mayores, vale, de chicos muy mayores. Pero bueno. Un pasillo de aspecto normal conducía a puertas normales de habitaciones normales con hileras normales de catres.

Nos quedamos en la puerta de la antigua habitación de Dennis, y Rainey se llevó un dedo a los labios.

«No haga ruido.»

No creo que pudiéramos molestar a nadie. Los pacientes estaban revolviéndose, dando vueltas, farfullando en sueños. Algunos parecían estar durmiendo con los ojos abiertos.

—¿Cuál era la cama de Dennis? —pregunté.

—A ver... —susurró Rainey—. Por ahí. —Señaló el otro extremo de la habitación—. Le gustaba la ventana. Ver el cielo. Quizás estaba acostumbrado a vivir en la calle.

—Quizá.

—Pues ya ve, sólo una cama vacía. Ya se lo he dicho.

—Quiero echar un vistazo.

—Ya lo está haciendo.

—Me gustaría echar un vistazo más de cerca.

Rainey se encogió de hombros.

Recorrimos el pasillo central, dejando atrás los cuerpos que se movían y murmuraban a ambos lados de la estancia. Ahí el olor era peor, agrio y medicinal.

Finos rayos de luz de luna platinada se derramaban por el suelo de madera. Casi tropiezo con el zapato de alguien.

—¿Ésta? —dije. Era la última cama, justo debajo de la ventana. La rejilla metálica cortaba la luz de la luna en ordenados cuadritos.

—Ajá.

La cama estaba hecha según el estilo militar, la manta gris ajustada impecablemente en las esquinas. Seguramente se podía hacer rebotar una moneda de veinticinco centavos. Sobre la cama había colgado un estante de madera vacío.

Me senté, traté de imaginar cómo era vivir ahí; entre otras personas trastornadas que en otro tiempo portaron armas.

—¿Y ésta? —inquirí.

La cama que estaba delante de la de Dennis. Era la otra cama vacía de la habitación.

—¿Ésta? —dijo Rainey—. Ah, era la de Benjy.

44

El estante de Benjamin aún estaba lleno de cosas.

Sobre todo libros viejos: catones, libros de texto, cómics, esa clase de cosas que los padres generalmente guardan en un baúl del desván. Pero en un hospital VA no había baúles, y desde luego tampoco desvanes, ni padres que guardaran con amor recuerdos de la infancia.

—Era negro —dije—. Benjamin era negro.

—Negro como yo —dijo Rainey—. ¿Por qué le interesa?

—Él también se largó, ¿verdad? Dennis no era el único que sabía por dónde se salía.

Rainey asintió.

—Creo que se llevó consigo algo de Dennis —dije.

—No sé.

—¿Cuánto tiempo estuvo aquí, Benjy? ¿En este hospital?

Rainey sonrió.

—Mierda, ¿quién sabe? Era un condenado a cadena perpetua, amigo.

—Sí, claro, estaba condenado a cadena perpetua. Pero Benjy no era un veterano, ¿verdad?

—Éste es un hospital de veteranos, ¿no?

—Sí. Pero quizá no siempre lo ha sido.

—Sería antes de venir yo, así que no puedo ayudarle. Sólo sé que el pobre idiota estaba aquí para no salir nunca.

—¿Era idiota?

—Mierda, estaba aquí, ¿no? Pues claro que era idiota.

—¿Habló alguna vez con él, Rainey?

—¿Sobre qué?

—Sobre cualquier cosa. El tiempo. La Serie Mundial. El precio de la gasolina.

—Eh, ya se lo he dicho. Uno no quiere conocer a la gente de aquí. Llegan mal de la cabeza. Están todos tan chiflados como Dennis. Benjy hablaba solo.

—¿Tomaba fármacos? ¿Como Dennis?

—De todos los colores del arco iris, amigo.

—Bien. Tal vez por eso hablaba solo.

Rainey se encogió de hombros.

—No creo que Benjy fuera un pobre idiota —dije—. Pero sí que era un pobre algo. ¿Cuándo se escapó?

—No sé... hace tiempo. Antes que Dennis.

—Antes que Dennis, sin duda. ¿Eran amigos, Dennis y Benjy? ¿Andaban juntos?

Rainey meneó la cabeza.

—Ya se lo he dicho, Benjy era un condenado a cadena perpetua. Éstos se encierran en sí mismos. Dennis venía de la calle.

—¿Dejan ustedes que los pacientes conserven sus carteras, Rainey?

—A veces. Dejamos que tengan algo de dinero... ya sabe, para tentempiés y cosas así. Algunos llevan fotos dentro, no sé, la esposa o los hijos. Entonces, ¿por qué no?

—¿A veces pueden disponer de algo más que de un poco de dinero?

—Bueno, en principio no.

—Ya, pero ¿pueden o no?

—Supongo que sí. Viene gente de visita. Les mandan cosas. Juegan al póquer, supuestamente con palillos. Pero ¿quién sabe?

—Sí, entiendo. Por tanto, es posible que de vez en cuando esas carteras tuvieran algo más que fotos y calderilla.

—Sí, claro.

—¿Jugaba Dennis al póquer?

—Supongo. ¿Por qué?

—Benjy acabó teniendo la cartera de Dennis. Me preguntaba si había en ella mucho dinero. Con lo pobre idiota que era, sabía lo suficiente para entender que necesitaba algo de efectivo para ir de aquí para allá.

—¿Dónde es allá?

—California. A ver a su madre.

—Ah, ¿sí? ¿Y cómo sabe eso?

—Inmediatamente después de verla, sufrió un accidente.

—¿Un accidente de coche?

—No, no lo creo.

—¿Qué clase de accidente?

—Uno fatal.

—¿Sí? Qué lástima.

Hablábamos entre susurros, pero alcancé a ver dos cabezas que se levantaban de debajo de las sábanas blancas, como fantasmas.

—¿Dónde está el historial médico de Benjamin?

—Abajo en Archivos, digo yo.

—¿En qué planta?

—En la cuarta. Así que huyó de aquí para ir a ver a su mamá, ¿eh?

—Bueno... llevaba cincuenta años sin verla.

—¿Eh? ¿Y cómo es eso?

—Él no sabía que ella estaba viva.

—¿No lo supo durante cincuenta años? ¿Cómo puede pasar algo así?

—Muy sencillo. Le dijeron que ella estaba muerta.

—Bueno, ¿y por qué no vino ella a verlo a él?

—Porque a ella le dijeron que él estaba muerto.

—¿Quiénes son los que dijeron?

—¿Hay algún televisor en la sala, Rainey?

—Ajá. Les gusta ver los culebrones... y a esos sureños palurdos en motocicleta que salen en Discovery.

—¿Qué más les gusta?

—El golf. Todo ese cuchicheo los apacigua.

—¿Y qué hay del programa de la mañana de la NBC? ¿No lo ven nunca?

—A veces, seguro.

Me puse a coger los polvorientos libros del viejo estante de Benjy.

—No se preocupe; los devolveré —dije, aunque a Rainey parecía darle bastante igual.

—Una cosa —dijo Rainey—, si creía que su madre estaba muerta, ¿cómo se enteró de que no lo estaba?

—Se lo dijo alguien.

«Belinda era nuestra celebridad local —dijo el señor Birdwell—. ¿Conoce a ese hombre del tiempo de la NBC, Willard... ¿qué más...? Scott, que desea feliz cumpleaños a todos los centenarios del país? Pues hace unas semanas sacó la foto de Belinda.»

—Tenía que ir a verla antes de morir, ¿eh? —dijo Rainey dejando que en su voz se colara una pizca de ternura.

—Sí. También antes de que muriera ella.

—Esto está bien.

Me senté en el catre de Benjamin Washington. Intenté imaginarme aquella mañana concreta. Inicia el día con OJ, Zyprexa, Haldol y Seroquel, el desayuno de los campeones, y luego, medio sumido en un sopor, anda arrastrando los pies hasta la sala de la televisión a ver un poco de Katie Couric y sus amigos. Y a continuación sale el regordete hombre del tiempo con su horroroso peluquín y dice: «Deseamos un feliz cumpleaños a Belinda Washington, de Littleton, California... cumplirá cien. Feliz aniversario, Belinda.»

Mua.

—Estaba castrado, ¿lo sabía? —le susurré a Rainey.

—Pues claro. Lo vi en la ducha.

—¿Sabe por qué?

Rainey se encogió de hombros.

—Pensé que era una herida de guerra. Aquí hay mucha gente que ha perdido cosas... no sólo la cabeza.

—Benjamin Washington era civil.

—¿Benjamin qué?

—Washington.

—Ah, no. Se llamaba Benjamin Lee Briscoe.

—¿Está seguro?

—No, me lo estoy inventando, si le parece. Por supuesto que estoy seguro. Estará usted hablando de otro tío.

Vale, ahí fallaba algo. Pero yo no estaba hablando de otro

tío. En todo caso, en ese nombre había algo que me resultaba familiar.

Briscoe.

Hojeé el catón de Benjamin. Un viaje por el alfabeto. En un momento dado, alguien había intentado enseñarle algo. Él había garabateado su nombre en la cubierta. «Benjamin: 9 años.»

—¿Cómo consiguió salir de aquí, Rainey? Ha dicho que iba atiborrado de fármacos.

—No... yo he dicho que hablaba solo. Usted ha dicho que sería por los medicamentos.

—Seguro que dejó de tomárselos. A lo mejor fingía tragarlos y luego los escupía. Quería tener la cabeza despejada.

—Si usted lo dice. ¿Es eso lo que hizo Dennis?

—No.

Desperté a Dennis.

Tenía la mirada distraída, tranquila, como si hubiera estado en algún sitio donde aún tuviera lengua y hubiera podido leer matrículas de coches y señales de tráfico hasta quedarse a gusto.

—Dennis —dije—. Limítate a escuchar y asentir con la cabeza, ¿de acuerdo? Sí o no, ¿vale, Dennis?

Asintió para decir que sí.

—Hiciste un pacto. Por eso tu cartera acabó en manos de otro.

Me miraba fijamente.

—Se llamaba Benjamin. Iba a escaparse de aquí... a largarse, ¿te acuerdas?

Sin respuesta.

—Quizá te dio a ti la misma idea. Benjamin ya no quería medicamentos, no los necesitaba. Pero tu sí, tú los necesitabas. En tu cartera tenías un poco de dinero, y tal vez también algún documento identificativo. Benjamin necesitaba ambas cosas. Era un fantasma. No tenía identidad... nada. Por fin iba a salir al mundo exterior.

Dennis seguía con la mirada clavada en mí.

—Cambiaste tu cartera por sus medicinas. De todos los colores del arco iris. Así es como un hombre negro acabó quemado en un coche de California con tu cartera en su bolsillo.

Dennis parpadeaba.

—Sé que no puedes recordar muchas cosas. Sé que todo es una jodida bruma. Trata de recordar esto. Sólo inténtalo. ¿Sí o no?

Asintió.

Sí.

45

Llevé los detritos de la triste vida de Benjamin al oscuro y desierto salón.

Saqué de la máquina una taza de café de color barro y me senté a la mesa.

Abrí el catón. «Benjamin: 9 años.»

Cada página contenía una letra, la primera la A, la segunda la B, la tercera la C, y así sucesivamente.

Benjamin había escrito cada letra diez veces, en mayúscula y en minúscula. Y luego una palabra que empezara por esa letra.

La palabra de la A era «árbol».

Luego un dibujo de la palabra: un árbol pintado rudimentariamente de marrón y verde al carboncillo.

Después se usaba «árbol» en una frase sencilla.

«Yo subo árbol», escribió Benjamin, con una sintaxis que no mejoraría con la edad.

«Feliz cien cumpleaños.»

«Te deseo cien abrazos.»

Le habría sido difícil mejorar nada mientras lo criaban con diversas sustancias alucinógenas.

La palabra con la B era «bola».

La palabra con la C era «cama».

La cama que había dibujado se parecía mucho a la que yo acababa de dejar en la sala. La visión de un niño. El mismo color para la manta. Un pequeño espantajo negro con pequeñas zetas torcidas saliéndole de la boca.

«Yo duermo cama.»

Es lo que había hecho durante cincuenta años, hasta el día en que vio a su mamá en la televisión, el día que le dijeron que había muerto en la inundación con todos los demás. Entonces despertó.

Fui pasando páginas.

«Dedo.»

«Elefante.»

«Fuego.»

«Goma.»

«Helado.»

«Indio.»

«Juego.»

Y luego la de la K.

Miré fijamente la palabra porque no era en absoluto una palabra de niño.

No.

Yo había visto antes esa palabra concreta.

Cuando un papel doblado cayó del marco resquebrajado de una foto y me susurró «ven y sígueme».

Ya lo ve, Rainey, no estaba hablando de otro tío.

La imagen era una calle llena de pequeñas figuras de palotes que lloraban desconsoladas. Los diminutos brazos se alzaban presos de un miedo infantil. ¿A qué? Un gigante azul. Que se alzaba imponente sobre ellas con un cuchillo parecido a una guadaña del que se desprendían gruesas y rojas gotas de sangre.

Me fijé en la frase.

«Yo vivo Kara Bolka.»

K por Kara Bolka.

Por eso yo no había sido capaz de averiguarlo. Podía haber mirado todas las guías telefónicas hasta el día del juicio y seguiría sin sacar nada.

«Saludos de Kara Bolka.»

Kara Bolka no era una persona.

Era un lugar.

46

—Atención, firmes.

Así fue como el soldado lleno de heridas de metralla me informó de que seguramente debía despertarme. Pues tenía visitas.

Pero yo había estado visitando un lugar donde los niños pequeños tenían miedo de gigantes azules con cuchillos ensangrentados. Me costó abrir los ojos y enfocar bien.

El detective Wolfe. Estaba allí con un nuevo compañero que no parecía policía. En la habitación se respiraba una amenaza palpable.

—Buenos días —dije.

—Quizá no —dijo Wolfe—. Dijo que era reportero, pero usted no es simplemente un reportero, señor Valle.

Dennis también se había despertado. Se le había formado sangre seca en las comisuras de los labios.

—Es usted famoso —prosiguió el detective Wolfe—. No me dijo que era famoso.

El otro hombre había acercado una silla y puesto un pie encima, y luego apoyó los brazos en la rodilla. Al parecer, el detective Wolfe sería el que formularía las preguntas, y su nuevo compañero el que escucharía.

—Durante quince minutos —dije.

—Es usted muy modesto —dijo Wolfe.

—No, en realidad no.

—Vamos, Tom. ¿Cincuenta y seis artículos? Eso sí es éxito, joder. Debería habérmelo hecho saber.

—¿Por qué? No tiene nada que ver con la agresión a Dennis en la gasolinera.

—¿No? Sólo digo que aquí podríamos tener un testigo no fiable. Dado su hábito de mentir por la puta boca.

—Un viejo hábito. Llevo más de un año trabajando en un periódico.

—Está usted suspendido temporalmente de empleo... lo han castigado al rincón por ser malo. Algo que ver con alguien que recibió un disparo.

—Ese alguien iba a ser yo. Falló.

—¿Quién?

—El que disparó.

—Bien. Existe la sospecha de que el tipo tenía el arma de usted.

—La robó.

—Ya, es lo que le cuenta a todo el mundo.

—Es lo que pasó. ¿Por qué iba a querer yo que alguien me disparara?

—Quizá no quería. Después de todo, usted no recibió el disparo, ¿verdad? Lo recibió otro.

El otro hombre de vez en cuando cerraba los ojos y asentía.

—Aquí está la clave —continuó el detective—. También dispararon sobre el señor Patjy. El homicida fue tan amable de dejar fuera un cartucho vacío. De una Smith & Wesson del calibre 38. Igual que el muchacho de Littleton. Igual que el arma que compró usted, por lo visto de manera ilegal, en Ted's Guns & Ammo.

Muy bien, sólo era una cuestión de tiempo.

El tiempo se acaba.

—Ya se lo he dicho. Estaba durmiendo en el coche. Me desperté y encontré a Dennis en el baño.

—Vale. ¿Le gustan los Doritos, Tom?

—No especialmente.

—Hay alguien a quien sí le gustan. Sus huellas están en todas las bolsas. Las que dejó caer al salir.

No dije nada.

—En Nueva York, después de ser detenido por... cómo era, irrupción por la fuerza, destrucción malintencionada de propiedad, mentiras por un tubo..., después de eso el tribunal le ordenó seguir una terapia. Fue su credencial para librarse de la cárcel, ¿eh?

—No iba a ir a la cárcel. Por un primer delito uno no va.

El otro hombre miraba con ojos entrecerrados, arrugaba la frente absorto en sus pensamientos.

—Estoy preguntando si el tribunal admitió que usted tenía problemas mentales.

—Tenía problemas. Pero no los definiría como mentales.

—¿Cómo los definiría?

—Quería tener éxito. Inventé cosas. Fue un problema.

—Ahora es mi problema.

—¿Por qué?

—No se haga el tonto. Le acabo de explicar por qué.

—No lo veo así. No he disparado contra nadie. No he cortado la lengua de Dennis. Pero lo mejor de todo es que puede preguntarle a él. Está aquí. Dele un lápiz. Pregúntele quién le atacó en esos servicios. Es la misma persona que mató al señor Patjy. Y sí, estoy casi del todo seguro que es la misma persona que disparó sobre mi interno en Littleton. Nos ha estado siguiendo.

—Gracias por decírmelo. Quizás olvidaba usted que retener información en un caso de homicidio es delito. En todo caso, aún tenemos un pequeño problema.

—¿Cuál?

—¿Cuál? Su amigo aquí presente, no se ofenda, es un puto enfermo mental. Es decir, que diga lo que diga no valdrá una mierda. El tío tiene altibajos, son palabras suyas, no mías. Aplasta bichos imaginarios. Con lo que es un poco, sólo un poquito, menos fiable que usted.

Esto pareció sacar al otro hombre de su ensueño. Posó ambos ojos en mí.

—¿No está usted en el pabellón equivocado, doctor? —le pregunté.

Sonrió.

—¿He tenido un lapsus?

—Algo así.

Me volví hacia el detective.

—Mire, si quería psicoanalizarme, tenía que haberme pedido permiso.

—¿En serio? ¿Y si quisiera agarrarle del cuello? ¿También tendría que pedir permiso?

—Bien —dijo el médico ligeramente alarmado—. Sólo estamos hablando.

—Usted está sólo hablando, doctor —dijo Wolfe—. Yo tengo un cadáver y un veterano que ya no puede hablar. Usted no es veterano, ¿verdad, Tom?

—No, a menos que cuente el Cuerpo de Formación de Militares en la Reserva.

—No creo que cuente. Me toca las pelotas detener a un veterano.

—¿Va usted a detenerme?

—No sé. ¿Lo hago o no?

—No se lo recomendaría. No he hecho nada.

—Vale. Pero habla con lengua bífida. Quizás ha perdido la chaveta. ¿Ha perdido este hombre la chaveta, doctor?

—No estoy familiarizado con este término diagnóstico —dijo el médico.

—Muy bien, utilicemos otro término. ¿Es sociópata, esquizoide, paranoico, sufre delirios? ¿Qué le pasa, doctor?

—Le he escuchado menos de cinco minutos... No lo sé. Disculpe por hablar de usted como si no estuviera en la habitación, señor Valle.

—Vamos, no fastidie... ¿cuánto tarda un diagnóstico, doctor? ¿Ha visto alguna vez a un psiquiatra haciendo su declaración pericial en el estrado? Dos minutos con el acusado y ya saben que éste no era responsable de sus actos.

—Me temo que mi fuerte no son los testimonios periciales.

—Ha de tener usted su fuerte, doctor. Hoy día no vamos a ninguna parte sin nuestro fuerte. El mío, por ejemplo.

—¿Cuál es? —inquirió el médico.

—Cerrar casos. Es el marine que llevo dentro. No dejar a nadie tirado. A nadie. Jamás. Tengo a uno muerto y a otro en el hospital. Y aquí está este famoso artista mamón diciéndome que no ha hecho nada.

—¿Quiere saber mi opinión? —dijo el médico.

—Pues claro.

—No ha hecho nada.

—¿Qué pasa ahora con lo de «le he escuchado menos de cinco minutos»?

—Pongamos que era una primera impresión.

Era indudablemente extraño que hablaran de mí como si yo no estuviera. Me hallaba de nuevo en la sala de juicios de Nueva York, mi abogado contra el de ellos, discutiendo mi destino mientras yo permanecía sentado básicamente con la boca cerrada.

—Él estuvo en esa tienda, doctor. Me juego cien dólares que sus huellas están en las bolsas de Doritos —dijo el detective Wolfe—. Si no, habría entrado y le habría dicho al indio que llamara a una ambulancia tras encontrar al señor Flaherty con la lengua cortada. Pero no entró. Así que o bien ya estaba en la tienda y vio al indio muerto, o bien ya estaba en la tienda y mató al indio.

—¿Y luego cortó la lengua del señor Flaherty? ¿Al hombre al que acompañaba a un hospital para que lo atendieran? —dijo el psiquiatra—. Perdone, pero creo que ambas cosas están ligadas. O hizo las dos o no hizo ninguna.

—Muy bien, de acuerdo, hizo ambas cosas.

El comandante DeCola entró y dijo que necesitaba examinar a Dennis y que, por favor, saliéramos de la habitación.

Ahora.

El tribunal levanta la sesión.

47

Se me ha olvidado mencionar algo.

Os lo dije al principio. Soy un poco inseguro con respecto al tiempo; a su especificidad. Qué sucedió cuándo. Cuándo qué llegó a saberse o sólo a sospecharse.

Llamé a ese laboratorio... Laboratorios Dearborne. De Flint, Michigan.

¿Recordáis?

La carta de los Laboratorios Dearborne en la cabaña de Wren. «Al señor Wren: Los resultados premilinares de sus muestras han confirmado sus preocupaciones. Por favor, vea el análisis médico adjunto.»

Pero el análisis médico no estaba adjuntado.

Así que los llamé.

Quería saber si el problema médico de Wren tenía algo que ver con su huida de la ciudad.

—Hola —dijo una voz de mujer joven.

—Hola —dije yo—. Hola, soy John Wren. Hace tiempo les mandé unas muestras y aún no he recibido los resultados. Como estoy preocupado por mi salud, me gustaría tener alguna respuesta.

—¿Su salud?

—Sí. Ustedes me analizaron unas muestras, y estoy esperando los resultados.

—Ya. Pero usted ha mencionado su salud.

—Así es.

Silencio.

—Aquí analizamos muestras de tierra, señor Wren.

—Muestras de tierra —repetí como un estúpido—. Claro. Por eso estoy preocupado. Porque he estado un poco enfermo y creía que podía haber algo en la tierra.

Volvió a preguntarme el nombre; me dijo que esperara. Luego regresó al teléfono y me dijo que me habían mandado los resultados hacía más de tres años. Que por qué llamaba ahora.

—Se me había olvidado —dije.

Resulta que había algo en el suelo.

—Tenía usted razón —dijo ella.

—Muy bien. Fantástico. Recuérdeme en qué tenía yo razón.

—Está caliente.

—¿Caliente? ¿Qué quiere decir?

—Tal vez necesite usted un contador Geiger, señor Wren. La tierra que nos envió... es radiactiva. ¿Puedo preguntarle de dónde la sacó?

Ella podía preguntar, pero yo no tenía por qué responder. Colgué.

Aún estaba preocupado por la salud de Wren.

En la cabaña de Wren, cuado él llamó desde Fishbein.

Cuando yo intenté cambiar de tema y charlar de cañas de pescar.

Ya os lo dije. Hice un reportaje sobre un concurso profesional de pescadores en Vermont. Me senté junto a hombres cuyos brazos parecían cuerdas trenzadas, a quienes por la noche les gustaba relajarse fumando cigarrillos Camel sin filtro y contándose unos a otros historias de pesca.

Me integré bien.

Tomé notas para el artículo. Reuní información.

Es lo que hacemos los periodistas. Aprendemos un poco de todo, sólo lo suficiente para equivocarnos.

Los hombres hablaban de sus cañas de pescar como si fueran antiguas novias. Debatiendo las ventajas de una u otra con nostalgia y cariño.

Pregunté a Wren sobre las cañas que tenía apoyadas en la pared. De qué clase eran.

Él dudó y dijo: «Cañas para truchas.»

Hay cañas de pescar de muchos tipos.

De agua dulce y agua salada, de fibra de vidrio y de grafito, de lanzamiento y para pesca con mosca.

Hay cañas de cuatro metros y de metro veinte, y de todos los tamaños intermedios.

No hay cañas para truchas. Tampoco para platijas, atunes o peces espada. Las cañas no se clasifican así... según el pescado. Si alguien se toma la pesca en serio y se retira a un campo de pescadores abandonado a pasar el tiempo sacando truchas del agua, debería saberlo.

Otra cosa.

Todo el mundo se ha ido. Solía verles en el aparcamiento cuando miraba por la ventana. Vendedores, gente de vehículos recreativos, familias pilladas entre el punto A y el punto B, incluso los sempiternos residentes como yo mismo que ocupaban habitaciones por semanas.

Nadie.

El motel está desierto. Ahora depende de mí.

Es lo que uno hace en un asedio.

Despejar la zona.

Aislar el objetivo antes de entrar.

48

Yo todavía era un hombre libre.

Todavía tenía tiempo.

Hasta que comprobaran mis huellas; al estar en libertad provisional, figuraban en su archivo. Hasta que el detective Wolfe convenciera a algún ayudante del ayudante del fiscal del distrito de que en realidad no hacían falta tantas pruebas cuando se trata de un mentiroso convicto.

Quizá no hacían falta.

Pese a que alguien una vez calculó que mentimos cien veces al día. A jefes, empleados, clientes, cónyuges, hijos, conciudadanos, cobradores de facturas, parientes, amigos. A los asistentes sociales de los Servicios de Protección a la Infancia. Y a nosotros mismos. Y después de mentirnos a nosotros mismos diciendo que hay un Dios, vamos y también le mentimos a él.

Unas mentiras son más gordas que otras.

La que le dijeron a Benjamin. La que le dijeron a Belinda.

La que le hicieron decir a Lloyd Steiner.

Yo lo sabía todo sobre mentiras gordas.

El historial médico de Benjamin estaba en la cuarta planta, como había dicho Rainey. La enfermera fue lo bastante amable para entregármelo después de que yo saliera con mi imitación del detective Wolfe y se los pidiera.

Pero naturalmente había un problema con el historial de Benjamin Washington.

No ponía «Benjamin Washington».

Rainey tenía razón. Ponía «Benjamin Lee Briscoe».

Nacido en 1948. Veterano de Vietnam. Compañía Charlie. Sirvió en el delta del Mekong desde 1966 hasta 1968.

Noté un susurro en mi interior.

Me senté en una silla de plástico duro y miré la pared. Las enfermeras la usaban como tablón de anuncios. Había notas de alquiler de pisos, ventas de pasteles, perros en adopción, canguros e incluso noticias de nacimientos.

Noticias de nacimientos.

Lo contrario de lo cual son... las noticias de fallecimientos. Las necrológicas.

Llevé la mano al bolsillo de atrás. Saqué la cartera y busqué en el último compartimento, donde unas semanas antes había guardado el teléfono de John Wren.

Lo había garabateado en el reverso de algo.

Una imagen del memorial de Vietnam.

Granito negro pulido con un río interminable de nombres congelados.

Tuve que entrecerrar los ojos hasta ver finalmente su nombre. «Eddie Bronson» no era el único nombre en esa pared.

Un poco más abajo, metido entre Joseph Britt y James Bribly.

Hola.

Benjamin Lee Briscoe.

Por eso el nombre me sonaba.

Cuando encontré el nombre de Eddie Bronson aquel día en el *Littleton Journal*, estaba rodeado de otros nombres. Una noche había mirado la imagen con veneración etílica, un antiguo escritor de necrológicas contemplando la más triste de todas.

Benjamin Washington había muerto cincuenta años atrás en una inundación.

Pero había renacido.

Como el desorientado veterano que ese día estuvo deambulando hasta instalarse en la glorieta de la ciudad.

Él también había renacido.

«¿Quién es Eddie Bronson?» Era el título que Wren había puesto a su artículo.

Luego Wren había ido a Washington y había averiguado cosas.

Eddie Bronson era un desaparecido en combate, había acabado como abono en algún arrozal vietnamita. El veterano loco que se había establecido en la glorieta de la ciudad había tomado su nombre. Seguramente sufría la culpa del superviviente. Eso es todo. No es tan raro adoptar el nombre de un colega muerto cuando por alguna razón estás aún respirando, cuando tu vida ha acabado siendo un poema. Cuando la bruma de la guerra te ha seguido por todas partes como una nube negra.

Pero...

Quizás arrastraba la culpa del superviviente, pero no era a Vietnam a lo que había sobrevivido. Sino a algo peor.

Lo metieron en un manicomio.

Cuando le devolví el historial a la enfermera, le pregunté al respecto.

Ese manicomio.

¿El hospital había pertenecido siempre al VA? ¿O antes había sido otra cosa?

«¿Cómo lo sabe? —dijo—. Sí, fue un hospital donde se hacía investigación. En los cuarenta y cincuenta. Dirigido por la división médica del DOE. Tenía un ala infantil especializada en cánceres infrecuentes.»

¿Se acordaba del nombre?

«Marymount», dijo la enfermera.

«Marymount Central.»

«Gracias», dije.

Fui a despedirme de Dennis.

No estaba.

—Le ha dado un ataque —explicó el soldado—. Se lo han llevado al pabellón de los tarados. —Evidentemente estaba contento de tener otra vez la habitación para él solo—. Se ha vuelto loco. Fíjese lo que le digo... ya estaba loco.

—Alguien le cortó la lengua —observé—. Esto a usted también le fastidiaría un poco.

Tenía que haberme ido inmediatamente. Estaba armado y era peligroso, iba cargado de información inflamable, tenía que haber huido.

Pero Dennis yacía en la cama de un hospital definitivamente

incapaz de articular palabras, y, como había pasado con Nate el Patín, era culpa mía.

Yo lo había puesto en peligro.

Así que volví a coger el ascensor hasta la última planta y llamé por el interfono.

Rainey sonrió al verme.

Lo cual debería haber sido mi primera pista.

Tal vez estaba desorientado; últimamente no dormía mucho, y cuando lo hacía me pasaba casi todo el tiempo siendo perseguido por gigantes azules y médicos de ochenta años. En mis sueños y mis pesadillas de vigilia, yo sabía que ahora ellos eran la misma persona.

—Vaya, otra vez por aquí, detective Wolfe —dijo Rainey.

No pillé el tono. Ese sonsonete burlón.

—Tengo entendido que han subido a Dennis —dije.

—Así es.

—Tengo que verle —dije.

—Claro. No hay problema.

Abrió la puerta.

—Le dejaré en una habitación cualquiera mientras voy a buscarlo. ¿Le parece bien, detective?

Me parecía bien. Iba a despedirme de Dennis. Iba a ir a un último lugar y resolver el caso y ganar el premio Pulitzer.

—Espero que no le importe la decoración —dijo tras asegurarme que regresaría con Dennis en un santiamén.

Me daba igual la decoración. No me había fijado.

Estaba admirando el dibujo que conectaba los puntitos.

Mira, todos.

Lo estaba sosteniendo en alto para que todo el comedor soltara exclamaciones, mi papá y mi mamá y mi director y mi agente de libertad condicional y el doctor Payne y el reportero que había grabado en mi mesa «miento, luego existo». También Benjy y Belinda y Nate el Patín y Norma y Hinch. Ellos también. Estaba surgiendo de una cueva oscura y bañándome en el resplandor de la resurrección.

No estaba terminado del todo.

Pero era suficiente.

Os llevaré de un punto a otro.

John Wren se había encontrado con un desorientado y traumatizado veterano de Vietnam durmiendo en la glorieta de la ciudad. Eddie Bronson... así dijo que se llamaba.

Punto uno.

En un momento dado, Wren fue a Washington y descubrió algo desconcertante. Eddie Bronson era un muerto de la guerra de Vietnam. Desaparecido en combate. Estaba en esa pared. La gente no puede morir dos veces.

Punto dos.

Entonces, ¿quién era Eddie Bronson? Evidentemente, un veterano que padecía alguna clase de culpa del superviviente. Alguien lo bastante desorientado para tomar el nombre de otro y olvidar el propio. Olvídate de la familia, del pasado. Pero no del camino de vuelta a casa.

No.

De todas las glorietas de América, se había acostado en ésa. Él la llamaba su casa.

¿Por qué?

Porque lo sentía así.

Por lo menos se acercaba bastante.

En otro tiempo, él había vivido a treinta y cinco kilómetros carretera abajo, en una ciudad que ya no existía.

En Littleton Flats. Wren habría averiguado esto.

Punto tres.

Pero un día murió toda la gente de Littleton Flats.

Todos.

Incluido Benjamin Washington.

A menos que no hubiera sido así.

Wren empezó su investigación sobre la Inundación de la Represa Aurora.

Y descubrió cosas.

Se entusiasmó sobremanera. Luego tocó fondo... el loco de Littleton. Es lo que dijeron. Una noche se encerró en las oficinas del *Littleton Journal* y no quería salir.

¿Por qué?

¿Qué estaba haciendo allí esa noche?

Había sido desalojado del edificio, pero luego fue y se escondió en algún sitio para trabajar en el reportaje.

¿Qué reportaje?

Creí saberlo.

Era un reportaje sobre desaparecidos en combate ayudándose unos a otros.

Por razones estrictamente burocráticas.

Esos desaparecidos en combate de la pared de granito... sus expedientes siguen abiertos en el sistema VA mientras sus cadáveres sigan desaparecidos. Habían echado una mano a unos cuantos desaparecidos en un desastre nacional de otra clase. Sin saberlo, naturalmente. Les habían dado sus nombres. Los desaparecidos de Littleton Flats... donde no había una represa que saltó por los aires aquel domingo por la mañana.

No.

«Tal vez necesite usted un contador Geiger, señor Wren.»

Yo aún no había mirado dónde estaba.

Si lo hubiera hecho, habría advertido que parecía una celda acolchada pero sin el acolchado. Me habría dado cuenta de que Rainey no había regresado en un santiamén, que un minuto se había convertido en dos, luego en tres, en cuatro y en cinco.

El tiempo necesario para dejar constancia de algo.

Tictac tictac tictac, y de pronto fueron quince los minutos transcurridos desde que se fuera Rainey. De pronto me vi sentado en un duro banco metálico que se desplegaba desde la pared. Me hallaba en una habitación en la que uno no quiere pasar demasiado tiempo.

No estaba recibiendo elogios mientras presumía ante la multitud.

Estaba mirando a mi alrededor. Leyendo lo que diversas personas encarceladas habían grabado en la pared.

«Soy un hombre de penas constantes.»

«Soy un desaparecido en combate del mundo.»

Y ésta:

«Saludos de Kara Bolka.»

Antes de levantarme y recorrer el metro y medio que había hasta la puerta —tenía una pequeña rejilla, como en la que te encontrabas al salir del ascensor—, antes de hacer girar el pomo, empecé a pensar que quizá no se abriría. Que las puertas pueden abrirse y pueden cerrarse y a veces las puertas abiertas pueden convertirse en puertas cerradas.

Agarré el pomo y lo giré.

Cerrado con llave.

Hice un poco de fuerza. Nada.

Empujé la puerta como para asegurarme de que estaba verdadera y efectivamente cerrada. Di unos golpecitos, al principio con educación, por si se trataba de un malentendido, un simple problema técnico, para que Rainey viniera corriendo al instante a abrir y pedir disculpas.

Al cabo de un rato, empecé a aporrear la puerta.

—¡Eh! ¡Eh, Rainey! ¿Qué pasa aquí?

A veces, cuando formulas una pregunta en voz alta, ya sabes la respuesta. Es una mera formalidad. ¿Qué haces?, le gritas a alguien que te apunta con un arma en un barrio oscuro y de mala fama. Ya sabes qué está haciendo. Se prepara para disparar sobre ti.

—¡Eh, vamos hombre! Abran la maldita puerta. ¿Qué es esto? —grité con el pánico creciente de quien se ve atrapado entre dos plantas.

Rainey tardó diez minutos en aparecer.

Tiempo suficiente para que me sangraran los nudillos y chorreara de sudor. Para dejar numerosas marcas en la parte inferior de la puerta cuando intenté abrirla a puntapiés.

Rainey ya no sonreía. Tampoco me dejaba salir.

—Calle la puta boca —soltó.

—¿Sabe lo que está haciendo? Soy policía.

—Ya, yo también soy poli. El puto jefe de la policía.

Vale, se acabó la farsa.

—Vale, muy bien. Soy periodista.

—No me diga.

—Me llamo Tom Valle. Soy del *Littleton Journal*. A veces los reporteros hemos de mentir un poco para conseguir la noticia. No se nos puede encerrar por eso. Si no, estaríamos todos en la cárcel. Mire, déjeme salir y olvidemos esto...

—¿Mentir un poco? Esto es una mentira como una casa. Una verdadera trola.

Alguien había estado hablando con él.

—Oiga, ahora mismo está usted infringiendo la ley. Está ayudando y secundando a la gente equivocada. Aquí mismo... en este puto hospital. —A veces te das cuenta de lo asustado que estás cuando te oyes la voz. Hasta entonces, crees que todo va más o menos bien, que está bajo control... que vas a salir del apuro.

—Gente equivocada, vaya. Qué bien. Que divertido. Cálmese, ¿vale? ¿Por qué no se sienta?

—Déjeme salir, Rainey. Soy reportero, por el amor de Dios. Aquí se está cometiendo un crimen.

—Sí, en eso tiene razón.

—Yo no soy el criminal.

—Ah, sí, usted es el poli. El detective Wolfe.

—Si le hubiera dicho que era reportero, no me habría dejado entrar.

—Bueno, visto así...

—¿Va a dejarme salir?

—No.

Él estaba cumpliendo órdenes. Aquello era un hospital militar, y él cumplía órdenes.

—Oiga, no puede tenerme encerrado. Esto es una puta locura. Tengo derechos... —Era la cantinela de siempre, que él probablemente oía cien veces al día. Era como en todas las cárceles del planeta. Nadie es culpable. Nadie tiene por qué estar allí. Todo es un error.

—Derechos, ya —dijo Rainey—. Y yo tengo derecho a un poco de paz y tranquilidad, joder. Así que siéntese y cállese de una puta vez.

Grité algo. No estoy seguro de qué... algo con un montón de palabras de cuatro letras.

Logré dejar de gritar el tiempo suficiente para oír susurrar a alguien.

Ahí fuera... donde estaba Rainey.

Se había agachado a la izquierda de la rejilla; yo alcanzaba a oír una conversación. Pero no entendía las palabras.

—¡Eh! ¡Eh! ¿Quién está ahí? ¿Con quién está hablando, Rai-ney? ¡Eh!

Más pasos. El sonido de las ruedas de un carrito rodando so-bre las baldosas.

El pomo se movió, giró.

Retrocedí instintivamente, arrimándome a la pared.

Rainey y dos enfermeros de uniforme azul. Obviamente ha-bían sido escogidos por su tamaño y no por su trato amable a los pacientes. Uno llevaba una jeringuilla en la mano.

—¿Qué es eso? —dije.

—¿Qué parece? —dijo Rainey.

—No me pondrán ninguna inyección.

—Muy bien. Lo que usted diga.

—Están cometiendo un delito, ¿no lo entienden? Van a ir a la cárcel.

—No, yo me voy ir a casa. Después de que le acostemos.

—No me van a poner ninguna inyección.

—Está nervioso, tío. La gente nerviosa me pone nervioso.

El enfermero de la jeringuilla parecía samoano, como uno de esos zagueros de la liga de fútbol de nombre impronunciable. Sonrió y dijo:

—Venga.

—No, gracias. Aquí estoy bien. Gracias de todos modos.

—Mire, amigo —soltó con cansada exasperación—. Pode-mos hacerlo por las buenas o por las malas.

—Muy bien... por las buenas. Déjenme salir y yo también seré bueno con ustedes. Lo prometo. Con todos ustedes. Lo comprendo. Están cumpliendo órdenes. Lo entiendo. Ustedes son ordenanzas; los ordenanzas cumplen órdenes. Yo no soy un paciente. Soy un reportero. Estoy escribiendo una historia.

—Mejor que deletree bien mi nombre, hermano —dijo el sa-moano—. Tiene once letras.

—¿Nombre? Eh, que no voy a mencionar su nombre. Sim-plemente déjenme marchar, y todo en orden.

—¿En serio quiere eso? —dijo Rainey—. ¿Quiere que lo ate-mos de pies y manos, que le pongamos la camisa de fuerza y que lo jodamos vivo? ¿Quiere toda la caballería encima?

—Vale, muy bien, ustedes ganan —dije.

Había un pequeño espacio entre el samoano y la puerta, una abertura de luz del día que un buen *running back* atravesaría como un huracán de fuerza 4.

—¿Puedo subirme yo mismo la manga? —dije.

No había jugado al fútbol americano desde niño, tres contra tres en la calle, donde tenías que estar atento a los coches. Entonces había sido considerado astuto, algo que era bueno en la calle 167 aunque ya no lo fue tanto más adelante, en la sala de redacción.

Intenté parecer tranquilo, resignado a mi destino.

Es difícil hacerlo con todos los músculos del cuerpo si éste tiembla de miedo.

La gente nerviosa les ponía nerviosos. La gente relajada los relajaría. A ver. Rainey ya estaba con la espalda apoyada en la pared. El otro enfermero se iba, ya no se le necesitaba, ausente. El samoano cruzó los brazos, como un marido paciente esperando a que su mujer salga del vestidor para que él pueda irse a casa a ver el partido.

—¿Qué brazo prefiere? —pregunté.

—Usted elige, hermano —dijo el samoano.

—Pues como soy diestro, el izquierdo —dije, y empecé a subirme metódicamente la manga.

Uno, dos, tres.

Uno, dos, tres.

Bájate del manzano de mi viejo...

Directamente desde la calle 167, Queens.

Corrí a la luz del día.

Sorprendiéndolos lo suficiente para zafarme del intento del samoano de placarme el brazo.

Lo bastante rápido para abrir la puerta de golpe y llegar al pasillo.

Lo bastante sereno para dejar atrás a un médico/enfermero/paciente sin detenerme a verificar qué exactamente.

«Corre, Forrest, corre...»

Podía haberlo conseguido. En serio.

Todo el trayecto hasta el ascensor y hasta la planta baja donde podía haber montado un número, donde podía haber dicho es increíble lo que esos tipos quieren hacerme, donde el comandante DeCola los habría mandado inmediatamente de vuelta al pabellón psiquiátrico.

Quizá lo habría conseguido, pero me encontré con una pared. Humana.

Al final el samoano me pondría la inyección.

Cuando desperté, tosí, farfullé, abrí los ojos y miré. Estaba mirando un espejo. Un espejo de parque de atracciones en el que tu reflejo se hace borroso como una acuarela mojada por la lluvia, lo bastante deformado para que sientas un desasosiego inquietante.

Mi reflejo me sonreía, aunque yo estaba prácticamente seguro de que no le estaba devolviendo la sonrisa.

Eso me hizo sentir aún más inquieto.

—Hola —dije, y mi voz sonó como si surgiera de una mala conexión de móvil—. Hola. ¿Quién eres?

—Ya me lo ha preguntado antes —contestó el reflejo—. Soy un fontanero, ¿recuerda? Estoy haciendo mantenimiento rutinario. —El mismo falsete sibilante que había oído aquel día en el sótano. «Como de chica», había dicho Sam.

Seguía sonriéndome.

«No puede tocarme —dijo la sonrisa—. No puede... no puede... no puede...»

No podía tocarlo.

Yo estaba tumbado. Los brazos y las piernas fuertemente atados con correas.

—Nos siguió hasta la gasolinera —dije, todavía con esa voz lejana y extraña—. Localizó mis resguardos de la tarjeta de crédito y nos siguió.

Se rio.

—¿Tarjeta de crédito? —Negó con la cabeza—. No habría sido demasiado práctico —dijo.

—Sabía dónde estábamos. ¿Cómo es eso?

—Usted es periodista de investigación. Averígüelo.

Como un sueño.

—¿Por qué estoy atado? —pregunté.

—Ah, eso. Se estaba resistiendo al tratamiento.

Un defecto de nacimiento, pensé, al mirarle la cara. Había supuesto que era un accidente: una colisión horrible tras la cual fue imposible armarlo todo otra vez al estilo Humpty Dumpty. No lo era. Era un fallo en el proceso de fabricación. Había salido así.

—Usted estaba en la gasolinera. No lo entiendo.

—¿No?

Se llevó la mano a la oreja e imitó algo. Estábamos haciendo charadas.

Vale. Por supuesto.

—El móvil —dije—. Usó usted mi móvil.

—No puedo comentar nada. Quiero decir, ¿esto es extraoficial? No quiero que nadie me cite ni nada.

—Trianguló mi señal.

Ahora eso se podía hacer: los satélites son capaces de establecer exactamente tu posición con un margen de error de quince centímetros. No tienes por qué estar utilizando el teléfono, sólo ha de estar conectado. Por eso pudo estar él allí. Seguirnos por la autopista y luego acercarse sigilosamente a la gasolinera, donde nos habíamos quedado dormidos.

—Mató al empleado —dije—. Y le cortó la lengua a Dennis.

—Vaya. Dicho así parece algo tremebundo.

—¿Por qué? Yo estaba dormido. ¿Por qué no me mató a mí? Soltó una risita; no dijo nada.

—¿Qué quiere? ¿Qué va a hacer conmigo?

—Soy fontanero. No psiquiatra.

—No estoy loco.

—Desde luego que no.

—Sé lo de Kara Bolka. Y lo del batallón médico 499. Sé lo que pasó en Littleton Flats.

—Una historia bárbara, ¿eh?

—Y si yo lo sé, si yo lo he averiguado, alguien más lo hará. ¿No lo entienden? No seré sólo yo. No pueden volver a meter el agua en la botella. Se ha derramado. Está por todo el puto suelo.

—Eso es lo que hacemos los fontaneros. Arreglamos escapes.

—Y yo soy el escape —dije. Agujas y alfileres. Tenía agujas y alfileres en las piernas—. Y me están arreglando.

—No se apure. No cobro por mis servicios —dijo.

—¿Qué le pasó en la cara? —pregunté.

—¿Mi cara? ¿Por qué? ¿Qué le pasa a mi cara?

—No está.

—Ah, eso. Encajé demasiados ganchos de izquierda.

—Eso no es de boxear.

—Muy bien, me ha pillado. Eso es lo que cuento a las mujeres en los bares.

—¿Y le creen?

—Nunca.

—¿Qué le pasó en la cara?

—Fue un accidente.

—No hay cicatrices.

—Un accidente de nacimiento.

—¿Dónde? ¿Dónde se produjo el accidente?

—En un hospital.

—¿Qué hospital? —inquirí, sabiendo cuál sería la respuesta aunque mi cerebro estuviera inundado de fármacos.

—Éste. No siempre fue un hospital VA.

—No. Era un hospital donde se hacía investigación —dije—. Para el DOE. También sé qué clase de investigación. Usted estaba ahí. Otro residente de Kara Bolka.

—Kara Bolka —repitió—. Aaah, éste era sólo el apodo. Los médicos. Una especie de broma. Nosotros no éramos residentes de Kara Bolka, sino sus refugiados. Vivíamos como ratas en la oscuridad. Era el lugar donde vivía el coco. El cuento que nos contaban para mantenernos asustados.

—Sí, pero ¿quién era el coco?

Sonrió.

—Creo que ya lo conoce.

—Sí. Y alguien más también. Sólo que ella entonces no lo sabía. Tenía tres años.

—La pequeña —susurró—. Bailey.

«¿Cree en cuentos de hadas? ¿Ha leído alguno de adulto?

Pues quizá debería. Incluso cuando ha dejado uno de creer en duendes, pegan unos sustos de muerte.»

Los cuentos de hadas pueden leerse de dos maneras.

—Bailey vio las cosas como las vería una niña pequeña —dije. Mi voz sonaba como una radio con interferencias.

—Los de los equipos de salvamento, con sus trajes blancos, parecían otra cosa. Parecían robots sin cara. El ruido que hacían sus detectores de radiación parecía un lenguaje; emitían chasquidos como los delfines. Los médicos con mascarillas eran extraterrestres sin boca. Su hospital de campaña parecía una nave espacial. Ella recordaba una luz azul brillante... él tenía los ojos más azules que he visto en mi vida.

—Menos mal que no estamos solos, ¿eh?

—¿Por qué?

—¿Por qué? ¿Por qué qué?

—¿Por qué Bailey no se convirtió en otra refugiada? ¿Por qué no se la llevaron como a los demás... como a Benjy? ¿Por qué no la encerraron en Kara Bolka?

—No puedo saberlo. Aún no había nacido.

—Nació después de que sucediera. Aquí.

—Ajá.

—Su madre... ¿qué le pasó?

—¿Qué cree usted que le pasó? —dijo—. Neutrones y rayos gamma. Fue cocinada en un horno de microondas. Yo soy lo que salió del horno. —Rio de nuevo, pero esa vez la risa sonó débil y amarga.

—Pero usted...

—¿Qué?

—Les está haciendo el trabajo sucio.

—Yo soy su trabajo sucio. Además, mis posibilidades de encontrar empleo eran, digamos, limitadas. Considéreme un síndico honorario que ha ido accediendo a niveles mayores y mejores. Y oiga, las pensiones del gobierno son insuperables.

—¿Qué sector del gobierno? ¿El DOE?

—Digamos un sector que no aparece en la guía telefónica.

—Usted se convirtió en su asesino a sueldo. Su fontanero. ¿Después de lo que hicieron?

—Aprenda de la historia. ¿Sabe quiénes eran los peores guardianes de los campos de concentración nazis? ¿Los más crueles? No eran los nazis. Los *kapos*... los judíos a los que proporcionaron sus propias porras de goma.

—¿Le amenazaron con la cámara de gas?

—No, sólo con la última planta de este hospital. Con eso bastaba. Además, ellos no destruyeron Littleton Flats. Lo hizo el fantasma de la máquina.

—No estoy hablando de Littleton Flats. Estoy hablando de lo que le hicieron a Benjamin. De lo que le hicieron a usted.

Ese estremecedor falsete. Los italianos lo llamaban de otra manera, naturalmente.

Castrato.

—Le mutilaron. Cuando era sólo un bebé. Igual que le pasó a Benjamin. Les castraron a ambos.

Aquella sonrisa otra vez; ahora era posible verla bien. Sé el primero en mirar con desdén, no dolerá tanto cuando sean los otros los que miren así.

—¿Ve esto? —Señaló su cara—. Mírelo bien. Creyeron que con uno bastaba. Estaban protegiendo la reserva genética. Es difícil censurarles nada.

Me pareció que su expresión estaba revelando algo más. «Mire lo que me hicieron. Mire.»

—¿Cuántos sobrevivieron? —le pregunté—. Benjamin, su madre. ¿Cuántos se salvaron aquel día?

—Lo siento. Ya se lo he dicho. No había nacido aún.

—Cuando el hospital se convirtió en VA, le proporcionaron leyendas —dije—. Los niños que habían sobrevivido. Los nombres de veteranos desaparecidos en combate de aproximadamente la misma edad. Necesitaban justificar que fueran pupilos del VA, absorberlos en el sistema. Benjamin Washington pasó a ser Benjamin Briscoe. Tuvo suerte, conservó el nombre. Y había otro superviviente, ¿verdad? Al menos uno. El que tres años atrás llegó errante a Littleton y durmió en la glorieta de la ciudad. Eso es lo que Wren averiguó cuando fue a Washington; por eso regresó y empezó a hacer preguntas sobre la inundación.

—Sólo puedo informar de lo estrictamente necesario —dijo—. Déjeme comprobar la lista para ver si está usted. Volveré luego.

—Hice copias de todo lo que tengo. De todo lo que sé. Las tienen las personas adecuadas.

—Ya —dijo, con semblante que indicaba aburrimiento—. No creo que las personas adecuadas respondan a sus llamadas.

—Un reportaje es un reportaje.

—Y usted es realmente un narrador. Sólo que sus artículos no son reales. Vienen con granos de sal incluidos. Si somos sinceros, kilos de sal. No lo somos, por supuesto. Sinceros, quiero decir. Usted no hizo copias de nada. ¿La gente adecuada? No atenderá sus llamadas ni el *National Enquirer*.

—Tiene razón —dije—. No hice copias de nada. No me creerá nadie. Así que puede soltarme.

No se tomó la molestia de contestarme.

—Se me están entumeciendo las piernas. ¿Puede aflojar las correas?

—¿Tiene una prescripción de su médico?

—Por favor.

—Practicar la medicina sin título es delito.

Una vez a mi dentista se le fue un poco la mano con el gas anestésico. No era una sensación agradable de flotar... era más bien como flotar fuera de la estratosfera, donde el aire está enrarecido y no se puede respirar. Me sentí así. El fontanero decía algo, pero las palabras tardaban un rato en aparecer. Tenían que recorrer todo el camino hasta Marte.

A Benjy le habían inyectado lo mismo.

Todo aquel balbuceo sobre el pabellón psiquiátrico. Quizás había mascullado algo sobre explosiones, inundaciones y médicos blandiendo bisturíes. Sobre que su verdadero apellido era Washington y que nunca había pisado Vietnam. Daba igual. Era todo ruido y furia, una historia contada por un idiota.

Hay que aceptar las cosas como son.

Cuando intenté preguntarle al fontanero qué iba a pasar ahora —si viviría o moriría o quizá tendría una especie de muerte ambulante como Benjy—, no podía formar las palabras. Salían embrolladas. Me entró la risa tonta.

Me encontraba en la misma habitación que antes. Ahora me daba cuenta.

En la pared había un lugar reservado para mí. Podía enviar por correo mi propia carta desde Kara Bolka. Soy un desaparecido en combate del mundo. Llamad a Dios a cobro revertido.

Ésa era la parte peor del pabellón psiquiátrico.

El lugar donde llevaban a los casos perdidos, los que ni siquiera tenían cucharas de plástico.

No hagáis caso de nada de lo que os diga, esto es lo que advertirían a los enfermeros. Miente. Dirá cualquier cosa. Os dirá que es reportero; parloteará sobre reactores nucleares y ochocientos muertos y tremendas maniobras de encubrimiento y Kara Bolka. ¿Qué es Kara Bolka, decís? Quién sabe. Los desvaríos de un esquizofrénico paranoico con tendencias homicidas. Por lo visto mató al empleado de una gasolinera. Y disparó sobre un chico de diecinueve años de Littleton, California. Y le cortó la lengua a Dennis.

Parecía una buena historia. Si alguien me contaba una así, se la contaría luego a Hinch. Y la escribiría.

Seguro.

49

Una celda de aislamiento.

Ahí estaba yo.

Ningún contacto con nadie. Al menos, no todavía.

Venían dos veces al día a ponerme inyecciones. A atontarme, a mandarme flotando a Marte donde pequeños hombres azules te atan y te meten en la cabeza pensamientos extraños.

No había ventana. Miraba la pared todo el rato. El techo tenía manchas de humedad que empezaban a parecer cosas si las observaba el tiempo suficiente. Como nubes en un cielo de agua sucia. Una mancha parecía el símbolo de las barberías, con sus divertidas franjas alternas en espiral. Había también un perfil de George Washington. Palabra de *boy scout*. Un Chevy del cincuenta y ocho con unos chulos alerones traseros.

Eso es lo que hace uno cuando está encerrado bajo llave.

Cuando su cerebro se está cociendo a fuego lento.

También usaban narcóticos; los psicotrópicos han progresado mucho con los años. Cada día me hacían una lobotomía frontal. No hacía falta punzón.

Todavía.

Aprendí a concentrarme, aunque era como mirar a través de la niebla. Aprendí a entrecerrar los ojos, mentalmente hablando. A reunir esas pequeñas neuronas y decir: «Vamos chicos, uno, dos, tres...»

Grabé cosas en la pared para ver si era verdadero inglés. Si era remotamente inteligible.

Si tenía sentido, lo hacía. Si era una locura, es que yo estaba loco. Un test.

Anoté nombres. Una especie de ejercicio mental.

Mi equipo de bolos. Mis compañeros de trabajo. Sam, Seth, Marv, Nate y Hinch. Una banda de folk, un bufete jurídico de vergonzosos perseguidores de ambulancias.

Los deletreé hacia atrás, hacia delante y del revés.

Los conecté como vagones de tren y los llevé a dar una vuelta.

Hice que Belinda y Benjamin fueran los pasajeros.

Aparté el tren, añadí los nombres de toda la gente que yo conocía, mezclé los vagones, los volví a colocar en las vías. Hice que se estrellara y quedara hecho trizas.

Puse los restos por orden alfabético.

A antes que B, que precede a C, que rima con D, que suena sospechosamente igual que E.

Comencé con Anna.

Vale, seguramente me lleváis mucha ventaja.

Lo entendisteis todo cuando ella me dijo su nombre en el aparcamiento de la bolera. Cuando se inclinó sobre el fuselaje y me enseñó cómo era un chasis de verdad.

Habéis intentado gritármelo desde entonces.

Os habéis estado preguntando cuándo penetraría en este grueso cráneo, cuándo me daría cuenta con un fuerte y retumbante «vaya».

Quizá sólo necesitaba un cóctel de Haldol y cuatro paredes blandas en las que escribir.

Y tiempo por delante.

Necesitaba que alguien me sustituyera e informara sobre la inauguración del último centro comercial y sobre el precio de las alpacas de dos cabezas. Me hacía falta tiempo para reflexionar.

Rayé su nombre en el yeso, la número uno en la Lista por Orden Alfabético de Tom, que no sabía que yo estaba ahí y a la que, en todo caso, le habría importado un pito.

Anna Graham.

Tuve que mirar un buen rato para que las letras se volvieran borrosas, para que dos palabras se fusionaran y se convirtieran en una.

AnnaGraham.

Tenía que pronunciarlo así.

AnnaGraham... AnnaGraham... AnnaGraham... susurrándolo fuerte antes de comprender por fin que estaba susurrando algo distinto.

Anagrama.

Anagrama.

Anagrama.

Dejé de susurrar.

Me había quedado sin habla ante lo que me había negado a ver.

Anagramas.

Yo lo sabía todo sobre anagramas, ¿no?

Mi pediatra abortista y terrorista —o era tocólogo, ya no me acuerdo— me había proporcionado montones de anagramas en su conmovedor intento de despistarme.

A ese intrépido reportero no se le resistía nada.

Los había descifrado todos.

Sólo que, claro, él no era real.

Después de que se descubrieran ciertas incoherencias en un artículo reciente publicado por este periódico sobre un pediatra y terrorista antiabortista, hemos llevado a cabo una investigación exhaustiva. Tenemos que informar con pesar a nuestros lectores de que se ha descubierto que el señor Valle, autor del artículo y reportero de este periódico durante más de cinco años, se inventó detalles importantes del mismo. Además, ahora se sospecha que se inventó todo o parte de otros cincuenta y cinco artículos. Cuando nos enteramos de esto, el señor Valle fue inmediatamente despedido, abriéndose la posibilidad de futuros castigos y un posible procesamiento. También hemos anunciado la dimisión de nuestro redactor jefe de toda la vida, y hemos implantado en nuestro sistema algunos cambios importantes que, es nuestro deseo, evitarán que vuelva a producirse esta clase de fraude periodístico. Pedimos perdón a todos nuestros lectores, que confían tanto en nuestra integridad.

Cincuenta y seis artículos.

Incluido uno de un grupo de combativos actores que se ofrecían para realizar trabajos fraudulentos.

Y uno sobre una moda peligrosa llamada Auto Tag.

Y uno sobre un médico que conocí en las ruinas de una ciudad destruida.

Donde el médico me dio anagramas.

De acuerdo, Anna.

Iré donde quieras que vaya.

Anna Graham.

Hamnaagram.

Gramahanna.

Man. Gram. Ana. H.

No paraba de darle vueltas. Pasé así toda la tarde... ¿o era la mañana? Sin ventana, era difícil saberlo.

No podía desentrañar el misterio. Las letras se pegaban unas a otras, se callaban como un muerto, se negaban a hablarme.

De pronto lo vi.

Anna tenía dos nombres.

Claro.

Tardé menos de diez minutos en sacar el segundo nombre y volverlo a poner. En tiempo psicotrópico, el parpadeo de un ojo.

«AOL: Kkraab.»

El anagrama que Anna quería que yo viera.

Si cambias de sitio las letras de «AOL: Kkraab», inmediatamente lo tienes delante.

Ya lo había visto antes. Cuando miré el catón de Benjy. Por si fallaba la primera vez.

«Karabolka.»

La noche que había encontrado un ordenador en el puesto de las enfermeras.

Me había metido en internet. Había encontrado las páginas adecuadas.

La mitad estaban en ruso.

Al fin y al cabo, Karabolka era un nombre ruso.

Ya es hora de que conozcáis la historia.

¿Por qué no?

Ya va siendo hora.

La historia que seguramente escuchó Benjy.

Y el fontanero.

Y el hombre que llegó aturdido y desorientado a Littleton Flats tres años atrás, y todo aquel que ese día hubiera salido a la superficie, rescatado de un tipo de olvido para verse sumergido en otro.

No es exactamente un cuento para la hora de acostarse, a menos que la intención sea pegar a alguien un susto de muerte.

Uno de los que sólo se cuentan junto a una hoguera en un bosque oscuro como boca de lobo.

Uno de los hermanos Grim.

El epílogo que el batallón 499 había estado esperando.

Hiroshima reeditada.

Sólo que nadie lo sabía.

Nadie.

Era un secreto grande, gordo.

¡Chissss!

50

Lo primero, Karabolka.

Sólo una palabra; Benjy no tenía talento para la sintaxis. Le sonaría como el nombre de alguien.

El nombre del cielo en la tierra. Del purgatorio. De ¡vaya!

El nombre de una ciudad rusa.

Una ciudad rusa situada al viento con respecto a otra ciudad rusa que no tenía nombre.

Una ciudad que no aparecía en ningún mapa.

Nunca.

En ninguno.

Podía uno buscar y buscar y no la encontraba nunca. Para los cartógrafos del mundo, era invisible. McMillans no había oído hablar de ella.

Nadie se atrevía a decir una palabra.

Había sido construida en los montes Urales con esqueletos ambulantes del Gulag. Fueron sus primeras víctimas, arrojadas a fosas comunes tras haber muerto de desnutrición, tuberculosis o palizas, y luego rociadas con cal. Lo mismo que habían hecho los escuadrones de la muerte nazis, los Einz *gruppen*, a los rusos en Babi Yar, Stalingrado y Minsk en la Gran Guerra Patriótica.

La ciudad sin nombre servía a un fin y a un dios.

El gran Dios Plutonio.

Era una anotación, una pista, un engañoso paseo en poni al olvido.

El hijo ilegítimo de la madre Rusia.

No tenía nombre; era Secreto con S mayúscula.

Su laboratorio nuclear secreto producía plutonio secreto en masa.

Su personal nuclear secreto vertía desechos radiactivos secretos en tanques de almacenamiento secretos.

Su policía secreta vigilaba a ochenta mil ciudadanos secretos.

¿Cuál era el primer susurro de ese secreto?

El humo.

Cantidades ingentes de humo.

Largas, gruesas y retorcidas columnas de humo, como trenzas de una anciana.

Eso es lo que les pareció a los habitantes de la ciudad de Karabolka.

La mayoría tártaros, parte del caldo étnico que a Stalin le gustaba remover a fuego lento, quitando de vez en cuando la grasa de la superficie y arrojándola en algún lugar de Siberia.

Los tártaros salían de sus casas y miraban el humo salir desde detrás de la hilera de árboles a sotavento con respecto a ellos.

Fuego en el bosque, pensaban.

Un infierno imponente.

Pero un fuego en el bosque, al fin y al cabo.

No sabían qué era realmente porque la ciudad secreta era tan secreta que no tenían ni idea de que estaba allí.

Ni idea.

No tenían pista alguna de que a unos treinta y cinco kilómetros había una enorme ciudad atómica, en pleno bosque oscuro.

No sabían que el fuego no era un incendio en el bosque.

No podían saber que el sistema de refrigeración del reactor nuclear secreto de la ciudad sin nombre se había desconectado inexplicablemente.

Que el calor había aumentado rápidamente en un tanque de almacenamiento lleno de residuos radiactivos tóxicos.

Que al final había saltado irrevocablemente por los aires.

Que había explotado con la potencia de setenta toneladas de TNT.

De cuatro Chernobyls.

De diez Hiroshimas.

Que había arrancado el techo del edificio del almacén y enviado desechos radiactivos a kilómetros de distancia a través de la atmósfera.

Sólo sabían lo que les decían sus ojos.

A la mañana siguiente, en Karabolka todo estaba cubierto por un espeso hollín negro anaranjado.

Todas las cosas.

Fue entonces cuando apareció una brigada del Ejército Rojo y acordonó la mitad de la ciudad.

La mitad de los tártaros.

No podía entrar ni salir nadie.

Porque en realidad había dos Karabolkas: la tártara y la rusa nativa.

A los rusos nativos se les dijo la verdad. Fueron evacuados inmediatamente en largos camiones negros. Nunca regresaron.

A los tártaros se les engañó.

Se quedaron.

«En otro tiempo hubo dos pueblos. Uno en que siempre se decía la verdad. Otro en el que siempre se mentía.»

Se había filtrado petróleo en las aguas subterráneas. Ésta es la mentira que se les contó a los tártaros.

Por eso sus vacas, ovejas, cerdos y caballos estaban muertos o se estaban muriendo.

Por eso el agua de sus pozos tenía un sabor metálico.

Por eso lo cubría todo un hollín negro anaranjado.

Por eso estaba allí el Ejército Rojo.

Petróleo.

Alguien tenía que limpiarlo.

Ellos habían sido los elegidos.

Los soldados del Ejército Rojo los hicieron marchar a los campos, donde con las manos desnudas arrancaron patatas, zanahorias y ñames que enterraron en profundas fosas.

Los condujeron en fila india a la ahora desierta mitad rusa de Karabolka, donde restregaron el hollín de los ladrillos y echaron abajo las casas de tablillas de una sola estancia.

Los llevaron a establos estremecedoramente silenciosos, de donde, arrastrándolos por la cola, sacaron los animales muertos que después arrojaron a fosas de cal tóxica.

La mayoría de los trabajadores eran niños, de ocho, nueve, diez, once años.

Niños y niñas.

Haciendo excursiones de clase diarias a la zona radiactiva.

Comenzaron a sangrarles las manos.

Las lesiones pronto cubrieron sus cuerpos como picaduras de mosquitos.

Vomitaban bilis verde.

No hay problema, dijeron los soldados.

Es el petróleo. Limpiad la ciudad, y todo el mundo se encontrará mejor. Todas las enfermedades desaparecerán.

Todos los dolores de cabeza y las náuseas. Las hemorragias rectales y los vómitos verdes. Las llagas abiertas y las caídas del cabello. Todo.

La limpieza prosiguió durante un año entero.

Cuando llegó el invierno, la nieve se negó a cuajar.

El agua de los pozos seguía siendo salobre, fétida. Sabía a hojalata.

Invadió la ciudad una especie de enfermedad del sueño.

No importaba.

Se quedaron donde estaban.

Los niños siguieron yendo a los campos, a los establos muertos y a las casas abandonadas.

Más adelante, se les acabó conociendo como los «liquidadores jóvenes»... mucho más adelante, cuando se supo todo.

Los niños con las manos radiactivas. Los hijos de los condenados.

Una generación entera que se caían muertos sin más.

A la larga, cinco mil niños tártaros quedaron reducidos a menos de cien.

Incluidos los recién nacidos.

Los nacidos semanas, meses, incluso años después.

Niños diferentes de los demás niños de la tierra. Niños que pertenecían a ferias ambulantes o acababan metidos en tarros de especímenes.

Destino final de algunos de ellos. Podéis ir al Museo Chelyabinsk de Embriología y verlos allí.

Los salidos de ovarios contaminados, sumergidos en formol, y dispuestos en hileras en largas estanterías de madera.

Caras de pez. Piernas de tritón. Ojos de anguila. Piel con escamas, pies ungulados y colas de cachorro de perro.

Como una antigua maldición llamando a la puerta.

Como si en ese tanque secreto de almacenamiento no hubiera habido residuos radiactivos, no, sino el brebaje de una bruja que fuera arrojado sobre la gente inocente.

El secreto era ése.

El secreto que no se iba a contar. No se podía contar. No se debía contar jamás.

Salvo...

De vez en cuando, cuando los niños estaban en los campos, hundiendo sus manos desnudas en la tierra del color de la noche. De vez en cuando un ruido. Por encima de sus cabezas, en algún lugar del cielo. Como un susurro de Dios. Lo bastante fuerte para oírlo aunque también lo bastante débil para olvidarlo.

Pero allí.

Los hombres del Ejército Rojo, vigilándoles con fusiles, nunca parecían oírlo.

Pero ellos sí.

Tal vez Dios sólo susurraba cosas a los niños.

A los liquidadores jóvenes que muy pronto serían los liquidados. Quizás era sólo para sus oídos.

Una promesa.

Un juramento.

Un reconocimiento de su dolor.

No olvidaré.

No.

Dios lo ve todo, ¿no?

Alguien estaba mirando.

No era Dios.

Era un ojo colgante de vidrio.

Era una cámara fotográfica volando a mil kilómetros por hora.

Sacando cincuenta fotos por segundo en una panza de acero aerodinámico. Zumbando por encima del radar, como Ícaro camino del sol.

El *U-2*.

El avión secreto.

Tomaos un momento para maravillaros de la simetría, para deleitaros con el irónico resplandor antes de moriros de risa.

El avión secreto americano. En un vuelo secreto. Sobre un pueblo ruso secreto. Que había sufrido la mayor explosión nuclear de la historia.

«Si no decís nada, nosotros no diremos nada.»

No diremos nada porque nosotros no hacemos volar aviones en el espacio aéreo ruso. No.

Vosotros no diréis nada porque no estáis fabricando en masa plutonio secreto que acaba de convertirse en humo. No estáis matando a vuestros propios niños. No.

Un trato.

Dios no estaba susurrando nada a los niños.

Era el susurro de dos enemigos incapaces de gritar.

Ya de regreso, donde las fotos secretas fueron ampliadas y estudiadas minuciosamente, analizadas y diseccionadas, extrajeron de ellas toda la información posible. Si algún día pasaba algo —no es que tuviera que pasar, o que pudiera pasar, pero supongamos que sí, que se estaban preparando para cualquier contingencia, al margen de lo absurda, de lo descaradamente ridícula que fuera, aun así...— si pasaba algo, nosotros sabríamos qué hacer. Sabríamos cómo afrontar la situación.

Tomaríamos las medidas adecuadas.

Y pasó.

51

Instantáneas.

Mis días pasaban como un álbum que es hojeado rápidamente hasta la última página, pequeñas fotos que a veces estaban borrosas, a veces no. A veces yo era incluso capaz de recordarlas.

—¿Cómo pasó? —pregunté a Herman Wentworth.

Si estás en un hospital el tiempo suficiente, a la larga acabas conociendo al médico jefe. Vale, al médico jefe jubilado.

El médico emérito jefe.

—Un error humano —dijo Wentworth—. Un pequeño problema con el sistema de refrigeración. Entonces se usaba el método de ensayo y error.

«Un pequeño problema... ensayo y error.» Hablando de una planta nuclear que estalla por los aires como si se hubiera construido un volcán en un laboratorio científico y el profesor hubiera acabado con algo negro en la cara.

Sólo un pequeño accidente.

A veces pasa.

—Es lo que ocurrió en Rusia —dijo—. Lo mismo. El sistema de refrigeración que funcionaba mal.

—Ya.

Wentworth estaba inyectándome algo. Yo miraba al padre de la patria en el techo.

«Hola, George.»

—La planta de la Represa Aurora era sólo una tapadera —explicó—. Necesitaban el agua para enfriar el núcleo.

—Ellos tenían sus plantas secretas —dijo—. Nosotros también. Era otra época. Vivíamos bajo la sombra del Armagedón nuclear. Difícil de imaginar ahora. El miedo omnipresente.

—Y cuando la planta voló por los aires, fue sólo la rotura de un dique. Una inundación. Sólo que el agua no estaba llena de cadáveres y microbios; no había sólo cadáveres. Había radiactividad. Ustedes encubrieron eso. Cogieron a los supervivientes y los escondieron. La pequeña Karabolka de los americanos.

—Estábamos en 1954. ¿Qué íbamos a hacer? ¿Decirle al mundo que acabábamos de tener un accidente nuclear de veintidós megatones? ¿Decírselo a los rusos? ¿Decírselo al pueblo americano? Como le digo, era una época muy distinta.

—Entonces hubo muchas cosas que ustedes no le contaron al pueblo americano. Lo del centro de menores de Rochester. La mujer embarazada de Vanderbilt. Y este lugar. Cuando era Marymount Central. A propósito, Hospital VA 138... ¿era un chiste de carácter interno? El Uranio 138, de donde vienen los hongos atómicos.

No me contestó; estaba sacando la jeringa.

—Dejaron ir a uno —dije—. Un superviviente. La pequeña Bailey Kindlon. ¿Por qué?

—Aaah... Bailey. Estaba tan asustada, era tan pequeña... Pasó la mayor parte del tiempo fuera del agua. En términos radiactivos y comparativos, estaba limpia. Y sólo tenía tres años... eso también. Quizá no había visto cosas que algunos de los mayores sí habían visto, o comprendido.

—Cuando me dijo usted que había estado en el batallón 499, yo tenía que haberlo captado al instante. Los viejos tiempos en Hiroshima. ¿Qué había en esta inyección? Duele.

—Algo nuevo. Piense que es pentotal de sodio. Años diez de la nueva era.

—Todas esas mutaciones en Japón. Y luego en Karabolka. Les dieron un susto de cojones.

—Nos concienciaron de cojones.

—No lo suficiente. Necesitaron más.

—Todo tiene un precio. Las ratas de laboratorio presentan sus limitaciones.

—Así que utilizaron seres humanos. En Rochester. Y aquí. Luego sucedió lo de Littleton Flats y ya sabían qué hacer. Sabían ustedes adónde llevarlos. Los castraron, nada de gárgolas pequeñas que ofendieran su sensibilidad, que dieran lugar a otras mutaciones posteriores. Los drogaron para que olvidaran. Benjamin. Y el otro veterano que se escapó, que deambuló hasta regresar a Littleton como una paloma mensajera. Uno jamás olvida el camino de vuelta a casa, ¿verdad?... lo recuerda aunque tenga el cerebro embotado. Wren lo sorprendió durmiendo en la glorieta. Más adelante descubrió su nombre en la pared negra de Washington. La gente no puede morir dos veces, ¿a que no?

—¿Es esto lo que leyó usted en el artículo de Wren? ¿El que escribió sobre la inundación de la Aurora?

—Nunca hubo artículo alguno sobre la inundación. Wren no lo terminó. Jamás se publicó.

—Desde luego. No se publicó. Pero quizá fue escrito. Quizá lo dejó en algún sitio.

—No sé de qué está hablando.

—Ya veremos.

Siguiente página.

Rainey.

Yo no sabía si Rainey estaba en el ajo o no. Seguramente no. Sería sólo un soldado que hacía su trabajo.

Le pregunté cómo me podían engullir. Legalmente. Nadie estaba siguiendo las normas. Pero supongamos que sí.

—Estamos siguiendo las normas. Personas que son un peligro para sí mismas o para los demás —recitó—. Creo que usted reúne los requisitos.

—No soy un veterano. Éste es un hospital VA.

—Cuerpo de Formación de Militares en la Reserva. Usted satisface los requisitos.

—Vino a verme un psiquiatra con el verdadero detective Wolfe. A su juicio, yo estaba perfectamente cuerdo. ¿Podría verle?

—¿Cómo se llama?

—No lo sé.

—Pues es un problema. De todos modos, si me tropiezo con alguien que cree que usted está en sus cabales, vendré y se lo haré saber.

—¿Cómo está Dennis?

—Es difícil saberlo. No dice gran cosa.

—Yo no le hice nada. Le traje aquí. Le salvé la vida.

—Le diré que le escriba una nota de agradecimiento.

—Estoy diciendo la verdad.

—Pues claro, Pinocho.

Una tormenta.

Podía oírla bramar al otro lado de las paredes. Truenos. Era como estar demasiado cerca de un amplificador de bajos en un club de pequeñas dimensiones. Las vibraciones me golpeteaban las costillas.

«Una fuerte... fuerte... fuerte lluvia... va a caer...»

Cantaba yo.

Yo era mi propio iPod.

Seguía el canon de Dylan.

«Mejor que empieces a nadar o te hundirás como una piedra.»

La cita favorita de Anna. ¿Os acordáis? Que figuraba en AOL: Kkraab.

Quizás había sido otra pista para lo que carecía de pistas.

La Inundación de la Represa Aurora.

«Mejor que empieces a nadar.»

Ese día, Benjy seguramente nadó como un hijo de puta.

Y Eddie Bronson, quienquiera que fuese.

Y la madre del fontanero, también ella. Nadando para salir de un apuro y meterse directamente en otro. Directamente en las fauces de un tiburón.

Y ser tragados enteros.

¿Quién era Anna?

Si no era Anna Graham, ¿quién era realmente?

De lo que la gente te dice siempre hay algo que es verdad. Primera regla del Manual del Mentiroso. Es lo que hace creíble su discurso. Es lo que le permite ser aceptado.

Tendría que reflexionar sobre esto.

En serio.

En medio de la noche.

Un débil resplandor rojo se filtró por la puerta como si fuera sangre.

Oí pasos, algo más parecido a unos pies arrastrándose suavemente.

Parándose y poniéndose en marcha, como un juguete mecánico que se mueve dos pasos, se para, y hay que darle cuerda otra vez.

Alguien estaba recorriendo el pasillo. Deteniéndose en cada celda antes de proseguir.

No era Rainey, ni el samoano, ni ningún otro de los enfermeros. Yo ya reconocía sus pasos. Tenían una manera de andar inconfundible: desenvuelta, pesada, decidida.

Estos andares de ahora eran diferentes.

Percibí el aliento de alguien justo al otro lado de la puerta.

La rejilla se desplazó a un lado, el rojo se derramó en el interior, con lo que mi celda se convirtió en un cuarto oscuro.

Un sonido extraño.

En parte palabras, en parte gemidos, en parte otra cosa.

Me incorporé y vi un ojo que escudriñaba la habitación.

Otra vez ese sonido.

Humano a medias.

O tal vez lo contrario.

Demasiado humano.

—Dennis —susurré—. Soy yo, Tom.

El ojo asintió.

Fui de puntillas hasta la puerta y puse la cara contra la rejilla abierta.

—Mira. Me han encerrado, Dennis. Y van a tirar la llave. ¿Comprendes?

Dennis me miraba fijamente sin responder nada. Quizá los conceptos «comprender» y «Dennis» se excluyeran mutuamente.

—Tu amigo Benjy. Esto es lo que le hicieron. Lo mataron. Por algo que no quieren que salga de este lugar.

Yo no sabía si Dennis estaba asimilando todo eso. Si yo era para él tan indescifrable como lo era él para mí.

—Dennis, tengo que salir de aquí. Ayúdame.

Volvió a emitir ese sonido. Una persona sorda que jamás ha oído el habla humana. Como eso. Podía haber dicho sí. O no. O quizá. Podía haberme preguntado por sus medicinas.

—Dennis, ¿entiendes lo que te estoy diciendo? Me están enterrando.

El ojo se movió. La rejilla se cerró. Oí otra vez los pies arrastrándose por el pasillo.

Me dejaron tomar una ducha.

La ducha estaba al descubierto; así te podían ver. Tenía empotrados en la pared unos asideros metálicos para que los veteranos atiborrados de fármacos no se cayeran y se mataran.

Al entrar me crucé con alguien que salía.

Aletargado, de párpados caídos y con tics nerviosos. Llevaba tatuado en el brazo el Semper Fi de los marines.

A lo mejor era el marine hijo de puta del que hablaba Dennis. El que desertó y buscó los cadáveres de sus hijos en la Ruta 80. Dije hola.

El marine miró a través de mí como si yo no estuviera. Como si me hubiera vuelto invisible. Me había vuelto invisible.

Nadie podía verme.

Era el hombre invisible.

Pregunté a Seth cómo le fue anoche en la bolera.

Quién había sustituido mi insustituible promedio de 132.

Si se había vengado del capullo con tatuaje de Judas Priest que le había pegado.

Si Sam había conseguido vender alguna póliza de seguros últimamente.

Seth no estaba ahí, por supuesto.

Lo cual me dio una especie de miedo.

Seth respondió igualmente.

Lo que me dio más miedo aún.

Una noche soñé que volvía a estar en Queens.

La noche de la tormenta de nieve.

Cuando mi madre se zampó una botella entera de Jack Daniel's. Cuando la oí murmurando entre dientes sobre los juguetes que Jimmy había dejado desperdigados por el salón. Cuando me llevé a Jimmy al dormitorio y traté de cerrar la puerta porque sabía lo que se avecinaba.

También él.

Jimmy, que era más pequeño que yo y por tanto más vulnerable y mucho más fácil de lanzar por ahí como una muñeca de trapo. Que se parecía más a mi padre, el padre que nos había abandonado por una mujer más joven y bonita que siempre nos daba tortitas extra en el Acropolis Diner. Jimmy, que recibía eso de ella con una mirada estoica de... no sé, desafío quizá, ya a los seis años, hallando de algún modo esa emoción crecida en su interior, lo que a ella la enfurecía aún más. Desde luego que sí. La empujaba a hacerle cosas con agua hirviendo, el radiador de la habitación, la hebilla del viejo cinturón de mi padre.

Cosas que al final hacían que Jimmy gritara y llorara y gimoteara, y que yo me tapara los oídos en el falso santuario de mi dormitorio, pues el desafío te permitía llegar sólo hasta allí.

Aquella noche lo llevé a la habitación, cerré la puerta. Pensando que esa vez no la dejaría entrar. No la dejaría. Ella vociferaría, pero yo no dejaría que echara la puerta abajo. Lo intenté, todo lo que puede intentar un niño de nueve años. No fue suficiente. Empujó hasta abrir la puerta, lo agarró del brazo y lo arrastró afuera mintras él chillaba y pataleaba.

Y lo oí.

Lo oí todo.

Incluso con mi cabeza en un tornillo de banco de fabricación propia, bajo tierra, con las orejas tapadas.

El viento bramaba fuera, pero bramaba todavía más el que

llegaba de la habitación de al lado. Una ventisca fuera y una ventisca dentro, Jimmy siendo golpeado contra cosas. El restallido del cinturón en su piel.

Esos chillidos espantosos.

Que al final, extraña y repentinamente callaron. No se oyeron más.

En mi sueño, no salgo del dormitorio, creyendo que todo ha terminado, que Jimmy estará allí, magullado naturalmente, incluso sangrando, pero todavía Jimmy, todavía vivo.

No salgo y lo veo tendido en el suelo, inmóvil y extrañamente azul.

Mi madre no me manda que vuelva a mi habitación y ponga por escrito lo que ha pasado. La historia del torpe Jimmy, de un niño de seis años que simplemente no podía salirse con la suya. La historia que yo contaré diligentemente a la policía y a los asistentes sociales de los Servicios de Protección a la Infancia y a mi padre, con todos sus detalles horrorosos, minuciosamente.

«Mi hermano Jimmy resbaló en el hielo y se dio un golpe en la cabeza.

»Siempre se está cayendo y cosas así.

»Es realmente torpe.»

No.

En mi sueño, regresa el padre para salvarnos. Vuelve con su familia.

Lo oigo arrastrar los pies frente a la entrada.

Chapoteando al andar por la nieve húmeda.

Aporreando la puerta.

Entrará y se sacudirá la nieve del impermeable, y correrá hacia Jimmy para despertarle.

Se abre la puerta.

«Papá —digo—. Papá.»

Pero no puede hablar. El frío glacial, la nieve formando remolinos. No puede hablar.

Me indica que me acerque.

Corro hacia él en mi pijama de Batman, pero por alguna razón ha cambiado de color. Ahora es gris y apagado. Y mi papá. Algo pasa con él. No puede hablar. Habla, pero de su boca no sale nada.

Me agarra del pijama y me saca a la nieve.
Pero no hay nieve.
Sólo un amplio vestíbulo teñido de rojo.
Chisss...
No puede hablar, pero aún es capaz de susurrar.
Las indicaciones de Dennis de que le siga.
En su mano brilla una llave.

Quizá debería haberme preguntado cómo se hizo con ella.
La llave.
Uno puede realmente volverse loco.

52

Si algún lector fuera un vigilante nocturno del garaje del Hospital VA 138, eso es lo que habría visto: un enfermero con cara de sueño caminando por el desierto aparcamiento.

—Largo día, ¿eh? —le habría preguntado.

El enfermero habría asentido y dicho:

—Sí. —A continuación habría buscado en los bolsillos, pareciendo de pronto sorprendido e irritado.

—Santo Dios —habría dicho, tras volver los bolsillos del revés—. He perdido el tique. Esta mañana estaba aquí.

El vigilante habría asentido con benevolencia.

Al fin y al cabo, el pobre tío parecía estar pasándolo mal. Y a decir verdad, apestaba un poco, como si hubiera estado corriendo una maratón. Como si se hubiera pasado el día forcejeando con pacientes rebeldes hasta someterlos.

Como si hubiera sacado su apestosa camisa de trabajo del montón de ropa sucia de la lavandería del hospital.

—¿Qué tipo de coche? —le habría preguntado finalmente el vigilante, compadeciéndole y también algo ansioso por alejar aquella fétida presencia de su espacio más inmediato.

—Un Miata —habría contestado el enfermero—. Azul plateado y algo hecho polvo.

—Vale —habría dicho el vigilante—. Ya voy a buscarlo yo.

—¿En serio? —le habría dicho el enfermero, preocupado por si el otro se metía en un lío—. Se lo agradezco de veras.

—No hay problema —habría dicho el vigilante, saliendo ya de su habitáculo de vidrio con un manojo de llaves numeradas camino del nivel inferior, donde, si no le fallaba la memoria, había visto un Miata azul plateado con un parachoques torcido.

Y allí sin duda lo encontraría. Luego comprobaría el tique del salpicadero, encajaría la llave apropiada en la puerta, y lo conduciría arriba para entregárselo al agradecidísimo enfermero, al que desde luego le hacía falta dormir.

El vigilante habría visto al enfermero sentarse al volante, arrancar y marcharse. Pensaría que el coche y el conductor estaba hechos el uno para el otro. Que aunque ninguno de los dos era especialmente viejo, habían recorrido un montón de kilómetros.

Que ambos se averiaran era sólo cuestión de tiempo.

Fui por las mismas carreteras de antes.

Iba bien de gasolina. Tenía dinero, una tarjeta de crédito en la guantera, por si acaso. El móvil estaba en el sujetalatas, donde lo había dejado. No hacía falta apagarlo para volverlo invisible al entrometido satélite. Se le había acabado la batería.

El entorno resultaba familiar.

Los bosques cada vez más espesos y el frío cada vez mayor.

Me dirigía a un sitio en el que ya había estado.

De nuevo a las seis cabañas de troncos en la orilla del lago Bluemount.

Esta vez sí sabía dónde estaba el desvío.

Sabía que debía dar dos veces la vuelta al lago, como alguien jugando al Pato, Pato, Ganso, dando un rodeo hasta llegar al letrero clavado en un árbol.

Sabía que el coche traquetearía, haría ruido, cruzaría el bosque a duras penas.

Sabía que cuando el bosque me escupiera hacia la orilla del lago Bluemount, no saldría nadie al porche a recibirme.

Me detuve frente al porche de la cabaña y me quedé allí durante unos instantes, como si pudiera estar equivocado. Como si Wren pudiera abrir la puerta a invitarme a un poco de vitriolo y a ser por unos momentos fumador pasivo.

Nada.

Me apeé y subí los escalones. Empujé la puerta y entré.

Esta vez no había ninguna estufa encendida, pero era primera hora de la tarde. Había suficiente sol para quitarte el frío.

Nadie se había tomado la molestia de limpiar el desorden. Ahora lo veía claro: alguien había registrado el lugar. Igual que habían registrado mi sótano antes de mudarme yo.

Me senté y esta vez lo revisé todo.

Todo lo que ellos seguramente habían revisado también. La verdad es que no esperaba encontrar nada, era sobre todo prurito profesional. Nunca se sabe. Cuando estaba empezando en esto del periodismo, lo llamábamos «buscar oro». ¿Por qué? Porque en nuestra mina de oro habitual, has de remover tres toneladas de tierra para obtener una simple onza de oro, cuyas partículas son tan pequeñas que a veces se conocen como «oro invisible».

A veces uno ha de pasar por el tamiz montones de barro para encontrar lo invisible.

Había algunas cartas personales dirigidas a Wren.

Un antiguo amor de nombre Dorotea —no ponía el apellido; los antiguos amores no tienen por qué— recordándole una apasionada época vivida en los Cayos de Florida.

Un tal señor Poonjab, de Micronesia, quizás una de las relaciones de Wren correspondiente a su período como corresponsal en el extranjero. El señor Poonjab le transmitía los mejores deseos para su esposa y su familia.

No daba la impresión de que Wren tuviera familia. No había cartas de ninguna esposa. Ni postales de cumpleaños Hallmark de los hijos. Les resultaría conveniente... que Wren no tuviera familia. Esto y su afición a estar solo.

El señor Poomjab decía que en la próxima carta le enviaría lo que Wren le había solicitado.

Era imposible saber de qué se trataba.

¿Qué podía querer alguien de Micronesia?

¿Cocos? ¿Hojas de palmera? ¿Conchas marinas?

Tal vez algo más relacionado con el tema. Estados Unidos había arrasado los idílicos mares del Sur con bombas nucleares hasta la década de 1960: una cadena de islas tan contaminada de radiactividad que eran en buena parte inhabitables. Actualmente, EE.UU. estaba reasentando a la población y pagando indemnizaciones rebajadas.

Quizá Wren había pedido una descripción en primera persona del paisaje lunar nuclear.

En el sofá había dos revistas médicas, una de las cuales contenía un sobrio y árido tratado sobre los efectos de la lluvia radiactiva.

Diez páginas fotocopiadas de un libro sobre el incipiente programa americano sobre armas nucleares.

Una biografía de las Doncellas de Hiroshima, un grupo de supervivientes nucleares desfiguradas que se habían convertido en una especie de vodevil itinerante.

Un estudio de muestras de tierra de Los Álamos.

Cómo no.

Seguramente fue a Littleton Flats, igual que hice yo. Recogería un poco de esa tierra roja y la mandaría en frascos a los Laboratorios Dearborne. «Creo que es radiactiva», les diría.

«Creo que está contaminada.»

Tenía razón.

Había también las facturas normales de una casa, sobre todo de la época pasada en Littleton.

Fuel y electricidad.

Teléfono y cable.

Un recibo de la limpieza de los canalones del tejado.

Un presupuesto para limpiar unas alfombras.

Una factura de albañilería firmada por Seth Bishop. Trabajos con pladur.

«Quinientos dólares» garabateado en la letra delgada e insegura de Seth.

Artículos amarillentos con la firma de Wren, enviados por correo desde lugares exóticos y otros más vulgares.

Tailandia. Polonia. Newark. Cleveland.

Había facturas de médicos. Al parecer, Wren padecía arritmia leve, tenía el colesterol alto y sufría episodios depresivos ocasionales. Encontré una receta de Xanax —un fármaco cuya popularidad en la sala de redacción sólo se veía superada por la de las anfetas, pues se sabía que funcionaba como ansiolítico—. Los reporteros sometidos a fechas de entrega muy estrictas solían sufrir mucha ansiedad.

Lo miré todo. Y luego por segunda vez.

Busqué una linterna en la mesa de Wren.

Fuera aún había luz. Pero mi idea era caminar por el bosque.

Los árboles formaban un dosel arqueado casi totalmente negro.

Los troncos estaban resbaladizos y cubiertos de musgo.

El suelo era un mantillo en el que se mezclaban hojas muertas, tierra de olor acre y raíces enmarañadas.

Ciervos ocasionales se anunciaban a sí mismos con destellos de lebrel de sus colas en retirada.

Ardillas listadas pasaban como un rayo entre las ramas muertas.

Recorrí un perímetro irregular por el lado de la cabaña que daba al lago.

Seguí hundiéndome en la tierra blanda; al cabo de diez minutos estaba sudando a través de la camiseta de la Universidad de Oregón que había cogido de un estante Kmart de cinco dólares.

Tiempo atrás había escrito un artículo sobre un gurú forense de Misisipí que tenía el jardín plantado de cadáveres donados —principalmente muertos anónimos que acababan en instituciones del Estado—. El hombre quería documentar qué le hacían al cuerpo humano el tiempo, el suelo y las condiciones climatológicas, registrar gráficamente con detalle el deterioro en los huesos, los tendones y los tejidos.

Dejó algunos de los cadáveres pudriéndose al aire.

Enterró otros a distintas profundidades, que fue desenterrando tras determinados intervalos para comprobar los efectos.

Pronto descubrió que no era el único en desenterrar. Su jardín lindaba con una reserva natural. Osos negros y jabalíes eran capaces de oler los restos enterrados. No les costaba mucho cavar dos metros para encontrarlos.

El forense había descrito aquello.

Era como una mesa de un bufet libre que aún no ha sido limpiada.

Una mezcla de huesos roídos, dientes partidos y estiércol.

Si se enterraba a alguien allí, no se quedaría enterrado por mucho tiempo.

Atravesé nubes de mosquitos que formaban remolinos.

Los mosquitos me bombardeaban en picado como kamikazes fanáticos. Aplasté al menos diez con las manos; cuando aquella noche me miré al espejo, parecía un superviviente de un juego de persecución con bolas de pintura.

Me desplacé sin rumbo por humeantes columnas de fuego... las escasas aberturas en la tapicería de encima por las que el sol había logrado abrirse camino.

Intenté tener el lago a la vista en todo momento, sobre todo reflejos del mismo, suficientes para no deambular en círculos o, lo que habría sido aún peor, para no sumergirme en el bosque primigenio y quedarme allí para siempre.

Anduve por ahí una, dos, tres horas, hasta que estuvo lo bastante oscuro para abandonar.

Di media vuelta y fui a dormir a la misma cabaña que la otra vez.

Por la mañana lo intenté de nuevo.

Ahora salí directamente desde la cabaña de Wren, en línea recta hacia el bosque.

Anduve toda la mañana; estaba acalorado y frustrado.

Me senté en un tocón y observé los dibujos veteados de las hojas.

Listas blancas en desorden, relacionadas con el modo en que la luz del sol se derramaba entre las ramas. Con el modo en que las rociaba.

Como mirar un Jackson Pollack y tratar de entender algo.

La disposición accidental de las cosas.

Estaba mirando un dibujo determinado... estaba formando mis propias imágenes a partir de él.

Cuando busqué la fuente original, no la encontré.

Cuando busqué aberturas en el dosel frondoso, no había ninguna.

No se permitía pasar a un solo rayo de sol.

Oía el fuerte zumbido de los insectos. Olí algo.

Un vago aroma... a almizcle, a dulce empalagoso.

Algo que en otro tiempo sería verdaderamente espantoso, pero que ahora era apenas tolerable.

Advertí los terrones de tierra negra húmeda arrojados aquí y allá. Distinguí las nubes de insectos: tábanos, mosquitos, escarabajos voladores.

«Conduzca ahora hacia el bosque, y no le encontrarán hasta el año que viene.»

Tuve que empujar a un lado una enredadera muerta para por fin estar allí.

Muy cerca.

Donde los blancos rayos del sol parecían un disfraz arrugado de Halloween que ha sido arrancado y tirado a un rincón.

Ya lo sabéis.

El esqueleto.

Tenía que apartar bichos de mis ojos a manotazos. Tenía que mantener la vista fija.

Los rayos blancos del sol que no eran tales. Los huesos. De un blanco apagado.

Partidos por la mitad a mordiscos, para que, fuera lo que fuese lo que los había desenterrado, pudiera llegar al tuétano.

Yo no era un experto en huesos, desde luego. No distinguía uno de ciervo de uno humano.

No tenía necesidad.

Los ciervos no llevan pantalones.

Chinos color habano, con el botón Gap de la cintura aún prendido.

53

Ella cogió el teléfono al segundo timbrazo, y, lo que aún sorprende más, no colgó.

Quizá porque le pregunté si iba a recuperar el nombre de soltera después del divorcio.

Si volvería a llamarse Steiner.

Se quedó callada, una de esas pausas extrañas que dicen más que las palabras. Luego accedió a que nos viéramos en el cruce de Lincoln y la Novena.

El día que la conocí me habló de su padre.

«Mi papá era mecánico —dijo, después de que yo le diera las gracias por arreglarme el cable de la bobina—. Básicamente vivía bajo un capó.»

Igual que otra persona de la que yo había oído hablar.

«En la cárcel siguió cursos de mecánica del automóvil, y eso es lo que acabó haciendo después... El ingeniero niño prodigio, arreglando coches para ganarse la vida.»

Había más.

En nuestra segunda cena, después de que ella mencionara por casualidad que había conocido a Wren.

«Allí fue donde nos conocimos —dijo—. En la residencia... a intentar agenciarse algunos recuerdos.»

¿Y qué estaba haciendo Anna en la residencia?

«A mi padre. Tiene Alzheimer.»

Y cuando le pregunté a Wren —no realmente Wren, sino a quienquiera que hablara conmigo por teléfono ese día— si Lloyd Steiner seguía vivo.

«Está en las últimas.»

«¿Intentó hablar con él?»

«Ajá. Pongamos que él no dice nada.»

Era posible.

Quizás incluso verosímil.

«¿Cree usted que Lloyd Steiner estuvo diez años en la cárcel para apaciguar a la gente y que ha mantenido la boca cerrada todo este tiempo?»

Tal vez había mantenido la boca cerrada.

Pero no eternamente.

Llamé a la residencia. Me identifiqué como un pariente preocupado. Pregunté a la enfermera de voz comprensiva cómo estaba hoy el señor Steiner.

—Lloyd Steiner. ¿Cómo está?

—Sin cambios. Ahora prácticamente ya le tenemos que dar de comer por la fuerza.

«Es lo que haces por alguien a quien quieres —dijo—. Es mi padre. Haría cualquier cosa por él.»

Al final, tal vez eso es lo que ella necesitaba hacer.

Cualquier cosa.

La foto que me enseñó.

Cody montado en la bicicleta. El niño moviendo las piernas como si no fuera cosa de nadie más... trabajando por su cuenta. Yendo a donde quisiera... explorando el ancho mundo.

Salvo que no era así.

Mamá estaba justo detrás sujetando esa barra y guiándolo hacia donde ella quería que él fuera. Era una ilusión.

«Una mala pasada, ¿eh?»

Sí, Anna, así es.

Así es.

Es curioso que ella aún removiera algo dentro de mí.

A lo mejor está en nuestra naturaleza que el cuerpo perdone lo que la mente no puede perdonar.

Si no, estaríamos siempre agarrándonos del cuello. Sin soltarnos.

—Hace tres años alguien te hizo una visita —dije—. Un hombre de aspecto espeluznante con voz de chica.

Estábamos en la esquina de Lincoln. Cada noche, montones de transeúntes se dirigían al paseo marítimo.

Ella asintió.

—Entonces tu padre se hallaba en la fase inicial de la enfermedad. Seguramente era su última oportunidad de sacar algo. Antes de desaparecer... la parte de él que podía realmente comunicarse con el mundo. Que aún podía formar palabras.

Anna se volvió, se quitó algo del ojo.

—Ese hombre fue a visitarte. Y dijo algo así... voy a parafrasear. «Su papá hizo un trato. Hace tiempo. Y va a cumplirlo. Aunque se vaya al fondo del mar... aunque haya comenzado a farfullar ciertas cosas a algunos reporteros locales. Un secreto es un secreto. Un trato es un trato.»

Había algo en los ojos de Anna.

Lágrimas.

—Había comenzado a hablar del pasado —dijo con voz débil.

Asentí.

—Claro.

—Prácticamente sólo hablaba de eso. Es lo que pasa cuando empiezas a... Ya lo dijo el médico... Es como contar hacia atrás cuando alguien te está anestesiando. Y luego estás dormido. Te has ido. A veces estaba realmente allí, en los años cincuenta...

—En 1954 —señalé—. Seguro que pasó un montón de tiempo en 1954. El año sobre el que Wren tenía interés en saber cosas. El año de la inundación. Por cierto, ¿cuál es tu verdadero nombre? Llamarte Anna me suena ridículo.

—¿Es importante? —dijo.

—No. Supongo que no. El trato al que llegó tu padre. Quizás era el mejor acuerdo al que podía llegar. Teniendo en cuenta las circunstancias. Creo que lo habrían obligado de un modo u otro. Él tenía un pasado. Había pasado diez años en la cárcel, pero hizo algo por su familia. Sacó algo de aquello. Tú llegarías más tarde. Después de que él saliera en libertad.

Anna asintió.

—Ellos habían tenido un coitus interruptus de diez años.

—Esbozó una sonrisa forzada—. Supongo que estaban compensando el tiempo perdido.

—Conociste a Wren en la residencia. Quizás el hombre de aspecto repulsivo te dijo que lo hicieras... tu padre farfullando sobre cosas de las que no tiene que hablar, y contándoselas a un reportero..., ve por allí y vigílale. O tal vez conociste primero a Wren, un día que visitabas a tu padre. Y él te buscó y te preguntó si podía hablar con él. Sobre la inundación. Y una ciudad. No importa. De un modo o de otro, llegaste a ser amiga de Wren... ¿una especie de confidente?

—Sí.

—Estaba entusiasmado. Como tú dijiste. Había descubierto algo acontecido sólo a treinta cinco kilómetros. Algo espantoso. Algo muy gordo. Tu padre se lo confirmaría. ¿Le dio algo a Wren? ¿Le entregó algo más que sus recuerdos?

—No. No lo creo. ¿Por qué?

—Porque ellos se asustaron lo suficiente para actuar. Porque no se consideraba que los recuerdos de tu padre fueran fiables del todo. Ya no. Porque...

—Mira, no puedo hablar de eso.

Ella aún parecía triste. Pero ahora algo más. Asustada. Incluso ahí, en medio de una noche ventosa en Santa Monica, agarrotada de miedo.

—¿Con qué te amenazó? —pregunté con voz suave—. Tu padre, claro, pero él ya está medio muerto. Tienes un hijo. Tu madre... ella aún vive. ¿Te obligó a hacer la misma elección que tu padre? ¿Proteger o no a tu familia?

No respondió. No hacía falta.

—Te convertiste en espía de ellos. Vigilabas. Necesitaban saber cuánto le había contado tu padre a Wren. Qué. Si le había revelado algo concreto. Ése era tu cometido: ser amiga de Wren pero los ojos y los oídos de ellos. Ayudar a meter otra vez el agua en la botella.

Un coche dobló lentamente la esquina; ella dio un paso atrás como si estuviera a punto de apretar a correr.

—¿Se lo has dicho? ¿Que habíamos quedado aquí?

Negó con la cabeza.

—No.

—¿Seguro? ¿No me mientes?

—No.

—Bien, pues entonces podrías dejar de mirar a hurtadillas a tu espalda. Tu padre. Hablaba del pasado. 1954. Descubrió el pastel. El dique que no era tal. La pequeña explosión de la que los libros no nos cuentan nada. ¿No dio nada a Wren? ¿Nada?

—No. —Alzó la vista—. ¿Por qué insistes en preguntar eso?

—Ya te lo he dicho. Ellos se asustaron hasta el punto de decidir actuar.

—No son los únicos que se asustaron.

—¿Wren?

Anna asintió.

—Él sabía. Que lo seguían. Creía que tenía el teléfono intervenido. Ya no sabía en quién confiar.

—Pero confiaba en ti, ¿no?

—Sí —admitió—. Confiaba en mí. Comenzó a sospechar que podía sucederle algo malo.

—Tenía razón —dije—. Lo mataron.

Se volvió pálida, y luego cayó en un profundo silencio, como antes por teléfono.

—No —susurró por fin—. No. Me mandó un e-mail...

—No era Wren. Está enterrado en el bosque. Encontré el cadáver.

—Ellos decían que nadie sufriría ningún daño si yo seguía adelante... lo juro por Dios... has de creerme... Me prometieron...

—Te creo. Te dijeron lo que hacía falta decirte. Sé la amiga de Wren. Nadie sufrirá daño alguno. Pregúntale cosas. Dinos lo que te diga. Mintieron.

Pasó un coche con lo último de Eminem: «yoh... yoh.»

—Así, ¿qué decía Wren? —le pregunté—. Aparte de que le preocupaba que pudieran abrirle la cabeza.

—No me contaba detalles —dijo ella—. Decía que así era más seguro. Estaba escribiendo un reportaje sobre la inundación. Decía que ellos habían ocultado algo... el gobierno... un grave accidente de los años cincuenta. La inundación era lo de menos. Dijo que se puede guardar un secreto sólo por un tiempo y que luego ya no se puede. Dijo que mi padre le ayudaba a verlo más claro. Que yo debería estar orgullosa de él. Que iba a hacerlo todo público. Aunque le sucediera algo. La historia seguía estando protegida.

—¿Protegida? ¿Qué quería decir con eso?

—No me lo explicó. Decía que la clave estaba en algún lugar fuera del alcance de ellos. Esto es todo. Que estaba protegida. Que tarde o temprano alguien lo sacaría todo a la luz.

—¿A la luz? ¿Eso dijo?

Ella asintió.

—¿Mencionó a un veterano del ejército que llegó a la ciudad como un vagabundo? ¿Eddie Bronson?

—No. ¿Por qué?

—Porque fue el desencadenante. Porque fue quien lo puso todo en marcha. Porque era alguien que debía haber muerto en la inundación, pero ahí estaba... aún vivo. Fue entonces cuando Wren empezó a investigar en la historia de Littleton Flats. Igual que yo tres años después.

Anna parecía realmente perpleja. Estaba diciendo la verdad; ellos le habían contado sólo lo que querían que supiera.

—¿Cuándo te informaron de que volvían a hacer falta tus servicios? —le pregunté.

—El día antes de tropezarme contigo.

—Pero tú no te tropezaste conmigo.

—No.

Intenté calcular. Mi cabeza ya no era como antes. Los fármacos habían vuelto romos los filos, dejado sueltos los cables de la bobina.

Benjy se las había pirado. Ellos sabían que vendría aquí. Se asustaron. Él había visto a su mamá.... Había llamado a la puñetera oficina del sheriff. ¿Con quién más había hablado?

—Te pusieron este nombre estúpido. ¿Sabes por qué?

Ella negó con la cabeza.

—Venga, cualquier tonto podría verlo. Cualquier idiota menos yo. Anna Graham. *Anagrama*. Abrieron esa cuenta AOL para ti. ¿De veras no sabes por qué?

—No. La verdad es que no. ¿Por qué querían que mi nombre fuera un anagrama?

—Porque dos años atrás un médico me proporcionó anagramas para un reportaje. Un reportaje que me inventé. Por entonces mi depósito de creatividad estaba un poco seco. Sólo me quedaba seguir los convencionalismos de un *thriller*.

Ella meneó la cabeza.

—No lo entiendo.

—Ya somos dos. Pero creo que yo estoy empezando a ver algo. Creo. Tú soltaste el cable de la bobina. Y luego lo arreglaste. Saliste dos veces conmigo. Pero ¿no sabías quién era yo? ¿Quién era Tom Valle? ¿No conocías mi sórdido pasado?

—No.

—La vida está llena de sorpresas. ¿Conociste a alguien más? Aparte del hombre sin cara.

—No. Él me localizó hace tres años. Tocó el timbre y dijo que tenía que hablar conmigo sobre mi padre. Muy bien, dije, claro, pase. Preparé café. Eso fue antes de que amenazara a mi hijo. Y a mi madre. Tan tranquilamente como quien habla del tiempo. Cuando me repuse, le dije que se fuera a tomar por el culo. Que iba a llamar a la policía, al FBI. Me tendió el teléfono. «Procure deletrear bien mi nombre», dijo. No había duda, fue muy claro al respecto... que era extraoficialmente oficial. Que yo lo tenía jodido. Hice lo que tenía que hacer. No sabía nada de Wren. Te lo juro, nada.

Era extraño. Que alguien me suplicara que le creyera. Buena definición de ironía, a falta de otra mejor.

—Te creo —dije por segunda vez—. ¿Te dijeron qué debías decirme? ¿Te dieron el guión? Tú no mencionaste por casualidad que vivías en la Quinta, junto al paseo marítimo, ¿verdad?

—No. ¿Por qué es importante esto?

—Ellos esperaban que yo diera un paseo por allí. Que te persiguiera. —Sentí que me ruborizaba, el torpe adolescente escogiendo para Siete Minutos en el Cielo a alguien que no quiere ser escogido. Al menos no por mí—. Te perseguí... estúpido de mí. ¿Has ido últimamente al teatro? ¿Has visto esa histérica y ridícula comedia sexual que representan en el Embarcadero de Santa Monica?

—No. ¿Por qué?

—Es igual. No importa.

El tráfico de transeúntes había disminuido un poco. Soplaba una ligera brisa que levantaba los pétalos de las mimosas plantadas en los tiestos de las aceras, que agitaba las puntas de su espeso y precioso cabello.

Habría sido bonito, pensé. Si yo le hubiera gustado de verdad. Si a ella no le hubieran dicho que me sonriera desde el otro lado de la sala de recreo de la residencia de ancianos. Si ella hubiera escuchado mi conmovedora historia y hubiera dicho: «Entiendo; te perdono. Te querré de todos modos.»

Ahora ella miraba hacia arriba, con aquellos grandes ojos castaños.

—Aún no lo comprendo —dijo—. ¿Por qué querrían ellos que yo te contara nada?

54

Yo conservaba todavía una llave de la oficina del *Littleton Journal*.

Regresé a Littleton a altas horas de la noche.

Aparqué en el centro comercial y me quedé en el coche hasta estar seguro de que no había nadie alrededor. Ni chavales tragando cerveza de bolsas de papel, ni ningún señor Yang cocinando algún pato Pekín para la multitud de mañana a la hora del almuerzo.

Entré y me dirigí a la parte de atrás.

Allí se maquetaba el periódico. Ahora todo se hacía por ordenador, desde luego. Cada página era escupida como unidad independiente, y luego se llevaban todas a las prensas de Yarrow Street, donde se ensamblaban.

Los ejemplares viejos estaban microfilmados, pero desde hacía diez años todo se guardaba en disco duro.

Tan pronto un número estaba terminado —a juicio de Hinch, naturalmente—, había que guardarlo en un archivo aparte, donde se ordenaban por fechas. Yo mismo había hecho eso; en el *Littleton Journal* realizábamos diversas tareas a la vez.

Entré en el sistema y retrocedí tres años. Hasta el número del artículo sobre Eddie Bronson. El último número en el que trabajó Wren antes de desaparecer.

No era para volver a leerlo; prácticamente me lo sabía de memoria.

Estaba buscando algo.

Cuando lo encontré, supe lo que era.

Fui para atrás, para adelante, para atrás, avanzando y retrocediendo, *clic, clic*. Este asunto, luego el siguiente, otra vez hacia atrás.

Leí por encima los artículos. «¿Quién es Eddie Bronson?» Una reseña de un DVD recién salido a la venta, cuatro estrellas. El pronóstico del tiempo —«caluroso y seco», seguido de «caluroso y seco», y luego más «caluroso y seco». En la sección de anuncios, una oferta de dos por uno.

Llamadlo visión periférica. Aquello que no ves realmente, pero no pasa nada, pues tu cerebro sí lo ve. Está allí compaginado para futuras consultas.

El pequeño número en la esquina superior derecha de la primera página.

Cada número del *Littleton Journal* tiene uno: el ordenador lo pone ahí automáticamente. Cada número desde su inicio, un número de emisión. Señala el tiempo; dice que quizá no sea un periódico venerable pero sí tiene una historia venerable.

Tenemos raíces. Lo nuestro viene de lejos.

El ejemplar con el artículo «¿Quién es Eddie Bronson?» tenía el número 7.512.

Fui hacia delante para ver el siguiente.

Lugo otra vez hacia atrás para asegurarme.

—Muy bien —dije en voz alta.

Lo entendí.

Estaba nuevamente en mi casa de Littleton.

Entré por la puerta de atrás, por si acaso.

Alguien había estado allí.

Podía haber estado en la cabaña del lago. El desorden era prácticamente el mismo.

Subí y me metí bajo la ducha durante unos buenos veinte minutos intentando quitarme de encima el sofocante hedor del encarcelamiento. Intentando despejarme. Me pregunté si la locura se contagiaba. Había notado repentinos temblores en las manos, que los dedos se abrían y se cerraban, como si hubiera algo que tuvieran que agarrar con urgencia.

Fui desnudo hasta el dormitorio y abrí el cajón de la ropa interior.

—Aquí está el arma —dije.

Lo dije en voz alta, como si señalara de pasada este aspecto a otra persona presente en la habitación.

Él la había devuelto a su sitio pulcra y educadamente.

El arma que había disparado sobre Nate el Patín. La que metió una bala en la cabeza del señor Patjy.

Las armas no matan. Son las personas.

Me puse una sudadera y unos pantalones de chándal y me sujeté la pistola en la pretina, como haría el miembro de una banda.

Tenía prisa.

Si habían dejado allí el arma a escondidas, era para que alguien pudiera encontrarla. Preferiblemente en mi poder.

Eso es lo que yo estaba haciendo mientras aguantaba la respiración y encendía la luz de abajo, sosteniendo la pistola con el brazo extendido como había visto hacer en las series policíacas de la tele, sin devolverlo a la cinturilla hasta haber hecho un reconocimiento visual de la habitación.

Vacía.

Me senté en el escalón de abajo y miré, el tonto de la clase intentando desesperado no volver a fallar. Puse en orden la poca inteligencia que me quedaba. Me encontraba otra vez en el Acropolis Diner; casi había terminado. La comprobación estaba hecha. Teníamos que irnos.

«Tocado —me había dicho—. Tocado... tocado... tocado...»

Sí, lo sé.

Y ahora, por fin, entiendo por qué.

—Eh, tío, ¿dónde coño has estado?

Las primeras palabras que salieron de la boca de Seth cuando le llamé, aún sentado en el peldaño de la escalera del sótano.

Seth parecía estar personalmente ofendido por el hecho de que yo me hubiera ido sin decírselo. La gente había estado preguntándole si él tenía algo que ver. Con el tiroteo. Con el arma desaparecida. Todo aquello había adquirido una repentina notoriedad y gritado y pataleado a plena luz. En Littleton, el día podía ser largo, caluroso y cruel.

Había tenido que mentir un poco. Actuar como si supiera más de lo que realmente sabía. Como si hubiera sido mi confidente desde el principio. Yo le había robado el placer de deleitarse en la infamia por asociación.

—Trabajando en unas necrológicas. Como te dije.

—¿Ah, sí? Pues ya que estás en ello, podrías redactar la tuya.

—¿A qué viene esto, Seth?

—Vino el sheriff a casa a interrogarme.

—Vaya.

—¿Vaya? ¿Esto es todo lo que se te ocurre? ¿Vaya? Mierda, si hubiera sabido que eras un forajido, habría salido contigo más a menudo.

—¿Qué les dijiste?

—Que no tienes ni puta idea de jugar a los bolos. Y que el próximo coñito que te comas será el primero. ¿Qué tal?

—Muy acertado. ¿El sheriff se quedó satisfecho con eso?

—Creo que no tiene sentido del humor.

—No.

—Bueno, ¿vas a contarme qué está pasando? ¿O tengo que esperar a leerlo en el puto *Littleton Journal*?

—Todo depende.

—¿Ah, sí? ¿De qué?

—De si puedes ayudarme o no.

—¿De si puedo ayudarte a qué?

—A saber qué está pasando.

—¿Cómo? Ahora mismo estoy un poco colocado, ¿vale? Pónmelo un poco fácil, joder.

—Hace años hiciste un trabajo de pladur para Wren.

—¿Pladur? No.

—He visto la factura.

—Has visto la factura. Muy bien. No quiere decir que lo hiciera.

—¿Dónde había que hacer el trabajo?

—¿Dónde? En su sótano.

—¿Por qué? ¿Qué pasaba en el sótano? ¿Había algo averiado?

—Pues la verdad es que sí. Tenía un maldito agujero en la pared. Quería que se lo arreglara.

—¿Por quinientos dólares?

—Eh, es mi tarifa de partida... habría negociado a la baja, tío. Además, quería todo el puto sitio reforzado.

—¿Por qué?

—¿Por qué qué?

—¿Por qué quería reforzar las paredes del sótano?

—No sé. Decía que el aislamiento era una mierda. Que necesitaba protección contra inundaciones.

—¿Contra inundaciones? ¿En Littleton?

—Eh, ¿qué es ese tono? ¿Tengo la obligación de decirle que está chiflado? ¿No se encerró una noche en su oficina o algo así?

—O algo así. ¿Ésas fueron sus palabras? «¿Necesito protección contra inundaciones?»

—Sí.

—¿Y no hiciste el trabajo?

—No.

—¿Por qué no?

—No lo sé.

—¿No lo sabes? ¿Qué significa eso?

—Significa que no lo sé. Significa que se me ha olvidado.

—¿Cuándo te pidió que le hicieras ese trabajo? ¿Más o menos por la época en que se encerró en la oficina? ¿Por entonces?

—Sí.

—¿Cuándo tenías que empezar?

Seth exhaló un suspiro.

—Dijo que a lo mejor se marchaba. Que si no tenía noticias de él en dos semanas, que fuera sin más y lo hiciera.

—Así que te pagó por adelantado.

Lo creáis o no, es posible oír a alguien retorcerse al teléfono.

—Eh... sí.

—¿Y tú supiste algo de él en aquellas dos semanas? ¿Volviste a saber algo de él alguna vez?

—No, supongo que no.

—Pero no hiciste el trabajo. ¿Cómo es eso?

—Se me olvidaría.

—Claro. Se te olvidó. Ya te habías gastado el dinero... ¿por qué trabajar? Él estaba chalado; quién iba a saberlo.

—Ponme una demanda. Soy humano.

—Ya.

—Eh, ¿has oído alguna vez lo de lanzar piedras en casas de cristal, amigo?

Estaba allí desde el principio.

Lo había mirado directamente.

El día que bajé aquí y volví sobre los pasos del fontanero.

Aparté un libro y vi el agujero en la pared.

El libro con polvo de yeso en la cubierta.

Hiroshima.

Pensaba que era el fontanero el que había roto la pared. No fue el fontanero.

Fue Wren.

La noche antes de marcharse. Antes de irse al lago.

Pero no antes de proteger la historia.

Miré en el agujero y vi lo que lo que se suele ver en el otro lado de unas láminas de pladur. Lo mismo que vería el fontanero, y que luego desestimó igual que yo.

Aislante de papel de periódico. Es abundante y barato, y como no hay por qué preocuparse de que en el desierto de California se produzcan tormentas de nieve, ya vale.

Sólo que ese periódico no era barato, sino tremendamente caro.

A Wren le costó la vida.

Hice los libros a un lado.

Introduje la mano en el agujero y saqué delicada, lenta y cuidadosamente el arrugado periódico.

Una primera plana del *Littleton Journal*.

Montones y montones de primeras planas. La pared estaba llena.

El número del ejemplar aún era claramente legible en la esquina superior derecha.

7.513.

El que faltaba en los archivos.

El que contenía «¿Quién es Eddie Bronson?» era el 7.512.

El número siguiente, en el que aparecía una reseña cinematográfica de *Harry Potter y la piedra filosofal* y un resumen de la última reunión de la Sociedad local de las Hijas de la Revolución Americana, era el 7.514.

Se habían saltado un número.

Lo que había descubierto cuando estuve avanzando y retrocediendo.

¿Por qué sucede eso?

Fácil.

Un número fue a la imprenta la noche en que Wren se encerró en la oficina. Una primera plana. Ésta. Es lo que él estuvo haciendo aquí aquella noche. Nada de perder el control. Nada de aullar a la luna. Aullar ante la injusticia. Intentar sacar la historia a la luz. Antes de desaparecer en el vacío.

No había tenido tiempo de guardarla. Pero el ordenador dio automáticamente un número de emisión, y cuando el siguiente llegó a la imprenta, tenía un número más alto del que le correspondía. Nadie lo advirtió... nadie llevaba la cuenta.

DESASTRE NUCLEAR DESCONOCIDO EN AMÉRICA

El titular de primera plana del número que nunca salió a la calle.

Caracteres de nueve centímetros.

Todos en rojo.

Y algo más. Se completaba con ilustraciones.

Un dibujo esquemático. Un diagrama.

Un maldito proyecto original.

Descolorido, con líneas entrecruzadas, incluso un profano en la materia era capaz de distinguir la forma y la función de lo que se estaba construyendo.

El núcleo. Las barras de combustible. El armazón.

Un proyecto original verdadero. No los falsos que sacaron a relucir en el juicio de Lloyd Steiner.

Sí, Anna, tu padre dio algo a Wren.

Algo que seguramente conservó todos esos años. Oculto... una especie de legado. Para ti, quizás. Y así sabrías quién era él realmente. Que aunque había ido a la cárcel, no era culpable. En realidad no. No más culpable que cualquier otro que hubiera ayudado a construir un reactor nuclear en el desierto y hubiera mantenido la boca cerrada después de aquél volara por los aires.

Regla número uno de Wren.

«Haz una copia de seguridad de tus notas.»

Él las hizo.

«Tarde o temprano —le había dicho a Anna—, alguien lo sacaría a la luz.»

Literalmente.

Por desgracia, cometió un error.

Había otorgado a Seth Bishop el cargo de protector.

Seth Bishop, quien, si no veía el pelo a Wren en dos semanas, tenía que arrancar doscientas primeras planas del *Littleton Journal* de una pared y, pese a su limitada curiosidad intelectual, comprender que alguien necesitaba verlas. Que sus titulares de nueve centímetros anunciaban un asesinato sangriento.

Pero Seth observaba el credo del porreta empedernido. No hace falta trabajar si ya tienes la pasta... sin duda pulida ya en algo de Panama Red de primera y varios paquetes de seis de Coors light.

Mientras salía de Littleton, oí una sirena que iba en la dirección contraria.

El sheriff camino de efectuar la detención culminante, supuse. El autor y el arma, con las manos en la masa.

Se encontraría con una casa vacía y un cajón vacío.

Antes de tomar la autopista 45, hice una parada.

La señora Weitz abrió la puerta, y luego se quedó allí... con sus ciento treinta kilos o así.

—¿Está Sam en casa? —dije.

Parecía a punto de mentirme, pero entonces Sam gritó desde la cocina preguntando dónde estaban los malditos Yodels, así que a ella no le quedó más remedio que dejarme entrar.

—No pasa nada —le dije cuando ella se apartó a un lado para franquearme apenas el paso—. Será un momento.

Sam se mostró más hospitalario que su mujer. De todos modos, miró subrepticiamente por las dos ventanas del estudio antes de correr las cortinas, preguntándose, imagino, si en su patio delantero iba a haber una incursión policial pistola en mano.

—Dios mío. —Fue lo primero que me dijo Sam—. No tienes ni idea de lo que han estado diciendo de ti.

—Sí, ya sé.

—¿Hay algo de verdad?

—No mucho.

—Vale... ya me basta. Cualquier cosa por un miembro del equipo de bolos. ¿Necesitas ayuda?

—Sólo un poco.

—Dispara. —Entonces se ruborizó y dijo—: Mala elección de palabras. —Había advertido la pistola que asomaba en mi pretina.

—¿Cuánto tiempo llevas intentando hacerme una póliza de seguros, Sam?

—¿Qué? Venga, vamos. ¿Me estás diciendo que has venido hasta aquí para hacerte un seguro?

—Sí. Exacto.

55

Aquí estoy.

En la habitación número cuatro del motel de las cucarachas.

Los periodistas caídos en desgracia se registran, pero no se marchan.

Esto ya casi está. A punto de acabar. Apenas falta nada.

¿Lo habéis entendido todo?

¿Lo he explicado bien? ¿Ha quedado suficientemente ilustrado? ¿Lo he dejado claro?

¿Tengo que regurgitar toda la enchilada?

¿Qué es lo que no entendéis?

¿Qué hicieron? ¿Qué construyeron? ¿Qué improvisaron, como una película montada escena a escena por un inoperante comité de guionistas?

¿Qué dijo Wren por teléfono? El falso Wren, naturalmente, uno de varios en un reparto crucial de participantes. Si tuviera que conjeturar, diría que se trataba de otro actor contratado en esa página web, al que se le dijo qué debía decir: en esta ocasión, un trabajo sencillo de voz en off.

«Se leen como se ve una película mala», había dicho.

¿No lo entendéis? ¿No lo veis?

Había que verlo.

Era la cuestión clave.

Era la *raison d'être*.

En Nueva York, cuando ya sólo me quedaba seguir los convencionalismos de un *thriller* barato:

Anagramas.

Reuniones clandestinas celebradas en las ruinas de ciudades destruidas.

Actores timadores.

Auto Tag.

Los trabajos.

«Los he leído. Su canon respecto al engaño», dijo.

Los he leído.

Por supuesto que los leyeron. Pero también hicieron algo más que leerlos. Los estudiaron. Y después se apropiaron nuevamente de ellos, esos manidos convencionalismos, entrelazados en una auténtica obra maestra de los mayores éxitos de Valle.

Recordad cómo me aguijoneó por teléfono... no pasaban cinco minutos sin que me hiciera mención de lo desacreditado que estaba yo. Hasta qué punto había deshonrado la profesión entera. Cómo había hecho retroceder el periodismo cincuenta años.

Exactamente cincuenta años.

Hasta 1954.

¿Por qué?

¿Por qué aguijonear? ¿Por qué pinchar? ¿Por qué acosar de aquella manera?

¿Por qué él era una fuente tan útil de información?

Era parte del guión.

Me hablaron de Lloyd Steiner.

Me mandaron a Anna Graham a la fiesta de cumpleaños de Belinda, y luego al aparcamiento de la bolera, donde garabateó aquel anagrama en mi fuselaje.

Kara Bolka, mi musa, mi sirena.

Y el fontanero. Cuando me desperté, atado con correas y sedado.

Fue de gran ayuda. Vaya parlanchín. Vaya bocazas.

¿Por qué?

¿Aún no lo pilláis?

¿Estaban tratando de ocultar algo, decís? ¿Sí?

Sí.

Y no.

«No pueden volver a meter el agua en la botella. Se ha derramado», le dije aquel día al fontanero.

No me lo discutió.

No podía hacerlo.

Los fontaneros arreglan escapes, claro.

Pero a veces hacen exactamente lo contrario. Purgan esas viejas y agujereadas cañerías; sacan toda esa agua putrefacta a cien por hora. Limpian el sistema.

«Puedes guardar un secreto sólo por un tiempo —le había dicho Wren a Anna—, y luego ya no puedes.»

Es un hecho.

Dos personas pueden guardar un secreto, dijo alguien una vez, si una de las dos está muerta.

Una de las dos lo estaba. Wren. Estaba muerto. Y Eddie Bronson... también él, imagino. Por no hablar del pobre empleado de la gasolinera, que simplemente se vio sorprendido por el fuego cruzado, si me permitís la metáfora.

Y Benjy Washington.

Que se escapó y fue a Littleton.

Lo cual los pondría muy nerviosos.

Llegó a la residencia de ancianos. Vio a su mamá. Llamó a la oficina del sheriff. ¿Con quién más habló? ¿A quién más le contó la historia?

Primero se las pira Bronson. Luego él.

¿Dónde acabaría eso?

Después de todo, Wren estaría muerto y bien muerto, pero no podían dejar de tenerle un miedo atroz... Miedo de un cadáver.

¿Por qué?

Se lo había contado a Anna, claro como el agua:

«La historia estaba protegida.»

La historia. El secreto.

Protegida.

La historia estaba en algún lugar fuera del alcance de ellos.

Aunque sí al alcance de alguna otra persona. La historia saldría a la luz.

¿Qué quería decir?

Pusieron la casa patas arriba para encontrar algo. Pusieron la cabaña patas arriba.

Mandaron al fontanero a mi casa tres veces después de que Benjy hubiera regresado a Littleton.

Aquí está lo irónico del asunto.

Si realmente hubieran puesto su casa patas arriba, si hubieran cogido las láminas de pladur con las manos y hubieran derribado las paredes, habrían encontrado exactamente lo que estaban buscando.

Acurrucada tras el pladur. La historia que Wren había perseguido concienzudamente, ensamblado y compaginado a altas horas de la noche, demasiado paranoico para compartirla con alguien como Hinch. Ya no sabía en quién confiar. El majara de Littleton, y con motivo.

Sólo que no le pusieron la casa patas arriba.

La espada de Damocles aún pendía sobre sus cabezas.

Wren la había puesto ahí.

¿Qué hace un fontanero?

Fácil.

Crea una página web para actores desesperados que, si no están dispuestos a matar por un papel, les va a dar igual si lo haces tú.

Envía al mayor embustero del mundo a la autopista 45 a informar sobre un accidente.

Juega a Auto Tag con él en una carretera desierta.

Manda a un médico a una visita a domicilio en una ciudad fantasma.

Se asegura de que una chica de mirada soñadora llamada Anagrama le haga ojitos en el aparcamiento de la bolera Muhammed.

Lo dirige hacia la calle Quinta, que da al paseo marítimo.

Le aguijonea.

Le pincha.

Le acosa.

Le roba el arma y con ella dispara sobre alguien.

Lo encierra en un pabellón psiquiátrico y tira la llave.

Pero sólo por un tiempo… el suficiente para mancillar su reputación más aún si cabe.

Luego pone la llave en manos de Dennis y lo deja libre.

¿Lo entendéis ahora?
¿Lo veis ahora?
A veces da igual si el secreto sale a la luz.
Da igual.
Siempre y cuando controles cómo.

56

Hace dos semanas volví a conectar el móvil.

Había enviado su señal a uno de esos incansables satélites que, dando vueltas lentamente alrededor del espacio, la habría devuelto de nuevo a la tierra, donde algún agotado técnico de la NASA, del FBI o quizá del DOE la habría triangulado, representado en un gráfico, computado y mandado a las partes interesadas.

Hace dos semanas, cuando llegué a la habitación número cuatro.

¿Qué hacía la gente antes de Microsoft Word?

¿Antes de los portátiles, los cursores, las teclas de borrar... antes de dar marcha atrás, arrastrar cosas adentro, arrastrar cosas afuera?

Antes de poder hacer un segundo documento. Llevarlo al ordenador y reordenarlo, recortarlo, editarlo.

Éste es el Documento Uno.

Que llegará o no a donde tiene que llegar.

No tengo los mismos temores respecto al Documento Dos, que es el único que queda en el ordenador.

Se lee de manera bastante parecida a ésta... menos algunas cosas. Menos las percepciones, las conclusiones y el tejido conectivo. Volvamos a lo que habrá llegado a ser ya una analogía tediosa y demasiado utilizada: imaginemos un dibujo hecho conectando puntos pero sin las conexiones.

Los puntos están ahí.

Todo el reparto de personajes.

La señorita Anagrama y Sam Savage y el propio Doctor Muerte.

Benjy y Bronson y Bailey et al.

Es la historia tal como ellos querían que se escribiera.

De por qué no dejaban de incitarme a seguir adelante y al mismo tiempo me obstruían el paso. Soltando la correa y luego tirando de ella. De por qué mancharon mi reputación, me encarcelaron y me dejaron libre.

Para esto.

Me viene otro dicho a la cabeza, cortesía de Stalin o de alguno de sus secuaces, organizadores de la primera Karabolka.

Perdonadme si me equivoco. Es algo sobre la historia. «Lo que importa no es lo que pasa en la historia», dijo.

«Sino quién la escribe.»

Yo. Soy quien la está escribiendo.

Tom Valle.

Yo tenía que contar la historia que no tenía que ser contada.

Antes de que la contara cualquier otro.

Porque en cuanto una historia ha sido desacreditada —en cuanto ha sido ridiculizada, destrozada y severamente criticada—, pierde para siempre su derecho a la legitimidad. Pasa a formar parte de la leyenda urbana, del canon de los teóricos de la conspiración, del basurero de la historia escrita por los gacetilleros. ¿Recordáis aquella noticia sobre cierto presidente que fue despedido de la Guardia Nacional? Para cuando los grafólogos habían puesto en duda la veracidad de los documentos, para cuando un presentador de televisión había dimitido y un respetado productor había sido despedido... para entonces daba igual si la verdad básica de la noticia permanecía incontestada. Eran estupideces. Era una trama de mentiras. Era basura.

El destino que le espera al Documento Dos.

Será analizado minuciosamente para entretenimiento del público... de aquellos a quienes se la suda. Lo ridiculizaremos, clamaremos en su contra y al final lo injuriaremos. Lo mostraremos en alto en clases de periodismo de universidades serias de todo el país como ejemplo de lo que no hay que hacer, una advertencia para todos los periodistas novatos a punto de salir a la palestra.

Pertenecerá a la multitud que acusaba a Johnson de matar a Kennedy, a las conspiraciones del Área 51, a las Bailey Kindlons del mundo entero.

Porque aunque dispongas de los anagramas, los actores contratados... aunque así sea, has de tener en cuenta la fuente.

Ya basta.

Esto es lo que ellos querían. Esto es lo que les daré.

Lo he dejado en mi ordenador: en la primera página.

«Estoy escribiendo esto lo más deprisa que puedo.»

Ahora voy a dar un paseo.

He llamado a recepción y he pedido que envíen a Luiza para que vuelva a limpiar la habitación. Le he dicho al encargado que saldré un rato para no molestar. Iré por detrás del motel, quizá, donde he visto un camino que conduce al polvoriento llano.

Cuando oigo que llaman a la puerta, ya estoy listo.

Una media hora, calculo. Al menos.

Tiempo suficiente para entrar, hacer buen uso de ese curso Evelyn Wood de lectura rápida y captar lo esencial de la cuestión.

Estoy dejando una ofrenda en el altar y esperando aplacar a los dioses. La venganza será suya, pero si ofreces el sacrificio adecuado, acaso te perdonen.

Luiza entra en la habitación pasando por mi lado sin decir palabra, y de repente me veo envuelto por la luz deslumbradora de la tarde. El vacío aparcamiento. El aire inmóvil.

Bajo uno a uno los destartalados escalones de madera.

No miro ni a derecha ni a izquierda. Tampoco atrás. Ya he estado allí, ya lo he hecho. Ahora toca ir con los ojos al frente.

Cruzo el aparcamiento a paso largo, un hombre muerto andando. Porque eso es lo que soy.

De un modo o de otro.

He dicho que éste es mi testamento y mi última voluntad; y lo es. He dicho que vosotros sois los ejecutores; y lo sois.

Está en mi bolsillo, esta historia, en un brillante CD.

Junto a una licencia falsa, cortesía de Luiza, que la deslizó bajo mi puerta hace tiempo después de nuestra conversación sobre documentación ilegal. Y después de que yo deslizara a mi vez quinientos dólares.

Es sólo una licencia, pero por algo se empieza.

Tom Valle estará muerto.

De un modo o de otro.

Muerto.

En el otro bolsillo llevo la Smith & Wesson.

Por si el sacrificio no basta. Por si es mejor que el artífice esté muerto y no vivo. El reportero loco que se habrá pegado un tiro en el desierto, tras un motel de mala muerte. El último refugio de un mentiroso.

No sé.

No leo el pensamiento.

Caminaré y caminaré y no regresaré, y no me volveré hasta que oiga el ruido de sus botas, y entonces sabré.

Hace calor aquí detrás del motel, donde el desierto se extiende hasta Nevada. Pero parece que he estado años envuelto en frío. Siento calor por primera vez en la vida.

La historia está en mi bolsillo. En un reluciente CD.

La llevaré conmigo y ya veremos.

Camino y camino y camino.

Soy consciente del tiempo que pasa, pero de todo el tiempo. No de los minutos, sino de los años. Desde entonces hasta ahora. Es el Acropolis Diner y Queens, Nueva York y la noche de la ventisca y del «¿qué pasó, Tommy?», y de alguien que asoma por detrás de mi hombro derecho para leer mi titubeante redacción. Son los bocadillos de bratwurst y los paseos por Bryant Park y aquel día atroz que no tuve agallas de entrar en su oficina y decir algo. Cualquier cosa. Otro día en que la verdad se negaba a salir de mí.

Cuando los oí por fin, no eran sus botas.

Eran sus neumáticos.

Sus motores.

Dos jeeps, creo.

Tranquilo.

Tengo un último secreto.

Uno.

He nombrado a otro ejecutor.

He seguido las reglas de Wren y he protegido la historia.

Mi director. Está encerrado en su casa de montaña de Putnam

Country, Nueva York. Debilitado, sin duda, pero aún ligeramente radiante, aún un modelo para los que creen que podemos hacer cosas buenas y necesarias en el mundo. Hay una reputación hecha jirones que todavía, incluso ahora, puede ser remendada. Hay una injusticia que aún puede ser rectificada. Hay una deuda aterradora que aún puede ser saldada.

A estas horas, Sam ya se lo habrá enviado.

Mi director habrá abierto la puerta y habrá firmado el recibo del paquete, luego lo habrá abierto con el cortaplumas que aceptó de mala gana en uno de sus cumpleaños no reconocidos.

Se habrá puesto las bifocales, apoyadas en la parte inferior de la nariz, y habrá leído lo que parece la primera plana del periódico de una pequeña ciudad de California. El *Littleton Journal*. ¿Dónde había oído antes ese nombre?

La habrá leído más de una vez. Habrá visto la nota que adjunté. En la que explicaba cómo esa primera plana concreta no había visto la luz del día. Nunca hasta ahora. Pero que no era demasiado tarde. Nunca es demasiado tarde. Para un artículo no hay ningún código de restricciones... algo que él solía decir.

Lo habrá rechazado, naturalmente.

Al principio.

Habrá recordado mi llamada telefónica y habrá estado a punto de tirar el periódico a la papelera. Pero está ese proyecto original... Se habrá obligado a analizarlo, ¿cómo no iba a hacerlo? La fecha, la ubicación y el nombre claramente escritos con caracteres de aspecto oficial. Habrá entrado en internet. Habrá buscado Littleton Flats. La inundación. La represa. Lloyd Steiner. El Hospital VA 138. Es un periodista. Hará lo que hace un periodista. Investigará.

No dejará de investigar hasta averiguarlo. De un modo o de otro.

Hará pública la historia.

No con la firma de un fabulista —término fino usado por la gente para referirse a mí, a un embustero patológico— caído en desgracia. Aparecerá con la firma de un director respetadísimo cuyo único crimen fue tenerme a mí como reportero.

El ruido de los motores aumenta.

Aún no me he vuelto.

Esperaré a que estén aquí mismo.

Agarro la pistola en mi bolsillo izquierdo. Mano a mano. Duelo en el desierto. Todos los tiroteos que he visto en el televisor de mi sala de estar de Queens.

Quizá lo consiga. Nunca se sabe.

Sea como sea, Tom Valle estará muerto. Desaparecido. Olvidado.

Si no cubierto de gloria, en el pálido matiz de la redención. He llevado al mentiroso a la leñera y por fin lo he puesto a tono.

Agarro la pistola. Me doy la vuelta.

Pasan fugazmente por mi cabeza unas palabras. Que leyeron en el entierro de Jimmy... No las he olvidado; años después guardo cada palabra en la memoria. Una despedida apropiada para Jimmy, y Benjy, y Eddie Bronson, para todos los niños desgraciados de este mundo, los que se hacen mayores y los que no. Para todos aquellos por los que no podemos menos que llorar.

Yo incluido.

Estoy de pie junto a esa orilla. Un barco despliega sus blancas velas a la brisa de la mañana y zarpa hacia el mar azul. Enseguida ella cuelga como una nubecita blanca justo donde se juntan el mar y el cielo. Y en el preciso momento en que alguien dice «¡Mira! ¡Se ha ido!», sé que hay otros ojos viendo venir el barco, y otras voces preparadas para unirse al grito de alegría: «¡Ahí viene ella!»

Y esto es morir.

Espero que sea verdad.

Espero que sea verdad.